한국 현대 연극과 현장성의 미학

한국 현대 연극과 현장성의 미학

박상은

역락

서문

이 책은 한국 현대 연극 생성기의 주요한 영역인 마당극·연행예술 운동의 미적 형식을 통시적으로 탐구한다. 한국 현대문학/희곡 전공자로서 같은 시기 현대성·트라우마 기억·한국전쟁 체험·한국적인 것에 대한 탐색으로 알려진 한 극작가의 텍스트를 대상으로 석사 학위 논문을 작성한 후, 큰 화두가 남았다. 1970년대 한국 연극계에는 '한국적인 것'의 성취를 통해 진정한 연극 '예술'에 도달할 수 있다는 인식이 대두되었다. 그리고 이는 여지없이 높은 연극성과 연결되며 해석의 전범이 되어왔다. 그런데 이때 한국적인 것이 전통연희의 양식들을 차용한다는 것을 의미하는지, 설화나 역사적인 소재를 가져온다는 것인지, 예술적 형식만으로 한국적인 것의 영역과 성취를 판단할 수 있는 것인지 등의 질문이 남았다. 이에 논자들이 공통적으로 지적했던 "한국적인 심성"의 실체를 파악해야겠다는 과제를 안게 되었다.

이후 박사 학위 논문을 작성하기 위한 공부를 시작하였을 때, 우연하게도 1960~80년대 마당극과 문화운동 자료를 접하게 되었고, 막연하지만 이 영역이 한국적인 심성이 모색되고 실험된 중요한 곳은 아닐까 질문을 시작했다. 더 잘 이해하기 위해서는 동시대 극장뿐 아니라 실내 공간에서 야외공간으로, 대학생 관객에서 생활공간의 노동자나 농민으로 공간 및 관중층으로의 변화를 마주하며 만들어진 형식적인 변이를 설명해야 했다. 『한국의 민중극』, 『민족극 대본선』, 『구술로 만나는 마당극』 및 당대 무크지, 디지털 아카이빙된 연행 자료를 수집하고 독해하며 한국 현대 연극사에서 극의 공연성, 매체적 속성에 대한 자각, 관객성의 실체에 대한 질문이 가장 첨예하게 드러났던 현장들을 마주할 수 있었다. 이에 이 책은 1960~80년대 마당극·연행예술 운동을 통시적으로 살피며 문화운동 주체의 민중(현장)지향성, 공연 장소, 관중층의 변화가 접합하며 어떠한 미학적 양식 역사적 변이와 분절점을 만들어내는지를 살피는 방식으로 구성되었다.

박사 학위 논문을 저본으로 한 이 책의 출판에 이르기까지 많은 격려와 도움을 받았다. 동료 연구자와 여러 선생님들과의 만남을 통해 흐릿했던 질문을 구체화할 수 있었다. 한 선생님께서는 대학과 현장의 역동적인 만남의 의미를, 또 다른 선생님은 노래굿 <공장의 불빛>의 영상 자료에서 보였던 미학적 비균질성의 실감을 나누어 주셔서 논문 작성의 출발을 다질 수 있었다. 또 한국문학/문화사 연구에서 2010년대 중반 이후부터 활발히 제출되었던 아래로부터의 문학 및 민족문학론에 대한 성찰적 읽기는 영감을 주는 원천이있다. 학위 논문 심사 과정에서 선생님들과 나눈 대화를 통해 스스로도 확정할 수 없었던 연구의 의미와 가치를 찾아갈 수 있었다.

학위를 받은 후 두 가지 목표를 잡게 되었다. 한국 현대 연극사의 일부로 수행된 이 연구가 '민중·민족 문화운동'이라는 한국 현대 사상사·예술사·문화사에 관한 보다 깊이 있는 이해와 역사적 관점 속에 심화되고 발전되어야 한다는 것, 그리고 이 시기의 텍스트를 보다 비평적 관점 속에 살아 있는 텍스트로 독해하는 방법을 찾는 것이었다. 그래서 자료들을 다시 탐문하며 새로운 연결을 찾는 과정에서 젠더 정의, 미디어성, 민족적 형식의 양가성 등에 주목하게 되었고 이에 대한 연구를 수행했다. 책의 보론에는 이 같은 고민을 반영한 연구들을 함께 수록했다.

우연과 마주침 속에서 공부하는 길을 선택하게 되고, 이렇게 박사논문을 저본으로 한 책을 마주하게 되었다. 지도교수님이신 양승국 선생님께서는 공부하는 삶을 살겠다고 대학원에 찾아온 학생을 기특하게 바라보아 주셨고 연극뿐 아니라 드라마 및 영상 미학, 매체론으로 관점을 확장할 수 있도록 이끌어 주셨다. 그리고 서울대학교 국어국문학과의 선생님들께서는 한국학의 위치와 역할, 문학 작품에 대한 깊이 읽기, 작가적 사유의 폭, 문학의 안과 밖에 대한 사유, 엄밀한 글쓰기를 가르쳐주셨다. 학위논문의 심사위원장이셨던 방민호 선생님과 손유경, 이상우, 조보라미 선생님께서는 엄밀한 논평을 통해 개념의 사용과 확장된 사유를 이끌어 주셨다. 그리고 학부 시절 문학 작품을 자기 목소리로 읽으라고 독려

해주신 채호석 선생님 덕분에 연구자의 길을 선택할 수 있었다. 계속되는 연구와 성실한 삶의 자세, 미래세대를 향한 책임감이 이에 보답하는 길이 아닐까 싶다.

또 졸업 후 가장 큰 행운은 연구서와 책을 통해 배움을 주시던 선생님들 그리고 동료 연구자들과 연결될 수 있었음에 있었다. 선생님들께서 베풀어 주신 우정과 환대의 의미를 되새기게 된다. 특히 이영미 선생님께서는 졸업 후 세미나를 꾸려 장르를 오가는 방대한 문화운동 자료를 디지털화하며 구술을 통해 자료의 맥락을 확인할 수 있게 해 주셨다.

마지막으로 여성, 연구자, 교육자로서의 일상과 삶을 '산만'하게 만들어 주는 한편 지지해주는 식구들에게 고맙다는 말을 전한다. 하고 싶은 공부를 마음껏 하라며 균형을 찾아주는 준영에게 고맙다. 엄마의 책더미에서 놀이거리를 기꺼이 찾아 낙서를 남기던 민재 덕에 웃음을 안고 공부했다. 또 이 책은 은채가 태어나던 시기에 시작되어 초등학교 문을 열고 들어가려는 때 완성되었다. 이 아이들의 몸에 할머니들의 돌봄의 시간이 스며들어 있다. 아버지의 책장과 어머니의 일터가 나를 책 읽는 자리로 이끌었음을 기억해 본다.

저자 박상은

차례

교양의 산물 전체는
바로 그 경험이 우리를 그것과 연결시키지 않는다면
무슨 가치가 있단 말인가.
발터 벤야민, 〈경험과 빈곤〉(1932)

꽃상여를 기억하며,

1960~80년대 한국연극과 마당극·연행예술 운동
현장성의 탐색과 한국 현대극의 공간·관객·미학

1. '규범적 이해'와 '미학적 미달' 너머의 마당극·연행예술 史

현재 한국 사회에서 '마당극'이라는 명명은 어떠한 의미망을 형성할까. 정의하기 용이할 것 같지만 '마당극'은 세대별, 예술의 장르와 영역별로 매우 다른 정의와 사례를 불러오는 것이 용어이기도 하다. 그 이유는 마당극이 예술 양식으로서의 의미와 1970~80년대에 정치적 역할을 했던 예술로서의 의미 사이에서 유동하기 때문이다. 즉 야외의 열린 공간에서 전통연희의 형식을 차용하여 관객과 열린 소통을 지향하는 계열의 공연·연희·극으로서의 이미지와 풍물 및 집단적인 구호와 함께 대학 및 노동운동 현장에서 집회의 문화적 형식으로서의 이미지가 떠오를 수 있다. 덧붙여 현재까지도 한국의 연극장 혹은 지역축제에서 마당극 단체로 활동하고 있는 극단들과 그 공연의 독특한 색채를 떠올릴 수도 있겠다. 1960~80년대 마당극에 대해서도 사신이 위치했던 곳(대학, 노동농민운동 현장, 연극계 등)에 따른 체험적 기억의 차이에 따라 연상되는 바가 다를 수 있으며, 예술양식으로서 현재까지도 계승되고 있는 차원까지 곁들이면 그 이해는 더욱 복잡하다.

따라서 마당극의 탄생기이자 역동적인 생성기였던 1960~80년대의 특수성을 역사적인 차원에서 조망하는 것이 필요하다. 마당극은 한국의 독재 체제 및 압축적 산업 근대화라는 특수한 사회적 조건 속에서 탄생했고 다양한 방식으로 분화했다. 이처럼 특수한 시대적 조건 속에 마당극은 당대에 연극 제도 및 연극장과 긴장 관계를 형성하기도 했다. 또 한국 연극사 서술에서 '마당극'이라는 명칭으로 일괄적으로 서술되어 온 바가 있지만, 한 걸음만 들어가 보면 대학극·민중극·현실참여극·대학탈춤·촌극·대동놀이·노동연극·집체극 그리고 민속부흥운동·진보적 연극운동·민족극 등과 같이 연행의 주체 및 장소, 시기, 목적, 주도적인 형식 등에 따라 붙은 다양한 명명이 존재했다.

이영미는 마당극이라는 용어에 진보적인 연극 운동으로서의 '가치' 개념과 전통연희 참조성 및 열린 구성 등 '양식'의 개념이 함께 들어 있어 생길 수 있는 혼란을 지적한 바 있고, 채희완은 제도예술 장 내에서가 아니라 사회적 변화와 삶의 개선이라는 차원에서 마당'굿'이라는 명명이 더욱 적절함을, 김재석은 '마당극 정신'으로 가치의 문제를 강조한 바 있다.

이에 이 책은 1970~80년대 대학과 사회운동 공간에서 주목할 만한 문화적 현상이었던 마당극 운동 관련 공연 및 연행 텍스트를 1960~80년대의 민중주의의 흐름과 연동된 레퍼토리 및 연행 공간의 변화와 공연상황,

공연담당층과 관객층의 집단적 특수성을 속에 통시적으로 살핀다. 1960~80년대 한국 현대 연극의 생성기, 마당극·연행예술은 제도의 연극장 바깥의 영역으로 대척/긴장 관계를 형성한 것으로 이해된다. 하지만 이 지대는 동시대 연극성의 요건들, 즉 공연 장소와 관객성 등 연극의 매체성에 기반한 미학적 탐색이 중점적으로 이루어진 곳이었다. 이에 기존 한국 현대 '연극사 연구'로 충분히 서술되지 못했던 마당극·연행예술 운동의 시간성과 대학과 현장의 만남이 파생시킨 문화적 의미들, 전통연희의 탐색과 인접 장르와의 교섭을 분석하며 한국의 개발독재/포스트 개발독재 시기라는 특수한 시대적 환경에서 만들어졌던 새로운 공연 방식의 형성 과정과 미적 가치의 의미를 조망하고자 한다.

한국 현대 연극사에서 마당극·연행예술 운동은 개발독재 및 포스트개발독재기라는 특수한 사회적 조건 속에서 1960년대 발아하여 1970년대 중후반 집약적인 형식/매체 실험을 이루어내고, 1980년대 대학과 노동 현장 등에서 대중적인 문화적 형식을 제공한 것으로 평가받는다. 기존에 이는 '마당극 운동'의 명칭으로 기술되어 왔는데, '마당극'이라는 양식 범주가 이 시기 연행을 통칭하는 용어로 사용되면서 역사적 접근은 이루어지지 못한 채, 오히려 기법과 양식 자체의 특이성과 전위성에 연구의 초점이 맞추어져 왔다. 하지만 이 책은 작품 창작과 공연, 유통 과정에서 한국의 현대 독재 정권 시기에 특화된 '진보적 연극운동' 담론 내의 균열과 차이 및 양식과 형식의 역사성이 명확히 규명되지 못했다는 점에 착안한다.

특히 이들이 추구해 마지않았던 '현장', 즉 민중의 삶과 대학생으로서 거리에 대한 태도에서 비롯한 사유와 실천들은 운동의 초기부터 운동이 종결되며 연극 제도로 흡수되는 시기까지 운동을 가능하게 하고 다채로운 공연의 형상이 등장하게 되는 중심적인 심급으로 작동했다. 이에 따라 이 책은 해당 시기 대학 연극반과 탈춤반을 위시하여 농민/노동운동의 현장에서 '연행예술'을 중심으로 이루어진 활동들이 '운동'으로 기능할 수 있었던 내적 동력을 '현장' 담론으로 보고, 그 전개 양상과 새롭게 직면했던 공연의 수행적 조건들에 따라 나타났던 공연 및 연행 방식의 의미를 규명하고자 한다.

1980년대 대학에서 출발하여 사회운동과 연계되어 활성화된 문화운동 담론에서 1960년대 시작되어 1970년대 활성화된 마당극 운동은 문화운동의 시작을 열고 선두적 역할을 한 것으로 파악되었다.[1] 특히 마당극 운동은 다른 예술 장르에 앞서 1970년대 노동/농촌 현장과의 직접적인 만남 속에 양식과 예술에 대한 사유의 혁신을 경험했으며, 이는 1980년대의 새로운 문화적 흐름으로서 양산된 민중문학/민중미술/민중가요 등의 사유를 선취한 것으로 인식되었다.[2]

또한 1980년대 본격화된 변혁운동의 양적 확산 속에 연행의 형식은 대학과 노동/농촌 현장에서 사회운동의 집회와 공연의 이중적 목적하에 '민중에 대한' 혹은 '민중'의 요구를 담아내는 주요한 통로가 되었다. 이와 같은 이중성은 1970년대 후반 이후 운동으로서의 당위성과 필연성이 강

1 　정이담 외, 『문화운동론』, 공동체, 1985.
2 　박현채, 최원식, 박인배, 백낙청 좌담, 「80년대의 민족운동과 한국문학」,; 임헌영, 채광석, 유해정 좌담, 「문학과 예술의 대중화를 위하여」(『전환기의 민족문학』, 풀빛, 1987), 『민족극비평워크샵 자료집』, 민족극연구회, 1991, 245면.

화되면서 예술운동의 '문화주의'에 대한 경계와 반성을 이끌어 낸 요인이 었다.[3] 하지만 역으로 공연이라는 예술적 형식을 '통한' 운동은 의식화와 변혁이라는 것이 위로부터의 강령과 당위성이 아닌 구체적인 개별적인 인간의 조건에 대한 이해를 기반으로 이루어질 수 있는 것임을 입증하는 것이기도 했다. 즉 이 시기 공연에 투영된 현장 담론과 실천의 다층성과 깊이는 민중을 노동자로, 그리고 노동자를 변혁운동의 집단적 주체로 삼 으며 이들을 문학/예술적 재현의 중심에 두고자 했던 일련의 흐름이 환 원론과 교조주의로 여겨질 수밖에 없었던 틀을 보다 다채롭게 만들 필요 성을 제기한다.

한편 마당극 운동 대한 논의가 연극학의 차원에서 이루어질 때, 이는 자각/비자각적인 차원에서 제도권 연극의 양식 혹은 연극사적 감각에서 이 공연들이 어떠한 위치에 있는 것인지에 대한 판단을 수반했다. 진보적 인 연극운동계의 중심에 있었던 활동가의 글과[4] 기성 연극계의 중심에서 활동한 평론가들에 의한 글의[5] 대비에서 나타나듯, 당대에 마당극 운동은

---

3   류해정, 위의 글, 256면.
4   임진택, 채희완, 유해정, 박인배, 이영미 등을 주요 논자로 볼 수 있으며 대표적인 글은 다음과 같다. 임진택, 「새로운 연극을 위하여」, 『창작과비평』 1980년 봄호; 채희완, 「1970 년대 문화운동」, 『문화와통치』, 민중사, 1982.; 박인배, 「문화패 문화운동의 성립과 그 향방」, 『한국민족주의론3』, 창작과비평사, 1985.; 문호연, 「연행예술운동의 전개」, 『문화 운동론』, 공동체, 1985.; 김성진, 「삶과 노동의 놀이」, 『문학과 예술의 실천논리』, 실천문 학사, 1983.; 임진택 채희완, 「마당극에서 마당굿으로」, 『한국문학의 현단계』, 창작과비 평사, 1982.; 채희완, 「공동체의식의 분화와 탈춤구조」, 『한국문학의 현단계』, 창작과비 평사, 1982.; 임진택, 「우리 시대의 탈놀이」, 『실천문학』 3호, 실천문학사, 1982.; 류해정, 「새로운 대동놀이를 위하여」, 『한국문학의 현단계2』, 창작과비평사, 1983.; 박인배, 「공 동체문화와 민중적 신명」, 『민족과 굿』, 학민사, 1987.
5   김방옥, 한상철, 이상일을 주요 논자로 볼 수 있으며 대표적인 글은 다음과 같다. 김방옥, 「마당극의 양식화 문제」, 『한국연극』 1981년 3월호; 김방옥, 「문학적 연극의 위기」, 백낙

예술과 정치에 대한 이분법적 구도와 '운동권 연극'이라는 규정에서 벗어나기 힘들었다. 실제로 두 집단은 반목하며 연극계의 마당극 비판과 연행예술계의 항변이라는 구도를 형성하기도 했다. 1970년대를 전후로 서구 연극 미학을 수학한 이후 학문적 권위를 토대로 공고한 제도를 형성해가던 한국 연극평론계에 있어서[6] 마당극은 미학적인 완성도를 결여한 이해하기 힘든 장르였다. 한편 기존의 공연/연극에서의 감동을 초과하는 공연의 역동성을 경험한 활동가 측은 마당극을 미성숙, 탈미학적인 것이며 지나친 정치성과 폐쇄성을 보이는 것으로 혹은 축제와 전통의 예술적 본질을 담아내지 못하는 것으로 파악하는 기성 연극계의 시각을 부당한 것으로 인식했다. 즉 마당극 운동에 대한 연극사적 평가는 '정치적 행동'을 위한 연극은 예술이 아니라는 순수주의의 시각과 새로운 수행적 조건에 따라 나타난 미적 형식과 기법들을 일괄하여 극장에서 이루어지는 연극과는 다른 소박하고 거친 연극으로 다루는 편견, 그리고 이에 대한 부당함을 인식하며 배타성을 강화하는 사유로 분화되어 나타났다.

1960~80년대 마당극·연행예술 운동에 대한 연구는 자료들을 확정하면서 형성과 발전과정을 정리하는 과정이 선행되었다. 또 개별 마당극 작품 혹은 창작자에 대해 분석과 마당극의 공연 미학을 새로운 연극학적 시각으로 밝히려는 시도가 나타났다.

---

[6] 청 편, 『한국문학의 현단계3』, 창작과비평사, 1984.; 김방옥, 「민족극한마당' 축제를 보고」, 『한국연극』, 1988년 6월호.; 김방옥, 「마당극연구」, 『한국연극학』7호, 한국연극학회, 1995. 이상일, 『축제와 마당극』, 조선일보사, 1986.; 이상일, 『굿 그 황홀한 연극』, 강천, 1991. 김윤정, 「1970년대 연극평론가들의 부상과 정전화의 시작」, 『한국극예술연구』 31집, 2010.

마당극 운동의 구술적 성격 및 연행 텍스트의 정리와 자료의 확정

먼저 1970~80년대 마당극 운동 당시의 작품과 공연 상황에 대한 실증적인 차원에서의 자료 확충과 공연 상황에 대한 역사적인 고찰은 운동 당시부터 근래의 구술 및 정리 작업에 이르기까지 마당극 운동과 관련하여 가장 폭넓게 이루어지고 있는 분야이다. "때는 입에서 입으로 이어지던 구술의 시대"라는 언술(채희완, 1985)에서 확인할 수 있듯 마당극 운동은 초기부터 정권의 의도에 역행하는 대항적 문화운동의 지향을 가지고 있었고 이들이 기획했던 연행은 공식적인 공연 허가와 극장을 거치지 않고 비합법적인 형태로 이루어진 경우도 많았다. 그렇기 때문에 그 전모를 추적하고 정리하는 것이 마당극 운동 연구의 중요한 맥을 차지했다.

마당극 운동의 공연물들이 공식적인 출판물로 활자화되고 그 양식적 특성이 이론화된 것은 1980년대 들어서의 일이다. 1970년대 문화운동을 주도했던 임진택·채희완을 중심으로 공연사 기록과 마당극 양식에 대한 이론화가 시작된다. 1980년대 초엽에 발표한 임진택의 「새로운 연극을 위하여」(『창작과비평』, 1980 봄), 「마당극 연출 기록 I : 대학 마당극 연출」(『예술과 비평』3호, 1982), 채희완의 「1970년대 문화운동」, 임진택, 채희완, 「마당극에서 마당굿으로」(『한국문학의 현단계 I』, 창작과비평사, 1982) 등의 글은 1970년대 마당극 공연들의 목록과 공연 현장의 분위기를 소개하고 이에서 공연의 이론화를 시도한 중요한 자료이다. 그리고 1984년 창작과비평사를 통해 『한국의 민중극』이라는 이름으로 연행예술운동의 텍스트가 묶여 출판되었다.[7] 이 외에도 연행예술운동을 담당했던 주체들이 1980년대

---

7   채희완, 임진택, 『한국의 민중극』, 창작과비평, 1985.

이전 시기 대학과 현장에서 활발하게 진행된 마당극 형태 공연들의 연대
기와 목록을 정리한 글은[8] 많은 경우 비제도/비합법적인 형태로 이루어
진 공연의 실체와 열기를 전해주었다.

1987년 6월항쟁 이후 1988년 민족극운동협의회가 결성되고[9] 1988년
'민족극연구회'의 이름으로 자료 수집과 마당극 공연에 대한 이론화와
동시대 공연에 대한 비평이 본격화되었다.[10] 전라도와 영남 지역의 마당
극 운동에 기반한 공연 텍스트를 수집한 『전라도 마당굿 대본집』(1989)과
『영남의 민족극』(1989)이 출판된 것도 1987년 6월 항쟁 이후 민족극운동
의 연장선에서 가능했다.[11] 이처럼 민족극연구회 및 각 지역 문화패·중심
으로 한 자료들이 출판됨으로써 마당극 운동사의 기념적 텍스트들이 기
록으로 남게 된다.

이와 함께 1980년대 무크지 및 협의회의 발행 매체 또한 마당극 운동을
추적할 수 있는 기반이다. 민중문화운동협의회가 발간한 ≪민중문화≫,
'유기획실'의 이름으로 1987년 6월 항쟁 이후 전국적인 단위로 활성화되
었던 연행예술 및 민중문화운동 관련 소식과 비평을 담은 ≪예술정보≫,
1988년 발족한 한국민족예술인총연합이 발간한 ≪민족문화≫ 등의 매체
와 1980년대에 대학 탈춤패를 중심으로 한 연행예술운동의 집단 사이에

---

8   문호연, 「연행예술운동의 전개」, 『문화운동론』, 공동체, 1985.
9   이들은 마당극, 민중극, 현장극 등 다양한 이름을 지녔던 연행예술운동의 공연을 사회과
     학적 지식을 기반으로 통일/반제국주의적 전망을 확보하고자 하는 이념 하에 '민족극'으
     로 재명명하였고, 1980년대 후반에는 민족극한마당을 열어 같은 이념적 지향을 갖는
     연극 공연까지를 통합하여 운동적 조직을 확장하고자 한 목적성을 가졌다.
10   민족극연구회, 『민족극대본선1~4』, 풀빛, 1988.
11   극단 신명 편, 『전라도 마당굿 대본집』, 들풀, 1989.

서 유통되어 온 책자 형태의 자료집인 『연희대본자료집1』(민족문화운동협의회 편), 한국기독교민중교육연구소에서 소책자 형태로 발간했던 대본집 시리즈 「연희연구자료」가 그 사례이다.

위 자료들의 정리와 출판 과정은 제한된 합법적인 공연의 공간을 벗어나 대리집회 혹은 집회의 다양한 공연을 수행했던 마당극·연행예술 운동의 특수성을 반영한다. 하지만 대학과 농촌, 공장 등지에서 공연이 이루어진 다수의 작품들은 출판이 되지 않은 상태로 남아 있었다. 비교적 최근에 출판된 이영미의 『구술로 만나는 마당극』은[12] 이런 점에서 주목을 요하는데, 아직 출판이 되지 않은 자료들을 중심으로 당대 중요한 위치를 차지했던 연행들의 대본을 수록하고 그 창작 주체를 밝히고 있으며, 이들에 대한 구술 채록을 통해 쉽게 파악할 수 없었던 당대 문화운동의 인적, 지역적 네트워크와 현장의 분위기 등을 담고 있기 때문이다.

마당극 연구사 1: '마당극/굿'의 양식적인 관점에서

이처럼 대개 제도권 연극의 바깥에서 이루어진 공연 자료들의 정리 및 출판은 마당극·연행예술 운동 연구에서 중요한 분량을 차지했다. 1990년대에 들어 마당극에 대한 학적인 연구가 본격화되는데, 김현민의 「1970년대 마당극 연구」(1993)는[13] 학술적인 차원에서 1970년대 마당극 운동의 발생과 전개과정을 연구했다. 이 연구는 마당극을 "단순한 정치적 구호로 파악하는 일부 학계의 태도"와 "문화운동계 내부의 미학적 근거

---

12   이영미, 『구술로 만나는 마당극1·5』, 고려대학교민족문화연구원, 2012.
13   김현민, 「1970년대 마당극 연구」, 이화여자대학교 국어국문학과 석사학위논문, 1993.

없는 일방적 지지" 모두를 지양하고 마당극을 연구대상화 하려 한다는 논문의 목적은 마당극을 바라볼 때 내재되어 있는 이분법적 시선을 극복해야할 필요성을 유효하게 제시한다. 또한 구술과 실증적인 추적을 통해 연행예술운동의 초기 형태로서 1960년대 공연들에서부터 1970년대 대학의 마당극 운동 집단에 의해 이루어진 공연의 실체에 접근하고 있어 가치가 있다. 하지만 본격적으로 현장으로 그 공연을 확대한 1980년대 마당극 운동에 대한 논의 및 미학적 근거와 정치적 구호 사이의 오고 감에 따라 형성되었던 마당극의 미학에 대한 해석의 필요성을 재고시킨다.

이후 본격화된 마당극 연구에서 중심적인 시각을 형성했던 것은 양식론이다. 마당극 연구가 대개 양식론에 기반하는 것은 한국 현대 희곡/연극사의 연구의 경향과도 일치하는 것인 한편 전통연희의 참조와 공연 공간의 특이성이라는 마당극의 양식적인 '새로움'이 동시기 무대극과 변별되는 주요한 특징이었기 때문이다. 1980년대 후반 민족극운동에서 활발한 평론 활동을 보여주었던 이영미의 『마당극양식의 원리와 특성』 (1996)은[14] 제도권 극장 안에서 이루어진 마당극 공연뿐 아니라 1970년대 부터 1980년대까지 비제도권의 영역에서 이루어졌기에 실체를 파악하기 어려웠던 다양한 공연들을 텍스트로 삼음으로써 당대 실제 했던 공연의 활력과 역동성을 바탕으로 마당극 양식사를 서술한다. 그렇기 때문에 이 연구는 마당극 '양식'의 미학적 독자성에 논의의 초점을 두고 있음에도 불구하고 형식주의의 한계를 넘어선다. 특히 공연이 이루어진 사회 문화적 배경과 문화패의 활동 맥락 등을 함께 조명함으로써, 공연의 변천 과

---

14 이영미, 『마당극 양식의 원리와 특성』, 한국예술종합학교 한국예술연구소, 1996.

정과 역사성을 짚어낸다. 특히 이 저서는 대학과 현장에서 이루어진 공연 활동의 활력이 '비전문성'만으로 해석될 수 없는 공연성과 연극성에 대한 본질적인 사유를 보여주었음에 주목한다는 점에서 여전히 문제적이다. 그런데 이를 설명하기 위한 마당극'만'의 독자적인 '미학'이 '양식'의 문제로 수렴되고, 이것이 극단 미추와 마당놀이 등 동일한 양식을 지니는 연행까지를 포괄하여 해석하기 위한 틀로 세워지면서 오히려 다양한 공연현장의 활기에 대한 귀납적인 서술이 양식적 동일성으로 포괄된다는 데 문제가 있다. 또한 세밀하게 규명된 당대 대학/사회 운동과 연행예술운동의 상관성에 대한 서술에서 나타난 민주화 운동의 '진보성'에 대한 인식을 현재의 시각에서 역사화 시켜 해석할 필요성이 제기된다.

「마당극 연구」를 비롯하여 마당극의 연극 양식과 기법적 미학을 분석하는 일련의 글을 발표한 김방옥의 마당극의 형식 미학에 대한 탐구는 마당극 공연들이 보여주는 형식적인 전위성을 기민하게 포착한다는 점에서 이후에 이어지는 양식 중심적인 마당극 연구사를 예비한다. 하지만 해당 양식을 가능하게 한 시대정신으로서의 민중 지향성과 공연'들'의 현장성을 괄호 치고 자기 완결적인 미학의 필요성에 대한 천착으로 귀결되는 논의는 '형식주의'의 위험을 지니고 있으며, 서구적인 기준에 미달한 현대성으로서의 한국 연극에 대한 사유를 가중시킬 수 있다. 즉 이 연구가 시사한 바, 새로운 극적 형식들을 자기충족적인 예술론에 입각하여 양식주의로 해석할 경우 해당 시기 공연들이 지닌 문화적 의미에 대한 해석이 어려워짐과 동시에 한국 연극학의 영역을 협소화시키게 된다. 따라서 논자가 지적했던 바, "소박한 연극미학으로 공연"되는 마당극의 예술성에 대한 규정은 마당극에만 유효한 미학에 대한 배타적 탐색이 아니라 오히려 입센식의 사실주의극에서 일탈하며 현대연극 일반에서 나타난 미학으로 연구되어야 한다는 점은[15] 다시 주목되어야 한다. 그러나 이와 같은 형식적 특이성을 전범으로서 서구극에 근간한 결락과 결핍으로 해석할 것이 아니라 다양한 공연 현장과 요구들, 즉 관객의 미적 경험에 기반하여 상황에 따라 역사적인 방식으로 형성된 것임을 재해석할 필요가 있다.

1990년대 후반 이후 이루어진 마당극 개별 작품에 대한 분석적 논의들을 통해 작품론이 본격화됨으로써 마당극의 연구는 다채로워진다. 특히 마당극을 실험극과 몸 미학, 수행적 특징에 기반하여 해석하는 2000년대 이후의 연구는[16] 양식에 기반한 연구의 연장선으로 볼 수 있으며 여전히 마당극 공연의 새로움을 해석하고 이론화시키는 것이 주요한 화두임을 보여준다. 특히 이 연구들은 연극학계의 공연학적 관점의 연장선에서 도출된 것으로 아방가르드 연극미학과 수행적 관점을 통해 마당극의 공연학적 특성에 주목한다는 공통성을 보인다. 이 연구들은 언어 외에 배우의

15　김방옥, 「마당극연구」, 『한국연극학』 7호, 한국연극학회, 1995, 293면.

16　김영학, 「마당극 공간의 구조 및 수행성 연구」, 『한민족어문학』 61집, 한민족어문학회, 2012.; 김월덕, 「마당극의 공연학적 특성과 문화적 의미」, 『한국극예술연구』 11집, 2000.; 남기성, 「마당극의 몸미학」, 『민족미학』 제7집, 2007.; 박강의, 「굿의 연행론적 접근을 통한 마당극 양식론 연구」, 『민족미학』 10집, 민족미학회, 2011.; 이원현, 「마당극적 관점을 통해본 Rock 뮤지컬 <지하철 1호선> 연구」, 『드라마연구』 제30호, 2009.; 이원현, 「한국 넌버벌 퍼포먼스에 나타난 마당극의 실험극적 전략 : <난타>와 <UFO>를 중심으로」, 『한국연극학』 제27호, 한국연극학회, 2005.; 이원현, 「한국 마당극에 나타나는 서양 연극의 실험적 기법들」, 『한국극예술연구』 제22집, 2005.; 이원현, 「바흐친의 이론을 통해 본 마당극 : 임진택의 ≪밥≫과 ≪녹두꽃≫을 중심으로」, 『한국연극학』 제20호, 한국연극학회, 2003.

몸성 등 다양한 비언어적 소통 방식의 매개들에 주목하며 연기술, 공연 공간의 문제, 관객과의 상호작용 형성 방식 등 '희곡'이 아닌 '공연' 다층 성에 대한 해석에 중점을 두어 리얼리즘극 담론의 폐쇄성을 극복하며 연극의 실연적 본질을 재생시키고 연극학 연구의 활로를 개척하고자 하 는 공연학적인 전환과 관계되어 있다.

위와 같은 연극학 분야에서 이루어진 '양식'에 초점을 맞춘 연구는 1960~80년대 연행예술 운동에서 기인한 마당극이라는 양식을 연극예술 의 형식 미학의 측면에서 정의 내리고 이론화시키려는 시도였으며, 해당 시기 비제도권에서 행해진 일련의 연행적 성과들에 대한 '비미학'이라는 일방적 규정에서 벗어나려는 역동을 보여주기도 한다. 마당극의 양식에 대한 탐색은 '실험성'과 '포스트 모던', '공연성'과 '수행성' 등과 같이 동 시기 연극학의 관점을 전유하며 그 형식적인 차별성을 해석하는 방향으 로 심화되어 왔다.

마당극 연구사 2: 1960~80년대 민중·민족문화 '운동' 맥락의 탐구 및 재구

문제는 양식론적 탐구에 1970~80년대의 연행예술운동의 차원에서 이 루어진 공연과 이후의 마당극 사이의 유사성에 대한 당위적 인정이 내재 한다는 사실이다. 물론 1970~80년대 공연들은 이후의 마당극들의 기원이 며 인적 구성원들 또한 이어지는 경우가 많지만, 수많은 연구에서 지적하 듯 압축적인 근대화와 독재정권이라는 특수한 시대의 산물로 이후의 마 당극과는 분명 구별 지어야 할 역사적 대상이다. 내용과 제재의 진보성과 민중성 또한 1960~80년대와 그 이후는 확연히 다른 맥락에서 재구성된다. 특히 마당극 운동이 시작부터 단일한 하나의 연극 양식을 지향하며 탄생한 것이 아니라 "당대의 다양한 민중적 삶의 현실을 담아내고자 하는" 운동론적 목적에서 필요에 따라 다양한 연극적 전통과 공연양식들을 활용한다는 점을 다시 강조할 필요가 있다.[17]

당대 운동의 특수성과 담론적 맥락에 기반하여 매체와 문화연구 차원에서 심화된 탐구를 이끌고 있는 이영미의 논의(2012, 2013, 2014),[18] 1970년대 마당극의 특정 공연 텍스트의 실증적 맥락을 재구하는 김재석의 논의(2002, 2004, 2006, 2010),[19] 1970, 80년대 한국연극을 '전통담론'의 차원에서 조망하는 가운데 문화운동계의 전통담론의 위치와 위상을 검토한 백현미의 논의(2000, 2002), 대학생의 정치적 집합 행동과 여기에서 나타난 전통과 예술의 문제를 재해석하는 문화운동에 초점을 맞춘 송도영(1998), 이제연(2012, 2016), 주창윤(2015)의 연구는[20] 역사성과 시대성에 근간한 1960~80

---

17 남기성, 「마당극의 몸미학」, 『민족미학』 제7집, 2007, 253면, 각주 75 참조.

18 「카세트테이프, 비디오테이프, 구전, 마당-1970, 80년대 예술문화운동의 매체들과 그 의미」, 『서강인문논총』, 제 35집, 2012.; 「한국 근, 현대 예술운동의 대중화론, 그 쟁점과 허실」, 『민족문화연구』 제 61집, 2013.; 「1970년대, 1980년대 진보적 예술운동의 다양한 명칭과 그 의미」, 『기억과 전망』 29집, 2013.; 「류해정의 촌극론·대동놀이론과 그 작품적 실천」, 「한국극예술연구」 제46집, 2014.; 「공포에서 해원으로-1980년대 전후 영화 속 무당 표상과 사회적 무당의 탄생」, 『민족문화연구』 제 65집, 2014.

19 「마당극 정신의 특질」, 『한국극예술연구』 16집, 한국극예술학회, 2002.; 「「진동아굿」과 마당극의 '공유 정신'」, 『민족문학사연구』 26집, 민족문학연구소, 2004.; 「원귀 마당쇠」 연구, 『한국극예술연구』 24집, 한국극예술학회, 2006.; 「「진오귀」에 미친 카라 주로(唐十郎)의 영향」, 『한국극예술연구』 32집, 한국극예술학회, 2010.

20 송도영, 「1980년대 한국 문화운동과 민족 민중적 문화양식의 탐색」, 『비교문화연구』 제 4호, 비교문화연구소, 1998.; 오제연, 「1970년대 대학문화의 형성과 학생운동-'청년문화'와 '민속'을 중심으로」, 『역사문제연구』 제 28집, 2012.; 오제연, 「1960년대 한국 대학 축제의 정치풍자와 학생운동」, 『사림』 제 55집, 2016.; 주창윤, 「1980년대 대학연행예술운동의 창의적 변용과정」, 『한국언론학보』 제 59집, 2015.

년대 마당극·연행예술 운동에 대한 해석의 새로운 방향을 제시해주는 주요한 업적이다. 이 연구들은 문화사적 방법론과 시각에 입각하여 연극학과 문화학, 사회학과 역사학의 영역에서 1960~80년대 대학의 운동과 문화를 복합적으로 읽어내고 있어 본 책에 주요한 착안점을 제시한다.

그 중 이영미가 2010년대 들어 제출한 일련의 연구는 마당극·연행예술 운동의 주요한 쟁점들을 메타비평의 방법으로 해석함으로써 '양식'에 기반하여 당대 연행들의 예술적 성취를 가늠하고자 했던 초창기 본인의 연구 업적을 갱신하는 중요한 작업이다. 새로운 예술 양식과 매체의 탄생을 예술문화운동의 맥락에서 해석한 논문과 '문화', '예술', '연극' 등의 용어가 진보적 예술운동을 지칭하는 용어로 시기별로 상이하게 채택되는 이유를 기층민중에 대한 태도의 차이와 예술이라는 장르에 대한 인식의 변화라는 운동 담론에 대해 해석하는 연구(2013)는 담론과 예술적 형식/매체의 역사성을 메타적으로 재구성함으로써 가능했다. 한편 김재석은 마당극 양식이 창조된 것으로 알려진 1970년대의 작품들을 당대의 제작과 공연의 맥락 및 연극계와 맺었던 역학관계, 연행 주체들의 문화적 경험과 연동시켜 풍부하게 해석한다. 무대극과 탈춤이 결합하여 본격적인 마당극 양식의 탄생을 알린 김지하를 중심으로 창작된 「진오귀」로의 형식적 변화에 일본 카라 주로의 전위적 공연에 대한 주요한 문화적 체험이 있었음을 밝힌 논문(2010)과 마당극 공연의 뜨거움을 '마당극 정신'으로 해석하고자 하는 논문(2002)은 이 시기 연행물들이 개발 및 발전주의 시대, 대학생이라는 특수한 계층의 문화자본과 운동적 목적 하에 관객이 운집함으로써 비교적 동질적인 관객성을 확보할 수 있었던 특수한 공연의 환경 등 복합적인 요인들을 통해 탄생했음을 밝힌 연구이다.

이영미와 김재석의 연구는 마당극 '양식'이 비단 운동 혹은 예술 양식에 일방적으로 국한된 문제가 아닌 당대의 다양한 문화사적 변수와 대항적 역동이 교차하여 만들어진 실체임을 입증한다. 특히 김재석의 경우 연극 제도와 관습의 문제, 관객 공동체에게 공유된 정신의 문제, 연행예술운동 주체의 문화적 체험의 문제 등의 문제를, 이영미의 경우 당대 운동 담론의 역동성을 주요한 해석의 변수로 삼는다. 이를 통해 이들의 연구는 '하나'의 마당극이 아닌 텍스트별 혹은 시기별로 형성된 '여러' 마당극이 존재함을, 그 역사성이 주요한 문제가 될 수 있음을 보여준다는 점에서 앞으로의 연구에 방향을 제시한다. 즉 시기별로 분기되어 나타난 새로운 극적 형식을 그 공연 공간과 환경, 시대적 맥락의 변화와 연동하여 분석하고 그 문화적 의미를 해석하는 작업이 필요한 것이다.

한편 역사학과 사회학계에서 활발하게 이루어지고 있는 1960~80년대 학생운동과 민주화/민중 운동의 역사에 대한 다양화된 서술 방식이 특히 문화연구와의 접합지대에서 이루어지고 있음은 주목을 요한다. 특히 학생운동 문화에 대한 연구는 한국의 1960~80년대가 학생운동이 민주화운동과 강한 합치점을 지녔던 시기로, 이 시기 대학생이라는 특수한 집단이 사회운동 담론의 중심적인 발신처 역할을 했던 특수성에서 기인한 것이다. 송도영은 "사회전반의 저항적 에너지"가 강렬했던 1980년대 연행예술, 문학, 미술, 음악 등 문화운동 활동가들이 사회운동과의 접점에서 주제적 양식적 모색을 할 수 있었음을 분석하고 각 장르별로 나타난 민족민중적 문화양식의 의미를 살폈다. 오제연(2012, 2016)은 1960~70년대 한국의 학생운동에 대한 연구에서 당대 대학에서 연행의 형식이 당대의 학생들의 운동 문화와 정체성을 설명하는 주요한 자료임을 주목하고 있으며, 1960년대 한국의 대학축제에서 정치풍자 형식의 촌극과 소극들이 성행했음을 실증적으로 밝혔다. 또한 1970년대 대학의 운동문화에서 '청년문화'와 '민속'의 이중적인 문화적 형상이 중요한 위치를 차지했음을 논증한다. 특히 이와 같은 오제연의 연구는 연행예술이라는 매개를 통한 대학의 문화운동적 역량이 비단 1980년대에 국한된 것이 아니라 한국의 압축적 근대화 시기의 초반인 1960년대부터 예비 된 것임을 보여준다. 최근 문화연구의 견지에서 이루어지는 1970~80년대 문화 예술적 생산물에 대한 사회학, 역사학, 문예학의 연구들의 학제간 성격은 이 시기 문화운동이 폭력적인 국가 통치 권력과 근대화라는 강력한 사회 변화의 동력과 대항적 움직임이 동역학에 접근할 수 있는 유효한 통로가 됨을 입증한다.

대학에서 현장으로-민중주의, 마주침, 형식적 변이

이 시기 연행예술운동의 성취는 실제로 정치주의와 예술주의 양자에 귀속되지 않음으로써 당대의 정치와 예술의 지평을 넓힌 데 있다. 이 시기 대학 문화패 활동가들은 예술과 운동의 경계를 오고감으로써 창작자 개인의 역량과 예술제도 안의 미학적 승인을 뛰어넘어 연극, 춤, 노래, 공연 등 매체와 장르의 차이에 대한 인식과 예술의 근원적인 효용에 대한 질문에 다가갈 수 있었다. 이들의 고민은 단순히 '강령'의 차원에서 제시된 것이 아니라 대학에서 출발한 연행예술운동이 공장과 농촌이라는 '현장'에 대한 사유와 실질적인 공연 활동을 확장시키고 구체화시킴으로써

가능했다는 점에서 주목을 요한다.[21]

더 나아가 이들의 민중주의는 대학과 현장 사이의 거리에 기반한 것이었으며, 민중에 대한 대상화의 혐의에서도 자유로울 수 없었다는 점은 이들의 '진보성'에 대한 보다 실제적인 분석의 필요성을 제기한다. 특히 민중의 대상화는 극의 형식적 특성과도 연동되어 있었다. 한편 그럼에도 연행예술운동의 민중(현장) 재현양상이 시기별로 갱신된 측면에 주목해야 하는 것은 미적 경험의 향유자로서 관객 공동체에 대한 적극적 고려 속에 공연 형식을 갱신해 감으로써 민중의 대상화를 극복하는 활동들 또한 이루어냈기 때문이다.

이에 본 책은 마당극·연행예술 운동에 대한 연극사로서 연구의 중요성을 새롭게 자각해야 할 필요가 있음을 강조하고자 한다. 마당극 운동을 사적 평가의 대상으로 복권하기 위해서는 희곡사 중심의 연구를 탈피하며 극장, 문화, 제도, 매체, 관객을 포함하는 복합적인 연극연구로 발전해 온 최근의 한국근현대연극사의 다각적 연구 경향을 참조할 필요가 있다. 현장의 요구에 대응하고 서구와 전통 연희의 경계를 넘나들며 해당 시기의 현장의 요구에 따라 만들어진 극적 형식들에 대한 의미 부여를 통해 기존 한국현대연극사의 서술에서 한계가 되었던 서구극/전통극의 이분법적 서술과 실험적인 것에 대한 재정의가 가능해질 것이다. 특히 기존의 '마당극' 연구와 한국현대연극의 '실험성'과 '현대성'에 대한 연구 역시 새로운 관점과의 비교를 통해 갱신될 수 있을 때, 앞선 연구의 의의를 온전히 평가할 수 있을 것이다. 즉 본 책의 목적은 마당극 운동의 성과를

---

21   이영미, 『마당극양식의 원리와 특성』, 시공사, 2001, 58면.

계몽극 혹은 선전선동극은 비미학적이라는 편견에 가두지 않고 재검토하는 것이다.

아울러 근래 한국의 개발 독재기/포스트 개발 독재기의 민중운동 내의 민주의 감각에 대한 재검토와 문화 민주주의의 논의의 심화와 확산 속에 본 책을 위치 지을 수 있다. 연행의 다양한 형식들은 예술이라는 인식의 형식을 매개로 하며 당대에 다양한 관객 집단과의 마주침을 기반으로 했기 때문에 운동의 도그마주의나 교양과 지식으로서 유미주의의 경계를 넘나들었다. 특히 당대의 예술의 형상 속에 드러난 민중주의의 실체와 역학을 재조명하는 일은 지금-여기의 한국 사회의 계층, 계급과 감성 구조의 기원을 추적하는 작업의 일환이기도 하다.

2. 공연의 시간-장소성과 미학적 변이의 역동

다양한 명명법과 집회-공연의 실연(實演)성: 수행적 조건의 검토

마당극 운동의 연행은 집회의 차원에서 이루어졌다. 집회-공연의 결합이 의미 있는 이유는 '집회'와 '공연'이 각각 상정하는 정치 환원주의와 예술 환원주의 양자를 뛰어넘는 의미들을 지시할 수 있게 되기 때문이다. 당대 출현한 집회-공연들은 대학연극, 대학극, 마당극, 노동연극, 노래극, 가무극, 르포극, 고발극 등 연극적 갈래에 속하면서도 춤과 노래 등 복합 양식적 특성을 보여주었다. 또 연행의 목적과 참여자들 사이의 관계 및 연행의 효과를 당대 극장의 예술주의와 다른 방식으로 구성하기 위해 전통연희를 적극적으로 전유하고자 했다. 따라서 해당 공연들은 '연극'보

다 '연행', '놀이', '마당', '굿' 등의 용어로 지칭되었으며, 당대 '문화운동'
으로 분류된 문학, 미술, 영화 등 다른 장르와 비교 서술 속에서 '연행예
술' 운동으로 구분되어 서술되었다. 아울러 당대 각 집회-공연에 붙여진
명칭들이 연행 주체 및 참여 집단의 성격과 연행의 목적에 관한 사유를
반영한다. 따라서 이 책은 시기별로 나타난 구체적인 공연양식들을 마당
극(굿), 촌극, 창작탈춤, 노래극(굿), 대학 마당극, 대동굿(놀이), 대학극, 노동
연극 등 당대의 개념으로 지칭하되 '연행예술'을 이들을 포괄하는 명칭으
로 곁에 두고 함께 쓴다.

　　한편 '현장성'은 이와 같은 민중운동으로서의 성격이 시간과 공간적
현존의 형식으로서 공연예술의 매체적 조건과 극적으로 결탁하는 과정에
서 창조적인 미적 가치들이 발견되었던 것을 설명하기 위해 채택한 개념
어이다. 국립국어원의 표준국어대사전에서 '현장'은 "①사물이 현재 있는
곳. ②일이 생긴 그 자리. ③일을 실제 진행하거나 작업하는 그곳."으로
정의 된다.[22] 이 정의에 따르면 '현장'은 장소와 시간 그리고 사건의 개념
을 포함하며 시의성을 포함하는 개념임을 알 수 있다. 이와 같은 현장의
사전적 의미는 일회적이며 현재 진행으로 관객들에게 연행된다는[23] 공연
예술의 본질적 조건을 설명하는데 부합하는 용어이자, 당대의 민중운동
의 문화적 맥락 속에 통용되었던 개념어이다. 특히 마당극 운동의 다채로
운 시도들은 이 두 가지가 결합하는 과정에서 이루어진다. 즉, 1. '현장'은
당대 민중주의라는 특정한 관점에 입각해 전유되어 통용되었던 용어로서

22　국립국어원 누리집.
23　서연호, 『한국 공연예술의 원리와 역사』, 연극과인간, 2011, 11면.

2. 집단 체험이라는 공연예술의 근원적 속성을 운동을 위한 도구로 활용하는 가운데 대학, 농촌, 공장 등에서의 공연을 통해 수행적 조건이 다양화되는 경험을 하게 되었으며 이에 따라 3. 연행자와 연행 공간, 관객의 집단 경험의 질을 변화시킴으로써 극장에서 이루어지던 현대적 연극에 전제된 공연의 목적과 소통방식을 획기적으로 전환 시켰다. 본 책은 3의 미학적 가치를 규명하는 것에 초점을 맞춘다. 구체적으로는 시기별로 달라진 양식/장르적 특수성을 '현장'의 정치적 의미와 공연의 장소와 관객 집단의 변화 등 연행 조건이 변화 속에 재구하는 방식으로 이루어질 것이다.

연극사에서 연극의 본질적 속성을 논함에 있어서 현존/일회성과 같은 '현장'의 개념이 중요하게 거론되는 이유는 연극이 일회적인 이벤트로서 실연(實演)이라는 조건을 통해 존재하기 때문이다. 연극은 공연 시간 동안만 지속되는 일회적 예술이며 연기하는 배우와 이를 바라보고 반응하는 관객 집단의 현존을 통해 존재하는 장르이다. 따라서 연극만이 지닌 "활력과 생생함"은 연극의 흥미로운 특성을 밝히는 근원으로 여겨졌다.[24] 이에 따라 연극은 같은 희곡 텍스트를 기반으로 하더라도 무대화되는 상황과 조건에 따라 각기 다른 텍스트로 존재한다.

한국 연극학의 서술에서 이와 같은 실연의 존재 방식에 대한 사유는 문학의 하위 장르로 '희곡'을 연구 대상으로 한 한국 연극학의 서술에서 논의의 출발점으로 나타났다. 즉, 문학의 하위 장르이지만 실연을 전제로 하기 때문에 나타나는 특성들을 바탕으로 극적인 것의 특성을 추적한다. 양승국과 김재석의 논의를 이와 같은 계열로 파악될 수 있다. 연극을 구

---

24   M.S.배랭거, 이재명 역, 『연극 이해의 길』, 평민사, 1991, 22면.

성하는 언어 텍스트인 '희곡'에 대한 연구가 다른 문학 장르에 대한 연구와 결정적으로 다른 지점 또한 바로 배우, 관객, 무대로 구성되는 실연에 대한 고려를 기반으로 하기 때문이다.[25] '무대 상연'으로서의 특수성은 희곡 독법에서 무대 혹은 무대 형상화라는 개념어로 대표되는 지각 대상으로서 공연 전반과 그것을 바라보고 반응하는 관객의 본질로서 '집단 경험'을 고려할 것을 요구한다. 김재석은 극작품의 생산 배경을 논하며 창작자-공연적 조건-사회적 조건을 논할 때 문학의 작가-작품-사회의 관계 자체가 아닌 극장과 무대 기술, 관객의 취향과 정치적 조건과 같은 '실연을 기반으로 한 세부적인 항목'을 통해 극작품의 제작과 실연으로서의 성격을 강조한다.[26]

이처럼 연극성과 공연성의 개념은 언어 텍스트로 이루어진 희곡/대본에 대한 해석이 무대화와 실연에 대한 고려를 기반으로 해야 함을 의미한다. 본 책에서는 공연적 조건과 사회적 조건을 아우르며 각 작품이 공연될 때의 조건을 '수행적 조건'이라 개념 짓는다. '수행성'이 같은 텍스트도 공연이 되는 상황의 물리적이며 사회적인 조건에 따라 다른 의미를 지닌다는 상황성을 강조한 개념이기 때문이다.

민중운동의 시대, 1970년대 후반 연행예술 분야의 '현장적 전환'

이와 같은 연극의 실연성은 1970~80년대의 억압적이며 통제적인 상황 속에 대항 공론장을 형성하는데 특히 유효한 것으로 인식되었다. 즉 배우

---

25   양승국, 『희곡의 이해』, 태학사, 1996, 43~44면.
26   김재석, 『한국 현대극의 이론』, 연극과인간, 2011, 9~14면.

의 연기와 관객의 바라봄이 있다면 미적 경험이 가능해진다는 인간 매체를 활용한 연극 특유의 기동성과 집단적 체험으로서의 기능은 문화운동에 있어서 주요한 자산으로 여겨졌다. 아울러 민중운동과의 접점을 통해 대학, 농촌, 공장 등 공간과 관객구성과 같은 공연의 새로운 수행적 조건들에 대응해 나갔다. 즉 마당극 운동에서 나타난 다채로운 공연방식의 의미를 규명하기 위해서는 민중운동의 사회문화적 맥락을 살펴야 한다.

1970년대 후반 본격화되고 1980년대 전반에 걸쳐 대중적으로 확산되어 이루어진 개발 독재/포스트 개발 독재 시기 한국의 민주화운동은 민중운동, 민중·민족운동 등으로 불리며 1980년대 말 한국 사회를 군사정권에서 의회 민주주의로 전환 시킨 동력이었다.[27] 민중운동은 유신체제의 관료적 권위주의체제의 경직성에 대한 학생, 지식인, 종교조직, 야당, 신중간계급 일부의 반체제투쟁 속에 이루어졌으며, 주요한 사회적 갈등으로서 분배문제와 계급불평등에 대한 사유를 심화시켰다.[28]

특히 '민중'과 현장'은 당대 사회 문화적 개념으로서 대학-지식인 집단의 반체제성을 추동하는 구심적 개념으로 통용되었다. '민중'은 학생, 노동자, 농민, 도시빈민, 언론인, 작가 등의 다양한 투쟁을 묶을 수 있는 구심적 개념어로 사용하기에 적합한 것으로 여겨졌으며 억압받는 사람, 사회적으로 소외된 사람, 경제성장의 혜택에서 배제된 사람들을 모두 포함했다.[29] 아울러 '현장'은 대학-지식인 집단의 민중지향성과 현장 담론과

27 이남희, 『민중만들기』, 후마니타스, 2015, 21면.
28 구해근, 신광영 역, 『한국 노동계급의 형성』, 창작과비평사, 2002, 210면.
29 구해근은 '민중'이라는 단어가 민족주의적 감정을 포함하면서 맑스주의적 용어가 아니었고, 어타 부문운동을 포괄할 수 있을 정도로 모호하고 광범위해 정치운동과 문화운동 모두에 적절한 용어가 되었음을 지적한다.(구해근, 신광영 역, 위의 책, 211면.)

함께 생활인들의 생활공간과 집회 공간에서부터 아마추어 생활인으로서 민중이 문학/예술 제작에 참여하게 되었을 때 이를 구분 짓는 용어였다.

그런데 민중과 현장이라는 개념은 '민주화운동'이라는 역사적 진보의 동일성의 서사 안에 계층과 계급의 다층적인 얽힘을 가장 잘 보여주는 것이기도 했다. 지식인 집단 내에서 민중 집단과의 계층/계급적 정체성에 의한 거리의 문제는 당대에도 중요한 것으로 인식되었다. 민중 혹은 현장과의 거리를 자각하는 것, 거리를 뛰어넘거나 좁히고자 하는 것은 운동의 가능성을 결정짓는 중요한 심급으로 여겨졌기 때문이다. 한편 현재의 시각에서 보았을 때 이 거리의 문제는 민중운동에서 간과되었던 재현 및 형상화의 윤리에 관한 재탐색을 요구한다.

마당극·연행예술 운동에서도 문화패 집단과 현장 사이의 거리는 운동 기간 내 가시적 혹은 비가시적으로 중요한 쟁점이었다. 그런데 연행예술의 경우 실연이라는 공연예술의 근원적 조건과 놀이로서의 본질적 기능을 운동성의 재고를 위한 실질적인 도구로 활용하면서 또 다른 양상을 보여주었다. 즉, 대학에서의 공연에서 현장의 문제가 다루어질 때 시기를 달리하여 거듭 재현의 윤리와 관련한 문제가 반복되어 나타나기도 했다. 하지만 관객 집단의 감성에 부합할 때 운동적 성과가 진작된다는 목적성으로 인해 피해자/피억압자의 형상으로서 민중이 아니라 그들의 실제적인 문제에 대한 탐색이 이른 시기부터 이루어졌다.

마당극 운동에서 재현의 윤리는 특히 관객과 대화적 소통방식의 양상과도 긴밀히 관련되어 있었으며, 따라서 시기별 양식/형식의 변화를 설명할 수 있는 하나의 중요한 계기이다. 이 점에서 '현장적 전환'이라 불린

1970년대 중후반의 활동은 중요한 의미를 지닌다. 민중운동의 대중화와 현장과의 직접적인 만남을 통한 대항적 역량의 강화가 여타 예술 분야에서는 1980년대에 이루어졌던 것에 비해 연행예술 분야에서는 1970년대 중후반 긴급조치 시기 '현장적 전환'이라는 운동적 정체성의 갱신과 공장, 농촌 등에서 활동 속에 새로운 형식을 개발하였기 때문이다. 마당극양식 또한 이 시기 새롭게 개발된 문화적 형식이다. 양식의 관점에서 마당극사를 서술한 이영미가 지적했듯 마당극이 본격적으로 형성된 시기는 정치사적으로 유신시대와 정확히 일치하며 유신 말기에 다양한 형태로 꾸준히 공연되었다.[30] 이는 긴급조치를 전후하여 강화된 통제적 환경에서 대학의 문화패 집단이 실제 노동/농촌 현장과 연계를 가지는 한편 대학에서의 공연에서 새로운 공연조건들을 경험하게 되었기 때문이었다.[31]

이와 같은 '현장적 전환'이란 대학 문화패 일원과 노동자, 농민과의 만남을 기반으로 한두 가지 차원의 변화를 의미했다. 먼저는 주제와 제재의 차원에서 대학생의 추상적이며 관념적인 민중 지향성을 극복하고 당대 분출했던 주요한 사회문제를 극화하거나 현장의 실제적인 문제 해결을 돕기 위한 제재를 채택하는 것이었다. 또 한 가지는 공연 장소와 환경의 문제로, 대학이 아닌 공장과 농촌 공간에서의 공연이 기획되고 이루어지거나 연극 공연을 위한 설비를 갖춘 실내 공간이 아닌 공간으로서 야외무대나 생활공간이 공연 공간으로 채택된다. 즉 이 시기 현장적 전환은 실제 민중운동과의 접점을 통해 새로운 관객 집단과 공연조건의 변화에

---

30   이영미, 『마당극 양식의 원리와 특성』, 시공사, 1996, 45면.
31   이 문단의 내용은 「연극성의 풍요와 민중적 상상의 기여」(박상은, 『한국현대문학연구』 58집, 한국현대문학회, 2019.)의 내용을 직접 인용하였다.

대응해나가게 된 국면을 의미한다.

관객에서 관중으로

물론 양식실험과 공연조건의 변화 자체는 당대 연극사의 통시적인 차원에서 볼 때 완전히 새로운 것이라 볼 수는 없었다. 실제로 1970~80년대 한국연극을 규정하는 개념은 '전통과 실험'이었으며, 위의 인용에서 언급한 극의 다양한 형식과 양식들은 기성의 연극과 차별점을 두며 새로운 연극을 보여주었던 여러 극단을 통해 이루어지고 있었다. 대표적인 사례로 1. 극단의 차원에서 소극장운동이 이루어졌으며 극단 민예의 전통 연희의 재탐색과 극단 자유와 실험극장을 중심으로 한 새로운 번역극 공연, 그리고 극단 에저또의 전위적인 연극 실험이, 2. 오태석, 이현화, 이강백 등 신진 극작가군을 통해 비사실주의극의 다채로운 창작이 이루어지고 있었다. 한편 공연조건의 변화 또한 이루어지고 있었는데 소극장운동의 차원에서 1960년대 중후반, 그리고 1970년대에 이르는 시기까지 카페, 창고극장, 천막극장 등과 같이 기존의 연극 공연이 가능한 '극장'을 벗어난 새로운 공연 공간을 의도적으로 탐색하려는 시도가 이루어졌다.[32] 또한 당국의 새마을 운동을 통해서도 부녀회 활동 등을 통해 촌극 형태의 공연들이 이루어졌다.[33]

---

32 이에 대해서는 극단 가교와 천막극장과 관련한 박경선의 논의와 1970년대 소극장운동과 관련한 김기란의 연구, 1960~70년대 극장 개념과 공간의 정치성을 조망한 김태희의 연구를 참조할 것.(박경선, 『극단 가교(架橋)의 관객지향성 연구』, 부경대학교대학원 박사학위논문, 2014.; 김기란, 「청년/대항문화의 위상학적 공간으로서의 70년대 소극장운동 고찰」, 『대중서사연구』 22집, 2016; 김태희, 「1960~70년대 극장 개념의 분화와 공간의 정치성 연구」, 고려대학교 국어국문학과 박사학위논문, 2020.)

우리가 마당극이라고 부를 때는 공연장소가 어디냐의 관점에서 본 것이 될 것이다. 공연장소를 좀더 세밀하게 구별하기로 하자면 훨씬 다양해지겠으나, 크게 옥내냐 옥외냐로 나누어 생각할 수 있을 것이다. 바꿔 말하면 무대냐 아니면 마당이냐 하는 문제가 제기된다. 그런데 공연장소가 달라짐에 따라 생겨나는 차이는 단지 형식 미학적인 측면에서뿐만 아니라 연극의 근본적인 특질과 밀접하게 관련되는바, 그 하나가 **관중의 문제**이다.(임진택, 1980)[34]

그동안 마당극은 참으로 여러 가지 장소에서 공연되었다. 학교의 잔디밭, 운동장, 노천극장, 체육관, 학생회관, 휴게실, 강당 등에서 이루어지는가 하면 농촌의 논바닥, 마을회관, 동네마당, 공장의 식당, 기숙사, 교회, 성당 등에서도 공연되었다. 그리고 기존의 극장에서도 공연되는가 하면, 객석의 의지를 치우고 판을 꾸미고 무대 부분을 객석으로 쓰는 경우도 있었다. (중략) 이상적인 형태로서의 마당극의 공연장은 **삶의 현장에서 멀리 떨어지지 않은 장소**이자, 그 **공동체의 공동토론의 장소**이어야 할 것이다.(강조-인용자 주)(박인배·이영미, 1987)[35]

마당이란 공간적이며 동시에 시간적 상황개념으로서 삶의 토대이자 그 삶을 인식하고 표현하는 문화 생성의 토대이며 아울러 **공동 집회** 장소이다. (임진택·채희완, 1982)[36]

문제는 양식/형식의 실험과 새로움 자체가 아니라 관객이 얻는 미적

33 김영미, 『그들의 새마을운동』, 푸른역사, 2009.
34 임진택, 「새로운 연극을 위하여」, 『창작과비평』 1980년 봄호, 창작과비평사.
35 박인배·이영미, 「마당극론의 진전을 위하여-인물의 전형화를 중심으로-」, 『민족극 정립을 위한 자료집(제2권)』, 1987년 1월, '울림' 펴냄, 우리마당, 85면.
36 임진택, 채희완, 「마당극에서 마당굿으로」, 『한국문학의 현단계 I』, 창작과비평사, 1982, 117면.

경험의 질과 내용에 있었다. 이는 연행 담당층의 태도와 운동적 목적의식에 대한 분석을 요구하는 한편, 본질적으로는 관객들이 지각 대상으로서 공연물을 통해 선전 선동된다는 것의 의미는 무엇인가와 관련된다. 이와 관련하여 1970년대 중후반에서 1980년대 중반까지 현장과 극장을 오가며 공연 제작에 관여했던 마당극 운동 담당자들이 해당 공연들의 역동성을 설명하는데, 공연장소의 차원과 그로 인해 만들어졌던 다양한 공연방식의 문제를 지적하면서 최종적으로 '관객'과 '공동체'의 문제를 언급함을 주목해야 한다. 공연장소의 차이를 언급하며 관중과 공동체의 문제가 제기되는 것은 1. 직업과 계층, 생활 환경에 따른 관객 집단의 집단적 특수성의 문제와 2. 공연의 지각 환경으로서 시간 공간적 변화에서 기인한 관객 미적 경험의 문제, 그리고 1과 2를 모두 고려하여 3. '공동토론'을 가능하게 하는 공동체성의 창출이 연행예술운동의 맥락에서 이루어진 공연들의 주요한 변별점임을 보여준다.

이와 관련하여 '정치편향에로의 지나친 경도', '예술의 이념적 도구화'를 보였기 때문에[37] '탈미학의 행태'로 규정한, 형식주의에 기반한 미적 가치평가의 기준을 조정할 필요가 있다. 특히 공연이라는 예술적 형식을 통한다는 것이 만들어낸 의미, 즉 관극 집단의 정서와 감각에 대한 이해를 중심으로 소통 전략이 다양화되었던 차원으로 해석의 방향을 선회할 필요가 있다. 이를 위해 수용자 중심의 예술론의 관점이 필요하다. 위에서 두 번째로 인용한 글의 필자 또한 공연에 대한 평가의 근거를 "표현양식

---

37 채희완, 「해설-마당굿의 과제와 전망」, 채희완 임진택 편, 『한국의 민중극—마당굿 연희본 14판』, 창작과비평사, 1985, 9면.

을 수용하는 행위가 수용자에게 어떤 감흥을 주고 그 의식에 어떤 영향을 주며 수용자 자신의 모든 전체 행위와 어떻게 연관지어지는가"에 두어야 함을 강조한다.[38]

미적 교양에서 미적 경험으로

먼저 연극과 영화 연구에서 이루어진 관객성(spectatorship) 연구를 참조해야 한다. 관객성 연구는 각 연구가 주안점을 두는 바에 따라 다르게 나타남에도, 작품 자체가 아니라 '상연'을 둘러싼 문화적 맥락과 실제적 조건들을 재검토한다는 점에서 공통적이다. 이와 같은 관객성 연구는 상연의 공간과 제도에 대한 해석과 문화사적 맥락을 주어진 예술 작품을 해석하는 주요한 원천으로 삼으며 매체적 속성과 수용자의 관계에 대한 성찰을 전제로 한다는 점에서 본 논의에 기반을 제공한다.

더 나아가 마당극 운동의 연행들이 동시기 '보기'의 방식을 미학적으로 다채화시킴으로써 전문화와 유미주의의 차원을 발전시켰던 당대의 연극과는 달리 기민하게 다양한 계층/계급의 관객과 새로운 공연 공간에 적합한 소통의 차원을 보여주었다는 점을 해석하기 위해서는 미적 경험을 구성하는 요소들에 대한 예술 현상학의 이론, 그리고 지각 대상과 수용자/관객 사이의 소통적 성격을 사유했던 미학적 관점을 채택할 필요가 있다. 또한 연극의 형식과 관객에게 일어나는 정치적 효과를 연동해 사유했던 브레히트와 보알의 극 이론 또한 주요한 참조점을 제공한다. 이는 연행 담당자들이 관중, 신명, 마당/판과 같은 새로운 용어들을 통해 관객,

---

38 박인배·이영미, 앞의 글, 93면.

공연의 열기, 무대를 재정의하고자 했던 이유를 미적 경험에 대한 이론을 기반으로 분석하기 위함이다.

마르크스(Karl Marx)의 예술론은 예술이 혁명적 계급의 입장에서 평가되어야 한다는 점이 강조되면서[39] 무기로서의 예술의 목적성의 측면에서 이해되기 쉽다. 실제로 이는 속류 마르크시즘을 통해 국가주의 프로파간다의 형태로 변질되기도 했다. 하지만 마르크스 예술론에서 본질적인 것은 미적 감각과 가치의 기원을 사회적인 것으로서 수용자의 인식과 감각의 차원에 두고, "예술적 표현으로서 독자의 의식과 감정에 영향을 미치는 생생한 영상"[40]의 문제를 제기했다는 점이다.[41] 이에 따라 마르크스주의를 계승하며 미학 이론을 논쟁적으로 발전시킨 1960~70년대 소련의 미학 이론 또한 변증법적 사유와 인간의 사회적 본성에 입각한 미적 가치와 미적 평가에 대한 규정을 중심으로 이루어졌다.

소비에트 미학이론가인 M.S.까간은 미적 사유의 독자성을 분석하면서 예술의 형태학에 대한 숙고를 통해 예술 장르를 포괄할 수 있는 통일적인 이론을 설정하고자 시도한다. 까간은 "우리가 예술적 창조물의 구조를 분류의 기초로 삼을 경우, 처음부터 '단순한 구조'를 '복잡한 구조'로부터, 즉 형상구조가 재료상 동종인 예술을 혼합적이며 종합적인 예술로부터

---

39 B.끄릴노프, 「머릿말」, 마르크스, 엥겔스 저, 김대웅 편역, 『마르크스 엥겔스 문학예술론』, 미다스북스, 2015, 53면.

40 B.끄릴노프, 위의 글, 55면.

41 '유물론'이라는 개념이 전제하듯, 마르크스와 엥겔스는 현실이나 삶 자체를 퇴색시키는 것을 반대했으며 예술에 대한 일련의 저술에서 '예술을 위한 예술'의 주관주의뿐 아니라 당위성에 근간한 규범주의와 교훈주의를 특히 경계했다.(Avner Zis, 연희원 김영자 역, 『마르크스주의 미학강좌』, 녹진, 1989, 119면.)

구별해야 함은 의심할 여지없는 사실"임을[42] 강조하며 예술의 분화 과정의 합법칙성을 규명하여 다양한 장르와 형태들의 존재 방식을 설명하고자 한다. 특히 까간은 예술을 "인간에 의한 세계의 정신적 전유의 방법"으로 보고, 특히 "가치적 속성들"에 의해 전유된다는 데 예술의 특이성이 있음을 지적한다.[43] 또한 마르크스의 견해를 전유하여 인간의 정신 활동을 추상적이며 논리적인 조작의 도움을 받는 '인식 활동'과 예술적, 종교적, 실천적, 정신적 형식으로 세계를 전유하게 하는 '가치 평가적 활동'으로 구분한다.[44] 이에 따라 예술은 이론적이며 정론적인 이데올로기의 구조보다 일상적 의식의 구조에 더욱 가깝다.[45] 그런데 여기서 강조되는 것은 인식과 감정, 이론과 예술의 이분법이 아니라 예술의 가치정향적 인식 속에서 "지적인 것과 정서적인 것, 의식적인 것과 무의식적인 것의 생동적 통일"이 보존된다는 사실이다.

이와 같은 마르크스의 예술론을 극예술의 영역에서 확대 발전시킨 베르톨트 브레히트(Bertolt Brecht)의 연극론은 특히 연극사에 대한 이해를 기반으로 하여 문화운동의 수단으로서 연극을 사유함에 따라 형성된 것이다. 따라서 1970~80년대 연행예술운동은 브레히트의 극 이론과 작품에 대한 직접적인 영향 관계를 떠나 상당한 부분 관객과 공연의 미학에 대한 사유를 진전시키는 데 있어서 인식적 유사성을 드러낸다.[46] 특히 브레히

---

42 M.S까간, 『미학강의 1』, 새길, 1989, 341면.
43 M.S까간, 위의 책, 93면.
44 M.S까간, 위의 책, 94면.
45 M.S까간, 위의 책, 297면.
46 물론 한국연극사에 있어서도 식민지와 해방기에 이와 같이 연극과 문학운동이 연동됨에
    따라 관객과 공연의 미학에 대한 사유가 진전된 역사가 있었으나, 1970~80년대의 경우는

트의 극 이론은 서사극의 기법적 차원 혹은 관객들의 사회적 비판의식을 일깨우는 도구가 되어야 한다는 목적론적 연극론의 차원에서 작품 해석에 적용되어왔다. 하지만 브레히트의 출현에는 1920년대 피스카토르의 정치 연극론과 이어지는 바이마르 공화국 시기의 정치극 운동 시기의 역사적 맥락이 있었으며,[47] 이는 구체적으로 정치 운동으로서의 목적을 전제하면서 시기별로 사회적 문화적 상황에 따라 급격히 달라지는 관객성에 대응하면서 이루어진 다채화 된 형식실험과 관련된다. 즉 이 시기 마당극 운동과 연관된 관객 미학은 구체적으로 공연의 방식과 형식을 유미주의적인 미학의 차원이 아닌 관객에게 효과를 미치고 도달할 수 있는 감각의 차원에서 재검토했다는 점, 교육과 오락의 기능이 연극이 예술로서 갖는 부차적인 기능이 아니라 오히려 중심적인 기능이었다는 점, 연극이라는 미적 경험에 있어서 관객의 위상을 강조했다는 점에서 주요한 참조점이 된다.

실제로 브레히트가 반아리스토텔레스 미학을 주창했다고 해서 예술로부터 감성을 제거하기 위한 원리들을 공식화했다고 오해할 수 있지만, 근원적인 것은 유효한 생각을 이끌 수 있는 도구로서 감성이 갖는 힘에 대한 자각을 전제로 했다는 점이다.[48] 브레히트는 관객이 연극을 통해 그의 사회적 환경을 이해하고 그것을 이성적 그리고 감정적으로 지배할 수 있게 해주어야 한다고 논했다.[49] 브레히트의 서사극 이론은 감정이입

양적이고 질적인 차원에서 보다 급격한 방식으로 이루어졌다.

47 독일 정치극 시기의 극 형식과 매체 활용에 대한 연구로는 박광수의 「바이마르공화국 시기 노동연극 연구」(이화여자대학교대학원 국어국문학과 석사학위논문, 1992)와 이상복의 『연극과 정치: 탈정치시대의 독일연극』(연극과인간, 2013)을 참조할 수 있다.

48 Avner Zis, 앞의 책, 100면.

을 가능하게 하느냐 마느냐의 문제가 아니라 시기별로 나타난 연극의 미학을 절대적인 것이 아닌 상대적인 것으로 사유하고, 관객의 미적 체험에 무게중심을 두어 무대화의 방법에 대한 전략을 고민했다는 점에서 참조해야 한다. 연극이 '예술'이기 때문에 교훈과 오락의 사이에서 관객에게 오히려 효과적인 도구가 될 수 있다. 따라서 특정 공연에서 나타난 형식과 극작술의 미적 가치는 '실험'과 새로움 자체에 의해 규정되는 것이 아니다. 그 미적 가치는 실제 관객에게 주어진 극적 효과로서 교육적인 동시에 오락적인 효과의 질과 내용에 대한 구체화를 통해 규정된다. 브레히트는 연극사를 비판적으로 재검토하면서 미학적 실험주의를 경계하고, 교훈과 오락이 분리된 것이 아니라 공존하는 것으로서 공연의 기능을 재인한다.[50] 연극의 가장 고귀한 기능은 관객에게 즐거움을 주는 오락적인 것이다.[51] 아울러 브레히트는 연극사를 '각 시대'에 따라 '다른' 인간의 '공동생활'의 모사를 제공하는 것이며 이에 따라 필요한 오락의 형태가 달랐던 것으로 규정한다.[52] 물론 이때의 오락은 목적이 있는 오락이 되어야 했으며 정치적인 올바름에 대한 자각을 기반으로 한 것이어야 했다. 따라서 브레히트는 연극 전통의 부수되는 '수단'에 매달리는 연극이 아니라 해당 시대의 관객에게 세계를 비판적으로 이해하고 새로운 사회의 가능성을 꿈꿀 수 있는 효과를 일으킬 수 있는 연극을 목적으로 했다.

---

49 Avner Zis, 위의 책, 55면.
50 Avner Zis, 위의 책, 50~53면.
51 베르톨트 브레히트, 「연극을 위한 소지침서」, 김기선 역, 『베르톨트 브레히트의 서사극 이론』, 한마당, 1989, 305면.
52 베르톨트 브레히트, 위의 책, 307면.

한편 브레히트는 당대 연극의 기술적 발전이 오히려 기교주의로 인해 정치적 연극의 한계가 될 수 있다고 생각했으며, 소박한 연극의 가능성에 주목하기도 했다.[53] 또 "생산에 종사하며 어려운 생활 속에 사는 대중 집단"이 이용할 수 있도록 연극을 "변두리 지역"으로 옮겨놓아야 한다고 주장했다. '상업적 목적'의 대중화가 아닌 예술의 민주화가 이루어질 때 오히려 연극예술의 창조력이 새롭게 견인될 수 있다는 것은 브라질의 아우구스또 보알의 '억압받는 자들을 위한 연극'과 '민중연극론'을 통해 구체화 되었다. 즉 생활 현장의 요구들을 반영하면서 오히려 새로운 다양한 예술사적 근원을 갖는 형식을 창안하고, 현장 공연의 뜨거움 속에 연극/공연예술의 원형적 즐거움을 발견하는 것은 세계를 변화시키고자 하는 예술운동의 맥락에서 연극을 제작했던 브레히트와 보알에게 공통적으로 나타났던 현상이었다.

아울러 수용자-관객의 미적 체험의 위상을 재검토한 한스게오르크 가다머(Hans-Georg Gadamer)의 견해와 예술 현상학의 관점은 오락과 교육이라는 예술의 기능과 효과를 인간의 존재/인식론과 연결 지을 수 있게 한다. 가다머는 예술 작품을 "아름다운 가상"과 "미적 의식"으로 현실과 별개로 독립적인 가치를 지닌 것으로 만들었던 미학의 관점을 비판하고, 미적경험의 개념을 통해 예술 향유의 본질을 예술 작품과 경험하는 사람 사이의 역학 사이에 놓인 것으로 의미화한다.[54] 그는 칸트의 미학이 지닌

---

53 브레히트는 무대설비(위의 책, 133~135면), 배우와 연기(위의 책, 117~119면) 등의 차원에서 가난하고 소박한 연극의 기능과 효과에 대해 주목하며 질문을 던진다.

54 한스게오르크 가다머, 이길우 이선관 임호일 한동원 역, 『진리와 방법1』, 문학동네, 2017, 125~128면.

추상적인 성격을 극복하고 구체적인 삶의 세계에 뿌리를 둔 구체적인 미학을 전개하는 데 현대 미학의 중요한 과제가 있다고 주장했다.[55] 가다머는 예술의 경험을 쉴러의 미적의식의 개념에서처럼 다양한 체험의 불연속성으로 규정짓지 않고, 미적 존재가 때마다 끊임없이 생기(生起Geschehen)하는 것으로 특징짓는다.[56] 따라서 예술 작품이란 미적 의식에 마주해 있는 단순한 대상이 아니라 작품의 미적 존재가 그때그때 생기하면서 나타나는 의미의 통일체로 간주된다.[57] 미적 경험은 미적 교양의 날조물이 아니라 하나의 경험으로서, 우리는 미적 경험을 통해 자신을 이해하는 법을 배운다.[58] 미적 경험은 '구별'이 아니라 사실상 자기 자신과의 연속성을 심화한다.[59] 가다머는 특히 예술의 진리로서의 존재론을 놀이를 통해 설명한다. 놀이는 놀이하는 사람에게 특정한 작용을 하며 그를 능가하는 현실로서 경험된다.[60]

이와 같은 가다머의 놀이적 예술론은 '의식화'라 불린 특정한 이념적 강령 혹은 민중주의의 엄숙주의 자체에 포섭되지 않고 연행의 순간 관객과 연행자를 놀이의 정신으로 채웠던 연행의 기록들에 대한 의미부여를 가능하게 한다. 가다머는 특히 의미를 향유자의 삶에서부터 도출되지만 그 자신의 과거의 삶과 완전히 부합하지는 않으며 새로운 의미의 연속성

---

55 이남인, 『예술본능의 현상학』, 서광사, 2018, 29면.
56 이길우 이선관 임호일 한동원, 「예술의 고유한 인식 방법과 진리에 관한 비판적 고찰」, 한스 게오르그 가다머, 앞의 책, 282면.
57 이길우 이선관 임호일 한동원, 위의 책, 283면.
58 한스게오르크 가다머, 앞의 책, 146면.
59 한스게오르크 가다머, 위의 책, 189면.
60 한스게오르크 가다머, 위의 책, 166면.

으로 통합된다는 생기의 역학 위에 둔다. 따라서 '신명'을 통해 설명되었던 연행/공연의 역학은 놀이적 정신을 매개로 했기 때문에 공연이 최종적으로 의도했던 정치적 신념이 향유자들의 삶의 연속성 속에 더욱 유효한 방식으로 이해될 수 있었던 국면을 보여준다. 이에 따르면 양식/형식적 변화와 실험은 수용자와 별개로 존재하는 미적 인식의 대상이 아니라 해당 시기의 관객의 미적 경험에 대한 추론을 가능하게 하는 증표로서 재조명되어야 한다.

미적 경험과 감각의 문제는 세계 및 대상을 경험하는 신체를 통해 이루어지는 현전을 사유한 현상학적 관점을 참조할 수 있다. 현상학자 이남인은 예술경험에서 핵심적인 것은 "감각"이며 형식만을 강조하면서 감각의 차이에서 유래하는 소재의 차이를 가볍게 여기는 것의 심각성을 논한다.[61] 감각의 문제는 예술 장르에 따라 각기 다른 감각이 각기 다른 방식으로 작동한다는 점에서 중요하다. 현상학적 관점을 통해 감각의 차이를 만들어 내는 소재의 중요성을 재고하는 것은 연행예술운동이 운동적 목적을 통해 대면해야 했던 다채로운 공연성의 의미를 규정하는데 주요한 착안점을 제공한다. 다양해진 연행 공간과 상황으로 인해 무대를 이해하는데 기존에 연극이 공연되던 극장 공간과는 다른 감각들이 관객의 미적 경험을 만들어 내는 주요한 변수로 등장했기 때문이다.

뒤프렌느(M. Dufrenne)는 미적 경험의 현상학을 정초함으로써 미적 경험의 정체를 구체적으로 해명한다.[62] 뒤프렌느는 미적 경험을 "현전-재현과

---

61   이남인, 앞의 책, 134면.
62   미켈 뒤프렌(1967), 김채현 역, 『미적 체험의 현상학 上, 中, 下』, 이화여자대학교출판부, 1991.

상상-반성과 감정"으로 나눈다. 현전은 감각적인 것으로서 미적 대상이 지금-여기에서 신체에게 경험되는 방식을 의미하며,[63] 상상과 재현, 반성과 감정은 이와 같은 현전의 영역을 넘어서는 주체의 삶의 영역이다. 상상은 현전이 가지고 있는 지금-여기의 구속력을 벗어나는 것으로서 현전하지 않는 것을 떠올리는 모든 작용을 의미하며, 지금-여기에 국한된 감각의 세계를 넘어 시간과 공간의 지평을 가지고 있는 세계로 주체의 세계를 변화시킨다.[64] 반성과 감정은 상상력을 "교정하는" 오성의 작용을 지칭한다. 특히 뒤프렌느는 미적 대상에 대한 반성을 주체가 자신이 가지고 있는 틀에 따라 미적 대상을 접하고 미적 대상의 고유한 존재를 무시하는 "분리형 반성"과 미적 대상을 향해 마음을 열어 그것이 자신의 고유한 존재를 드러내도록 하는 "참여형 반성"으로 나눈다. 미적 경험의 과정에서 참여적 반성과 미적 감정은 상호 역동적인 관계 속에 발전하는 "변증법적 진보"의 과정을 통해 미적 감정의 깊이는 더해진다.[65]

한편 뒤프렌느의 개념에 따라 현전-재현과 상상-반성과 감정은 미적 경험의 '단계'로 제시되는데 이남인은 뒤프렌느의 규정의 한계를 비판하면서 이를 미적 경험의 '유형'으로 다시 개념화한다. 즉 현전-재현과 상상-반성과 감정의 미적 경험이 단계적으로 이루어지기도 하지만 동시적으로 이루어지기도 한다는 점은 앞서 까간이 말했던 예술 인식의 특이성인 바, "지적인 것과 정서적인 것, 의식적인 것과 무의식적인 것의 생동적 통일"의 역동적인 과정을 보다 구체적으로 설명해준다.[66]

---

63 이남인, 앞의 책, 214면.
64 이남인, 위의 책, 215면.
65 이남인, 위의 책, 215면.

아울러 뒤프렌느의 '참여형 반성'과 이를 재구성하여 새로운 정의를 시도한 이남인의 '해명적 미적 경험'의 개념은 미적 경험에 있어서의 능동성을 강조한다. 또한 미적 경험을 통해 이루어지는 "본래적 미적 감정"이 강조되는데, 이 본래적 미적 감정은 주체에게 하나의 세계를 열어주는 깊이를 가진 것으로 정의된다. 이와 같이 미적 경험과 그것이 창출하는 효과에 대한 예술 현상학의 관점은 양식/기법/사조의 자율성을 강조하며 예술을 삶과 분리된 것으로 사유하는 예술주의의 관점을 전환할 수 있게 한다. 특히 예술을 진리의 인식 방법으로 사유한 가다머의 논의와 함께 미적 경험이 주체에게 하나의 세계를 열어주는 것이 되는 역학을 분석한 예술 현상학의 논의는 향유자로서 관객이 환호하고 선호했던 예술적 형식에 대한 새로운 해석의 방법을 제시한다.

극장형 담론의 특수성과 지각과 현존의 예술형식으로서의 연행

특히 담론의 형식 중에서도 '극장형 담론'은 정보 전달 방식에 있어서 설득의 강도가 높고 집단성을 구성해내는데 탁월한 유형으로 구분된다.

---

66 이남인은 일상적 경험에 대한 후설의 정의를 참조하여 뒤프렌느의 규정을 해체적으로 재구성하며 미적 경험을 현전적, 현전화적, 해명적 미적 경험으로 유형화한다. 일상적 경험의 유형들에 대한 후설의 정의에 따르면 "현전"은 대상에 대한 직접적이고 근원적이며 생동적인 경험을, "현전화"는 직접적이며 근원적으로 주어지지 않는 대상을 의식 앞에 떠올리는 형태의 경험을, "해명"을 이미 경험된 대상의 내용을 보다 더 상세하게 분석하는 과정을 의미한다. 이남인은 이에 기반해 뒤프렌느의 현전-재현과 상상-반성과 감정을 해체적으로 재구성하며 ①미적 지각과 미적 감각을 포함하는 "현전적 미적 경험"과 ②미적 기억/예상/상상/재현/표현을 포함하는 "현전화적 미적 경험", ③동시적으로 혹은 사후적으로 현전, 현전화 경험 각각에 대한 해명을 시도하는 미적 경험과 선이론적/이론적 미적 경험을 포함하는 "해명적 미적 경험"으로 구분한다.(이남인, 위의 책, 228~245면 참조.)

극장형 담론에서 수신자들은 송신에 대해 '직접' 응답할 수 있다는 점에서 "책임감 있는" 위치에 있다.[67] 즉 공연에 대한 관객의 직접적인 참여나 반응 자체를 떠나 응답할 수도 있다는 지각과 현존의 조건이 극장형 담론의 강렬함을 만들어 낸다. 특히 마당극 운동에서 연행 본연의 속성으로서 관객들에 대한 강렬한 수신성의 고려는 적극적인 방식으로 이루어졌다. 특히 시기별/장소별로 변별적인 차이를 보이며 다채화 된 공연 방식들은 집단적인 공감을 통해 현실의 어려움을 극복하고자 하는 참여적 반성을 신장하기 위한 전략으로 볼 수 있다.

> 작품의 소재나 제재의 내용을 다루고 있는 솜씨가 만만치 않아 그리 단순·소박하지만은 않다는 점에서뿐만 아니라 표현상의 상상력의 원천으로서 전통연희의 양식을 비롯하여 서사극, 리얼리즘극, 표현주의극, 총체연극, 거리극, 게릴라극, 나아가 제3세계의 민중극 등 다양한 현대의 극작술을 유효적절히 활용하고 있다는 점에서 그렇다.(채희완, 1985)[68]

주지하듯, 1970~80년대 대학, 연극전용극장, 노동/농민운동 현장 등 다양한 공연 공간에서 이루어진 마당극 운동은 연극 양식사조의 차원에서 리얼리즘극, 표현주의극, 거리극 등 다양한 양식/장르가 결합된 형태로 나타났다. 본문에서는 시기별로 특화되었던 양식/장르의 결합 방식에 주목하되, 구체적으로 미적 경험의 지각과 감각을 만들어 냈던 구성요소를 면밀히 살핀다. 전통적으로 연극의 기본 요소는 희곡, 무대, 배우, 관객

---

67   김성재, 『상상력의 커뮤니케이션』, 보고사, 2010, 154~155면.
68   채희완, 「마당굿의 과제와 전망」, 『한국의 민중극』, 창작과비평사, 1985, 9면.

으로 여겨졌으며, 이에 따라 문학의 장르로서 '희곡'의 입장에서 공연예술의 구성요소를 언급할 경우 언어, 극 구조, 인물과 같은 희곡 텍스트에 기반한 해석과 이것에 연출적 관점을 도입한 '무대 형상화'에 대한 고려로 구분할 수 있다. 한편 공연 현장의 수행적 조건에 주목하면서 무대와 객석의 관계 및 배우와 관객의 관계를 중심으로 공연 방식의 특징과 미적 가치를 탐구하는 것의 중요성을 언급한다. 사진실의 분류는[69] '공연'의 입장에서 관객이 지각하는 대상으로서 무대그림의 총체성을 구성하는 변수들을 구분했다는 점에서 본 책에 중요한 참조점을 제공한다. 연행의 구성요소는 말, 이야기, 노래와 같은 '언어 텍스트'와 분장, 가면, 발화, 동작, 의상, 소도구, 음향, 무대미술, 무대와 객석 구조, 운용방식과 공연상황을 포괄하는 '공연 텍스트', 그리고 사회 문화적 맥락과 일상 공간과의 상관성을 포함하는 '문화적 콘텍스트'로 볼 수 있다.

이에 따라 이 책에서 지각과 감각의 대상인 무대그림의 총체성을 구성하는 변수들을 고려하여 세부적인 변화와 양식/장르 변화를 통합하여 시기별로 나타난 연행 방식의 변화를 살핀다. 구체적으로 지각/감각의 대상으로서 공연을 구성하는 요소는 크게 배우(인물 형상화/연기/동작/행동선/대사/분장/의상), 무대(무대구조/극장구조/무대미술/소도구/조명/음향), 관객(관객석 구조/관람 상황/관람 목적/사회문화적 맥락)으로 나눌 수 있다. 이 책은 대본과 공연 사진, 구술 등의 자료를 통해 파악할 수 있는 공연 장소의 물리적 속성의 변화와 연기 공간, 연기 및 동작 등의 구성 방식은 해당 공연의

---

69 사진실, 『한국연극사 연구』, 태학사, 2017, 190~195면.; 사진실, 『공연문화의 전통 악·희·극』, 태학사, 2017.

지각과 감각과 관련한 '현전'의 미적 경험을 추론할 수 있게 하는 요소로 참조한다.

연행 텍스트 형식적 변화 및 현장성 미학의 시간성과 의미

위의 논의들을 바탕으로 본론에서는 1960~80년대 한국 마당극·연행예술 운동에서 시기별로 분기했던 형식적 변화를 작품을 중심으로 추적하면서, 이 변화가 구체적으로 어떤 시간 장소적 환경과 관객의 미적 경험에 대한 고려를 기반으로 나타난 것인지 분석하고, 그 의미를 추적한다. 즉 시기별 변화에서 나타났던 공연 방식의 변화를 역사적 관점에서 재맥락화 시키면서 이를 연극/공연의 수행적 조건에 대한 분석 속에 그 미적 가치를 해석한다.

한국의 개발독재/ 포스트 개발독재 시기의 민주화운동을 시기 구분할 때, 그 종결지점은 논자들에 따라 1987년 6월 항쟁으로 놓이기도 하고, 1991, 2년에 놓이기도 한다. 후자의 경우 이어진 노태우 집권기의 전 정권과의 연속성을 강조한 것이기도 하지만 1987년 6월 항쟁 이후부터 1990년대 초반까지 운동의 열기가 노동운동을 중심으로 강화되고 확산되었음에 강조점이 놓인다. 마당극 운동의 경우도 유사한데, 특히 1987년 6월 항쟁 이후 1980년대 후반과 1990년대 초반에 이르는 시기까지 1. 노동운동장이 양적으로 확산되면서 순회 노동연극이 크게 활성화된 점 2. 민족극한마당을 연극 극장에서 기획해 각 지역의 연행예술운동 단체가 연극협회와는 다른 장을 구성하여 집약적으로 활동하며 전국적으로 이루어지던 마당극운동을 가시화시킨 점은 1987년을 운동이 약화되고 종결된 기점으로 상정할 수 없게 한다. 이에 따라 본 책은 마당극 '운동'의 시작과 마당극 양식 텍스트가 본격적으로 출현하여 확장된 1970~80년대를 중점적으로 다루지만, ≪제 1회 향토의식초혼굿≫이 열린 1963년부터 변혁적 예술 형식에 대한 고민이 이어지고 운동의 소멸이 가속화되었던 시기로서 1990년대 초반까지의 풍경을 아우른다.

2장과 3장은 1960~1970년대를 중심으로 살핀다. 2장에서는 1970년대 중후반부터 본격화되는 마당극 운동의 전사로서, 1963년부터 1970년대 중반까지의 시기 대학 연극반 및 탈춤반의 활동을 중심으로 한 연행을 살핀다. 이 장의 내용을 통해 대항적 민족주의와 민중주의의 시초를 보여주었던 이 시기 연행이 집회-공연-의례를 탄생시키는 한편 탈춤을 대항 청년문화로 전유하고, 민중을 매개로 사회적인 것을 재구성하려 도전하였는지, 어떤 지점에서 흔들리고 실패하였는지를 확인할 수 있다. 한편 마당극 운동의 양식실험이 집약되고 꽃피웠던 시기로서 1970년대 중후반은 사회운동과의 연계 속에 본격적으로 대학의 야외 공연과 노동운동/농촌활동 등의 현장 경험을 통해 연행의 조건들이 확장되었던 시기이다. 3장에서는 이 시기의 극 구조/무대 형상화와 같은 새로운 공연 방식의 역동성을 특히 현장적 전환에 따른 수행적 조건의 다채화와 연동하여 분석한다. 대학 문화패 출신들의 낭만주의에서 사실주의로의 급격한 이동, 1970년대 후반의 여성민주노조 운동 및 농촌 현장 활동과의 접합 속에 이상적이고 회고적인 공동체주의 혹은 민중주의로부터 벗어난 사유와 새로운 미적 형식의 발견으로 이어질 수 있었음을 고찰한다.

이어지는 4장과 5장은 포스트 개발연대기로 명명되는 1980년대 시기를 따라간다. 대학과 농촌, 공장에서 고발과 교육의 기능을 수행하며 치열하게 발굴되고 창조되었던 공연의 방식과 극적 자질들이 1980년대 기간 동안 본격적으로 대학과 지역의 연행 운동, 제도권 연극, 노동연극의 장에서 대중화되는 문화적 현상 속에 심화, 발전한 국면을 재조명한다. 이때 계승된 것은 특정한 양식/형식 자체가 아니라 변화한 수행적 조건 속에서 관객에게 유효한 효과를 불러일으키기 위해 공연의 방식을 갱신하는 운동의 동력이었다. 4장과 5장은 시기적으로 1983년 말 유화국면 전후로 집단적 주체로서 '민중'을 형상화하는 극적 형식들이 대두되었던 1980년대 초중반과 이후 이것이 해체되고 분화되면서 이전 시기의 민중주의를 극복하는 새로운 성과를 보여주었던 1980년대 중후반의 시기로 구분하여 서술한다. 이에 시기적으로 구분된 4장과 5장 내에서 구체적으로 극장, 노동자 문화공간, 대학, 각 지역 등에서의 활동을 나누어 살피게 될 것이다. 1970년대 후반의 연합탈반의 학습과 수련 및 현장적 전환이 1980년 서울의 봄에 창작탈춤·무굿·대동제 형태의 새로운 미적 형식을 가능하게 했다는 점을 살피고, 1980년 5월 광주가 불러일으킨 죄책감과 엄중한 의식이 이를 다시 어떻게 굴절시켰는지를 조망한다. 또 광주와 제주에서 소외받는 지역에 대한 심상지리의 반영이자, 지역이 겪고 있는 사회적 문제들의 현장성과 상징성, 그리고 지역에 특성화되어 있었던 민속들에 대한 재해석의 과정이 통합되면서 등장할 수 있었던 연행 텍스트들을 살핀다. 또 특정한 연대에 '극단 연우무대'가 마당극 운동의 대표로 여겨질 수 있었던 시기를 조명한다.

다음 5장에서는 1983년 말 유화국면을 전후한 시기부터 1990년대 초반까지의 시기를 살핀다. 노학연대의 맥락에서 촌극/극놀이 등의 형태로 노동연극이 출발하고 '사례극' 형태의 공연들이 노동자들의 생활 영역과 문화공간에서 연행되었음을 조망한다. 한편 이 시기 대학극에서 탈춤의 유형화/전형화 방식에서 탈피한 극적 형식들이 나타났음을 살핀다. 1987년 6월항쟁 이후 제도권 연극계는 마당극에 대해 보다 적극적인 관심을 표명하게 되며, 실제 이 시기 마당극은 극장주의 공간과 노동운동의 집회-시위 현장 사이를 유동하며 존재하게 되었다.

아울러 [보론]의 두 절은 본론에서 제시한 통시적 미학 변이 양상을 보완하며 마당극·연행예술을 현재 시점에서 다각화할 수 있는 관점을 제시하는 글로 구성했다. 먼저 민족적 형식이 빠질 수 있었던 분할의 딜레마와 및 민중운동의 당위 속에 부차화되었던 당대 젠더 인식의 한계를 함께 조망한다. 다음은 1987년 이후 1991년 5월에 이르는 시기 마당극·연행예술 텍스트가 위치되었던 방식을 미디어의 차원에서 조망한다. 이 시기는 "민주화의 범위와 수준을 둘러싼 대립과 갈등의 과정"(김정한, 2020)이 이루어진 시기였다.[70] 대학과 노동자 문화공간을 경유하여 개발되었던 마당극 운동의 문화적 형식들은 이 시기 크고 작은 집회 현장의 미디어가 되었다. 이에 매체 활용의 다중성, 공연 미적 형식과 집단적 체험에 대한 질문을 제기한 이 시기의 풍경을 조망한다.

마당극·연행예술 운동사는 참여했던 주체의 입장에서는 이미 선명하게 정리된 역사이지만, 문예사의 차원에서 '정전'과 흐름에 접근하기에 어려운 분야이기도 하다. 이에 [부록]에서는 '마당극 운동사'를 조망할

---

70   김정한, 『비혁명의 시대: 1991년 5월 이후 사회운동과 정치철학』, 빨간소금, 2020, 29면.

수 있는 글을 수록하였다. 또 앞서 언급한대로 마당극·연행예술 공연 텍스트가 선집 및 자료집의 형태로 발간된 바 있지만, 최근의 디지털 아카이빙 자료와 구술사, 당대 무크지 등을 통해 보다 확충된 목록이 필요한 바 다음 [부록]에서 그 목록을 덧붙였다. 그럼 마당극·연행예술 운동이 출발한 첫 시기로 돌아가 시기별로 생성되었던 현장성의 미학에 대해 다시 질문을 시작해 볼 시간이다.

제1장

1960~70년대 초 대학극과
대항적 민족주의·미학의 탐색

1963년부터 1970년대 중반까지의 시기는 1970년대 중후반부터 본격화되는 연행예술운동의 전사로, 예술의 목적을 사회의 변화와 연결하여 해석하는 현실주의 사유가 등장하고, 이를 기반으로 탈춤, 판소리, 풍물 등 민속예술을 기반으로 한 민족 미학에 대한 재탐색의 필요성이 대두되었다. 즉 1980년대의 것으로 여겨진 대학 마당극을 중심으로 한 민중적인 것에 대한 천착과 민족적 형식의 대중화는 비단 1980년대의 전유물이 아니었다. 학생 사회에서 사회를 변화시켜야 한다는 비판의식이 신장 되면서 민속이 단순히 형식이 아닌 정신과 가치, 기능의 '민족 미학'의 차원으로 탐색되었던 맥락 속에 이루어진 것이다.

이에 마당극 양식을 선취한 첫 작품으로 논의되는 <진오귀굿>(1973) 이전 시기 ①1960년대 한일협정 반대 투쟁을 전후로 이루어진 의례적 퍼포먼스 ②1970년대 초반에 대학 탈춤반의 민속부흥운동 ③대학 연극반의 창작극운동은 민중주의적 정동이라는 연행의 내용·대학의 야외공간 및 대학 무대극이라는 연행 공간·집회 혹은 공연이라는, 연행의 목적에 있어서 예술주의와 민속 보존주의에서 벗어나는 역동이 발견된다.

여기에 뒤따르는 질문은 다음과 같은 것이다. 4·19와 1963년 한일협정 반대운동을 기점으로 점화된 대학 학생운동에서의 민족주의가 담론과 민속미학에 대한 관심을 어떠한 방식으로 견인하는가. 쿠데타 정권과는 다른 민족주의에 대한 상상은 민중주의적 정동과 어떻게 연결되는가. 예술적 심미주의에 연행의 목적을 두지 않은 이들의 대항적 현실주의는 어떠한 새로운 미학적 형식들을 만들어내는가. 대항적 운동이라는 의도를 벗어나는 놀이의 지점들을 대학의 생활 공동체성과 더불어 어떻게 해석할 수 있는가. 이 특정한 연대에 이 젊은 학생들의 눈에 포착된 민중은 어떤 존재였나. 서발턴의 재현 불가능성은 어떠한 문화 정치적 의미를 마련하게 되는가.

따라서 본 장에서는 1963년부터 1970년대 중반까지의 시기에 대학 무대극 관습의 변화가 나타나고 있음을 현실주의 사유를 기반으로 탈춤, 판소리, 풍물 등 민속에 나타난 저항의 미학으로 전유하는 맥락과 연결되어 있음을 추적한다. 먼저 민족미학의 탐색을 '민중미학'으로 명명했던 1970년대 초반 김지하의 민중 담론과 <구리 이순신>, <금관의 예수>와 <진오귀>를 중심으로 대학-지식인 집단의 초창기 민중주의의 사유와 공연의 수행적 조건의 변화를 아울러 검토함으로써 해당 공연들에서 나타난 무대극 관습의 변화를 관객과의 소통방식 변화의 차원에서 재조명한다.

1. 민족적인 것은 민중적인 것:
1963년 한일협정반대투쟁부터 유신정권 이전까지

4·19 이후의 대학의 민족주의와 현실주의 사유의 지평

1960년대 대학생들에게 4·19가 중요한 것은 이것이 그들의 전유물이기 때문이 아니라 혁명 이후의 본격적인 담론적·실천적 모색을 가능하게 했기 때문이다.[71] 대학생들은 4·19 혁명의 주동세력이자 중심적인 집단이 아니라 4.19를 통해 만들어지고 그 이후 본격적으로 언론 등의 사회 담론을 통해 사회 변화의 주체로 호명된 집단이었다.[72] 4·19 당시의 집단행동에 직접 참여의 여부를 떠나 이것이 당시 대학생의 감성을 가로 짓는 주요한 사건이었음은 이후 '민중시인'으로 후배세대의 민중문화운동을 점화시킨 김지하의 회고가 말해준다. "그렇다. 시민, '대중적 민중'이다. 나는 그때부터 마음속으로 울기 시작했다. 잘못 본 것이다. 이념도 지도노선도 없는 것이 아니라, 그것들은 숨어 있었고, 그러난 것은 행동이었으며 서서히 전 민중으로 확산되어가고 있었던 것이다."라는 김지하의 회고는[73] 사회변혁의 결정적인 움직임을 만들어낸 것이 '이념'과 '지도노선', 즉 상징자본에 기반한 '학'생층의 계도가 아니라 이름 없는 수많은 대중, 민중, 시민이었음에서 받은 충격을 보여준다.

실제로 4·19 이후 대학 사회는 1950년대의 자유주의적이며 개인주의

---

71 김미란의 연구는 이들의 활동과 구호를 분석함으로써 4.19 세대에 대한 찬사의 이면을 실증하며 그 정치적 인식의 실제적인 지평을 분석하고 있어 주목된다.(김미란, 「4.19 혁명의 정치적 상상력과 개인 서사」, 『겨레어문학』 제35집, 겨레어문학회, 2005.)

72 권보드래·천정환, 『1960년을 묻다: 박정희시대의 문화정치와 지성』, 천년의상상, 2012.

73 김지하, 『흰 그늘의 길 1』, 학고재, 2003, 356면.

적인 집단 정체성을 벗어나 집단 지성으로서 담론 창출을 시작했다. 1950년대에는 비중과 역할이 미약했던 학내 이념 서클과 소모임이 1960년대에 활성화되었던 것은 이 움직임을 반영한 것이다.[74] 1960년대에 서울대·고려대·연세대·경북대 등에서 여러 이념서클이 활성화되었으며 이들은 민족주의에 기반하여 한일협정 반대, 부정선거 규탄, 삼선개헌 반대운동을 펼쳤다.[75] 일례로 연세대학교 한국문제연구회는 1963년 10월, "한국의 제문제를 심각하고 예리하게 연구하여 민족적 양심의 선도자로서 한국민족이 지닌 무한한 가능성을 찾아 민족의 민주적 토대와 조국의 역사적 통일에 결정적 주체가 됨"(「한국문제연구소 창립선언문」, 1963.10.29.)을 회칙상 목표로 삼았다.[76] 학생들이 대학이라는 공간과 대학생이라는 자신의 위치적 특수성을 개인주의적인 이해에 국한 시키지 않고 사회에 대한 메시지를 생산하고 확산시키는 중심으로 이해하기 시작한 것도 4·19 이후였다. 이를 통해 대학 사회는 본격적으로 헤게모니 투쟁에 개입했으며 대학생들은 이후 한국 사회에서 유기적 지식인으로서의 역할을 강화했다. 한일협정이 본격화되며 반정권 인식이 분명해지기 이전 사회운동과 연계된 활동은 '새생활운동',[77] '향토개척단'과[78] 같이 '나태'와 '무지'의 청산을

---

74 오제연, 「1960년대 대학생 '이념서클'의 조직과 활동: 서울대 고려대 연세대를 중심으로」, 민주화운동기념사업회 기획, 『학생운동의 시대』, 선인문화사, 2013.

75 김아람, 「학교에서 거리로, 도시에서 농촌으로: 1960~70년대 이념서클의 학생운동-연세대 한국문제연구회를 중심으로」, 『학림』 제 48집, 연세사학연구회, 2021, 9면.

76 「한국문제연구소 창립선언문」, 1963.10.29.(김아람, 위의 글, 14면에서 재인용.)

77 4.19 혁명 이후 문맹을 퇴치하고 새로운 민주 정신을 양양시키고자 하는 의식 개혁 운동의 차원에서 '새생활운동'을 개진한다. 1960년 6월 10일, 서울대학교 학생회는 국민 신생활 운동, 국민 계몽 운동을 전개하기로 결의하고 여학생회에서는 여성 신생활 운동을, 문리과대학에서는 '농촌으로 가기 운동'의 전개를 결의했다.

78 향토개척단은 4.19 이후 사대주의적인 외래문화에 대응하고 민족문화를 회복하려 했으

외쳐 '생활'의 측면에 대한 개선을 지도한다는 계몽주의적 입장에서 이루어졌다.[79] 이는 계몽주의적 한계에서 벗어나지 못한다는 평가를 받기도 한다.

하지만 이 시기 대학생들의 사상적 탐색과 문화적 실천을 단순히 이들의 계도적 위치의 반영으로 보기는 어렵다. ≪향토의식초혼굿≫에 대한 연구에서 김재석이 지적했듯이 이들은 당대의 정치 사회적 현실에 대한 비판적 인식이 있었기 때문에 전통문화의 가치를 진보적 관점에서 재해석하는 공연이 가능했다.[80] 이를 정치하게 해석하기 위해서는 대학생들의 '진보적 관점'의 실체에 대한 분석이 필요하다. 이들의 공연물에서 가난 정동을 형상화하는 방식들은 '민족'에 이어 '민중'이 민주화운동의 중심으로 떠오르며 정권과의 담론적 분기점이 되는 것이 1970년대라는 시각이 있음에도,[81] 이 '민중'에 대한 주목이 이 시기에 이루어졌음을 보여 주기 때문이다.

이처럼 이들의 '민족주의'는 정권에 의해 적극적으로 장려되고 반일 감정의 여파 속에 시대의 유행이기도 했던 전통의 형식을 매개로 했는데,

---

며 농촌문제의 개선에 관심을 가지고 있었던 대학생들을 대표하는 단체였다.(김재석, 「<향토의식초혼굿>의 공연 특질과 연극사적 의미」, 『한국극예술연구』 제18집, 한국극예술학회, 2003, 165면 참조)

79 4.19 혁명에 영향을 받은 학생들은 '향토개척단' 활동을 시작했으며, 자원활동가를 모집하여 특정 마을과 자매결연을 맺어 농활을 했다. 근로/교육/계몽 활동을 통해 농민의 나태와 무지를 깨뜨리고자 했다. 5.16 이후 정치적 규제와 시혜적 활동이라는 태생적 한계로 인해 활동에 어려움을 겪었지만 1970년대 중반 이후 민중에 대한 관심이 증대하면서 학생-농민 간의 연대 강화로 모양이 바뀐 농촌활동의 형태로 계승된다. 서울대학교 60년사 편찬위원회, 『서울대학교 60년사』, 2006, 760면.

80 김재석, 앞의 글, 169면.

81 민주화운동기념사업회, 『한국민주화운동사 2』, 돌베개, 2008, 93면.

이는 비단 민속뿐 아니라 예술에 대한 사유에 있어서 현실주의의 인식이 심화 되면서 분명한 차별점을 보였다. 많은 연구에서 규명했듯, 1960년대 민속예술경연대회에서 가면극과 민요가 대다수 수상한 것과 민속학계의 차원에서 이루어진 민속극에 대한 심화된 연구는 당대 민족적 형식에 관한 관심이 비단 대학생에게 국한된 것은 아니었음을 보여준다. 즉 비판적인 문화운동의 정체성을 형성해가며 일련의 공연을 생산했던 이들이 '민중적 형식'으로서 가면극과 민요에 주목한 것 자체가 이들의 민중 지향성을 설명해주는 것은 아니었다. 민속학의 차원에서 이루어진 자료의 발굴 및 수집에 기반한 연구와 전통의 연행 양식들을 장려하고 확산시키고자 했던 정권의 움직임은 이들과는 다른 방식으로 주체적인 전통을 사유하고자 했던 대학생들에게도 전통과 접속할 수 있는 기회를 제공했다.

이들은 지배 헤게모니를 강화하기 위한, 순수한 미적인 형식으로 정초시키기 위한 전통 활용과 자신들의 움직임을 차별적인 것으로 인식하고자 했다. 즉, 이들에게 전통에 대한 사숙이 단순히 '새로운 연극'을 위한 것이라는 차원에서 이루어진 것이 아니었음은 다시 강조되어야 한다. 이들에게 '전통'과의 만남은 정권의 전통 발굴과 자신들을 차별화하며 문화적 식민성을 극복하고자 하는 의식적인 차원에서 이루어지며 '우리의 문화'로서 민속에 대한 관심과 탐구로 이어진다. 김지하는 학내의 차원에서 서울대학교 학생단체인 향토개척단 활동을 개진하며 산하연구회 '우리문화연구회'에서 활동하고,[82] 학교 밖에서는 심우성과 '한국민속극연구소'

---

[82] 2010년도 이후 1960~80년대 학생운동사 연구에서 학교별 이념서클의 조직 및 전개 양상에 대한 연구가 진행되고 있는데, 1960년대 연세대학교 이념서클에 대해서는 김아람의 연구를 참조. 김아람(2021)은 연세대 이념서클인 '한국문제연구회'가 1963년 조직되고,

(1966)를 결성한다.[83] '한국민속극연구소'도 김지하가 심우성을 찾아가 학생들과 함께 전통문화를 논할 수 있는 모임을 결성하자는 제안으로 만들어진 것이다.[84] 학내 학생들의 연구 단체인 '우리문화연구회'와 학교 밖에서 심우성을 중심으로 만들어진 연구 단체인 '한국민속극연구소'의 공통점은 한 장르에 국한된 모임이 아닌 문학, 연극, 영화, 미술 등 다양한 장르에 대한 각자의 관심과 기량을 가진 구성원들의 모임이었다는 점,[85] 그리고 이 단체를 통해 판소리와 재담, 탈춤 등 전통 연행 양식에 대한 공부와 수련이 가능했다는 점이다. 이들은 연극, 그림, 음악, 소설 등 장르에 관계없이 "우리 조상 때부터 내려오던 전통적인 우리의 물결"를 되찾아 "서로에게 유익한 이웃"이 되자는 취지로 모였으며, 이곳에서 탈춤을 배우고 농악을 쳤다.[86]

아세아에 대한 관심이 아세아가 아닌 지역으로부터 강하게 일깨워지고 있는 이때에 전승문화에 대한 연구가 다분이 다(他)율적, 형식적, 고식적인 자세에서 진행되고 있는 이 현실에 우리는 깊은 우려를 갖지 않을 수 없습니

1971년 위수령으로 인해 강제해산된 이후 그 후신으로 '민족문화연구회'가 조직되고 1975년 시위를 이끌었던 과정을 밝힌 바 있다.

83 심우성은 당시 민속극과 남사당 관련 자료를 수집하고 직접 공연을 준비하면서 민속예술과 관련한 데이터베이스의 수집과 공유의 중심에 있었던 인물로, 민속예술에 관심이 있던 예술인, 학생들은 대부분 그를 거쳐 갔다.

84 『2012년도 한국 근현대예술사 구술채록연구 시리즈 217, 심우성(1934~)』, 채록연구 허용호, 기획 편집 국립예술자료원, 2012, 88면.

85 한국민속극연구소 창립 멤버· 강명희, 강태구, 고태식, 김문환, 김세중, 김윤수, 김지하, 김홍우, 민혜숙, 박영희, 심우성, 오숙희, 오윤, 윤대성, 임세택, 정희현, 조동일, 조용숙, 차미례, 허술, 홍세화(심우성, 『소중한 민속예술인과 만남』, 우리마당, 2011, 88~89면. 참조)

86 『2012년도 한국 근현대예술사 구술채록연구 시리즈 217, 심우성(1934~)』, 채록연구 허용호, 기획 편집 국립예술자료원, 2012, 92~95면.

다./ 한편에서는 민속극에 대한 연구가 민족유산 단절에 대한 소박하기 그지 없는 한 가닥 노파심이나, 또는 그것이 관광용 상품이 될 수 있다는 상업적인 관심에 의하여 그릇된 방향으로 진행되고, 다른 한편에서는 원형의 보존이라는 미명 아래 복고 취향에 빠져 민족예술 전체를 과거의 한 시기 속에 박제하려 드는 결정적 과오에 왜곡하고 있는 것이 오늘의 현실입니다./ 전통문화란 무너지면서 동시에 살아나는 것입니다. 그것이 **민중의 구체적인 생활과 더불어 끊임없이 스스로를 변경시키면서 발전**하는 것이지, 민속극 또한 예외일 수는 없습니다./ 민속극의 참된 가치는 그것이 사회의 급격한 변천 속에서도 **언제나 인간답게 살고자 몸부림 쳐 온 민중의 절실한 염원과 의지**를 날카롭고 생생하게 반영시켜 왔다는 점에 있으며 민속극의 원형이라는 것도 바로 이러한 변화 속에서의 그 예술적 본질의 발전을 깊이 이해하는 동태적 파악에 의해서, 그리고 그 변화발전에 대한 적극적 가담에 의해서만 비로소 그 연구가 가능한 것으로 압니다./ 우리는 **민중의 거짓 없는 의지가 함축되어 이어질, 민중 속에서 피어날, 새로운 사회극의 출현**을 희구하여 이에 수반되는 제반 작업들을 갖고자 본 연구소를 여는 데 뜻을 모았습니다./ 전통에 대한 바른 인식을 위하여, 그의 분명한 전수를 위하여, 또한 새로 이어질 민속극 내지 민중극의 창조적인 내용을 유도하고 가늠하기 위하여, 한국민속 극연구소는 전문적인 연구를 위한 원탁의 자리가 되고자 하는 것입니다./ 오직 여러분의 아낌없는 성원만이 본 연구소의 첫 발자욱을 가능하게 할 것임을 말씀드리며 먼저 인사를 올립니다.(강조-인용자 주)[87]

민속극과 농악 등 전통문화에 대한 이들의 학습열은 일본-서구(미국, 유럽)의 문화에 대한 맹목적 추종으로 이루어진 한국의 근현대사에서 나타난 문화 식민주의에 대한 비판에서 비롯한 것이다. 위의 인용은 한국민

---

87   <한국 민속극연구소를 열며>, 1966.5.5.(심우성, 앞의 책, 참고자료.)

속극연구소의 발의문으로 전통의 창조적인 계승에 대한 의지를 보여준다.[88] 1966년 시점에서 이들은 전통문화 복권에 있어서 나타나는 형식주의적 혹은 복고주의적 발상과 상업주의적 목적을 경계함으로써 민속학과 정권의 전통 복원 작업과 자신들을 차별화시킨다.

이들에게 민속에 대한 사숙을 정권/민속학과 차별화시키는 기제는 '민중'이었고, "새로운 사회극"으로서의 예술을 꿈꾸는 매개로 삼았다. 1970년대가 시작되기 이전에 반정권 담론으로 '민중'이 개입하고 있음이 파악된다. 그럼에도 여기서 민중은 "거짓 없는 의지"를 가지고 있는 동일성의 존재로 사유되었다는 점이 주목을 요한다. 이는 4.19와 한일협정반대투쟁을 거치며 형성된 1960년대 문화운동 세대의 '민족'에 대한 자의식을 보여주는 지점이다. 이 민중은 계급적 인식으로 미분되지 않고, 부정부패의 온상 혹은 민족 정체성을 훼손한 타자로서 정권을 심판할 수 있는 절대적인 선으로 사유 되었다. 반민족적 행태를 보여주는 정권하에서 대다수의 사람들이 빈곤한 생활에 허덕이던 당대의 현실은 역사 속에서 지배계층의 핍박을 받는 '가난한 다수'로서 민중과 쉽게 동일시되었다. 이러한 의도에서, 지도계층에 대한 비판의식을 수행하고자 했을 때 적절한 연행적 형식으로 산대와 나례 같은 국가적 의식이 아닌 '민중', 즉 일반적인 농민들이 즐기던 연행 형식으로서 가면극에 주목하였고 특히 가면극이 지배계층에 대한 비판의 기능을 수행했다는 점에 매혹되었다.

그 중에서 조동일의 입장은 주목해 볼만하다. 그는 직접 순수-참여 논

---

88 『2012년도 한국 근현대예술사 구술채록연구 시리즈 217, 심우성(1934~)』, 채록연구 허용호, 기획 편집 국립예술자료원, 2012, 87면.

쟁에 참여한 것은 아니지만 순수문학의 관점을 근본적으로 비판하는 논리를 보여준 바 있다.[89] 진보적 사상종합지인 『청맥』과 『사상계』 등에 게재한 조동일의 문학평론에 나타난 참여문학론적 관점과 전통에 대한 새로운 인식은 '사대주의 척결'이라는 새로운 세대의 문제 인식이 결코 단순한 전통으로의 복귀가 아니라 '현실주의'에 대한 지향과 연결되었음을 입증한다. 조동일은 「시인의식론」에서[90] "극단적인 소외 속에 스스로의 파멸을 택하는 고독한 존재"가 아니며 시인의 의식은 생산관계와 사회 제도에 따라 시대마다 다르게 형성되는 것이라고 주장했다. 조동일은 양반을 대신해 대두한 서민세력의 '리얼리즘'에 주목하면서 이와 같이 생산적이며 시대에 기여할 수 있는 문학을 '민족적 리얼리즘'으로 명명한다. 이 시기 조동일에게 리얼리즘은 "광대 시인의 전통"으로서 민중문화의 정신과 방법을 전유함을 의미했다.[91]

집회-공연-의례의 첫 장면: 서울대학교 《향토의식초혼굿》(1963)

1963년 11월 19일 서울대학교 문리대 교정에서 이루어진 첫 번째 《향토의식초혼굿》은 농촌문제와 관련한 강연 이후 무대극 형식의 <원귀마당쇠> 공연, "사대·매판·굴종지추"를 넣은 상여를 불태우는 제의적인 형식의 연행인 <사대주의 살풀이>, 농악굿 <나가자 역사야>의 순서로 진행되었다.[92] 제한된 공간에서의 연극 공연이 아닌 거리 예술이 곁들여

---

89 전용호, 「1960년대 참여문학론과 청맥」, 『국어국문학』 141집, 국어국문학회, 2005, 272면.
90 조동일은 『청맥』에 1965년 1월호부터 1966년 3월호까지 「시인 의식론」을 발표했으며 이 글은 『청맥』에서도 가장 규모가 큰 문학 평론이었다.(전용호, 위의 글, 272면)
91 전용호, 위의 글, 275면.

진 퍼포먼스와 이벤트의 형태로 이루어져 있었으며 그중에서 <원귀 마당 쇠> 공연의 경우 '주제 전달'을 위해 야외 공연이 아닌 실내 공간에서의 공연으로 기획된다. 조동일은 2023년 구술에서 5.16 이후 "학교에서 인정하는 공식 기구"로 향토개척단을 만들고, 충돌을 줄이고 기반을 넓히기 위해 "온건노선을 표방"했다 밝힌 바 있다.[93]

이는 민속적 놀이와 음악과 극 공연 등이 다양하게 결합되어 축제와 집회가 결속된 형태를 만들어 냈던 1980년대 '대동굿' 형식의 시초로 볼 수 있다. 물론 이후 대학, 각종 시위와 집회 현장, 그리고 1987~1991년 사이 이루어진 급진적인 변혁 운동의 양적 성장 속에 이루어진 형식과 사유의 질적 세분화에 비한다면 소박한 차원으로 볼 수 있다. 하지만 구호와 단순한 교육이 아닌 생활과 의식이라는 '문화'의 혁신을 통한 사회 변혁의식에 주목했다는 점, 이때 외래적인 문화 형식이 아닌 전통, 그중에서도 민속문화를 참조하고자 했다는 점은 이후 대학발 문화운동 사유의 기원적 풍경을 제공한다. 또 반제-반미 의식을 고취하며 문화적 식민성에 대해 일방적인 사유를 확산시키기도 했던 1980년대 대학 문화와 완전히 동떨어진 것이 아니다.

그렇다면 이들이 인식한 이 시기의 "폐풍"은 무엇인가. '향토개척단'과 '우리문화연구회'에서 '향토'와 '우리문화'의 기표는 농촌 소외와 황폐화라는 사회적 문제와 '밴드'와 '재즈'로 대표되는 "미국판 대중문화"의 횡

92　「향토의식초혼굿 개최」, 『동아일보』, 1963.11.20.

93　조동일, 「조동일의 각성 과정」, 『1970, 80년대 민속극 부흥운동의 전개 양상과 그 사회문화적 배경, 그리고 생성미학적 접근』, 2023년도 한국민족미학회 춘계 학술대회 자료집, 8면.

행이라는 문화적 현상에 대한 지식인으로서 대학생의 대안적 사유를 대표했다.[94] '사대주의 살풀이' 대목에서는 '양담배 곽'과 '커피상징물들'을 붙인 '양키' 허수아비를 상여와 함께 들고 다니다가 화형식을 했다. 풍물, 탈춤, 굿과 같은 민속적인 연행의 부흥 혹은 부활은 농촌의 황폐화를 극복하게 하고 농민의 주인됨을 가능하게 한다는 사유는 거침없이 "민족의 소생"으로 연결되었다.

여기에서 '민족'이라는 기표가 갖는 환원주의와 순혈/순수주의적 가능성과 그로 인해 파생되는 암묵적 배타성과 계몽적 위계를 간과할 수 없다. 그럼에도 이 시기 위로부터의 강요나 학문적인 풍토와 지배적인 문화로부터 벗어나 스스로의 취향과 문화를 선택하고자 하는 움직임이 이루어졌음을 주목할 필요가 있다. 이는 대학이라는 생활 공동체를 위한 새로운 의례-놀이 문화의 형식을 창안하는 것이기도 했다. 이들이 의도했던 '부흥'은 1970년대 급격히 확산된 가면극과 탈춤이라는 민속의 연행 방식들을 전유한 대학의 문화패의 활동으로 현실화된다.

구체적으로, ≪향토의식초혼굿≫에서 전통은 무대 위에 예술로 소비되는 전통 공연의 형식이 아니라 상여와 마을잔치의 형식을 통해 농촌문제를 통한 반체제적 인식을 공유하기 위한 집단 의례의 형식으로서 기획된다. ≪제1회 향토의식초혼굿≫은 "횃불을 높이 지피고 무가와 농악이 흥겨운 가운데" 시작되었으며 "막걸리를 나누며 대학가를 흥겹게 한" '축제'로 기획되었다. 『대학신문』에서 지적하듯이 이 행사와 대비되는 것은

---

94 조동일, <다시 나온 마당쇠>,
https://seelotus.tistory.com/entry/%EC%9B%90%EA%B7%80%EB%A7%88%EB%8B%B9%EC%87%A0

기존의 대학 문화인 "외래풍 카니발"로, 이 새로운 연행의 형식은 풍물과 막걸리와 같은 농촌 문화의 요소들을 활용함으로써 기존의 대학축제와는 다른 "이채"로운 성격에서 주목받았다. 기사에서 농악은 "향토성"으로, <원귀 마당쇠>의 대사에 나타난 계급적 인식은 "옛날과 지금의 농촌 생활을 비교"로 해석된 것과 달리 축제와 공연의 일면은 주최 측의 사유가 결코 그리움과 유폐성에 근간한 민속적 요소의 차용에 국한되지 않음을 보여준다.

이 시기를 전후로 대학가에서 촌극 경연대회와 화형식을 통해 정권을 비판하고 풍자하는 문화적 형태의 집단행동이[95] 등장하는데, ≪제1회 향토의식초혼굿≫이 차용한 것이 '마을의 상례 형식'이었다는 점은 특수한 것이었다. 도시의 대학에서 농촌의 마을 공동체의 문화적 형식은 '이채'로운 것으로 해석되었지만, 실제 창작 주체의 유년기의 생활 체험에서 기인한 것이다.[96] 또 야외에서 풍물의 연주와 잔치 형식으로 의례를 구성한 것은 민속의 '굿'을 있는 그대로 '보존'하기 위함이 아니라 사회를 변혁할 수 있는 역사의식을 공유한다는 운동적 목적에 의해 선택한 것임을 드러낸다.

마당쇠 그런데 굿은 왜 함시로 이러지?

관중석 너 같은 원귀들 살아 나와서 할 말을 다 하라고 굿을 하는 거야.

---

[95] 오제연, 「1960년대 한국 대학축제의 정치풍자와 학생운동」, 『사림』 55집, 수선사학회, 2016.

[96] 조동일은 졸업 후 문학평론 활동을 개진하다 1970년대 이후 문학평론 활동을 종료하고, 고전문학 학자로 업적을 남긴다. 그는 자신의 학문적 여정을 회상하며 그 질문의 기원을 유년기 마을에서 체험한 상여행렬과 상두꾼 소리의 '아름다움'에 둔다.

마당쇠 오라! 그래, 내가 굿 하는 소리를 듣고 깨어났구나. 그래 뭐가 이상 하더라니까.

관중석 그럼 이야기를 시작해.

마당쇠 말을 할라니께 먼 말을 먼저 해야 될지 모르겠다니까. (가슴을 주먹으로 치면서) 가슴이 갑갑하고, 숨이 꽉꽉 막히고, 눈물이 찔끔찔끔 나오고, 방구가 뿡뿡 나오기만 한다니께. (주먹을 쥐어 보이며) 이만한 불덩이가 모가지로도 치밀고 가슴으로도 치밀고 허리로도 치밀고 해 사람이 환장하것당께. 내 본래 욕쟁이는 아닌데 개좆같이 욕만 나온당께. (무덤 앞에 주저앉는다.) 아고, 숨차. 원이놈의 거 무얼 할라고만 하면 이렇게 숨이 차니. 하기야 워낙 먹은 것이 있어야지. 굶어 죽은 놈이 무슨 힘이 있나. (한참 그대로 앉아 있다가 무덤 앞에 차려 놓은 제물을 보았다.) 옳지 그걸 잊고 있었구나. 손자 높이 이 귀한 음식을 차려 놓고 갔는데. (하나씩 집어 들면서) 보리밥 한 그릇, 술 한 잔, 오징어 한 마리, 감 한 개, 밤 두 알. 쯔쯔쯔. (한숨을 내어 쉬면서 눈물 어린 목소리로) 후유, **손자 녀석**도 똥구녁이 찢어지게 가난하구나. 그럼시로 할애비 제사라고 이렇게까지 차리다니 저들은 굶으면서도, 쯔쯔, 어서 먹어야지. (밥을 급히 퍼 먹는다.) 이렇게 차리느라고 얼마나 애를 썼을가. (밥그릇을 든 채로 일어나면서) 여보소, 내 손자를 보았나?

관중석 낮에 성묘를 왔을 때 보았지.

마당쇠 어떤 꼴을 하고 왔더가?

관중석 말도 말어. 눈으로 볼 수가 없더군.

마당쇠 쯔쯔, 그럴테지. 무슨 옷을 입고 왔던가?

관중석 **무명 잠방이**를 입고 왔더군.

마당쇠 **옛날이나 지금 아니 꼭 같은 신세로구나.** (강조-인용자 주)[97]

<원귀 마당쇠>(1963)가 보여주는 농촌문제에 대한 인식에 단순하게 계도적 입장이 아니라 민중사에 대한 계급론적 시각과 해원의 입장이 반영되어 있다는 점은 정권, 민속학계와 담론적으로 차별되는 지점을 분명히 보여준다. <원귀 마당쇠>는 마당쇠, 꺽달이, 쩔뚝이 등 배고파서 죽고 난리통에 죽은 억울한 사람들을 대표하는 '원귀'들과 지배계층을 대변하는 '변학도' 사이의 죽은 후의 만남을 가정하는 연극이다. 극의 장소가 "전라도 빈곤군 무지면 절량리"로 설정하고 마당쇠와 변학도 무덤의 대비를 통해 가난의 세습을 표현하는 것에 주목하는 것 또한 이 극에서 가장 중요한 문제의식은 '가난'과 연결되어 있음을 알 수 있다. 이 작품은 마당쇠와 변학도, 그리고 그들의 손자들로 이어지는 부와 가난의 세습을 문제시함으로써 계급적 인식을 드러낸다. 이처럼 대학생이 사회적 목소리를 내야 할 장소로서 '농촌'에 대한 관심은 그곳에서 발원했다고 여겨지는 문화적 형식들에 대한 관심과 더불어 현재 대다수의 국민과 계급적 동질성을 지닌 계층으로서 농민에 대한 극적 형상화로 이어졌다.

특히 이들은 생활의 측면에서 계도해야 하는 대상이 아닌 핍박의 대상을 심판하여 쌓인 '원'을 풀어주어야 하는 대상으로 형상화되었다. 위의 인용에서도 관중석의 배우가 발화하듯, 이 공연은 억울한 사람들이 할 말을 하게 하기 위한 '굿'으로 기획된다. 변학도와 마당쇠의 개연성 없는 화해와 현재의 농촌문제에 대한 "싸울 수 있는 역사적 계기"가 나타났음을 당위적으로 강조하는 결말이라는 극적인 한계가 있었다. 그럼에도 불구하고 '무명 잠방이', '마당쇠'와 같이 민중의 삶에 내란 대표'성을 띠는

---

97   조동일, <원귀 마당쇠>, 『조동일 창작집』, 지식산업사, 2009, 253~255면.

<원귀 마당쇠> 공연 광경
(출처: 『대학신문』, 1963.11.21.)

언어를 활용하고 계급을 제사상의 차이로 형상화하며, 신체적 상해의 고통을 구체화하여 가난의 현실성을 드러냈다.

한편 <원귀 마당쇠>(1963)가 기존의 대학 무대극 관습에 탈피하는 지점, 즉 무대 형상화에서 나타난 변화를 주목을 요한다. 위의 그림은 <원귀 마당쇠>의 공연 장면이다. 공연 당시 무대 장치가 거의 존재하지 않는 비어 있는 무대를 활용했음을 알 수 있다. 즉 당시 번역극을 중심으로 이루어진 대학연극의 무대 형상화의 관습에서 크게 벗어난 형태로 공연이 이루어졌다. 탈춤에서 쓰는 탈을 본떠 조동일이 직접 탈을 만들었고, 일제강점기부터 궁중무용과 국악기 연주자로 활동하고, 해방 이후 궁중무용 재현 및 전수하며 1968년 국가 중요무형문화재 기예능보유자가 되었던 김천흥에게 탈춤 동작을 단기 강습 받아 공연에 활용했다. 김천흥은 1932년 당시 놀이마당의 민속춤을 무대예술화한 한성준에게 민속춤을 배웠으며, 1964년 1월 당시 '김천흥무용발표회'를 국립극장에서 개최하고, 봉산탈춤 7과장과 무용극 <흥보전> 등을 공연했다. 조동일은 <원귀 마당쇠> 준비 당시 탈춤 '단기 강습'에서 대해 김천흥이 '잘하고 못하고는 큰 관계가 없으며 네가 좋은 대로 하면 된다' 하였다 전한다.[98] 즉 이 연행에서 활용된 탈춤의 기능적 수준은 본격적으로 탈춤 기능 전수

---

98 조동일, 2023년도 한국민족미학회 춘계 학술대회 당시 질의에 대한 응답.(2023.6.29.)

에 착수하기도 했던 1970년대 대학 문화패와는 다른 풍경이었다.

　마당쇠와 관객 배우와의 대화를 표현하고 탈춤의 예술적 기량 자체에 있어서는 소박한 차원의 전유로 볼 수 있겠지만 무대와 관객 사이의 소통 방식이라는 공연의 근본적인 조건의 차원에서 민속 연행 양식들에서 이루어졌던 대화적 소통의 형식이 차용되고 있음이 이 공연이 보여준 주요한 성과이다. <원귀 마당쇠>가 교양과 문화자본으로서 대학연극의 공연에서 벗어나 대항 문화운동의 차원에서 기획되었기 때문에 가능해진 변화였다.

사대주의 굴종지추 판을 태우고 있는 광경
(출처: 『대학신문』, 1963.11.21.)

민족적민주주의 장례식
(출처: 한국사데이터베이스시스템)

　다음 해, 한일협정 반대 투쟁의 앞에 놓였던 <민족적 민주주의 장례

식〉(1964)에서도 유사한 문제의식이 발견된다. 〈민족적 민주주의 장례식〉은 '민족적 리얼리즘'으로 나타난 예술의 기능과 존재 방식에 대한 신세대들의 새로운 인식이 반영되는 집회-의례 텍스트로 볼 수 있다. 집회-의례에서 "축 민족적 민주주의 장례식"이라 쓴 만장을 들고 대학 대표 4명이 민족적 민주주의의 관을 메고 대회장에 들어와 조사를 낭독하고 화형식과 함께 선언문과 결의문을 발표했다.[99] 학생들의 시위와 집회의 초두에 연행적 생산물이 결합해 있는 이러한 형식은 1980년대 왕성하게 개진된 학생운동의 문화적 형식을 마련한 시초였다. 〈민족적 민주주의 장례식〉은 사람들이 운집한 가운데 상복을 입은 학생들이 상여를 지고 조사를 읽고 행진하는 전통적인 상제의 형태를 보여주었다.

특히 이 선동적 문화 형식에 나타난 '민중' 의식은 식민사관을 극복하는 과정에서 식민사관으로의 재포섭 혹은 순수주의의 혐의를 보일 수 있는 "순수한 원형질의 '한국적인 것'으로서 '민중'"[100]으로 귀착되지 않았다.

> 종잡을 길 없는 막연한 정치이념,
> 끝없는 혼란과 무질서와 굴욕적인 사대근성,
> 방향감각과 주체의식과 지도력의 상실,
> 이것이 곧 너의 전부다.
>
> 시체여!

---

99 「'민족적 민주주의' 장례식」, 민주화운동기념사업회 오픈 아카이브 사료관.
100 김주현, 「1960년대 '한국적인 것'의 담론 지형과 신세대 의식」, 『상허학보』 16집, 2006, 406면.

우리 삼천만이 모두 너의 주검 위에 지금 수의를 덮어주고 있다.
새하얀 수의를 감고 훌훌히 떠나라, 시체여!

다시는 돌아오지 말아라, 시체여!
하나의 어리디어린 생명을, 꽃분이, 순분이의 까칠까칠
야위고 노오랗게 부어오른 그 얼굴을,
아들의 공납금을 마련키 위해 자동차에 뛰어드는 어떤 아버지의 울음소리를
결코 잊어서는 안 된다.(김지하, <민족적 민주주의 장례식 조사>, 1964.5.
20.)[101]

이 글은 박정희 정권에 대한 사망 선고라는 상징적인 저항 의례를 만들어 낸 <민족적 민주주의 장례식>에서 김지하가 쓴 것으로 알려진 조사이다. 여기서 비판의 대상이 되는 것은 "막연한 정치 이념", "사대근성", "주체의식과 지도력 상실"이다. 정부의 한일협정을 굴욕적인 것으로 진단하고 이에 대한 대항 의례로서 계획된 <민족적 민주주의 장례식>은 군사정권의 통치 전략에 대해서 대학 사회가 가졌던 일말의 기대와 일치점이 결정적으로 분리하게 된 사건으로 평가된다. 위의 조사는 매판 자본의 성행, 민족적 민주주의 인사에 대한 탄압, "사쿠라의 산실"로 표현된 친일성을 비판한다.

그런데 조사의 중심을 꿰뚫는 비판의 핵심은 "소위 혁명정부"가 "가난과 기아로부터의 해방자"가 될 것을 천명했음에도 "극한의 절망과 뼈를 깎는 기아의 서러움"을 남겼다는 사실이다. 즉 한일협정이라는 표면적인

---

101 김지하, <민족적 민주주의 장례식 조사>(1964.5.20.), 한국사데이터베이스시스템.

사건은 민족주의적인 공분을 사기에 충분했으며, 집단행동의 직접적인 원인이었다. 그런데 그 이면에는 군사정권에 대한 대항적 신호가 내재해 있었으며 특히 '가난'은 그 대항을 점화시키는 주요한 문화적 기호로 등장했다. 논의의 비약을 감내하면서 위의 조사가 도달하고 있는 곳이 고향의 가난한 얼굴들과 가장의 책임을 지고 있는 아버지의 얼굴이라는 점은 빈곤과 가난의 문제를 농촌 문제와 역사 속 가난한 사람들의 삶으로 소급하여 사유하고, 이들과 공통성을 발견하며 지배계층에 의해 '핍박받는 민중'이라는 공동 인식의 지평을 형성해가는 과정에서 가능한 것이다.

<민족적 민주주의 장례식 조사>와 <원귀 마당쇠>에서 언어적 표현을 통해 가난 정동을 형상화하는 방식은 민족과 전통에 대한 1960년대 '신세대'로 언명된 대학생의 인식적 지평을 단순히 계몽과 구조주의, 향토성으로 설명할 수 없게 하는 지점이다. 1960년대 초중반 일련의 문화운동의 맥락에서 이루어진 연행적 텍스트에서 보여준 가난에 대한 인식은 1960년대 후반에서 1970년대로 넘어가면서 '민중'이라는 집단에 대한 강력한 구원의식으로, 혹은 이들을 혁명을 가능하게 하는 집단으로 사유하는 것으로 변형되고 심화된다. 특히 '현장'에 대한 인식은 압축 도시화와 산업화에 따라 농촌에서 공장으로 이전되고 심화되어야 했으며, 이는 다른 체험을 요구했다. 다음 장에서 살필 김지하의 초기 연극에서 민중의 당위가 지배적이되 '현장'의 현실성이 드러나지 못하는 것, 그리고 형식적으로도 무대극 양식에 갇히게 되는 것은 이와 같은 과도기적 성격에서 기인한다. 그럼에도 1960년대 '신세대'의 문화운동은 가난 공동체라는 현실의 문제적 상황에 대한 인식을 농촌 마을의 상제와 민속극의 요소들을 창조

적으로 계승함으로써 극적으로 형상화시키는 것을 가능하게 한 원동력이었다. 이처럼 "서민적 풍토", "향토의식"이라는 용어로 설명된[102] 이 시기 연행적 생산물들 안에는 후에 문화운동 세대들을 움직이게 하는 문화적 기호로서 '민중'의 삶과의 마주침이라는 변혁적 사유의 초기 형태가 담겨 있었다.

2. 전통의 "올바른 전승"과 사회극의 시도, 민중과의 거리에 대한 탐문

예술적 전위와 대학생-청년의 자치 문화로서의 전통

1970년대 민속문화연구회, 가면극연구반/회 등의 이름으로 대학 내 탈춤/가면극 써클이 급격히 확산된다. 부산대학교의 전통예술연구회(1969), 서울대학교의 민속가면극연구회, 서강대학교의 가면극연구회(1973)를 시작으로 하여[103] 1970년대 중후반에는 대학 내 탈춤반이 전국적으로 만들어진다. 많은 연구에서 지적하였듯이, 이는 1950년대부터 1960년대에 이르기까지 민속학자,[104] 예능 보유자들의 탈춤, 가면극, 굿 등 민속연행예

---

102 『새세대』, 11월 16일.(경향신문 1963.11.21. 재인용.)

103 1970~80년대 전국 대학의 가면극/탈춤연구회 설립 및 활동 현황에 대한 목록은 「70년대의 문화운동」(『문화운동론』) 참조. 허용호(앞의 글, 2023)는 확충된 자료를 토대로 1969년 부산대학교 '전통예술연구회' 창립에서부터 1989년까지 대학 탈패의 성립뿐 아니라 공연 목록을 정리하였다.

104 전경욱은 1953년부터 1969년까지 최상수, 양재연, 조원경, 이두현 등의 민속학 연구가 이루어진 시기를 1930년대 김재철, 송석하 등의 초창기 연기에 이은 해방 이후 '재건기'로 칭했다.(전경욱, 「가면극의 예술적 측면에 대한 연구 활발하게 전개되야」, https://www.arko.or.kr/zine/artspaper2000_10/20.htm)

술의 연구와 공연이 가시화되었던 흐름과 상관관계를 가진다. 1958년 대한민국수립 10주년 기념행사로 개최된 '전국민속예술경연대회'는 1961년부터 공보부 주최로 매년 개최되었고, 1966년까지는 서울 덕수궁, 경복궁 등 궁궐에서, 이후에는 지역별 운동경기장에서 경연이 이루어졌다. 1962년 문화재보호법이 시행되며 남사당놀이(1964), 통영오광대(1964), 북청사자놀음(1967), 봉산탈춤(1967), 동래야류(1967) 등이 1967년 중요무형문화재로 지정되고 이두현의 『한국 가면극』(1969)이 문화공보부의 비매품으로 출간된다.

채희완과 이영미의 구술 자료에는 "그 시대의 바람"으로서,[105] 1970년대 대학 내 탈춤반의 생성의 역학이 제시되어 있다. 창경원 놀이마당에서 '우연히' 본 봉산탈춤과 북청사자놀음 공연에 매료된 채희완은 대학 입학 전 탈춤강습을 필수로 지정하여 강도 높은 훈련을 시켰던 '서울연극학교', 이두현 등 중진 가면극연구자들이 주축이 되고 보유자들도 활동을 했던 '한국가면극연구회'를 자발적으로 찾아갔다.[106] 채희완은 입학 후 서울대학교 민속가면극연구회(1971)를 결성하고 민속학계 연구 업적에 대한 학습을 하는 한편[107] 보유자들에게 직접적인 춤 강습을 받았다.[108] 1971

---

105 이영미 편저, 「채희완 구술채록문」, 『구술로 만나는 마당극 ①』, 고려대학교민족문화연구원, 2011, 143면.
106 「채희완 구술채록문」, 86~91면.
107 채희완은 서클 지도교수를 계기로 전병욱 교수의 연구실에서 임석재, 이두현, 조동일, 김재철, 심우성 등 당시까지 축적된 가면극 연구 저서들을 학습해 나갈 수 있었다.(「채희완 구술채록문」, 109~112면)
108 가면극연구회는 보유자들에게 직접 전수를 받을 수 있는 공간이었다. 채희완은 서울대학교 민속가면극연구회 결성 후 광화동에서 독립문으로 옮긴 가면극연구회에서 김선봉, 최경명, 이근성, 김욱익, 양소운, 윤옥 선생에게 직접 춤을 배웠다.(「채희완 구술채록문」, 105면.)

년 유네스코 새물결운동 여름수련대회를 계기로 춘천 성심여대, 연세대, 이화여대, 서강대 등 대학의 탈춤/연극반과 대전 가톨릭농민회, 광주 YMCA, 서울 경동교회 크리스찬아카데미 중간집단 교육 등 종교, 사회운동 단체의 탈춤교육을 지원하게 된다.[109]

이화여자대학교 민속연구회 <봉산탈춤>(1973) 공연 장면
(출처: 「탈춤과 나 18. 박현경의 탈춤: '통기타 문화' 속에 탈춤에 이끌리다」,
『프레시안』, 2021.09.02.)

처음 연습은 보통 봉산탈춤 기본 동작으로 몸을 푸는 것으로 시작되었던

---

109 「채희완 구술채록문」, 141~149면.

것 같은데, 수업만 끝나면 뭉쳐서 달려가곤 하는 성의가 대단하였던 것인지, 아니면 이화여대에 제2의 가면극 연구회를 설치하기 위한 모종의 '기획' 하에 열성적인 지도가 이루어졌던 때문인지, 누가 크게 앞장선 것도 아닌데 어느새 기본 동작만이 아니라 탈춤의 전 과장으로 진도가 진전되었다. 그런데 각 과장을 맡을 사람을 정하는 데까지는 상당한 시간이 필요하였다. 재주나 적성도 문제지만 절대적 연습시간이 요구되기 때문이다. (중략) 잘 기억나지는 않지만, 탈춤 전 과장에 나오는 개별 춤사위가 펼쳐질 때에는 지명된 사람이 나가서 따라 하고 나머지는 뒤에 서서 구경을 하였던 것 같다. 진도가 잘 나갈 리 없었고, 이때 별도로 빠지면 서울대 선배들의 개인교습이 뒤따랐다. 그렇게 한 여름이 가고 가을 학기에 접어들었다. 틈틈이 연습은 지속되었지만, 결정적으로 이화여대생들의 '공연'이 가시화된 것은 10월 하순 학교가 휴교에 들어가 할 일이 없어지게 되면서부터일 것이다. 밤낮 없이 춤만 출수 있게 되었던 것이다. 당시 공연 팜프렛을 보니 이화여자대학교 민속극연구회와 문리대 학생회가 1973년 5월30일, 개교기념일 축전 전야에 봉산탈놀이로 민속잔치를 마련한다는 소식을 전하고 있다. 내가 취발이춤을 추었고, 기획자로 나와 있는 것을 보니 감회가 새롭다. 지금은 다 고인이 되셨지만 춤 지도에 열성이셨던 인간문화재 김선봉, 김기수 선생님, 반주를 맡아주셨던 박동진 선생님 등의 단아하면서도 굳센 모습이 아직도 잊혀지지 않는다.[110]

1970년대 대학의 가면극, 탈춤 문화패의 확산은 미적 새로움에 대한 관심을 완전히 탈각한 것은 아니었다.[111] 가면극의 춤사위에 필요한 기본적인 훈련과 재능의 분량부터 그러했다. 위의 그림은 1973년 이화여자대학교에서

110　박현경, <[탈춤과 나]'통기타 문화' 속에서 탈춤에 이끌리다>, ≪프레시안≫, 2021.09.02.
111　박상은, 「노래굿 「공장의 불빛」의 문화사적 의미 연구—문화운동 1세대의 특수성과 공연성을 중심으로」, 『한국현대문학연구』, 한국현대문학회, 2017, 366면.

공연한 <봉산탈춤> 장면이다. 취발이로 참여한 박현경의 서술은 가면극 공연에 필요한 "절대적 연습 시간"과 보유자, 서울대 탈반과의 관계 속에 이루어진 전수 훈련과정을 전해준다. 이와 같은 연습 시간을 통해 정제화된 춤 기량이라는 예술적 기술과 관련한 문제는 '전통/문화'와 '운동' 사이의 강조점 이동 혹은 갈등이 두드러졌던 1980년대에도 구성원의 재생산과 활동 목적의 합의에 있어서 지속적으로 개입했다.[112] 암묵적으로 운동과 문화 사이에서 차등적 위계 담론을 내면화해야 하고 갈증이 존재했던 1980년대 문화패와 달리[113] 1970년대 탈반에서 민속 연희의 전수/전승을 위한 기술적 노력은 회복해야 하는 것으로서 민중적인 것의 심급과 배리되지 않았다.

이에 따라 대학 탈춤반 활동 내에서도 어떠한 가면극을 전수받거나 발굴했는가에 따라, 학교별 상황에 따라 상이한 연행 목록이 나타났다. 서강대의 경우가 그러한데, 채희완에 따르면 서강대학교의 경우 민속학자 김열규 교수와의 관계 속에 '굿'으로서의 접근이 빠르게 이루어졌고 보다 '문화인류학적인 관점'에서의 접근을 보여주었다. 생활공동체의 의례와 제의의 형식으로서 '굿'이 대학과 사회운동권에서 보다 의식적으로 확산된 것이 1980년대인 것에 비해 이른 접근이었다. 또 서강대학교는 대학 탈반이 민속놀이를 복원하는(가산오광대놀이, 1974) 장면을 보여주기도

---

112 탈 공연이 대학 집회와 운동 문화의 주도적 위치에서 갑자기 벗어나게 되었을 때, 탈패 일원들은 운동조직의 차원에서도 예술적 형상화의 차원에서도 애매한 위치를 자각하기도 하다

113 "80, 81학번들은 우리는 탈춤을 출 필요가 없다. 그러면서 선배들과 사이가 안 좋았던..." 과 같은 대담 내용에서 확인할 수 있듯, 1980년 5월 광주 대학 마당극의 시간은 광주에 대한 부채감과 무게감이 큰 시기였다.(「1970년대 좌담(창립 이후 1979년까지)」, 『연세탈패 40년』, 연세탈패 40주년 기념 행사준비위원회, 2014, 38면.)

했다.[114] 연세대학교-한국기독학생회총연맹(KSCF)와 같이 기독교, 천주교 사회운동계와 연계된 활동을 보여준 경우와 고려대학교, 숙명여자대학교 같이 국어국문학과 내에서 탈반이 형성된 사례도 있다. 또 부산대학교 탈반의 경우 무대 '예술'로서 기량의 정제화에 보다 초점을 맞춘 활동을 보여주었다.[115]

> 우리는 무엇보다도 전통탈춤을 충실하게 재현해 보고 싶었다. 민중예술의 아름다움, 미의식, 민중들이 꿈꾸던 이상세계를 전달하고 싶었다. 공연 연습에 상당한 시간을 투자했기 때문에 춤, 소리, 악기연주 등에서는 상당한 정도의 기량을 보였다고 기억한다. (중략) 횃불을 밝히고 공연할 때면 노천광장이 관객들로 가득 메워졌고, 각 대학의 탈꾼들이 신촌으로 몰려들어 함께 밤을 지새웠다.[116]

1970년대 초반 탈춤부흥운동에 대한 "민중의 행동력과 지식인의 민중지향적인 문화의식 및 행동력이 서로 부합되기 때문에 선진적인 문화창조체인 대학사회에서 탈춤은 한층 그 뜻"을[117] 높이게 되었다는 운동론적 평가는 온당한 것이지만, 보다 입체적으로 이 시기의 움직임이 이해될 필요가 있다. 물론 "우리에게 전승된 민족 문화를 이해하고 그것을 바탕으로 새로운 문화를 만들어 보자"는 생각,[118] "우리의 가락과 몸짓을 찾겠

---

114 「채희완 구술채록문」, 143면.
115 대학별 민속극 관련 문화패 창립연도와 전수 및 공연 내용은 채희완, 「70년대의 문화운동 ─민속극을 중심으로」(『문화와 통치』, 민중사, 1982) 참조.
116 정병훈, 「1970년대의 탈춤-전통문화의 올바른 전승을 위해서」, 『연세탈패 40년』, 연세탈패 40주년 기념 행사준비위원회, 2014, 48면.
117 채희완, 「70년대의 문화운동」, 『문화와 통치』, 민중사, 1982, 170면.
118 「1970년대 좌담(창립 이후 1979년까지)」, 『연세탈패 40년』, 연세탈패 40주년 기념 행사

다는 일종의 사명감"은[119] 다소 추상적인 기원회귀론의 모습을 띠기도 하였고, 이후 현장 체험과 운동성 강화의 흐름 속에 굴절/균열되기도 했다. 하지만 1970년대 초반 탈춤 전승 공연은 한 편의 공연에 대한 미적 완결성을 위한 장인적 추구와 당대 문화의 구성 요인들에 대한 성찰적 접근 그리고 "왜곡된 기성질서에 대항하는 젊음의 표현통로"[120] 생성의 의지를 중첩시켰다.

1970년 전태일 열사의 분신과 1971년 10월 위수령과 서울 시내 대학의 휴업령, 1972년 10월 17일 비상계엄령이 선포되었던 시기 대학은 "공포스럽고 적막하기 이를 데 없는"[121] 곳이었다. "청춘 남녀"가 양주별산대놀이를 공부하려 "초등학교 빈 교실에서 합숙을 하며 공부"하며 "책상을 두드리며 창을 연습"하고, 공연을 앞두고 "이화여대 학관 강의실에서 책상을 뒤로 밀어놓고 장구 장단에 맞"추는 것, "방학을 이용해 무궁화열차를 타고 현장답사"를 떠나는 것은[122] 분명 사회 변혁을 위한 '직접 행동'은 아니었으며 이들이 대학생-청년이기에 주어진 특권이기도 했다. 하지만 이들은 신체화된 예술형식인 탈춤을 통해 고유의 시간성과 공동의 리듬

준비위원회, 2014, 25면.

119 박현경, <탈춤과 나 '통기타 문화' 속에서 탈춤에 이끌리다>, 《프레시안》, 2021.09.02. https://www.pressian.com/pages/articles/2021083015194445026?utm_source=naver&utm_medium=search

120 박인배, 「문화패 문화운동의 성립과 그 향방」, 박현채·정창렬 편, 『한국민족주의론 Ⅲ: 민중적 민족주의』, 창작과비평사, 1985, 429면.

121 김순진, 「탈춤과 나 14. 김순진의 탈춤: 젊은 날의 패기와 좌절, 하지만 탈춤과 사람은 남는다」, 《프레시안》, 2021.8.16. https://www.pressian.com/pages/articles/2021081114582756505

122 이상 김순진(위의 글)의 글에서 인용하였고, 대학 탈춤반의 예능 전수 및 학내 공연 준비 과정 및 연합적 활동의 일반적인 과정을 대표한다 판단하여 인용하였다.

을 만들어 "공명의 공동체"를 만들고, 학내 공간을 거주 장소화 할 수 있었다.[123] 10월 유신 이후의 공포와 적막을 냉소와 환멸이 아닌 놀이적인 것으로, 과잉된 삶의 자기표현으로 전환시킨 이 출발은 미학적 나르시시즘을 탈각시키기 시작한, 주권적이고 자치적인 문화 실천의 힘을 드러낸다.

1970년대 초반 김지하 민중론의 실체와 영향력

앞서 신세대 의식의 차원에서 견인되었던 현실주의가 심화되기 위해서는 당대의 사회적 현실에 대한 인식의 심화를 수반해야 했다. <원귀 마당쇠>는 농촌 지역에 대한 생활 개선의 차원에서 시작된 '향토개척단' 활동이 계급적 인식에 기반한 사회 구조의 변화를 지향하는 정치적 사유의 심화와 대안의 모색으로 변화할 수도 있었던 가능성을 보여준다. 하지만 청맥 사건, 인혁당 사건 등 1960년대 중후반 이후 가속화되는 반공/냉전 이데올로기의 굴곡 속에 이루어진 급격한 사상적 통제는 운동의 단절과 굴절을 가져왔다. 주요한 사상적이고 미학적인 지침을 제공했던 조동일이 문학평론을 그만두고 전통에 대한 구조주의적 연구자로 전환한 것은 이를 보여주는 상징적인 사건이다.[124] 1960년대 후반에 대한 김지하의 회고에서 나타난 대학 운동 세력의 사상적 모색은[125] 강화되어 가던 정권

---

123 한상철, 『리추얼의 종말』, 김영사, 2021, 11면.
124 조동일은 1975년 가면극을 '연극' 또는 '희곡'으로 다루고 "미학적 고찰"을 시도하는 『한국 가면극의 미학』을 펴내는데, 이는 먼저는 당대 민속학이 문헌학적인 고증과 자료 발굴, 수집에 집중함으로써 전통의 박제화 된 계승에 머물렀다는 것에 대한 비판적인 인식에서 비롯한 것이다. 그런데 박제화 된 전통이 아닌 지금, 여기의 전통으로 계승하기 위해서 "가면극의 갈등 구조"라는 구조주의 신화학을 차용한다는 점이 흥미롭다. 이는 대학생 조동일의 문학비평이 보여준 현실주의의 사회변혁의 사유가 변모하는 지점을 보여주기 때문이다.

의 통제 속에 사회에 대한 비판과 대안을 모색해야 하는 지사적 존재로서 대학 문화운동 집단의 암중모색기를 보여준다. 이들의 활동은 이후 1970년대 급속하게 발화되어 나오는 노동, 농촌의 현실과 인권과 관련한 사회적 사건들을 발화하기 위한 대학의 연극반과 탈춤반의 일원들의 모색을 통해 계승되며 발전한다.

박인배는 마당극 운동과 마당극 양식의 탄생과 생성의 맥락을 1970년대 대학 연극반의 현실 지향적 전환과 대학 청년층의 탈춤을 중심으로 한 민속문화에 대한 관심, 그리고 대항 담론으로서 민중주의 및 당대 노동/농민/빈민 문제 등의 현안과 연동되었던 현장지향적 움직임이 결합으로 명쾌하게 설명한 바 있다. 주지하듯, 김지하는 민중론을 중심으로 활성화되어가는 민주화운동 담론을 대학의 문화패에 접속시킨 장본인이었다.[126]

> 나의 생애에 결정적인 전환을 가져온 계기는 시인 김지하 선배와의 만남이었다. 김시인은 문학 연극 미술 영화 민속 등 어느 종목에고 통달하지 않은 데가 없었고 나의 몫은 그의 민중연극관을 마당극으로 창출해내는 일과 그의 정치적 담시를 판소리로 수행해내는 일이었다. 나는 사석에서 사람 웃기는 솜씨만큼은 누구보다도 자신 있었지만 그것이 **풍자와 해학이라는 민중예술적 기능**으로 전화될 수 있었던 데는 순전히 김시인의 발견과 독려에 힘입은 바가 크다.(강조-인용자 주)(임진택, 1990)[127]

125 김지하, 『흰 그늘의 길 1, 2』, 학고재, 2003.
126 김시하, 『흰 그늘의 길1: 김지하 회고록』, 학고재, 2003, 151면.
127 임진택, 『민중 연희의 창조—임진택 평론집』, 창작과비평사, 1990, 3면.

문화운동 1세대가 당대의 민중 지향적 상상과 조우하고 이를 공공의 목적으로 삼게 된 것은 김지하를 통해서이다. 각기 자신의 대학에서의 전공 혹은 서클 활동을 통해 음악, 춤, 연극, 미술 등 심화된 예술적 기량을 가지고 있던 이들은 김지하와의 만남 속에 '민중적 민족주의'라는 지향을 공유했다. 각자 시기와 만남의 정도에 편차가 있지만 김민기, 김석만, 채희완, 임진택, 이애주, 김영동, 오윤 등 문화운동 1세대로 불린 인물들은 1970년대 초중반에 이르기까지 <금관의 예수>(1973), <진오귀>(1973), <소리굿 아구>(1974) 등 김지하가 중심적으로 개입하여 창작한 작품들의 공연에 직간접적으로 참여하며 영향을 주고받았다.[128] 문화운동 1세대는 각기 출신 계층의 차이에도 불구하고 이들에게서는 명문 고등학교에서의 서클 경험을 통해 문학, 미술, 음악 등에 대한 경험을 확장시킬 수 있는 기회가 있었다는 점과 대학교에 진학한 이후 이를 각기 자신의 전문적인 영역으로 신장시켜나간 점이 공통적이었다.[129] 문화운동 1세대는 김지하를 매개로 반정권, 반독재의 사회 비판적 사유를 강화시켜 나가던 당대 사회의 민주화 요구와 만나게 되며, 이를 통해 '민중'과 그들을 위한 '예술', '전통' 찾기라는 입각점을 세우는 방향으로 전환된다.

위의 인용은 연극반을 중심으로 한 문화운동의 중심에 있었던 임진택이 1990년 출간한 평론집 『민중 연희의 창조』의 머리말에 있는 내용으로 문화운동 1세대에 있어서 김지하의 영향력, 구체적으로는 '민중' 지향적

---

128 김지하, 위의 책, 292면.
129 이들이 문화적 자부심을 가진 베이비부머 세대이며 이전 세대에 비해 서구문화를 자연스러운 것으로 향유했다는 분석은 문화운동 1세대 주체들의 특수성을 잘 보여준다. (이영미, 「1970년대, 1980년대 진보적 예술운동의 다양한 명칭과 그 의미」, 『기억과 전망』 29집, 2013.)

예술 활동의 당위성이 이들에게 얼마나 중대한 것이었는지를 보여준다. 문화운동 1세대와의 만남 속에서 '민중'은 임진택이 "풍자와 해학이라는 민중예술적 기능"을 자각하며 창작 판소리 활동을 본격화하는 것, 김민기가 저음의 목소리에 깃든 "거센 압박 속에서 여러 가지 색채로 배어나고 우러나는 깊디깊은 우울의 인광"을[130] "역사화 현실에 대한 인식"을 구체화시키기 위한 노래와 연행 작업에 투영시키는 것과[131] 같이 인물에게 특성화되어 있는 예술적 기량별로 상이하게 해석되었다.

그런데 이처럼 문화운동 1세대에게 이양되었던 민중에 대한 강렬한 정동은 김지하 자신에게 있어서 매우 복합적인 양태로 나타났다. 김지하는 1970년대 초엽에 민족미학을 '민중미학'으로 구체화시킨다. "민중문학론의 효시"로 여겨지는 글인[132] <풍자냐 자살이냐>(1970)와[133] 1970년 민족학교 강의초록인 <민족의 노래 민중의 노래>(1970)는[134] 당시 김지하의

---

130 김민기는 오윤의 소개로 문학, 음악, 미술, 무용 등 다양한 분야의 사람들이 모여 '민족문화운동'을 논하는 모임인 폰트라(PONTRA)에 참여하며 김지하와 만나고 영향을 주고받았다. 김지하는 폰트라를 김윤수, 염무웅, 이성부, 오숙희 등 문학, 미술, 음악 등 다양한 예술 장르의 인적 네트워크로 구성되었으며 "서구 근대주의와 우리의 처지 사이"에 대해 고민하며 "민중 주체의 민족문화운동"의 방향성을 논하던 모임으로 회고한다. 김민기는 1980년 이후 민중미술과 판화를 선두한 오윤의 소개로 이 모임에 처음 가게 된다.(김지하, 『흰 그늘의 길 2: 김지하 회고록』, 학고재, 2008.)

131 실제로 이 시기를 전후로 김민기는 가톨릭권 문화운동을 개진하던 김지하와 행보를 함께하며 야학을 열거나 노동자들과 연극을 만드는 등의 활동을 시작했으며 노래 가사들에 민중의 형상들을 구체화하여 담는다.(김창남 편, 「연보」, 『김민기』, 한울, 2004, 565면.)

132 조현일, 「비상사태기의 문학과 정치-1970년대 전반기 민중문학을 중심으로-」, 『민족문학사연구』 60권, 2016, 22면.

133 김지하, <풍자냐 자살이냐>(『시인』, 1970.10월호), 『민족의 노래 민중의 노래』, 농방출판사, 1984, 169~190면.

134 김지하, <민족의 노래 민중의 노래>(1970년 11월 4일, 민족학교 강연 초록), 『민족의 노래 민중의 노래』, 동광출판사, 1984, 191~200면.

민족, 민중, 민중적 형식에 대한 이해를 보여준다. <풍자냐 자살이냐>에서 김지하는 선배시인 김수영의 모더니즘과 소시민주의를 비판하며 이를 극복하고 "현실의 가장 날카로운 요청의 내용"을[135] 담아내기 위한 도구로 민요와 민예에 대한 재해석에 기반하여 비애와 암흑이 아닌 민중적 예술 형식 안의 "풍자와 해학정신"에 기반한 "저항적 풍자"의 가치를 계승해야 한다고 주장한다.[136] 아울러 김지하는 판소리, 민요, 탈춤 등 민중적 형식이 지배받는 자와 지배하는 자 간의 "현실적 구체적 모순" 속에 만들어진 "표현"으로 이제 그 표현만 남고 "그들 생활의 적합성"은 사라졌으므로 지금-여기의 시인으로서 이 민중적인 것들을 전유하여 "새로운 효력을 지닌 형식가"가 되어야 함을 주장한다.

이와 같은 탐색은 먼저 판소리라는 연행적 형식을 참조하여 정치적 풍자를 위해 판소리와 시가 결합한 '담시'라는 장르 융합적 예술형식을 가능하게 했으며 김지하의 담시는 실제로 유언비어의 시대에 큰 정치적 파급력을 일으켰다. 특히 이 시편들이 지닌 연행적 자질은 임진택 등을 통해 발화될 때 더욱 빛을 발했다.[137]

> 저항적 풍자의 올바른 형식은 암흑시에 투항한 풍자시여서는 안되며 풍자시를 위장한 암흑시여서도 안 된다. 그것은 **민중 가운데에 있는 우매성, 속물성, 비겁성과 같은 부정적 요소**에 대해서는 매서운 공격을 아끼지 않지만,

---

135 김지하, <풍자냐 자살이냐>, 176면.
136 김지하, 위의 글, 186면.
137 김지하의 담시는 복합 양식적 성격을 지니고 있었으며, 여러 재야 운동의 현장에서 연행되었다. 임진택은 주요 연행자였으며, 이와 같은 활동은 이후 창작 판소리 연행으로 이어진다.

민중 가운데에 있는 **지혜로움, 그 무궁한 힘과 대담성**과 같은 긍정적 요소에 대해서는 찬사와 애정을 아끼지 않는 탄력성을 그 표현에 있어서의 다양성의 토대로 삼아야 하는 것이다. 저항적 풍자의 밑바닥에서는 올바른 민중관이 자리잡고 있어야 한다. 민중 속에 있는 부정적 요소도 단순히 일률적인 것만은 아니다. 올바르지는 않지만 결코 밉지 않은 요소도 있고, 무식하지만 경멸할 수 없는 요소도 있다. 그리고 겁은 많지만 사랑스러운 요소도, 때 묻고 더럽지만 구수하고 터분해서 마음을 끄는 요소도, 몹시 이기적이기는 하나 무척 익살스러운 요소도 있는 것이다. **민요**는 이 요소들의 표현에 모범을 보여주고 있다.(강조-인용자 주)[138]

70년대 특히 지금부터 앞으로, 현실 상황의 변화에 따라 민중의 의식형태가 점차 혹은 급격히 달라지리라는 예상과 관련시킬 때 더욱 중요한 문제가 된다. **민중을 전면적으로 신뢰하는 방향을 택하는 것**이 당연한 일이다. 민중의 거대한 힘을 믿어야 하며, 민중으로부터 초연하려고 들 것이 아니라 **민중 속에 들어가 그들과 함께 생활하는 자기 자신을 확인하고 스스로 민중**으로서의 자기 긍정에 이르러야 할 것이다.(강조-인용자 주)[139]

그런데 '민중'의 피억압자로서의 위치를 강조하고 이와 대비되는 '악'의 존재를 명시하고 민중을 "전면적으로 신뢰하는 방향을 택"해야 할 대상으로 삼아야 한다는 것은 김지하의 민중 미학에 내포한 비역사성과 맹목성의 한계를 보여주는 측면이기도 했다. 위의 인용은 <풍자냐 자살 이냐>의 한 부분으로, 김지하가 민중적 형식의 역사성을 지목하면서도

---

138 김지하, 「풍자냐 자살이냐」(『시인』, 1970.10월호), 『민족의 노래 민중의 노래』, 동광출판사, 1984, 147면.
139 김지하, 위의 책, 151면.

이것이 민중에 대한 '전면적' 신뢰와 민중과 함께 하는 창작 태도에 대한 당위로 연결되는 대목을 보여준다. 여기에는 당대 파시즘과 개발주의의 모순에 대해 대안을 모색하고 실천해야 했던 운동적 사유의 시급성이 반영되어 있다. "우매성, 속물성, 비겁성/ 지혜로움, 무궁한 힘, 대담성"과 같이 비단 '민중'이 아닌 인간의 보편적인 속성을 표현하는 기호들까지도 '민중'이라는 개념 안에 포섭하여 서술하고 있는데, 이는 오히려 자신이 이야기하고자 한 '민중' 개념의 당대성과 역사성을 추상적인 것으로 만든다.

한편 이 시기 비평에서 피억압자가 겪는 압제의 고통에 대한 감수성을 요구하는 것과 동시에 민중과 시인의 '거리'에 대한 자각이 드러나고 있음은 이후의 대학운동이 개진될 때 주요한 담론적 구심점이었던 현장-대학생의 거리의 사유를 예비한다. '민중'은 "현실의 악에 의해 설움을 받아온"[140] 집단으로서 "가슴에 한이 깊은 자"로서 시인은 이 설움을 기반으로 "민중과 만나"야 한다.[141]

대학연극에서의 사회극 시도와 대상화된 민중: <구리 이순신>(1971)

이처럼 1970년대 초엽 제출된 김지하의 민중 시학에는 피압제자의 고통에 대한 감수성, 풍자의 미학, 그리고 민중-시인 사이의 위치적 차이를 뛰어 넘어야 한다는 당위가 혼재해 있다. 이는 삶의 비참을 연상하는 감각적이며 구체적인 시어들을 통해 피압제자의 심상과 그 역사성을 드러낸 <황톳길>(1969) 등의 초기 시편의 감수성이 풍자적 효과를 위해 기존의

---

140 김지하, 「풍자냐 자살이냐」, 앞의 책, 188면.
141 김지하, 위의 글, 190면.

시 형식을 크게 변형시켜 담시의 양식실험으로, 그리고 민중운동의 필요성을 내세우면서도 지성인으로서 대학생의 계도적 위치가 내용과 극 형식 모두에서 드러나는 연극 창작과 연출 활동으로 구체화되었다.

1970년대 초반 김지하가 졸업생 신분으로 학생극의 연출로 활동했던 시기의 작품들은 김지하의 '민중' 의식에 깃든 균열적 모습을 잘 보여준다. 김지하가 전업 학생극 연출가로 활동하게 되었을 때, 처음 공연한 작품이 김영수의 <혈맥>(1969, 김지하 연출)인 것은[142] 당시 문리대 연극반이 <토막>(1968, 유치진 작, 허술 연출),[143] <유민가>(1968, 김동식 작, 정한룡 연출),[144] <만선>(1969, 천승세 작, 허술 연출)과[145] 같이 초기 몇 편의 서구 현대극 공연 이외에 1967년 이후에는 창작극을 레퍼토리로 선정해 공연하는 흐름에 이어진 것이다.[146] 이 시기 문리대 연극반은 공연 레퍼토리의 설정에 있어서 "우리의 역사적, 문화적, 사회적 제 현실을 명확하게 분석해서 서구의 문화를 주체적으로 수용하고 이를 계승 발전시킬 수 있는 우리의 입장, 즉 우리 문화의 전통, 구체적으로는 창작극의 전통 확립과 그의 가치관 설정"을[147] 가장 중요한 것으로 삼고, 창작극 중에서 사회성이 강하다고 인식한 것을 공연 대상으로 삼았다.

김지하는 이 "정통 사실주의" 작품을 연출하며 공연을 구성하는 다양

---

142 <혈맥>(1948, 김영수 작)은 1969년 12월 11일~13일 서울대학교 문리대 소극장에서 김지하 연출로 공연되었다.

143 1968년 5월 23, 24일, 문리대 연극회 정기공연 8회.

144 1968년 10월, 문리대 연극회 정기공연 9회.

145 1969년 4월 25, 26일, 문리대 연극회 정기공연 10회.

146 서울대 연극 50년사 출판위원회, 『서울대 연극 50년사』, 1999, 61면.

147 서울대 연극 50년사 출판위원회, 위의 책, 61면.

한 조건들에서 한계를 경험한다. 한국적 현실을 무대에 올려야 한다는 연극반원의 합의하에 선택된 작품이었지만 공연을 마친 후 한계를 느낀다. 이 한계는 제재의 현실성과 연극 공연이라는 장르적 특성에 근간하여 감각들의 조합을 통해 만들어내야 할 극적 현실성의 문제 모두에서 기인한 것이다. 특히 연출로서 김지하는 후자, 즉 공연을 통해 유효한 미적 효과를 창출한다는 것에 대한 한계를 크게 자각하고 있으며, 이는 학생 배우에게 사실적 연기를 요구한다는 것의 어려움, 시청각 교실 무대라는 당대 지평에서 일반적인 무대극의 조건, 연출의 입장에서 감각적 형상화를 통해 만들어내고자 시도한 무대그림으로서 자신만의 "새로운 리얼리즘 기법"의 완성의 어려움을 토로한다.[148] 이에 "새로운 민족적 리얼리즘" 작품으로 나아가기 위해서는 새로운 작품으로서 "'틈'이 많고 환상이나 기타 실험성이 배합된 새로운 민족적 리얼리즘 작품"이 필요하다는 것을 느낀다.

이와 같은 1970년대 공연을 전후한 김지하의 기억은 물론 1970~80년대 크게 활성화되며 당대 한국 사회에 주요한 문화적 형식을 만들어냈던 마당극의 역사를 경험한 후 마당극 형식으로 이야기되는 '마당'과 '판'의 미학을 사후적으로 자신의 연극 경험에 대해 대입한 것일 수 있겠다. 하지만 분명한 것은 '민족적 현실'이라는 동일성의 인식에 근간한 소박한 차원에서 결정한 레퍼토리가 결코 공연의 성공을 장담할 수 없었다는 것이다. 김영수의 <혈맥>와 같이 단일한 무대 배경과 핍진한 무대 언어로 구성된 작품은 오히려 전문적인 연기 기량과 집중적인 무대 환경에서

---

148 조동일, 『흰 그늘의 길 2』, 학고재, 2003, 163면.

구현될 수 있는, 혹은 획기적으로 무대그림을 표현주의적으로 변화시킬 수 있는 물리적인 조건이 완비되어 있을 때 새로운 공연성이 창출될 수 있는 성격의 작품이었다.

김지하는 <혈맥> 공연 이후 느낀 한계를 극복하는 과정에서 담시 <오적>을 발표하고, 서구 희극의 극 형식과 플롯 안에서 '여자 오적'의 이야기를 다룬 <나폴레옹 꼬냑>(1970)을 이화여자대학교에서 공연하며[149] <구리 이순신>(1971)을 창작한다.[150] 두 작품의 창작은 도시 빈민의 삶을 핍진하게 다루고 있는 리얼리즘극 <혈맥> 공연이 당시의 대학극에서의 이루어져야 할 민족적 리얼리즘에 적합하지 않았다는 자각이 당대 현실을 기반으로 한 새로운 창작극의 시도를 이끌었음을 보여준다.

> **엿장수** 제가 힘이 있어야죠. (딱한 얼굴로) 전 못난 엿장수에 불과합니다. 아무 힘도 없어요. 절더러 부탁하지 마세요 제발.
>
> **이순신** 아닐세, 자네에겐 힘이 있어. 자네의 순박허구 따뜻한 마음씨와 자네의 그 가난한 생활이 바로 자네의 힘일세. 이 구리를 벗겨 내어 날 자유롭게 만들어 줄 사람은 자네 같은 사람들밖엔 없네. 다른 사람은 안 돼. 다른 사람들은 내가 말하는 것조차 알아듣지 못해. 설사 알아 듣는다 해도 날 못 본 척 외면하고 뒷전에 가서 날 비웃는단 말야. 자네밖엔 없어. 물론 내 힘으로는 안 되는 거구.[151]

---

149 공연은 1970년 10월 이화여자대학교에서 이루어졌는데, 공연이 이루어지기 전 발표한 <오적>이 『사상계』에 발표된 이후 잡지가 폐간되는 '오적 사건'을 일으키며 구속되어 김지하는 여축잎에도 공연에 참관하지는 못했다.

150 <구리 이순신>은 발표된 희곡으로 김지하의 첫 희곡이다. 서울대학교 문리대 극회 공연으로 기획되나 실제 공연이 되지는 못했다. (박영정, 「1970년대 김지하의 희곡 연구」, 『한국극예술연구』 제 17집, 한국극예술학회, 2003, 242면)

151 김지하, <구리 이순신>, 『구리 이순신』, 범우, 2014, 68면.

흥미로운 것은 당대 현실의 문제를 재현하고자 했을 때 오히려 대학-지식인으로서의 시혜적 입장이 강화되어 드러나면서 <혈맥>이 보여준 도시 빈민의 삶에 대한 핍진한 재현의 성과에 비해 미진한 모습으로 나타나기도 했다는 점이다. 광화문 광장에 서 있는 이순신 동상이 가난한 민중으로서 '엿장수'와 대화를 하는 것으로 설정되어 있는 <구리 이순신>(1971)의 경우 변혁 운동의 주체로서 민중에 대한 믿음이 대사를 통해 작위적인 방식으로 드러난다.

천주교 문화운동 순회공연을 위해 <구리 이순신>(1971)을 개작한 작품이 <금관의 예수>(1972)이다. <금관의 예수>에서는 엿장수 역할이 창녀, 빈민, 문둥이와 같은 '피지배층'을 상징하는 인물들로 다변화되었지만, <구리 이순신>과 같이 지도적 인물을 통한 일방적 의식화의 방식이 동일하게 나타났다. <구리 이순신>의 '엿장수'는 "가난하고 어진", "무구한" 백성으로, "그 가난한 생활"과 "순박허구 따뜻한 마음씨"가 그의 "힘"이다.[152] <금관의 예수>에서 '문둥이'는 억지로 금관이 쓰인 예수를 구원할 대상으로 소급된다. 예수는 "너의 그 가난, 너의 그 슬기와 어진 마음, 더욱이 불의에 항거하려는 네 용기"가 복음을 실현할 수 있는 주요한 도구라고 이야기한다.[153]

---

152   <구리 이순신>, 61면.

152   김지하, <금관의 예수>, 위의 책, 133면.

153   물론 이순신-엿장수, 시인- 순경이라는 <구리 이순신>의 단순하며 대비적인 인물 설정은 천주교 신자들을 대상으로 한 공연으로 기획되고 원주캠프의 민중/대중 중심의 변혁 운동에 대한 사유를 공유하면서 보다 다채로워진다. <금관의 예수>에서는 신부, 배때기와 같이 각각 종교와 돈에만 몰두하는 전형적인 인물형이 추가되고 '엿장수' 역은 성경의 인물을 참조한 '창녀', '거지', '문둥이'로 다채화된다. 또 '엿장수'가 굴욕 외교와 도시 빈민 문제 등 당대 문제적 사회 현상을 독백을 통해 고발하는 역할을 맡았던 <구리 이순

사회에 대한 강렬한 문제의식을 바탕으로 창작된 것임에도 작위성을 벗어나지 못한 것은 먼저는 '민중'이라는 대상이 당대 물신주의의 거센 인간성 파괴, 인간들의 허위의식, 파시즘의 폭압 등 다중적 층위의 사회문제를 변혁할 수 있는 주체임을 당위적인 차원에서 강조하는 형태를 취했기 때문이다. 즉 이 작품들에서 '어질고 슬기로운' 백성이자 시민인 '민중'이 당위적인 차원에서 그려지는 것은 사회변혁에 대한 강렬한 열망을 보여주는 것이자 '억압받는 자'라는 도식화된 상을 통해 사회 현실의 부조리성을 보여주고자 했던 재현 주체의 인식을 보여준다. 오히려 민중형의 인물은 소략하게 표현되지만 자신의 속물적 요구를 관철시키고자 하는 상류층 여성들의 대화라는 설정을 통해 개발주의의 허상과 고위 관리층의 비리에 대한 풍자와 비판을 수행하는 <나폴레옹 꼬냑>의 경우 당시 <오적>과 같이 풍자와 해학의 기능을 수행하면서 흥미로운 연극성을 창출한다.[154]

특히 이순신과 예수는 민중을 깨우치는 인물로서 위치 지어졌기 때문에 문제적이다. 이는 "이순신을 팔아먹는 자들을 질타"한다는[155] 비판적 진보 인식 안에 또 다른 위계를 보여주고 있기 때문이다. 두 작품은 광화문 광장의 이순신과 금관을 쓴 예수를 통해 권력과 자본에 의해 왜곡된 역사/종교적 상징이라는 압축성을 창출했음에도 '엿장수'와 '문둥이'로

신>에서는 '엿장수'라는 인물 개인의 구체성이 드러나지 않지만 <금관의 예수>에서는 '문둥이' 삶의 구체적 고난을 춤과 대사의 혼용을 통해 드러냄으로써 구체화한다.

154 이 연극성은 시식 어넁과 분화석 취향 등 상류층의 속성들을 재치있는 대사를 통해 미시사적 세부 사항들로 활용하고, 플롯의 차원에서 반전의 활용, '수염'이라는 극적 장치에 대한 의미 변환과 같이 다층적인 극적 기호들의 조합으로 나타났다.

155 김석만, 「천지굿을 여는 마당극 태동의 기록」, 『구리 이순신』, 범우, 2014, 140면.

설정된 '민중'이 '이순신'과 '예수'라는 지도자적 인물에 의해 계몽된다는 설정으로 이루어져 있으며 존대-하대의 언어적 표현은 이를 강화한다. '민중'에 대한 추구의 맹목성과 관념성은 <풍자냐 자살이냐>에서 이미 그 모습을 드러내었던 바, 비단 김지하의 문제가 아니라 이후 연행예술운동 기간 동안 반복되어 현장 담론의 갱신과 공연 방식의 변화를 추동하는 심급으로서 민중과 시인, 현장과 대학생 사이의 거리를 보여주는 것이자 민중 지향성 자체가 결코 진보의 잣대가 될 수 없는 것임을 보여준다.

천주교 순회 공연 현장과 대화적 소통방식의 모색

<구리 이순신>은 무대 형상화와 극 구조의 차원에서 사실적 극양식의 장면 구성과 인물 형상화 방식을 따름으로써 오히려 1960년대의 <원귀 마당쇠>에 비해서도 무대에서 객석으로의 일방적인 소통방식을 보여주며 이는 특히 담시의 연행과도 변별되는 지점이었다.[156] 박영정은 1970년대 초반 김지하 희곡의 폐쇄성이 현실에 대한 강한 비판의식에도 불구하고 전망이 부재하는 상황을 반영하는 것이라 해석한 바 있다.[157]

그런데 이는 <원귀 마당쇠>가 강연-극-의식-난장이 연속된 "거대한 굿판"의 종합적 의례의 형식의 향토의식초혼굿의 한 부분으로 공연된 것에

---

156 김지하의 담시는 그가 추구했던 민요와 판소리와 같은 민속예술의 형식과 가치에서 유추할 수 있는 '민중 미학'이 가장 잘 계승되고 현실화한 장르였다. 이에 대해서는 추후 연구를 통해 김지하의 담시가 가지고 있었던 연행으로서의 자질과 가능성에 대한 분석과 임진택의 담시 연행과 관련한 구체적인 수행적 조건과 맥락들을 통해 논구되어야 할 것이다.

157 박영정, 「1970년대 김지하의 희곡 연구」, 『한국극예술연구』 제 17집, 한국극예술학회, 2003, 242면.

비해 <구리 이순신>이 학내의 강당에서의 '연극' 공연을 전제로 창작되었기 때문이기도 했다. 그런데 이후 <금관의 예수>(1974)는 지역 순회공연을 마치고 드라마센터 공연에서 양식적 연기와 비사실적 양식을 강화시킨 무대 형상화를 추가했다. 또 <진오귀굿>(1973)이 농민운동을 위한 교육적 목적에서 기획되면서 민속 연행의 자질들을 대화적 소통 방식을 확충하기 위한 도구로 차용한다는 점은 1970년대 초중반 운동적 목적 속에 다양한 공연적 조건을 경험하며 역동적인 양식/형식 변화가 견인될 수 있었던 국면을 드러낸다.

<금관의 예수>는 <구리 이순신>을 개작하여 한국의 천주교 문화운동의 일환으로 전국 순회공연으로 이루어진 작품이다. 김지하는 공연에 대해 당시 천주교 집단에서 제작의 측면에서 의도하지 않았던 "금관을 벗은 예수 고상(苦像)"에 수녀들이 감정적 동요를 느끼는 것을 보면서 "인간은 감성과 이성만으로 완전히 정곡을 찌를 수 없"으며 "제 삼의 힘, 아니 근원적인 힘인 영성이 발동"해야 한다는 사실을 "끝없는 감탄사와 함께 절감"했다고 기록한다.[158] 이는 대학에서의 공연이 아닌 순회 공연을 통해 대학생 혹은 지식인으로 구성된 연극 관객이 아닌 새로운 관객들로 구성된 공간에서 연행의 효과와 의미가 달라지는 것을 체감했음을 보여준다. 김지하는 이를 '영성'으로 해석했는데, 이는 대학 무대극 공연에서 전제되었던, 무대에서 관객에게로 일방적인 소통의 방식과는 성질이 다른 대화적 소통을 체험할 수 있었음을 의미한다.

---

158 김지하, 『흰 그늘의 길 2』, 학고재, 2002, 202~203면.

배때기, 신부, 순경, 대학생 그리고 문둥이 그림자들이 어지럽게 배회하다가 북소리와 함께 정지하면 배때기에 스포트 인.

배때기가 말을 시작하면 한구석에서 벌써부터 조명을 받고 있던 문둥이가 잠에서 깬 듯 두리번거린다. 그의 시선은 그러나 결코 배때기에 머무는 일이 없이 지나갈 뿐이다.

(중략)

(다시 그림자들의 엇갈림, 문둥이는 신부를 찾아 헤매다가 꼬꾸라진 채 온몸을 비벼댄다. 잠시 후 북소리와 함께 대학생에게 스포트 인)

대학생 (눈을 가리고 빛을 피한다. 이리저리 조명을 피하지만 조명이 집요하게 뒤따른다. 도망가길 포기하고 얼굴에서 손을 뗀다. 썩은 미소가 입가에 묻어 있다.) 좋습니다. 어차피 한번은 이렇게 될 줄 알았습니다. 사실 뭐 그렇게 대수로운 일도 아니잖습니까?

(중략)

일찍이 한 과학자는 인간을 분해하면 3백 75원 57전의 돈으로 환산될 수 있다고 갈파한 적이 있는데, 이것은 그 당시 미화 1달러를 우리나라 돈으로 환산했을 때의 액수와 거짓말처럼 똑같았습니다. (기침) 그리하여 우리 시대의 영웅은 자살을 두려워하지 않는 자입니다. 1달러를 불태우기 위해서 도대체 노력을 기울인다는 것 자체가 우습지만 어쨌든 성냥은 필요하지 않겠습니까?

문둥 성냥 여기 있다.

대학생 ?

문둥 성냥 여기 있다. (하고 대학생 쪽으로 간다. 대학생은 기겁해서 피한다. 문둥이와 대학생이 필사적으로 쫓고 쫓긴다. 두 개의 스포트가 어지럽게 교차한다. 이윽고 거의 잡히게 되자 엎어지며 외친다.)

대학생 나한테 조명을 비추지 말아 줘, 제발.

(이윽고 배경과 함께 대학생 퇴장하며 무대는 새벽. 문둥이 혼자 예수상

밑에서 성냥 여기 있다고 소리 지르고 있다. 그의 소리 점점 작아지면서 흐느 낌으로 변한다. 문둥이의 몸이 조금씩 꿈틀거리더니 그 움직임이 곧 문둥이 의 오광대춤으로 연장된다.)

　　못 견디겠어. 이젠 정말 못 견디어.[159]

　한편 <금관의 예수>에서 순회공연을 마친 후 보고의 형태로 서울의 드라마센터에서 재공연이 이루어진다. 이 공연에서 종래에 없던 4막이 추가되어 공연된 장면은[160] 민중-대학생 사이의 거리가 극장이라는 집중의 공간에서의 공연에서 색다른 방식으로 형상화되는 모습을 보여준다.

　위에서 인용한 것은 <금관의 예수>에서 4막의 장면으로 동일한 일화에 대한 재현으로 구성된 3막까지와는 별개의 막이며 형식적으로도 다른 모습을 보여준다. 이 마지막 장면은 드라마센터라는 비어 있는 무대와 북소리, 마임과 춤을 인물들의 독백과 문둥이의 절규를 교차함으로써 양식적 연기를 강화시킨 형태로 구상하며 오히려 민중적 상상과 실제 삶의 비참 사이의 거리를 극적으로 형상화한다. 배때기, 신부, 순경의 각자가 자신의 상황에 대해 변명할 때 문둥이는 계속 조명을 받고 있으며 병치된다. 4막은 인물들이 관객들에게 자신들의 상황을 이야기하는 방백으로 볼 수 있으며, 이는 극중 인물 간의 대화를 통해 이루어졌던 3막까지의 지각 방식을 근본적으로 전환시킨다. 특히 각 인물의 발화와 문둥이의 정서를 표현한 마임을 병치시킨 것은 '민중'의 소외를 작위적이며 당위적

159　김지하, <금관의 예수>, 앞의 책, 138면.
160　개작은 극작가로 등단하여 이후 연우무대를 중심으로 활동을 개진했던 오종우에 의해 이루어졌다. (김석만, 앞의 글, 152면.)

대사를 통해 제시되는 것이 아니라 극장이라는 주목과 집중의 공간에 적합한 감각적 형식으로 드러냈음을 보여주는 장면이다. 또한 '대학생' 인물의 기만을 방백과 조명의 전환을 통해 표현한 것은 대학생과 문화자본을 가진 관객의 참여적 반성을 이끄는 장치였다.

반면 "농촌계몽을 위한 선전극으로서 마당굿 형식을 시도한 최초의 본격적 작품"으로 평가되는 <진오귀굿>(1973)이 명성만큼 관객과 무대의 놀이적 관계를 형성할 수 있었는지는 재고의 필요가 있다. 농민들을 대상으로 한 선전과 선동의 효과성을 전제로 해야 하는 공연의 달라진 목적성은 기존의 대학 무대극의 프로시니엄 무대의 극적 관습과는 다른, 관객과 무대 사이의 대화적 소통방식을 고려하게 한다. <진오귀굿>은 연극은 서구 무대극이라고 생각했던[161] 김지하가 가라주로와의 합동 공연의 경험과 천주교 원주교구의 협동운동의 선전이라는 계몽적 목적성을[162] 기반으로 혁신적인 형식적 변화를 보여준다. 해설자 역의 인물의 방백과 재기 넘치는 대사와 도깨비 장면의 전형화는 분명 이전의 극작과 달리 기존 무대극 관습에서 벗어나 있으며 <구리 이순신>의 엄숙주의와 대사 위주의 구성에서 벗어나 놀이적 성격이 강화된 모습을 보여준다. 하지만 기존

---

161 김윤정, 「김지하 희곡 <진오귀> 고찰」, 『한국현대문학연구』 56집, 한국현대문학회, 2018, 543면.

162 김지하는 이 시기 영성과 사회적 실천의 결합을 모색했던 천주교 원주그룹에서 활동함으로써 천주교 문화운동과 장일순의 사상적 영향을 받는다.(김소남, 『1960~80년대 원주지역의 민간주도 협동조합운동 연구-부락개발, 신협, 생명운동-』, 연세대학교 대학원 사학과 박사학위논문, 2014.; 김소남, 「1970-80년대 원주그룹의 생명운동 연구」, 『동방학지』 178집, 연세대학교 국학연구원, 2017 참조.) 원주그룹의 경험은 김지하에게 현장적 시선을 열어주는 결정적 계기였는데, 이를 통해 김지하는 4.19를 겪었던 대학생들을 중심으로 이루어졌던 "새 시대"에 대한 기획이 정권 비판적인 시선을 담지하고 있었음에도 '대학' 내에 머무를 때 선언의 차원에서 멈출 수밖에 없었던 것에서 나아간다.

무대극과 유사한 장면 구성을 보여주는 농민들의 협업장면이 운동의 당위를 강조하고, 이에 따라 인물의 위계가 설정되어 있음은 여전히 민중이 대상화되고 있음을 방증한다. 실제로 <진오귀굿>이 이후에 농촌에서 연행되는 것보다 대학 공간에서 연행될 때 더욱 설득력을 지녔다는 사실은 김지하의 민중지향성이 실제 효과를 발휘할 수 있었던 곳이 어디였는가를 보여준다. 계몽의 제재 자체가 아니라 사설조 재담과 '고물 풍물', 실제 농촌의 현실에서 유리된 인물형과 같은 계몽의 형식이 농촌 현장의 공연에서 참여적 반성보다 분리적 반성을 유인하는 요소가 될 수 있기 때문이다.

한편 김지하의 활동에서 나타난 연행예술운동 담당자의 대학-지식인으로서의 정체성과 민중이라는 관념 사이의 거리는 향후의 활동에서도 거듭 등장하는 요소이자 주요한 극복과 전환의 계기가 된다. 또한 이 시기 "민중 속에 들어가 그들과 함께 생활하는 자기 자신을 확인하고 스스로 민중으로서의 자기 긍정에 이르러야"[163] 한다는 시인과 민중과의 거리감에 대한 인식과 이를 뛰어 넘어야 한다는 당위는 이후 대학과 노동현장 사이에서 반복되어 유비 되었다는 점에서 대학-지식인 집단의 감정의 구조를 보여주는 중요한 국면이다. 이처럼 김지하의 민중 시학에서 나타난, 민중에 대한 무조건적 긍정과 형이상학적 추구가 빠질 수 있는 비역사성과 관념화의 한계는 이후 대학에서 지속되는 한편 실제 현장과 '생활'이 내포하는 다층성과 부조리를 직면함으로써 갱신된다.

---

163 김지하, <풍자냐 자살이냐>, 앞의 책, 184면.

제2장

1970년대 중후반 실연성(實演性)의 재탐색과 사회적 사건과의 연동

1970년 중후반은 연행예술운동에서 장르간, 매체간 결합을 통해 형식 실험과 탐색이 집약되고 꽃피웠던 시기이다. 특히 이 시기는 실제로 마당극뿐 아니라 노래굿, 생활극, 극놀이 등 해당 공연/연행을 지칭하는 다채로운 명명이 등장한다. 이영미가 지적했듯 마당극이 본격적으로 형성된 시기는 정치사적으로 유신시대와 정확히 일치하며 유신 말기에 다양한 형태로 꾸준히 공연되었다.[164] 이는 전 시대와 비교한 현장 담론의 변화와 정치적 상황에 대한 운동적 대응 양상, 즉 운동 담론 차원의 중대한 변화 속에 이루어진 것이다. 김민기, 채희완, 임진택 등 소위 '문화운동 1세대'로 지칭된 인물들은 김지하를 '통해' 예술적 형상화에 있어서 민중적 사유의 중요성과 민족 미학의 가치에 대해 접속하기 시작했지만 1975년을 전후한 긴급조치 시기라는 급격히 상화된 정권의 통제적 상황에 대한

---

164 이영미, 『마당극 양식의 원리와 특성』, 시공사, 1996, 45면.

대응 속에, 또한 새로운 방식으로 부각된 '현장론' 담론 하에 새로운 활동 방식을 모색함으로써 김지하와 결정적인 결절점을 나타내게 된다. 또 2세대로 지칭된 박인배,[165] 류인렬, 박우섭, 김봉준 등과 대학의 탈춤반 일원들을 중심으로 실제 공장과 농촌에서 공연이 기획되며 연행된다.

따라서 본 장에서는 마당극과 노동연극, 제도권 극장 내의 활동으로 확산되며 연행예술운동의 성과들이 대중화되는 1980년대를 위한 구상과 형식/양식 실험들이 집약적으로 이루어지는 1970년대 중후반의 활동을 살핀다.[166] 먼저 대학 및 지식인 공간에서 당대 구조적 문제를 첨예하게 드러내었던 사건에 대한 고발과 사회운동의 필요성에 대한 교육의 기능을 목적으로 공연과 연행적 형식이 기획되면서 양식과 매체의 실험이 이루어진다. 농촌과 공장 현장에서 농민, 노동자 집단을 대상으로 한 공연 혹은 이들이 아마추어 배우가 되기도 했던 공연들을 통해 관객의 위치와 역할에 대한 전복적 사유가 나타난 것을 살필 것이다. 이는 각각 마당굿, 노래극, 고발극과 극놀이, 탈놀이와 같은 연행을 지칭하는 새로운 기호의 탄생과 연동되었다.

1970년대 후반에 대한 김민기와 박우섭, 박인배 등의 구술은 신동수를 중심으로 이루어진 학생운동의 '현장론', 즉 실제로 노동자들을 만나야 하며 노동조합 설립 운동에 학생-지식인이 기여해야 한다는 사유가 연행

---

165 박인배의 위치는 독특한데, 학번으로는 1세대에 포함되지만 김민기, 채희완, 임진택과 같이 김지하의 직접적인 영향력을 받지 않았으며, 긴급조치 시기의 <진동아굿>을 공연하고, 학생운동과의 연관에서 핵심적인 역할을 담당하면서 1980년대 노동운동과의 연계 속에 활동을 이어가는 경향을 보여준 2세대와 친연성이 강하기 때문이다.

166 또한 이때 체험한 공연의 활력은 1980년대 초반 문화운동 1세대(임진택, 채희완)와 2세대(박인배, 류해정, 정이담)를 중심으로 이루어지는 마당극/연행예술운동에 대한 이론화의 경험적 원천이었다.

예술운동의 전개 과정에 지배적인 영향을 끼쳤음을 보여준다. 이 1970년대의 '현장론'은 1980년대 중반을 전후로 보편화 된, 사회변혁의 중심적 집단으로 노동자를 상정하는 학생운동의 마르크시즘의 참조에 포획된 것과 동일한 것이 아니라 실제 1970년대 중후반을 넘어서며 개발주의가 가속화되면서 도시화와 이농 현상 속에 자신의 삶의 존재 기반이 흔들리고 극심한 인권의 침탈을 겪어야 했던 이들의 목소리가 정권의 통제 의지에도 불구하고 거듭 출몰하고 있었음과 관련된다.

1. 수행적 조건의 고려와 연행 형식의 미학적 전회

노래굿 음원, 탈춤의 변용, 표현주의적 구성: <공장의 불빛>(1978)

<공장의 불빛>(1978)의 경우 현장론의 영향에 의해 새로운 장르가 창안되는 모습을 보여주는 가장 극적인 사례이다. 김민기는 노동 체험을 통해 노동자들에게 카세트테이프가 대중적인 매체라는 것을 경험적으로 체득했다. 즉 노동자들에게 노동조합운동의 필요성을 선전한다는 목적과 수용/향유자의 활용도에 대한 고려가 새로운 매체에 대한 주목과 이 매체에 적합한 새로운 장르의 탄생을 견인했다.[167] "반주 테이프에 맞추어 몇 사람의 근로 노동자들이 노래와 춤으로 재미있게 꾸밀 수 있을 것입니다."라는 해설도 배치된 만큼, 이 노래굿은 실제 노동자들이 향유하고, 집단적인 모임에서의 연행을 위한 도구로 활용을 염두에 두며 만들어졌

---

167 이에 대해서는 최유준, 「대중음악과 민중음악 사이-김민기의 매체 실험, 「공장의 불빛」」, 『대중서사연구』 20집, 대중서사학회, 2008 참조.

다.[168] 음울과 오락성, 비장감과 활기의 정서적 반응을 이끄는 음조의 다양성은 개개인의 정서적 감응과 공공적 목적성에 대한 당위를 오가며 공동적 결속을 다지는 데 유효한 문화적 도구로 여겨졌기에 이후 대학과 노동 현장의 문화선전대 활동에서 여러 방법으로 활용된다.

<공장의 불빛>의 공연 녹화본은[169] 카세트테이프의 음원을 기반으로 무대 장치와 배경이 없는 빈 공간에서 노동의 동작과 심리적 상태를 드러내는 춤과 마임의 양식적 연기로 구성된 것이 특징적이다. 이는 대사보다 노래에 대한 비중이 절대적인 음원을 배경으로 동작을 녹화해야 했던 녹화본 자체의 제작 배경을 반영한 것이기도 하지만, 특별한 공연 장치 없이 공연이 이루어졌던 현장 공연의 조건과 일치하기도 했다. 그럼에도 채희완의 연출로 이루어진 이 녹화본의 표현적 특징들은 정서와 태도, 물리적 대상을 춤과 마임으로 표현함으로써 '비미학적 운동권 연극'으로 보기에는 어려운 독특한 미적 경험을 예시한다.

<공장의 불빛> 공연 녹화본에서 동작은 크게 춤과 마임으로 이루어져 있다. 노래의 진행에 따라 춤과 마임 등으로 구성된 동작들은 상황과 사건, 사물과 감정 등을 표현하며, 탈춤사위, 현대 춤의 동작, 재현적 마임과 표현주의적 마임들이 혼용되어 활용된다. 전통적인 춤사위를 활용하는 경우는 굴신과 무릎꺾기, 다리들기와 같은 탈춤의 동작과 승무와 처용무

---

168 <공장의 불빛>은 실제로 대학생들 사이에 현장에 대한 운동권 정서를 널리 확산시키며 공유되었고, 공연 전반은 아니지만 개별 노래들이 노동 현장의 공연에서 활용되었다. 아울러 1980년대 후반 노동연극에서 착상을 제공하기도 했다.

169 <공장의 불빛>의 1978년 녹화본은 김민기가 카세트테이프로 작품을 제작 배포한 이후 탈춤계열을 중심으로 한 문화운동의 주도자였던 채희완의 연출로 제일교회에서 녹화를 위해 공연한 자료가 남아 있는 것이다. 유튜브 동영상 자료, "김민기의 노래굿, 공장의 불빛(1978)" 참조.(https://www.youtube.com/watch?v=P_DQzVyKlvU)

에서 차용한 것으로 보이는 정중동의 움직임 그리고 농악의 놀이마당으로 대별할 수 있으며, 서구적인 춤사위는 디스코와 같은 대중적인 춤의 형식으로 나타난다. 팬터마임의 경우 행위와 사건을 재현하는 마임과 기계와 같은 사물을 재현하는 마임으로 나타난다. 녹화본의 연출을 맡았던 채희완과의 구술에서 확인할 수 있듯이 「공장의 불빛」에서 배우들의 몸짓은 상당히 변형된 형태의 탈춤으로 노동 혹은 일상의 동작으로 풀이된 모습이다. 채희완은 탈춤과 승무, 살풀이, 처용무 등 다양한 전통 연희의 춤사위들에 대한 기본 연습을 바탕으로 "동작이 필요한 대로 인제 운용하거나 아니면은 차출시키거나"하여 마임과 춤을 만들었다.[170]

그렇다면 위와 같은 「공장의 불빛」 녹화본의 동작이 현대적인 것으로 독해되는 이유는 무엇일까. 이는 우선 녹화본이 감정과 특정한 사건 뿐 아니라 기계와 나무 등과 같은 사물까지 특별한 무대 장치와 대사가 없이 노래에 맞춘 배우들의 춤과 마임이라는 비언어적인 표현양식만으로 표현되고 있기 때문이다. 춤과 마임은 몸을 매체로 하고 있으며 비언어적이며 표현적이기 때문에 그 의미체계와 지적 가치를 분석하기 어려운 장르로 인식되어왔으며 예술의 영역으로 늦게 편입되었다.[171] 또한 녹화본의 춤

---

170 이영미 편저, 「채희완 구술채록문」, 『구술로 만나는 마당극1』, 고려대학교민족문화연구원, 2011, 208~209면.

171 춤/무용은 인간의 몸을 매체로 한 표현 장르로 서양 예술사에서 이론적으로 체계화하기 어려운 장르로 인식되었으며 그로인해 실제로 예술의 영역으로 늦게 편입되었다. 플라톤과 헤겔은 무용에서 지식의 전거나 진지한 숙고의 대상이 될 만한 의미체계와 지적 가치를 찾을 수 없다고 생각했다. 춤이 본격적으로 예술의 중요한 한 영역으로 사유되기 시작한 것은 서구의 철학이 언어와 이성 중심의 사유에서 탈피해 몸에 대한 사유를 개진한 것과 맞닿아 있으며 춤은 비언어적이며 비재현적이지만, 혹은 그러한 특성 때문에 그동안 소외받아온 인간의 감성과 감정, 감각의 영역과 가까운 것으로 사유되었다. (김말복, 『춤과 몸』, 이화여대출판부, 2010, 129면.)

과 마임은 당대 한국 무용계의 두 가지 움직임, 전통 춤의 온전한 전승이라는 움직임과 독립된 무대 위에서의 체계화된 공연이라는 서구적 공연형태로 전통 춤을 서구화시키고자 했던 신무용의 움직임과도 다른 접근을 보여준다. 전통 춤을 노동자의 고통스러움을 드러내기 위해 표현주의적인 방식으로, 당대 춤 열풍의 유산으로 보이는 디스코 등의 대중적인 춤을 배금주의적 태도를 풍자하는 태도로 전유함으로써 다양한 춤 양식이 뒤섞인 새로움을 만들어낸다.

> 언니가 야간 교대를 위해 어린 동료들을 깨워서 어두운 골목길을 지나 공장으로 향한다.

> 언니 모두들 자니?
>   일 나갈 시간
>   얼른얼른
>   교대할 시간
> 순이 달도 없고
>   파리한 불빛
> 영자 밤바람 차네
> 언니 옷들 껴입고

> 다음 골목에서 남공들과 합류한다.[172]

---

172 김민기, 「공장의 불빛」, 김창남 편, 『김민기』, 2004, 256~257면. 이하에서는 "「공장의 불빛」, 쪽수"로 표기한다. 「공장의 불빛」의 판본은 김창남이 편저한 2004년 한울판과 2014년 지식을만드는지식판이 있다. 두 판본은 "자, 그만한 일로 낙심하지 맙시다"로 시작하는 '해설자'역의 대사의 존재 여부에서 차이가 있다. 본 논문에서는 한울판을 저본으로 하여 분석할 것이다.

<공장의 불빛> 장면 1
(출처: 이화여자대학교 방송반 녹화본)

<공장의 불빛> 장면 2
(출처: 이화여자대학교 방송반 녹화본)

위의 장면은 <교대>에 맞춘 동작을 보여주는 것으로 배우들의 집단적인 움직임이 전해주는 육체적인 에너지가 주도적인 역할을 한다. 인물들의 감정과 배경 공간과 시간의 변화는 배우들의 움직임만으로 표현된다. 변형된 탈춤 사위의 집단적인 군무로 표현된 노동자들의 야근 출근길의 피로는 특별한 장면 전환과 소품 없이 동일한 배우의 움직임의 변화만으로 표현된다. 수위실에서 정찰하고 있는 인물들의 행위를 암시하는 동작과 무정형적이며 집단적인 군무를 통해 공장의 스산한 풍경과 노동자의 내면을 표현한 것이다. 이처럼 <교대>는 배우들의 움직임만으로 노동자들의 감정뿐 아니라 장소의 전환과 배경 등을 표현한다. 공연에서 연극성을 강화한다는 것은 먼저는 화술과 대사 중심에서 벗어나 무대에서 가능한 다양한 감각의 스펙터클의 역할을 강화시키는 것이다. 또 연극성의 강화는 무대 공간과 소도구, 배우의 역할을 단일한 형태와 의미로 고정하는 것이 아니라 다채롭게 변화시키고 활용하는 방식으로 나타나기도 한다.[173] <교대>는 배우들의 일련의 움직임을 통해 행위와 감정과 장소 등을 표현함으로써 연극성을 강화하고 있음을 보여준다.

---

173 김형기, 앞의 글, 285면.

이와 같은 동작은 대사와 사건 중심의 사실주의극과는 달리 인물의 정서와 감정, 무의식의 표현에 주목하여 과장과 축소를 통한 왜곡과 몽환적인 분위기를 연출했던 표현주의극의 특성에 가깝다. 표현주의극은 진실이 사물의 내면적 환영 속에 있다고 하여 사물의 외양을 왜곡하여 표현하고, 사람의 동작을 자주 기계화하였으며 대사 또한 짧거나 반대로 아주 긴 문장으로 구성하는 특징을 보인다.[174]

<공장의 불빛> 장면 3
(출처: 이화여자대학교 방송반 녹화본)

<공장의 불빛> 장면 4
(출처: 이화여자대학교 방송반 녹화본)

위의 그림에서 <교대>에서 변형된 탈춤 동작은 그로테스크한 음조의 음악과 함께 집단적인 군무로 제시됨으로써 노동자가 겪는 정신적 고통으로 추상되는 어떤 정서적 실체들을 표현했다. 야근 교대길의 지친 모습을 표현하는 굴신과 무릎꺾기를 활용한 일괄적이며 정형화된 군무는 노래의 후반부에서 제각기의 춤사위로 이루어진 비정형화된 군무로 변주됨으로써 심리적인 고통들을 심화시켜 보여준다. 또한 위의 그림을 통해 확인할 수 있는 <야근>의 경우 동작을 통해 기계 속에서 소외당하는 인간의 모습을 형상화한다. "야간 작업 시작 벨소리와 함께 미싱들이 돌아가

---

174 김세영, 김호순, 양혜숙, 정병희, 최영, 『연극의 이해』, 새문사, 1994, 261~283면 참조.

기 시작"하는 것은 특정한 장치 없이 배우들의 일률적이며 기계적인 몸짓을 통해 형상화되고 있으며, <사건 insert>의 경우 "피곤에 지쳐 선반작업을 하던 아범의 손가락이 깜빡 조는 순간 기계에 잘려 나"가는 것을 절단기의 칼날을 형상화하는 네 명의 배우들의 마임과 정지 동작을 통해 표현하고, 사고를 당하는 순간을 정지된 동작으로 처리한다. 이처럼 녹화본의 춤과 마임은 심리적인 상태를 표현하거나 인간을 기계화시켜 표현하거나 특정 행동을 과장하고 왜곡하는 형태의 표현주의적인 동작들로 제시됨으로써 비인간적인 노동환경을 극대화시켜 보여준다.

한편 녹화본의 춤과 마임으로 구성된 표현주의적 동작과 함께 음원에 포함된 일련의 음향효과들은 공연의 연극성을 증폭시킨다. 「공장의 불빛」 음원에서 "기침 소리", "바람 소리"와 같은 음향 효과들은 압축적으로 노동자들의 일상생활 공간 혹은 그들이 겪고 있는 고통을 집약적이면서도 핍진성 있게 드러낼 수 있는 청각적 스펙터클의 역할을 한다. 연극에서 음향효과(sound effect)는 무대라는 한정된 공간을 의미적으로 확장시킬 수 있는 중요한 기능을 담당한다. 음향효과는 행위의 전개과정에 개입하거나 소리 나는 무대장치가 되기도 하며, 텅 빈 무대 위에 하나의 장소와 분위기를 만들기도 하며 무대행위와 비슷한 효과를 내기도 한다.[175] 따라서 공연성/연극성을 증진시키고자 했던 현대연극에서 청각적 기호들은 특히 공연의 중요한 기호로 부각되었다. 「공장의 불빛」에서 바람 소리, 개 짖는 소리 등은 골목길이라는 장소의 분위기를 만들어내고, "육중한 금속성 소리"는 언니의 편지 '낭독과 '낭독 사이에 위치함으로써 남편이

---

175 빠트리스 파비스, 신현숙 윤학로 역, 『연극학 사전』, 현대미학사, 1998, 363면.

사고를 당한 과거의 사건에 대한 재현을 집약적으로 가능하게 한다. 또한 언니의 기침 소리는 노동자의 비참한 근로 환경과 위치를 표현하는 데 대사나 음악보다 더욱 강렬한 기호로 작용한다. 특히 "괘종시계 소리", "야간작업 시작 벨소리"와 같은 음향 효과들은 노동자의 일상을 규율하는 소리들을 보여줌으로써 리얼리티를 높임과 동시에 기계처럼 취급당하는 인간의 삶을 형상화하는 표현주의적 동작들의 의미화를 돕는다.

대학 야외 공연 장소와 실연적 조건의 새로운 탐색: <돼지꿈>(1977)

황석영의 소설을 공동 각색해 서울여자대학교 학내의 숲을 낀 빈터에서 공연한 <돼지꿈>(1977)의 경우 현장에 대한 인식의 심화와 야외 공연 공간의 감각적 활용을 통해 원작 소설의 서술 방식이 보여준 독특한 시간성과 공간성을 창조적으로 해석하고 옮긴다. 현재 확인할 수 있는 이 공연의 주요 판본은 먼저 작가의 희곡집 『장산곶매』(심설당, 1980)에 실려 있는 <돼지꿈> 대본으로 서울대학교의 문리대 연극반의 요청에 따라 작가 스스로가 각색하여 1974년 서울대학교의 실내 공간에서 공연된 대본(연출 김석만)이다. 다음 연출인 임진택을 중심으로 전격 개작된 1977년 공연본은 문화운동의 일환으로 공연된 작품들을 선별하여 수록한 『한국의 민중극』에 실려 있다.

이 작업은 이화여자대학교 야외공간에서 이루어진 <노비문서>, <마스게임>과 함께 임진택이 이 시기 대학연극반의 연출로 이들과 공동작업하는 활동의 차원에서 이루어진 것이다. 이 시기 작업들은 제재의 차원에서 황석영의 <돼지꿈>과 윤대성의 <노비문서>, <출세기>와 같이 빈민의 서사와 민중 봉기의 역사를 보여주는 체제 저항적인 작품들을 선택함으로써 김지하가 중심이 되어 이루어진 작품들보다 민중의 고통스러운 삶에 대한 구체적인 접근을 보여준다. 그런데 야외 공간에서의 연극 대본으로 각색하는 <돼지꿈>의 1977년 공연 대본에 나타난 새로운 극작술은 이와 같은 현장에 대한 이야기를 매개로 한 대항적 상상력이 새로운 공연 공간의 경험과 이에 기반한 극적 환상의 창출을 통해 나타날 수 있음을 예시한다.

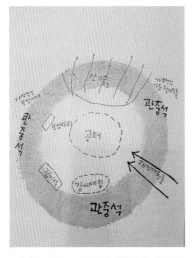

<돼지꿈> 연출 그림(출처: 『한국의 민중극』)

벌거숭이 붉은 언덕과 주택부지들이 펼쳐져 있고, 언덕 한가운데에 굴뚝만 흉물스레 높이 솟은 기와공장이 홀로 서 있었다. 해가 저물고 있었다. 기와공장의 굴뚝에서 솟은 불티가 어두운 하늘 속에서 차츰 선명하게 반짝였다. 언덕 아래로 빈터의 곳곳에 간이 주택과 낮은 움막집들이 모여 있었다.[176]

먼저 연극 제작팀은 공연 장소의 차원에서 공연 주체들은 원작의 배경을 공연적인 실감으로 변환할 수 있게 야외극 공연 공간으로 설정했다. 위

---

176 황석영, 「돼지꿈」, 『돼지꿈』, 민음사, 1980, 15면.

의 인용은 원작의 도입부이며 그림은 당시의 공연 공간을 그려놓은 것이다. 임진택은 "작품 배경이 공장지대와 가까운 서울 변두리의 어느 무허가 판자촌"이기 때문에 서울여자대학교에서 공연 준비를 할 때에 "일부러 야산 기슭"을 공연 장소로 정했다.[177] 원작의 언어적 재현의 핍진성을 장소 특정성을 활용한 공연적 상상력으로 전환한 것이다. 즉 시각적인 차원에서 뿐 아니라 장소에 현존할 때의 다양한 지각들이 "현재 자신과 주변 환경을 느끼는 기분"으로서 "분위기적 지각 행위"로 기능하게 된다.[178] 이를 통해 학교의 일상적인 자연물로서 공간의 분위기가 "사회적 혜택에서 소외된 사람들의 각박"하지만 또 한편으로 "건강한 삶의 의지"의 가능성을 지닌 삶의 공간이라는 연극적 환상과 중첩됨으로써 독특한 분위기를 만든다.[179] 또한 조명이 미비한 야외공간에서의 저녁나절의 공연이라는 환경 때문에 '횃불'이 사용되었는데, 이는 극의 결말에서 빈터의 제의적 장면에서 극의 기호로 활용되기도 하지만 공연 시간 전반에 걸쳐 극에 대해 비의적이며 결사적인 '분위기'를 만드는 감각적 장치이기도 하다. 또한 야외공간에서의 공연에 따라 자연광의 변화가 공연 시간 동안 반영되게 되어 저녁에서 밤중으로 설정된 소설의 시간성을 신체적인 지각 행위로 체감할 수 있다. 이처럼 공연 장소가 야외로 설정되면서 자연물과 자연광, 그리고 횃불이 해가 저물 무렵의 빈터를 낀 공장 인근 지역이라는 원작의 설정을 다양한 감각들을 통해 분위기적으로 체감할

---

177 임진택, 「대학 마당극 연출 노트」, 앞의 책, 46면.
178 김정섭, 「연극에서의 분위기 미학-공연의 수행성과 분위기적 지각을 중심으로」, 『드라마 연구』 제52집, 2017, 71면.
179 임진택, 「대학 마당극 연출 노트」, 앞의 책, 46면.

수 있는 기능을 하게 된다.

한편 원작 소설 <돼지꿈>은 서사 구성 방식의 독자성은 특정한 사건의 발생과 그 전개를 인과적이나 시간적으로 서술하는 방식이 아닌 빈터를 중심으로 주요 인물들의 공간적 이동을 따라가면서 이러한 이동의 과정 속에서 발화되는 인물들의 말을 기록하는 방식을 취한다는 점이다.[180] 1977년 서울여대 공연 대본은 '이동성'에 기반하여 원작의 서술 방식이 보여준 독특한 시간성과 공간성을 창조적으로 해석한다.

새롭게 배치된 첫째 마당의 경우 소설 사건의 전사로 볼 수 있는 아침 시간의 서사를 재구성하고, '빈터'를 이를 보여줄 수 있는 장소로 역동적으로 활용한다. 이때 플롯의 차원에서 첫째 마당은 인과관계에 따른 사건성에 초점을 맞추는 것이 아닌 나열적인 사건의 제시를 통해 '빈터'를 중심으로 노동자와 빈민이라는 민중 삶의 스펙트럼을 담아낸 원작 소설의 장르적 전략을 변용하면서, 미순의 서사와 미순-왕씨의 결합 서사를 보다 극적인 사건으로 만들어내기 위해 고안된다. 공연 공간의 가운데 공간으로 상정된 '빈터'는 아직 덕배의 포장마차, 강씨의 집과 같은 장소가 극중 공간에 확정되지 않은 상태에서 여러 극중 인물들이 지나가는 거리로 유효하게 활용된다.

---

180 유승환은 황석영 소설을 언어 아카이빙의 전략을 통해 분석하면서 「돼지꿈」이 해당 장마다 인물의 이동에 따라 서사가 진행된다는 점, 마을의 빈터를 중심으로 다른 주요 지점들을 왕복하면서 주요 인물과 마주치는 사람들의 발화를 세밀하게 기록하여 노동자, 빈민의 언어에 대한 광범위한 아카이빙이 가능했다는 점, '빈터'의 축제적 분위기가 지극히 소외되어 있으면서 동시에 자기 회복의 계기를 포함하고 있는 인민에 대한 상상적 이미지의 창출을 압축적으로 담는다는 점을 주요한 서사적 특성으로 분석한다.(유승환, 『황석영 문학의 언어와 양식』, 서울대학교 국어국문학과 박사학위논문, 2016, 105면.)

*풍악이 울리면서 등장인물들 모두의 몸짓이 춤으로 혹은 마임으로 바뀐다. 다음 마당으로 이어지는 갖가지 사건들이 파노라마처럼 펼쳐 보여지는 것이다. 애를 배서 돌아온 미순이를 보고 강씨처는 한편으로는 놀라고 한편으론 어쨌든 반갑다. 그 옆에서 삼촌은 계속 성경책을 들추고 읽거나 찬송가를 부른다. 강씨는 리어카를 끌고 가위질을 하면서 엿을 팔러 다니다가 죽은 개 한 마리를 공짜로 얻게 된다. 덕배와 덕배처는 미순이 쪽을 힐끗거리며 빚 받아낼 궁리를 한다. 재건대원들은 넝마 망태기를 메고 고물과 휴지 등을 줍고 다닌다. 근호는 공장에서 일을 하다가 기계에 손가락이 말려 들어가 손을 감싸쥐고 고통스러워 한다. 여공 두 명은 마당 한쪽편에서 기계적으로 작업하는 동작을 반복한다. 트랜지스터 월부 행상은 갖가지 라디오들을 둘러메고 돌아다닌다. 이렇듯 등장인물 모두의 삶의 모습, 일하는 모습들이 한꺼번에 만화경처럼 펼쳐지는 가운데 시간은 아침에서 저녁까지 경과한다.(<돼지꿈>(1977))[181]

특히 자연광을 전제로 한 야외공간의 속성상 통상 실내의 무대극에서 암전으로 처리되는 부분에 조명의 변화를 줄 수 없었기 때문에 마당과 마당 사이의 사건들을 풍악 속에 인물들이 마임을 하는 모습으로 형상화하는 부분을 추가했다. 위의 인용은 첫째 마당에서 둘째 마당으로 넘어가는 부분의 무대 지시문으로, 인물의 이동성을 통해 노동자, 빈민의 다양한 삶을 담아냈던 원작 소설의 전략이 오히려 마당과 마당 사이, 빈터라는 하나의 공간 안에 다양한 삶을 총체적으로 동시에 보여주는 색다른 방식으로 전유되었음을 확인할 수 있다. 이와 같은 막간 장면의 추가는 동시대 민중의 삶을 이동성을 통해 포착하고자 한 원작의 전략을 시간성과

---

181 <돼지꿈>(1977), 208~209면.

장소성이라는 공연의 매체적 속성 속에 새로운 방식으로 녹여낼 수 있었음을 예시한다.

또한 <돼지꿈>은 새로운 공연 공간에 대한 대응하면서 신체성과 소리성이 강화되어 연극을 구성하는 다양한 감각적 요소들에 대한 재발견이 이루어지는 모습을 보여준다. 원작과 각색 희곡과 달리 1977년 대본에서는 재건대원들의 역할이 확충되는데 재건대원들은 극에서 단순히 사건을 진행시키는 기능이 아니라 신체성과 소리성의 강화를 통해 복합적인 기능을 수행한다.[182] 임진택 또한 공연자들과 토론 과정에서 재건대원들이 "일하고 행진하고 놀면서" 하는 행위들이 "마당판의 분위기를 활기로" 채울 수 있도록 의도했음을 언급한다.[183] 또한 포장마차와 트랜지스터 라디오, 자전거와 같은 원작에서 나타났던 요소들을 극에 활력을 불어넣는 소도구로 활용한다.[184] 1974년 각색 희곡이 포장마차와 같은 소도구는 오히려 있는 것으로 가정하고 대사와 행위만으로 극을 구성하고 있는 반면, 1977년 대본의 경우 덕배가 포장마차를 마당 안으로 끌고 들어오면서 이동성의 활력을 보여주고 마찬가지로 덕배가 퇴장을 했다가 다시 마당으로 들어올 때 자전거를 타고 들어옴으로써 공간적인 활력을 더한다. 위의 인용에서 행상이 들고 다니는 트랜지스터는 행상의 지참물이라는

---

182 <돼지꿈>(1977), 199면.

183 임진택, 앞의 글, 48면.

184 "덕배와 덕배처가 말싸움을 하는 동안 마당 한쪽편에서 트랜지스터 행상이 등장하여 서성댄다. 몇 개의 바스틀 어깨에 메고 양손에 트랜지스터를 들고 커다랗게 볼늄을 높여 라디오방송을 틀어 놓은 채 여기저기 기웃거린다. 그때그때 나오는 라디오 프로그램의 내용이나 음악이 이 작품의 분위기에 일종의 음향효과가 되는 셈이다."(「돼지꿈」(1977), 215면.)

서사 내의 기능과 함께 외재적으로 극 전반의 음향을 담당하는 복합적인 기능을 수행한다. 이와 같은 복합적인 기능을 수행하는 감각적 도구들은 단순히 야외무대이기 때문에 가능한 것은 아니지만 극장의 무대극을 전제로 한 공연의 제작에서 탈피하면서 오히려 다양한 감각들을 통해 극적인 환상을 창출하는데 개방적인 극의 형태에 도달할 수 있었음을 보여준다.

이와 같이 공연조건의 변화가 극의 장소성과 신체성과 소리성을 비롯한 다양한 감각들의 창조적 활용이라는 연극성의 재발견을 이끌었다. <돼지꿈> 공연은 관객이었던 연극패와 관련한 인물들뿐 아니라 본인들에 비해 운동이 아닌 예술을 한다고 여겼던 탈춤반 일원들에게도 강렬한 충격으로 남아 있었는데,[185] 이는 민중 서사를 통해 대항성을 본격화하였다는 운동성의 차원에 국한된 것이 아니라 이 공연들이 감각적인 차원의 새로움과 숙련성, 즉 연극성의 새로운 발견을 보여주었기 때문이다.

고발의 목적을 위한 극 형식의 다양화와 메타성의 활용
: <동일방직 문제를 해결하라>(1978)

<돼지꿈>의 경우 대학연극 내에서 창작극 운동이 야외 공연이라는 전환을 통해 새로운 전기를 마련하게 되는 국면과 통제적 시대 상황에 대응하는 과정에서 오히려 장르의 창조적인 확산이 예술의 복합기능성에 대한 사유를 가능하게 한 국면을 보여준다. 그런데 1975년을 전후한 시기 나타난 현장적 전환에 있어서 "제대로 알릴 수도, 제대로 알 수도 없는

---

185 이영미, 「구재연 구술 채록문」, 『구술로 만나는 마당극 ②』, 고려대학교민족문화연구원, 2011, 292면.

유언비어의 시대적 수렁에서 알릴 것을 알리고 그릇 알려진 것을 제대로 바로잡음으로써 민중적 진실을 전하는 언론의 한 통로"로[186] 역할을 하기 시작한 것 또한 주요한 대목을 차지한다. 즉, '동일방직 노동조합' 사건과 '무등산 박흥숙 사건'과 같이 박정희 정권의 말엽에 정권의 파시즘적 성격과 개발주의의 비인간성, 언론과 정부 각 기관의 관료성과 같은 당시 사회의 주요한 문제들이 교차하는 가운데서 일어난 인접한 시기의 사건들을 극화하는 것은 이들에게 대학-지식인 내에서의 민중주의 의식의 공유를 넘어서는 지점을 가능하게 했다.

이와 같은 지향에서 이루어진 <동일방직 문제를 해결하라>(1978)와[187] <덕산골 이야기>(1978)로[188] 대변되는 고발극 경향의 공연들은 종로의 기독교회관과 76소극장과 같은 실내 공간에서 이루어졌다. 이는 "재야인사" 혹은 대학생을 비롯하여 정권에 대한 대항적 사유에 관심을 표하던 지식인 집단을 대상으로 한 공연이었다. 즉 이때의 관객성은 예술로서 연극에 대한 애호만으로도, 강렬한 사회 참여 의식만으로도 설명되지 않는 다중적인 성격으로 구성되었다. 즉 현장에 대해 재현하고 있는 이 연극들이 공연을 통한 강렬한 선동을 의도했다면 이 선동성은 1980년대 들어 본격화되는 노동연극의 현장성과는 다른 종류의 것이었다.

창비 계열의 문학론에서 농촌 공동체로 소급되는 '민중'에 대한 상상이

---

186 채희완, 「마당굿의 과제와 전망」, 『한국의 민중극』, 창작과비평사, 1985, 4~5면.
187 김봉준·박우섭·동일방직 해고노동자 공동 작업, 김봉준·박우섭 연출, 1978년 9월 22일, 서울 종로5가 기독교회관 공연.
188 한두레, 1978년 2월, 서울 76소극장 공연.; <덕산골 이야기>는 <한줌의 흙>으로 개작되어 1979년 삼일로 창고극장에서 공연된다.(홍성기 재구성, 김영기 연출, 연우무대 1979년 2회 워크숍 공연, 삼일로 창고극장, 1979년 10월 17~18일.)

이루어지는 것과 대비해 월간지 『대화』를 중심으로 실제적인 생활 현장의 생생함을 담아내는 르포 형식의 글쓰기가 게재되고[189] 대중적으로 큰 반향을 일으키며 향유되었다는 사실은 이 시기 '민중'의 개념이 다중적인 문화적 기호 속에 지향되고 형성되었음을 보여준다. 르포는 비가시화된 사건에 대한 사실 규명과 다성적인 사건 서술, 아래로부터의 역사를 수행하는 매체였다.[190] 이 시기 <동일방직 문제를 해결하라>와 <덕산골 이야기>가 극화한 것도 언론이 사회적 정의에 대한 사유를 기반으로 각종 사건들을 다루는 기능을 충분히 소화하지 못했을 때, 르포를 통해 재조명되었던 사건의 양상이었다.

즉 이 시기 문화패 일원들은 학내뿐 아니라 노동 현장과 농촌활동으로의 확장을 통해 '데모'와 '문화적 재현'의 사이에서, 즉 '문화선전대'로서의 역할을 자각하기 시작하기 때문에 지식인 집단 내에서의 강력한 민중주의와는 다른 차원의 현장감을 획득할 수 있게 된다. 1978년 이루어진 <동일방직 문제를 해결하라>(1978) 공연은 1976년 '똥물 사건'이 언론을 통해 알려졌지만 이후 관심이 줄어들면서 노동조합 사건 또한 해결될 기미를 보이지 않자, 해고노동자들의 기력 회복은 돕고 사건을 다시 알리기 위해 기획되었다. 또한 <덕산골 이야기>(1979)는 1977년 4월 광주의 무등산 철거 현장에서 일어난 '박흥숙 사건'에 의해 사형 선고를 받은 박흥숙에 대한 구명운동을 개진할 목적에서 기획된다.

르포문학이라는 비정전의 장르가 오히려 문학의 존재 방식과 장르론에

---

189 김원, 「르포문학의 현재」, 『작가들』 통권 90호, 2019, 118면.
190 김원, 위의 책, 119면.

대한 새로운 인식을 제공할 수 있는데, 고발극 또한 마찬가지였다. 연극사에서 사회적인 사건과 관련한 사실적인 자료들을 활용하는 다큐멘터리극[191] 형식에서 중점은 사실성에 대한 기대감을 뛰어넘어 보여주는 자료의 전시와 활용 방식 그리고 다큐멘트와 현실의 관계에 있다.[192] 역사적 다큐멘터리 연극은 강력한 정치적 자기 확신을 드러냈지만, 이들 연극의 진정한 정치적 혁신은 현실에 대한 집단적 동의를 "예술형식의 변혁"을 통해 이루어 낸 것에 있었다.[193] 즉, 이들은 기존의 극적 관습을 변용하고 혁신한 형태를 통해 관객들의 '안온한' 지각과 인식의 방법과 태도에 충격을 주는 형태를 의도한다. 1970년대 르포문학이 정전문학의 기존 문학의 형식을 위반한다는 특징을 지니며,[194] 중요한 것은 현실에 대한 기록이나 논픽션의 기록이라는 규정을 넘어 재현의 전략과 정전문학 관습과의 비교, 작가의 해석적 위치 등 르포문학의 장르적 특성을 탐색하는 일이라는 점도[195] 유사한 맥락에서 이해할 수 있다. 중요한 것은 첨예한 사회적

---

191 남지수는 공식 채록본과 보도 자료, 인터뷰와 조사 자료 등 자료의 아카이브가 연극에 활용되는 일련의 연극 양식과 극작술의 경향을 공유하며 에르빈 피스카토르 등 독일과 소비에트를 중심으로 했던 역사적 다큐멘터리극에서부터 영국, 미국, 폴란드, 남아프리카공화국 등으로 확산되면서 또 다른 실험적 형식을 지칭하는 신조어가 생겨났음을 지적하며 이와 같은 경향을 정리한다. 시대적 상황과 문화적 특성, 연극적 방법론 등에 따라 '리빙뉴스페이퍼(Living newspaper)', '팩트의 연극(theatre of the fact)', '버바팀 연극(verbatim theatre)', '법정연극(tribunal theatre)', '애쓰노씨어터(ethnotheare)', '증언의 연극(Theatre of testimony)', '리서치 기반 연극(research based theatre)' 등 다큐멘터리 연극이라는 용어를 대신하여 사용되거나 교집합을 드러내는 용어들이 등장했다. (남지수, 『뉴다큐멘터리 연극』, 연극과인간, 2017, 50~51면.)

192 남지수, 위의 책, 41면.

193 에르빈 피스카토르의 실험성은 사실주의 양식 안에서 역사적 시간을 새인하거나 정치적 상황에 대한 작가의 해설을 덧붙이는 정도의 당대 연극의 지평을 뛰어넘어 객관적인 다큐멘트들을 창의적으로 처리한 데 있었다.(남지수, 위의 책, 75면.)

194 김원(2019), 앞의 글, 116면.

사건을 극화시키는 것 자체가 문제가 아니라 어떠한 표현 방식과 매체를 통하는가이다.

한국 현대 제도권 연극에서 다큐멘터리극의 극작술 혹은 양식을 공유하는 형태가 제도적 민주화 이후인 1990년대 이후 본격화되었는데, 연행예술운동의 경우 대리 언론의 역할을 수행하는 '운동'의 목적을 수행하면서 이와 같은 다큐멘터리극의 경향이 이른 시기부터 나타난다. <동일방직 문제를 해결하라>와 <덕산골 이야기>, 그리고 이를 개작한 <한줌의 흙>뿐 아니라 개발주의에 따른 지역의 환경 문제를 다룬 <청산리 벽폐수야>(1983)와 같은 작품들에서 다큐멘터리극의 양식과 극작술이 활용된 것은 개발주의 하의 사회적 고통들에 대한 공론화가 통제되었던 시기 운동의 목적에서 기인한다.

실제로 이와 같은 실제 사건을 극화시킬 때, 사실주의극 양식이 아닌 서사극 양식에 가까운 형태가 나타난다. 기법의 측면에서 <동일방직 문제를 해결하라>의 경우 해설자와 코러스가, <덕산골 이야기>의 경우도 해설자와 합창의 형식이 주요한 부분에 참고되고 있다. 이는 브레히트의 서사극에 대한 이해와 고발극으로서의 기획이 교차하며 이루어진 것이다. <동일방직 문제를 해결하라>와 <덕산골 이야기>는 현장문화운동으로 활동의 영역을 넓혀가던 박우섭과 김봉준이 중심이 되어 한 작업으로, 사건을 전달한다는 목적에서 해설자를 활용하는 것은 서사극에 대한 이해가 깊지 않아도 충분히 가능한 것이지만[196] 브레히트의 '서사극에 심취'

---

195 장성규, 「르포문학 장르 정립을 위한 질문들」, 『작가들』 통권 40호, 2019, 145~146면.
196 「박우섭 구술 채록문」, 384면.

해 있었던 박우섭의 발상에서 해설자와 코러스가 심도깊은 방식으로 활용된다.[197] 1970년대 중후반을 기점으로 문화운동 2세대 사이에서 "서사극적인 공부들"로서 브레히트의 작품들과 그의 서사극 이론에 대한 접근이 이루어진 것과 관계가 있다. 브레히트의 저작들은 금서였으며 본격적으로 번역되어 있지 않았기 때문에 연극 이론서와 개론서에서 소개의 형태로, 혹은 독일어 원문 작품이 전해져서 스스로 번역을 해가며 문화운동 공동체 내에서 공유되었다. 문화운동 주체들의 브레히트에 대한 매혹은 사회주의자 극작가이자 이론가로 사회비판적인 극을 주장했다는 점, 그들이 대항하고자 했던 국가권력이 금서로 지정하여 타자화 된 작가라는 점뿐 아니라 아리스토텔레스적인 연극의 폐쇄성에 도전하면서 새로운 연극 형식들을 가능하게 했다는 점 등 복합적인 차원에서 이루어진 것이다.[198]

여공2 애, 너 오늘 기숙사 강당에 갔었니?

여공1 응 대의원회의 말이지? 연탄불 꺼질까봐 일찍 오느라고 참석을 못했어. 왜, 무슨 일이 있었니?

여공2 며칠 전부터 회의를 한다 못한다 회사측 대의원과 말썽이 많았잖아. 그래도 이영숙 지부장의 사회로 회의가 진행됐는데 고두영 씨측이 계속 회의 진행을 방해하는 거야.

고두영 氏 측 대의원 (객석에서 불쑥 일어나 발언권을 얻은 대의원 발언) 대의원으로서 한 말씀 드릴 게 있습니다. 도대체 현 집행부를 믿을

---

197 「김봉준 구술 채록문」, 504면.
198 박우섭이 연우무대의 모임에서 정한룡, 김광림 등과 에릭 벤틀리의 연극학 저서를 통해 브레히트에 대해 학습할 수 있었다고 밝히고 있다.

수가 없습니다. 무조건 76년 사업계획서만 통과시키려고 할 것이 아니라 작년 사업보고서에 이상이 많습니다. 지난 중추절에 사용한 쟁의 기금이 노동조합법 13조와 지부운영규정 제44조에 엄연히 위반되고 있는 것이 바로 그것입니다. 따라서 이의 집행은 현행법에 있는 불신 임안 정족수를 과반수로 수정하여야 할 것과 집행부 전원에 대한 불신임안을 먼저 이뤄져야 한다고 생각합니다.

여공2 이렇게 갑자기 일어나서 회의 진행을 가로막고 회장을 퇴장시키려 했꺼든.

여공1 그래서?

여공2 그러자 갑자기 대의원 김윤자 언니와 강성혜 언니가 발언권을 얻어 신상 발언을 했어.

(김윤자 무대 한쪽에서 차례로 등장했다가 퇴장하고 여공1, 2 당시 상황을 설명하는 시늉을 가볍게 한다.)

김윤자 이 이야기만은 하지 않으려 했는데 고두영 씨 측 대의원이 계속 야비하게 회의 진행을 방해하니 양심상 말을 꺼내야겠습니다. 어젯밤 있던 일인데 회사 측의 사주를 받은 대의원이 나를 찾아와 좋은 자리로 바꿔주겠다고 유혹했습니다. 나는 이런 대의원이 있는 한 회의를 더 이상 진행할 수 없다고 봅니다.

강성혜 그뿐이 아닙니다. 저에게는 이런 일이 있었습니다. 지난 4월 2일 본인이 집에 있는데 고두영씨가 집에 찾아와 저의 형부에게 3일 대회 때 투표 당시 암호를 가르쳐주며 현 지부장을 불신임해 달라고 돈 이만 원을 놓고 갔습니다. 아무리 가난한 근로자지만 몇 푼 돈으로 근로자의 양심을 살 수 있다고 생각하는 사람이 근로자를 대표하는 대의원 노릇을 하는 게 한심스럽습니다. 우리가 비록 가난해서 공장에 나가지만 돈이면 무엇이든지 뜻대로 할 수 있다고 생각하는 사람을 어떻게 믿고 일을 시킬 수 있는지 1400명의

근로자들이 가여울 뿐입니다. 제발 돈으로 노동자의 양심까지 살
수 있다고 생각하지 마세요.

여공2 　그러면서 돈 2만원을 꺼내다가 마룻바닥에 던져버렸어. 그랬더니
고두영씨 측 대의원들은 정신없이 흩어진 돈을 주워 모아가지고
퇴장을 하고 회의장은 울음바다로 변했어.

여공1 　어머 그럴 수가!

코러스 　눈물이여 야윈 볼에 흐르는 눈물이여. 포도선이 부어올라 목소리
도 안 나오고 타는 가슴 억울함에 눈물만이 흐르누나. 가진 자의
학대와 모욕 속에 짓밟히는 노동자의 피맺힌 울음소리 들리누나.
공순이 공돌이라 놀리는 것 서러운데 돈 주고 고용했음 노동력만
고용했지 사람까지 사들이고 인격까지 사들였소.[199]

　　그런데 이때 나타난 형식적 새로움은 비단 해설자, 코러스와 같은 브레
히트의 서사극 작품에서 차용했음에 있을 뿐 아니라 장면 구성 방식과
연극적 생략과 역할 놀이 등을 사건에 대한 고발과 집단적 감응을 불러일
으키기 위한 방식으로 다채롭게 활용한다는 점에 있다. 위의 장면은 <동
일방직 문제를 해결하라!>의 서사극적 형상을 보여준다. "자취생활"이라
는 제목으로 이루어진 이 장은, 여공의 일상적인 대화에 이어지는 것으로
객석 공간으로의 공연 공간의 확장을 통한 시공간의 전환과 코러스의
합창식 발화로 구성된다. 즉 이 장면은 같은 장 내에서 세 층위의 메타적
형식을 통해 지각의 변용을 유도한다. 대의원회의는 여공 2의 설명에 의
해 '전해지는' 형식으로 전달됨으로써 오히려 더욱 극적인 장면이 되며,

199 　<동일방직 문제를 해결하라!>, 이영미 편저, 『구술로 만나는 마당극 ①』, 고려대학교민족
문화연구원, 2011, 304~305면.

일상과 관계가 없이 외재적으로 결합된 코러스의 선언은 집단적 목소리의 청각적 감응력을 더하며 대의원회의를 둘러싼 노동자들의 상황에 대한 자각과 감응을 더욱 설득력 있는 것으로 만든다.

이처럼 <동일방직 문제를 해결하라!>의 형상화 방식은 쉽게 자각되기도 힘든 현실의 문제들에 대한 변혁을 위해 연극이라는 매체가 할 수 있는 역할을 고민한 독일 정치극 시기의 극작가들과 같이, 문제는 제재 자체가 아니라 기존의 극적 관습을 어떻게 변용하고 혁신하며 이를 통해 관객에게 새로운 지각과 인식의 방법과 태도를 불러일으킬 수 있느냐에 있음을 보여준다. 특히 이 공연은 감정을 아예 차단한 것이 아니라 비판적인 인식을 촉진하고 변혁적 정동을 공유할 수 있도록 의도했다. 브레히트 스스로도 "서사극은 감정을 퇴치시키는 게 아니라 감정을 검토하고 감정을 부단하게 창출"한다고 말했으며, 서사극의 기본정신이 망각 되고 기법적인 측면만 강조되는 것을 경계했다.[200] 실제로 예술이 예술일 수 있는 것은 이것의 정서적 감응을 기반으로 한 '가치정향적 성격' 때문이라는 사실 때문이다.[201] 특히 본래 대본은 똥물 사건을 재현하는 장면 이후 해설자가 사건을 정리하는 것으로 되어 있지만 실제 공연에서 소품인 흙을 뒤집어쓴 배우들이 감정이 격앙되어 울기 시작하면서 앞에 붙어 있는 제목 현수막을 떼어 시위를 하러 내려가서 경찰에게 잡혀 들어가고, 관객들까지 함께 울며 그 자리에서 두 시간 가까운 시간 농성을 하게

---

200 브레히트의 서사극 이론이 '감정'을 일으키는 '드라마적 형식'과 인식과 결정을 요구하는 '서사적 형식'으로 강한 이분법을 통해 구분 짓는 것은 그만큼 극장의 부르주아 관객층의 안온한 현실 인식과 오락으로서의 연극의 고정적 기능을 혁신하기 위해 고안된 것이다. (송윤엽 외 역, 베르톨트 브레히트, 『브레히트의 연극이론』, 연극과인간, 112면.)
201 M.S.까간, 진중권 역, 『미학강의 I 』(1975), 새길, 1989, 94면.

된다.[202] '똥물 사건'과 같이 가장 감정적으로 격동을 일으킬 수 있는 장면 또한 해설자의 개입을 통한 재연의 적절한 거리두기와 '진흙'이라는 오브제의 활용으로 이루어진 생소화를 통해 서사극적으로 제시됨으로써 오히려 효과를 불러일으킬 수 있었다. 공연의 감응이 자기 위안에 그치지 않을 수 있었던 순간이었던 것이다.

앞서 살펴보았듯이, 김지하의 창작극은 프로시니엄 무대극의 구조와 공연 공간에 긴박해 있음으로써 민중운동의 정치적 목적성을 의도했음과 달리 민중에 대한 대상화라는 혐의에서 벗어나지 못했다. 1970년대 중후반 연행예술운동 담당자들의 형식/양식 실험은 대화적 소통 형식의 획기적인 확장과 발전을 의미했으며 이는 노동과 빈민 문제 등 사회적으로 이슈화된 사건들에 대한 고발과 이를 통한 실질적인 반체제적 움직임을 이끌어 내거나 행동을 촉진이라는 교육적이며 실용적인 기능을 극대화시키는 과정에서 나타났다.

이는 연극의 본질적인 기능을 오락/즐거움에 두면서도 이 연극이 정치적인 도구가 되는 것을 주장했던 브레히트의 연극론이 등장할 수 있었던 맥락과 같았다. 실제로 이들이 당대로서 용공의 혐의를 지니는 작가로서 브레히트의 서사극 이론을 참조하기는 했지만 이는 단순한 영향관계로 파악할 수 있는 것은 아니다. 오히려 본질적인 것은 관객을 지배층의 권력 구조에 비판적인 인식을 할 수 있는 집단으로 교육시키고 의식화시키고자 하는 목적을 공유했다는 사실이며, 이를 위해 연극이 포섭할 수 있는 다재로운 표현 가능성을 활용했다는 점이다. 관객의 박수기 아닌

---

202 「김봉준 구술채록문」, 513면.

토론과 정치적 결정을 의도하며[203] 관객의 현실 사회의 모순된 권력 구조와 상황에 대한 자각과 세계 변혁을 위한 도구로서 연극을 활용하고자 했던 피스카토르, 브레히트를 위시한 독일 정치극 시기의 실험적 행보에 맞닿아 있었다. 그럼에도 이들의 활동은 브레히트의 서사극이 관객의 비판적 인식과 무대의 재연에 대한 거리를 강조했다는 점과는 차이가 있었다. 이들의 활동에서 '극'이 아닌 '굿'이라는 기호가 등장하고 있음이 의미심장한데, 이때의 '굿'은 단순하게 무속의 형식을 차용하는 것이 아니라 현실의 문제에 대한 정서적이며 심리적인 해결이라는 민속에서 굿이 이행했던 가치와 기능을 계승하고자 하는 의지를 확인시켜 주는 기호이기 때문이다.

이처럼 "새롭게 생성되어 가는 양식이 지닌 활력"이 유신 말기에 꽃피울 수 있었던 것은 이 시기를 전후하여 연극과 탈춤에 대한 예술적 관심에서 시작한 문화패의 활동이[204] 점차 반체제 저항운동으로서 성격을 지향하면서 공연장소의 다변화를 비롯한 공연의 수행적 조건의 변화와 함께, 직접적인 고발과 공연 차원의 혹은 사회에 대한 의식의 각성과 운동에의 참여 욕구의 신장이라는 교육적 목적을 위해 관객과의 소통방식과 효과에 대한 고려가 적극화되는 전환을 경험했음을 보여준다.

---

203 베르톨트 브레히트, 김기선 역, 『베르톨트 브레히트 선집③—베르톨트 브레히트의 서사극이론』, 한마당, 1989, 51면.

204 이들이 학생운동의 지향을 공유하기 이전에 혹은 동시에 당대 한국 사회에서 대학생이 가졌던 특권적인 문화적 아비투스의 맥락에서 아예 벗어나 있었던 것이 아니라 번역극과 서구의 극 이론과 같은 '예술'에 대한 학적인 관심과 습득, 그리고 이에 대한 수련을 거쳤다는 사실은 강조될 필요가 있다. 탈춤 또한 당대 대학생들에게는 청년의 해방적 에너지를 제시하는 하나의 새로운 예술형식으로 소비되기도 했다.

2. 농민/노동운동 현장의 연행과 피억압자의 시학

'낭만주의' 탈꾼의 현장 경험: 연세대학교 탈춤반의 사례

대학 탈반의 활동이 빈민·노동·농촌·종교 운동과 연계되고 연합적 활동으로 이루어지면서 민속 형식을 차용이 종합성과 현장성의 속성에 대한 발견과 연결되었던 정황의 초창기 모습을 풍부하게 보여주는 것이 연세대학교 탈춤반의 사례이다.

연세 탈반의 활동 중 도시 봉사와 농촌 봉사에 참여한 일을 잊을 수 없다. 그 활동은 1973년 겨울, 선배들이 시작했던 활동인데 박정세 선배(당시 연세대학교 신학대학원생, 전 연세대 신학과 교수 겸 교목실장)가 주도하여 기독학생회(SCA)와의 협력 아래 진행되었다. 당시 기독학생회는 **성남 판자촌, 망원동 판자촌을 비롯한 서울 인근의 빈민촌에서 동하계 봉사활동을 했고, 농촌 지역에서도 봉사활동을 했다.** 그 기간 동안 탈춤반에서는 2-3명의 회원을 교대로 파견하여, 초등학생, 부녀회, 청년회에서 탈춤강습을 했고, 그 마을의 노인들을 중심으로 풍물패를 조직하였다. 나는 1974년 **여름에는 망원동과 경기도 어느 농촌 마을, 1975년 겨울은 성산동에서 이 봉사활동에 참여했다.** 1974년에는 민경율(행정 74), 1975년에는 김하운(경제 74)과 조승철(경제 74)이 함께 했다. 봉사활동이 마무리되는 시점에서 **마을 축전을** 벌였다. **마을의 풍물패와 대학의 탈꾼들이** 모여서 **길놀이를** 하고, **탈춤을 공연하는** 등 옛 고을굿을 재현하는 것이었다. (중략) 이러한 **봉사활동은 대학생들과 민중들의 접점이** 되었다. 후에 **인천산업선교회에서 탈춤반 출신들이 활동한** 것도 이러한 맥락에서다. 어느 날인가 채희완 선배가 나를 불러내더니 인천항으로 데려가서 배에 태웠다. 인천 앞바다 어느 섬에서 모 상사의 노조원들이 수련회를 하는데, 탈춤에 대한 선배의 강의 및 강습에 나를 조교로 데려간 것이다.

채 선배는 탈춤에 대해서 강연을 하시고 나는 봉산탈춤 먹중춤을 가르쳤다. 그날 밤은 밤새 노조원들과 이야기를 나누느라 한숨도 못 자고, 배에서 계속 토하며 돌아왔던 기억도 있다. 우리는 **고아원, 양로원, 난지도 개척교회, 군부대, 공단 등** 우리가 탈춤을 소개하고 탈춤으로 봉사할 수 있는 곳이라면 어디든지, 단 몇 사람이라도 갔다. 난지도에 정수범과 이순규(간호 74), 나, 셋이서 가서 번갈아 춤추고, 장구치고 했던 적도 있다.(강조-인용자 주)[205]

1974년 여름 망원동 도시봉사 탈춤 강습 ⓒ정병훈   1974년 여름 망원동 뚝방부락제 ⓒ정병훈

연세대학교 탈반 출신 정병훈의 기록은 대학생 문화패의 활동이 지역, 노동, 농촌 운동과 연계되었던 풍경을 보여준다. 탈춤패 일원들은 1973, 4년 기독학생회(SCA)를 매개로 이루어진 도시봉사에 참여하여 2~3명을 파견하여 초등학교, 부녀회, 청년회에서 탈춤 강습을 하고 노인들을 중심으로 풍물패를 조직했다. 위의 '뚝방부락제' 사진은 봉사가 끝나갈 때 행했던 마을 축전의 모습이다. 기독교계가 집단적 놀이의 형식으로 활용할 수 있는 오락, 찬송가, 율동에 국한된 것이 아니라 탈춤과 풍물이라는

205 정병훈, 「탈춤과 나 16. 연세대 탈춤반 정병훈의 탈춤: 사는 데 힘이 된 탈춤」, ≪프레시안≫, 2021.08.26.
https://www.pressian.com/pages/articles/2021082515310647927

민속의 문화적 형식이 들어오게 된 것이다.

강인철은 1970~80년대 한국의 그리스도교가 다른 저항적 사회운동과 적극적으로 연결되었던 것이 한국적 특수성임을 조명하며 저항적 사회운동의 폐허 위에서, 그리고 저항적 사회운동에 '선행하여' 등장했다는 점, 그리고 자신의 발전 과정에서 저항적 사회운동의 '성장을 촉진'하는 역할을 했음을 분석한 바 있다.[206] 아울러 당대 저항운동과 연계되었던 종교계의 활동은 "국가의 과대성장과 사회의 유약한 발전이라는 극도의 불균형한 관계" 속의[207] 위험사회의 공백을 메우는 종교서비스, 복지서비스, 생활공동체, 사회운동을 절묘하게 어울렸다.[208] 앞서 살펴본 개신교계와 연계된 도시봉사에서 이루어진 함께하기의 형식으로서 탈춤 강습과 마을축전 또한 공백을 메운 실천의 한 양상으로 볼 수 있을 것이다.

그럼에도 같은 1973년 여름 망원동 현장 활동에 대하여 이화여자대학교 민속극연구회의 김순진은 다른 기억을 이야기한다. "민중의 예술을 민중에게 되돌려 주어야 한다는 사명감"으로 현장 공연을 시도하였지만 "마을 사람들의 신명은 오르지 않았다". "전통된 전승 형식"인 탈춤은 과거 피지배층인 민중에 의해 연행된 것이기에 당대의 민중인 도시 빈민의 처지에 몰린 이들에게 닿을 것이라는 "고귀한 뜻"이[209] 실질적인 삶과 배리될 수 있음을 체험한 것이다. 이 배리를 둘러싼 진지한 토론은 1970년대 후반의 현장문화활동에서도 거듭 등장했다. 미학적 형식의 유래(민

---

206 강인철, 『한국의 종교, 정치, 국가』, 한신대학교출판부, 2013, 154면.
207 최장집, 「과대성장국가의 형성과 정치균열의 구조」, 『한국사회연구』 3호, 1985, 강인철 (2013)에서 재인용.
208 강인철, 앞의 책, 272면.
209 김순진, 앞의 글.

중의 형식으로서 '탈춤'과 풍물)와 의도(민중지향성 및 반유신)의 정치성 자체가 의례적 공동체성을 만들어낼 수 없음을 알게 된, 규범주의적 한계에 대한 자각이 이루어진 순간이었다.

1970년대 후반, 대학 탈반은 학내 공연에 대한 상호 참조, 빈민·노동·농촌 운동에서의 현장 공연에의 참여, 합동 수련회를 통한 기예 및 이론 학습을 기반으로 연합적 형태로 이루어지게 된다. 1977년부터 서울대, 이화여대, 서강대, 연세대의 탈반 구성원들은 '연합탈반'의 형태로 서로의 학내 공연, 양주, 진주 등에서의 전수훈련을 함께 받았고 방학 때 연합 수련회를 통해 한국사와 경제사에 대한 세미나와 탈춤 수련을 함께 해나가며 문제의식을 발전시켰다. 박인배는 1970년대 중반 사회로 나온 문화패가 물적 기반을 갖지 못한 상태에서 교회운동권과 연결된 활동을 펼쳤는데, 행사 주최자의 요구에 따라야 한다는 강제성과 실제 민중과 현장의 삶에 가 닿지 못한다는 한계를 자각하고 반성하며 1977년 여름을 기해 '농촌순회공연', 서울로 돌아온 후의 기독교회관 '금요기도회' 공연 및 영등포도시산업선교회 노동자 문화교육 활동 그리고 이것이 이어져 민주노동조합 연계 활동이 가능했다고 밝혔다.[210] 현장에서의 교육과 전수의 경험과 이론 학습, 집합적 경험 속에 탈춤의 과장 형성 방식과 춤사위의 변형이 이루어지게 되며, 이는 1980년대 탈춤-민속 연희의 확산과 대학 마당극이라는 창작탈춤의 형식을 예비했다. 앞서 살펴본 <해남 농민잔치>(1977), <농촌마을 탈춤>(1977), <예수전>(1977~1979), <원풍모방 놀이

---

210 박인배, 「문화패 문화운동의 성립과 그 향방」, 박현채·정창렬 편, 『한국민족주의론 III: 민중적 민족주의』, 창작과비평사, 1985, 436~437면.

마당>(1977~1979) 등은[211] 이 시기 활동적 맥락 속에 연행된 것이다.

문화운동 2세대와 민주노조-농촌운동 지원 활동과 촌극/극놀이

1970년대 중후반의 활동은 첨예한 사회 문제에 대한 고발과 대리 언론의 역할을 수행하며 관객의 참여적 반성을 유도하는 무대 형상화와 매체의 실험성을 가능하게 했을 뿐 아니라 관객의 존재에 대한 급진적인 사유를 보여주는 활동을 포함했다. 이는 농촌과 공장에서 이루어진 일련의 활동을 통해 나타났다. 현장으로 가야 한다는 인식은 1980년대 학생운동의 현장 지향성과 같이 조직적인 차원에서 이루어진 것은 아니지만 기독교 청년 조직과 지역 종교 단체 등을 통해 공장과 농촌과 연계된 활동을 가능하게 했다. 이에 1975년을 전후하여 대학의 운동권과 문화 운동 내부에서 '현장'으로 가야 한다는 가야 한다는 인식이 일반화되었지만[212] 1980년대 학생운동의 현장 지향적 활동과 같이 '조직'의 차원에서 이루어진 것은 아니었다. 이들은 한국기독학생회총연맹(KSCF)와 같은 기독교의 청년 조직과 인천 도시산업선교회와 같은 지역 종교 단체 등을 통해 노동현장 활동 혹은 농촌활동을 기획하며 활동했다. 류인렬, 황선진, 김봉준, 박우섭 등 문화운동 2세대들은 이 시기 지역 노조와 기독교단체의 교육활동에 참여한다. 그 당시는 "문화운동 하는 사람들이 노조쪽이나 노동운동에 가서 거기 하고 같이 뭐를 하는 분위기가 굉장히 고조되어 있는

---

211 <농촌마을 탈춤>(1977)과 <동일방직 문제를 해결하라>(1978), <원풍모방 놀이마당>(1977) 등 1970년대 후반 농촌, 노동 현장과 연계된 활동에 대해서는 박상은(2020) 참조

212 이영미 편서, 「박우섭 구술채록문」, 『구술로 만나는 마당극 ②』, 고려대학교민족문화연구원, 2011, 370면.

상황"이었다.12) 이 체험을 통해 '기층 민중'이라 상정된 노동자, 농민과 문화적 생산물을 함께 만드는 작업이 이루어지고, 이에 따라 1세대에 비해 창작과 공연 제작, 관람의 문제에 이르기까지 어떻게 민중의 삶을 반영하며 이들이 이해하기에 적합한 형식을 찾고 '교육'할 수 있을 것인가로 문제의식이 확장되었다.

1970년대 중후반 문화패 일원 중 일부는 민주노동조합과의 연대 활동 속에 각기 사업장 중심으로 연극/촌극을 제작하거나 탈춤반/민요반이 결성하는 것을 돕게 된다.[213] 문화패의 활동은 탈춤·풍물·민요 등의 기능을 전수해주면서 탈춤 연행을 위한 대본을 공동 창작하고 노동문제에 대한 이해를 돕는 것이었다.[214] 노동조합과 연계된 활동 외에도 크리스찬 아카데미의 농민·노동자 교육프로그램이나 야학에서의 역할 바꾸기 놀이와 촌극교육 등이 시도되었다. 1970년대 후반에서 1980년대 전반기까지 '촌극'은 단순한 아마추어 연극 활동이 아니라 통제적 시대에 사회적 기능과 구성원의 재현의 역량을 활성화시켰던 주요한 문화적 형식으로 활용되었다. 1970년대 후반에서 1980년대 초 특히 학생운동과 연계되어 활동한 성향이 강했던 문화패 일원들은 대부분 노동 현장의 문화운동과 연계된 활동을 개진해 갔다. 이들 문화운동 2세대로 분류된 인물들을 중심으로 노동현장과 연계된 탈춤 교육, 소모임 문화활동 지원, 노동자 연극

---

213 촌극과 극놀이의 실제 전개 양상과 상호 영향 관계에 대해 추후 연구가 요청된다. 류해정의 촌극운동론에 대해서는 이영미(「류해정의 촌극론·대동놀이론과 그 작품적 실천」, 『한국극예술연구』 제 46집, 한국극예술학회, 2014) 참조.

214 3장에서 살펴보았던 동일방직 노동조합뿐 아니라 반도상사 노동조합, 한국콘트롤데이터 노동조합, 삼성제약 노동조합, 동광산업 노동조합, 안양 근로자회관 등에 탈춤반이, 청계 피복 노동조합에 민요반이 생겼다.(박인배, 「문화패 문화운동의 성립과 그 향방」, 『한국민족주의론3』, 창작과비평사, 1985, 101면.)

창작 지도가 이루어진다.[215]

이 시기 공장과 농촌과 연계된 활동들은 변혁운동의 주체로서 민중이라는 상이 생산활동에 종사하는 동시대 인간들의 것이 아닌 지식인의 것일 수 있다는 자각을 불러일으켰다. 이는 예술의 창작과 수용 안의 문화적 위계에 대한 자각을 이끌었을 뿐만 아니라 예술의 본질에 대해 재사유할 수 있는 계기를 만들었다. 특히 현장의 요구에 따라 변용되었던 연극과 탈춤의 내용과 형식들, 풍물 및 의례적 기법들이 창안했던 강렬한 집단성의 체험은 탈춤과 같은 민중의 형식을 민중에게 되돌려 준다는 문화패의 '소박한' 인식이 시혜적 차원에서 벗어날 수밖에 없게 했다.

실제 활동가들은 '민중적 형식'으로서 탈춤을 가지고 출발했지만 현장의 노동자들과 만나면서 "이야기, 가사 바꾼 노래, 촌극, 만담, 농지거리" 등 풍부한 "자신들의 문화"의 중요성과 활력을 자각했다.[216] 농촌/공장 현지의 요구에 따라 기존에 대학에서 강조되었던 내용과 형식들은 달라질 수밖에 없었는데 이를 통해 민중의 형식을 민중에게 돌려준다는 문화패의 '소박한' 인식은 폐기될 수밖에 없게 된다. 또한 "생산 현장"에서의 활동에 대한 평가는 "대단히 우호적"이었으며 "직업 예술인의 작품과 비교해 다른 차원에서의 높은 완결성"을 보이며 전문 예술인의 생산물을 "능가하는 생생한 감동"으로 자각된다.[217] 특히 농촌/공장에서의 공연준비 과정에서 농민과 노동자가 아마추어 배우 혹은 제작자로 참여하는

---

215 어연선, 「극단 「현장」의 노동연극 연구」, 동국대학교 연극예술학과 석사학위논문, 2019, 18면.

216 박인배, 앞의 글, 101면.

217 최승운, 「문화예술운동의 현단계」, 『문화운동론 2』, 공동체, 1986, 27~29면.

경우가 많았다.

이는 연극의 역사를 지배층의 권력 구조와 인식을 강화시키고 관객의 수동적 역할을 강요한 것으로 규정하며 '피억압자의 시학'을 펼쳐간 아우구스또 보알의 활동과 연결되는 지점이다. 보알은 '연극을 관객에게 넘겨주는 것'을 "억압받는 자들의 연극"으로 명명하였으며, 관객을 연극의 제작자로 변모시키는 '신문연극'과 '조상연극', 관객에게 발언권을 주는 '토론연극'과 '비가시적 연극' 등의 기법을 창안했다. 이는 극중 사건 대한 관객의 개입과 거리를 성찰하고 관객의 위상을 재조정하는 것과 관련된다. 실제로 보알의 이론은 1960년대 브라질 민중운동의 맥락에서 이루어진 연극운동을 기반으로 만들어진 것이다. 보알은 농부와 노동자로 구성된 관객을 대상으로 이루어진 공연에서 기존 연극에서 비미학적인 것으로 간주되는 자질들이 오히려 관객과의 상호작용 속에 현실에 대한 비판 인식을 강하게 환기시킬 수도 있음을 자각했으며, 기존의 연극에서 미학으로 간주한 것들이 관객이 처한 사회적 상황에 따라 상이한 효과를 불러올 수 있음을 알았다.[218]

이처럼 이 시기 활동은 남미, 필리핀 등에서 제3세계 민중운동의 시각에서 이루어진 농촌과 도시의 문맹퇴치운동과 정치운동의 과정에서 연극이 교육적인 도구로 활용되었던 것과 유사한 형태를 보여준다. 실제로 이 시기 류해정, 박우섭 등 운동 담당자들은 공장/농촌에서의 촌극과 극놀이 활동을 연계해 가던 활동가들은 브라질의 교육학자인 파울로 프레이리를 참조하기도 했다.[219] 이 활동의 중요성은 창작과 수용 안의 문화적

---

218 헨리 토러 편, 김미혜 역, 『아우구스또 보알, 억압받는 자들의 연극』, 열화당, 1989, 23면.

위계에 대한 자각을 이끌고 예술의 본질을 재사유할 수 있게 하는 계기를 마련했다는 점이다.

기억-투쟁-생활 공동체: 원풍모방 탈춤반의 사례

1970년대 원풍모방 민주노동조합 '탈춤반'의 경우 볼거리와 즐길거리로서 민속이 보다 강력한 공동체적 결속을 위한 도구가 될 수 있었던 지점을 보여준다. 원풍모방 탈춤반의 경우 신재걸 등 대학 탈춤반 출신들의 지원 속에 결성되었지만, 자체 회장, 총무, 연구부장 등을 구성하여 노조 구성원들의 활동을 중심으로 했다.

노동절 행사 때 식당에서 탈춤 공연을 본 것이 내가 처음 접한 문화였다. 탈을 쓰고 나와 익살맞은 대사를 하고 춤을 추던 마당극. 사물놀이 장단에 맞춰 여기저기서 얼쑤, 얼씨구 하는 추임새가 나왔다. 우리는 출연자의 대사 한마디에 손뼉을 쳤고 몸 동작 하나에 웃고 신이 났다. 기억에 남는 공연은 회사 간부와 국회의원이 등장하고, 어용으로 비난받던 노총위원장도 나오던 <조선방직쟁의>였다. 조선방직 여공 차별철폐와 권리 투쟁 내용. 이승만 정권 때. 어느 시대나 똑같은 것. 권력층이 등장하면 사람들은 야유를 보냈고 우리를 대변하는 말뚝이가 나오면 환호했다. **공연을 보면서 사람들은 그들의 대사와 행동에 모두 동화되었다.** 마당극이 끝나면 탈춤반이 이끄는대로 넓은 운동장으로 나가 뒤풀이를 했다. 꽹과리와 장구 소리에 맞춰 어깨춤을 추고 노동가를 부르며 운동장을 뛰었다.(강조-인용자 주)[220]

---

219 이영미, 이영미 편저, 「박우섭 구술채록문」, 『구술로 만나는 마당극 ②』, 고려대학교민속문화연구원, 2011.; 이영미, 이영미 편저, 「류해정 구술채록문」, 『구술로 만나는 마당극 ③』, 고려대학교민족문화연구원, 2011. 참조.
220 김경숙, 「두려움을 넘은 작은 용기」, 원풍동지회 편, 『풀은 밟혀도 다시 일어선다』, 학민

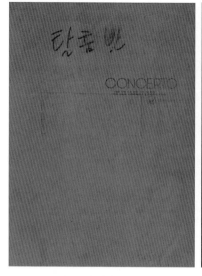
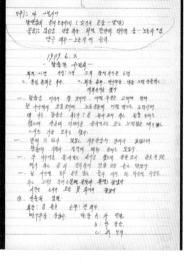

<원풍모방 탈춤반 일지>
(한국민주화운동기념사업회, 오픈 아카이브)

<원풍모방 탈춤반 일지>
(한국민주화운동기념사업회, 오픈 아카이브)

이들의 일지에는 1979년 3월 10일 <노동 기념 탈춤 공연>부터 1984년 8월의 활동까지의 탈춤 공연 대본과 연습, 수련회의 기록이 담겨 있다. 1979년 활동을 보면 이들은 6월 6일부터 매 수/금요일에 연습을 하여 같은 해 7월 15일 영등포 도시산업선교회 개관 기념 탈춤 공연을 하게 된다. 이때 연습은 봉산 2목, 통영베기기 장단, 목동춤, 강령 말뚝이 춤 등 탈춤에 대한 수련과 강의, 슬라이드 등을 통한 학습 및 토론으로 이루어졌다. "탈춤을 어디서 할 것이며 어떤 부분을 고쳐야하며 또 누구에게 보일 것이며, 노동운동에 어떤 식으로 도와가며 왜 나는 탈춤을 하는가?"[221]

사, 2019, 871면.

221 <원풍모방노동조합 탈춤반 일지>, 한국민주화운동기념사업회 오픈 아카이브, https://archives.kdemo.or.kr/isad/view/00854289.

탈춤의 공연 장소와 관객층, 공연의 목적과 효과에 대한 본질적인 질문이 제기되기도 했다. 1981년 국풍 81 때 방용석 지부장이 '조선방직쟁의'를 제안하여 영등포산업선교회에서 노동자문화제의 일환으로 연행하였고, 제5공화국의 노동탄압에 맞서 공동생활을 하던 영등포산업선교회에서 해산해야 했던 1983년 1월 19일 해산식 강당에서 조합원들 앞에서 마지막 공연을 하게 된다.[222]

탈춤반 당사자의 "노동조합이 탈춤반을 많이 아낀다는 느낌"이 주는 자부심, "탈춤반을 지도했던 대학생들과의 친밀한 교감", "대본이라는 걸 만드느라 머리를 짜내기도 하고 일하기도 바쁜 노동자인 우리가 왜 탈춤을 하려고 하는지 토론하고 공부하는 수련회"에 대한 기억은[223] 탈춤 공연이라는 무위의 형식이 투쟁-생활-놀이가 중첩된 삶을 가능했던 순간을 상상하게 한다. 위의 인용에서 확인할 수 있듯이, 탈춤은 어떤 노동자에게 처음 접한 '문화'이기도 했다. 손뼉과 웃음, 그리고 '신'이 나는 신체화된 반응들은 이 탈춤 공연이 공연을 한 주체뿐 아니라 탈춤을 본 사람과 강한 결속을 만들어내는 의례의 형식으로 기능했음을 짐작케 한다.[224]

1970년대 말 민주노조 형성기의 흐름의 중심에 있었고, 1980년대 초 민주노조가 와해되는 경험을 해야 했던, 원풍모방노동조합 탈춤패에서

---

222 지명환, 「내 안의 중심축」, 원풍동지회 편, 앞의 책, 970면.
223 이화숙, 「내 인생 최고의 선택, 탈춤반」, 원풍동지회 편, 앞의 책, 937면.
224 강렬한 의례적 순간들의 전후에 정치적인 결정과 생애사적 굴절이 존재했다. 1982년 9월 27일 노동조합 강제점거 폭력 사태 때 모두 559명이 강제해고되어 단일 기간에 가장 많은 조합원이 해고된 기록을 갖게 되었는데, 탈춤반 핵심 인원이 "굴욕적인 각서"를 쓰고 회사로 돌아가기도 했다. 또 탈춤반의 일부는 해산식 이후 '원풍의 집'에서 1970년대 민주노조 사업장 탈춤반 일원들과 모여 당시 홍제동성당에서 이루어진 노동절 행사 및 집회의 공연을 담당하기도 했다.(지명환, 앞의 글)

일련의 수련과 공연-집회가 만들어냈을 기억-투쟁 공동체이자 생활공동체로서의 함의는 각별한 것이었다. 그러나 탈춤과 풍물을 비롯한 민속의 형식 자체가 구체적인 역사와 시간성을 초월하여 동일한 효과와 공동체적 긴밀성을 만들어낼 수 없음 또한 자명했다. 이 지점에서 공동체는 정치의 질서에 속해 있는 것이 아니라 정치가 공동체에 속해 있다는 장 뤽 낭시의 전언은 다시금 기억할만하다. 낭시는 "복수적인 것의 소박한 것과 이질적인 것의 존재론"을 언급하였으며 정치는 여기에 접근하도록 도와주는 것이지만 정치 자체가 이를 가능하게 하는 것은 아님을 강조했다.[225] 이 시기의 집회-놀이가 민속을 전유하며 만들어 낸 공동체성은 규범적 공동체성과 기억-투쟁-생활-놀이 공동체성 사이를 유동하며 이념을 초과하는 자리에서 당대 한국 사회의 공백을 메꾼 현상이었음을 확인해 준다.

지역 문화운동, 예술적 도구의 상호 교환, 놀이의 저항성
: <해남 마을잔치>(1977)

1970년대 초반에 학생들과 젊은 활동가 사이에서 '전위냐 대중이냐'하는 토론이 일어나고, 소수정예의 투쟁 전위를 조직해서 싸워야 하는지 혹은 노동자, 농민, 도시빈민 등의 삶의 현장으로 활동가들이 찾아들어가 대중운동을 벌여야 하는지 논쟁이 일어났으며, 연행예술운동은 이러한 대중운동을 가능하게 하는 핵심적인 장르로 인식되었다.[226] 특히 1975년

---

225 장 뤽 낭시, 박준상 역, 『무위의 공동체』, 문학과지성사, 2010.
226 황석영, 『수인 2』, 문학동네, 2018, 310면.

긴급조치 9호 이후 학내 집회와 시위가 원칙적으로 차단되면서, 또한 학생 운동의 거점으로 현장이 부각되면서 연행예술운동의 인력들은 현장과의 접점을 갖게 된다.

서울을 중심으로 한 마당극 운동의 중심에 서울대 가면극연구회의 채희완이 있었다면 지방의 마당극 운동에는 해남으로 이주하여 『장길산』을 쓰면서 농촌 문화운동가들 결집했던 황석영이 있었다.[227] 황석영은 정권의 폭압과 이에 대한 반발이 극에 달하던 1970년대 중반 이후 문인들보다 문화패와 교류를 하며 지방으로의 이주를 결심한다.[228] 황석영이 "비교적 다른 지역에 비해 전통적인 농촌의 모습을 간직하고 있다고 생각했던"[229] 해남이라는 장소로 향하고 이후 광주와 제주 등지에서 활동을 전개하면서 "민중과 더불어"라는 이 시대의 모호한 의제를 공연이라는 공동체적 형식을 통해 삶의 다양한 현장과의 만남으로 실제화 하게 된다.

이 시기 문화패에게 공유되었던 "민중과 더불어"[230]라는 모토 속에 공장과 농촌 현장에서의 이루어냈던 공연의 성과들은 양적으로 대중화되지 않았지만 오히려 이후 시기의 운동이 추구한 혁명성을 예비하는 한편 초과하고 있었다. 우선 이 시기 현장 공연과 그 준비 과정은 1980년대 초반 이후 민족문학론이 민중문학논쟁으로 모습을 바꾸면서 노동/농촌문학의 주체 논쟁, 그리고 '현장'의 시선을 갖는 일의 중요성이 언급되는

---

227 황석영은 자신의 소설을 희곡으로 개작한 작품과 지방으로 이주하여 문화운동을 해나가며 공동창작한 작품들을 엮어 발간한 『장산곶매: 황석영 희곡집』(창작과비평사, 2012)이 있다.

228 『수인 2』, 315면.

229 『수인 2』, 323면.

230 『수인 2』, 327면.

것에서 보는 것과 같이 창작과 향유의 주체로서 민중의 문제가 전위적으로 모습을 드러낸 곳이었다.[231] 또한 "일은 자잘했지만 무엇보다도 현장감이 넘쳤고, 기독교회관의 기도회에 모여 성명서를 낭독하는 재야식 집회보다" 문화패의 활동이 보다 자신의 취향에 맞았다는 작가의 기억은 '민중운동'이라는 대의와 사회적 흐름 안에서 문화패의 이름으로 이루어졌던 일련의 실천 속에 있었던 생기와 그 문화적 의미를 짐작하게 한다. 문화패 활동가들에게 이 '현장적 전환'의 경험은 단순히 상상된 민중을 만나고 확인하는 자리가 아니라 제도와 허위의식, 헤게모니로서의 예술이 아닌 가상과 현실 사이의 관계에 대해 탐색하게 하며 예술성의 근원에 대한 사유를 하게 되고 새로운 미학적 양식까지 얻게 되는 경험이었다. 따라서 이 시기 문화운동의 성과는 이념적 선명성과 투쟁주의의 의식적 선동성을 넘어서는 지점에 있으며 동시기 예술/인간학의 차원이 억압의 시대와 저항이라는 이분법에 근거한 해석을 뛰어넘는 지점에 있었음을 보여준다.

황석영의 자전적 소설인 『수인』에는 1970년대 중반 해남으로 이주하면서부터의 지방의 문화운동에 대한 기록이 구체적으로 담겨 있다.

나는 서울에서 해오던 현장 문화운동의 시발점을 해남으로 정하고 있었고 이를 계기로 광주에 전라도 전체를 대상으로 하는 전문 문화운동의 거점을 세울 생각을 했다. 농민잔치를 앞두고 나는 서울로 올라가서 채희완 등 문화운동 기획자들과 의논했다. 우리는 전문 놀이패가 내려가서 무엇인가 공연물

---

231 임헌영·채광석·류해정, 「문학과 예술의 대중화를 위하여」(『전환기의 민족문학』, 풀빛, 1987), 『민족극비평워크샵 자료집』, 민족극연구회, 1991, 236면.

을 보여주는 것이 아니라, 누구나 쉽게 따라할 수 있는 간단한 놀이를 만들고 농민들이 출연자가 되어 함께할 볼거리를 기획했다. 즉 전문 문화패는 조력자 노릇만 하고 현장의 놀이패는 농민 자신이 되어야 한다는 것이다.

우리는 일단 놀이터를 해남 군청 맞은편에 있는 YMCA 앞의 너른 마당으로 정했다. YMCA건물은 원래 일제 때 신사가 있던 건물을 개조한 것인데 그 앞마당은 우람한 느티나무와 왕벚나무가 둘러싼 제법 넓은 터여서 마당판으로 훌륭했다. 며칠 전부터 농민들이 모여서 함께 준비를 했다. 농악대는 새마을운동을 개시하면서 정부가 모두 없애버렸지만 북, 장구, 징, 꽹과리 등의 사물은 마을 창고에 고스란히 남아 있어서 농민들이 기억을 가다듬어 풍물을 쳐보더니 삽시간에 장단이 맞아 돌아갔다. 그래도 새납이 빠져서는 안 된다고 아쉬워했는데 누군가가 자기 마을에서 새납을 기차게 불 줄 아는 노인이 있다며 그를 데려왔다. 오랜만에 신명이 난 그가 한참을 불어젖히자 간드러지는 나발 소리에 인근의 꼬마들이 까맣게 모여들었다. 읍내 사람 누군가가 저게 태평소라고 하자 노인은 퉁명스럽게 말했다. "새납이니 태평소니 그거 다 유식 자랑허는 한문이랑께. 우리는 날라리여, 이것이."[232]

황석영은 해남에 내려가 '사랑방 농민학교'를 시작하며 김남주 등 광주의 문화활동가와 교섭하고, 지역민을 문화활동가로 세워가면서 농민대회를 기획한다. 제3세계의 혁명 사례들을 통해 '민중과 더불어' 힘을 만들지 않으면 독재 정권을 무너뜨릴 수 없을 것이라 생각해 농촌에서의 대중운동을 시작했던[233] 이 시기 문화운동의 기획과 전개에서 주목해야할 것은 운동가의 위치를 '조력자'에 두었다는 점이다. 농민들의 삶의 현장성이 연행의 형식으로 극적으로 발현된 것이 1977년 해남농민잔치이다. 황서

---

232 『수인 2』, 334면.
233 『수인 2』, 327면.

영을 중심으로 한 활동가들은 "옥천 기도원에서 오십여 명의 농민들을 모아 처음으로 조직적인 교육을 실시"하고, 서울 크리스찬아카데미와 연락하여 강사를 섭외에 강의를 진행하면서 가을 농민잔치를 준비한다.[234] 황석영은 이 농민잔치를 공개적으로 "농민들의 '놀이판'으로 기획함으로써 강연회와 조직대회를 개최하는 기존의 형식을 바꾸었다.

위의 인용에서 확인할 수 있듯 놀이판의 기획은 서울의 학생-지식인으로 구성된 연행예술운동 집단이 의식적으로 추구해오던 민중적인 것으로서 전통적인 연행의 양식들이 실제 삶의 차원에서 지속되고 잠재되어 있었던 힘임을 확인하는 장이 되었다. 이때 공연은 대학, 탈춤패와 연극반 등 전문 연희패의 것이 아닌 "누구나 쉽게 따라할 수 있는 놀이"로서 구성되며 구성원들은 실제 촌극의 창작과 공연에 관여했다. 위의 인용에서 확인할 수 있듯이 생활 공간이 군청 앞 YMCA의 너른 마당이 공연 공간이 되고, 공연을 기획하면서 정부에 의해 금지당했던, 농민들의 풍물 기량이 공연에 포함되게 된다.

서울에서 채희완, 장선우, 유인택, 김봉준, 유인열 등이 대거 내려왔다. 이들은 YMCA회관 강당에 숙소를 정한 후 농민들이 촌극을 좀더 재미있게 다듬었고 화가인 김봉준의 총지휘로 **꽃상여**를 만들었다. 상여의 몸체는 어느 마을에선가 빌려왔는데 **오방색 천을 휘감고 종이꽃**을 만들어 부이고 **농민들의 각종 요구사항을 풍자적인 글귀로 적은 만장**을 만들었다. 상여꾼은 농민들과 서울 문화패가 더불어 하기로 했는데 선도자는 **상엿소리 창**을 잘하는 유인열이 했을 것이다. 광주에서도 이강과 김상윤이 학생운동 출신 청년들과

---

234 『수인 2』, 340면.

전남대, 조선대 학생들을 이끌고 해남에 왔다. 여러 마을의 농민들과 읍내의 상인들은 늘 해오던 식의 행사겠거니 생각하고 왔다가 어리둥절해하기도 했다. 누구에겐가 내막을 전해들었는지 군수는 오지 않았고 대신 군수 사모가, 해남교회에서도 목사 대신 사모가 왔는데 이들 유지 사모님들은 잔치마당에 와서 자기들 자리가 정해져 있지 않은 것에 당황한 눈치였다. 둥글게 원을 그린 주위에 자유롭게 앉도록 멍석만 덜렁 깔아두었던 것이다.

일단 **길놀이패**가 날라리 소리도 드높게 신명나는 사물을 두드리며 읍내 중앙통을 왕복하고 돌아와 욕과 패담이 난무하는 **촌극**이 진행되고 나서야, 뒤늦게 사태를 파악했는지 유지들과 사모님들은 슬그머니 빠지고 그야말로 아랫것들만 가득 모여서 더욱 신명이 났다. 농협이라는 배불뚝이가 죽어서 장례를 지내는 **꽃상여**가 행진을 시작했다. 만장을 앞세우고 선도자의 앞소리와 상여꾼들의 뒷소리를 주고 받으며 해남 읍내 중앙통을 가로질러서 장터와 주택가 등을 구석구석 휩쓸고 다니며 길놀이를 했다. 엄밀히 따지고 보면 이것은 사실상 농민 시위였다. 그러나 누구도 뭐라고 트집을 잡을 수가 없는 것 모양새는 어디까지나 농민들의 잔치 마당이며 놀이판이었기 때문이다.(강조-인용자 주)[235]

위의 인용은 연행예술운동 집단과 농민 집단이 공연 속에 자신들의 역량을 창조적으로 주고받을 수 있었던 순간을 명시한다. 길놀이와 풍물, "농협에서 자신들이 겪었던 일화들을 서로 이야기했고 그중에 유형별로 서너 가지를 추려서 적"어 완성한 촌극, 꽃상여의 행렬은 조동일이 『한국가면극의 미학』에서 제시한 민속에서 유래한 대동놀이로서의 가면극의 형태를 보여주었다. 대학 탈춤반과 연극반 소속인 채희완, 장선우, 유인

---

235 『수인 2』, 343~343면.

택, 김봉준, 유인열 등이 소품 제작과 촌극 제작에 함께 하며 조력자의 역할로 함께 했다. 이는 농민을 독재정권에 대항하는 세력으로 유인해내기 위해, 즉 선동하기 위해 채택된 연행예술이라는 형식이 실제 농촌 현장에서 활동가의 역량을 뛰어넘는 농민들의 잠재력과 만나면서 역동적인 형태로 변화할 수 있었음을 예증한다.

1977년 해남 농민잔치는 농민과 연행예술운동 집단의 만남이 창출한 역동성을 보여주는 상징적인 장면이다. 실제 잔치에 참여했던 연행예술운동가들은 이 잔치를 자신들이 머리로만 이해하고 있던 농촌과 민중, 민속의 실체를 경험할 수 있었던, 그리고 연행이라는 형식의 역동성을 체험한 매우 중요한 사건으로 기억한다. 지역의 탈춤을 춤이라는 기량에 대한 습득을 중심으로 제한된 공간에서의 가면극 공연으로 전유했던 서울에서의 공연이 생활공간에서의 대동놀이의 형식으로 변화할 수 있는 계기를 마련해준 것이었다. 또한 이들은 풍물이라는 양식이 실제로 농민들과 연동된 놀이-예술 양식이자 그들의 신명을 표현할 수 있는 중요한 장치라는 사실과 무대극/연극이 축소된 촌극이 현장의 목소리를 담아내는 주요한 형식이 될 수 있음을 체감했다. 이들이 경험한 연행 현장의 생생함은 유형화가 덜 된 인물, 혹은 전형적인 인물의 단순함, 극적인 긴장의 단순화와 같은 제도권 연극의 비평의 용어로 결코 포섭할 수 없는 성질의 것이었다.

농민들에 있어서는 이 공연은 당시에 맡았던 역할이 평생의 별명이 되는 개인적으로 극적인 체험이었던 동시에 실제 농민운동이 활성화되는 중요한 교두보가 된다. 이 농민 잔치 이후에 기독교장로회 소속의 교회들을 중심으로 농민운동의 조직을 확장하고 1982년 한국기독교농민회총연합이 발전하게 된 것은 연행자/배우이자 관객이었던 농민들에게 길놀이-촌극-상여행렬이라는 연행적 형식을 통해 고양된 감정적 결속이 실제적인 행동력으로 강화될 수 있음을 보여준다.

촌극의 소박한 인물 형상화와 생활에 기반한 강렬한 미적 경험
: <원풍모방 놀이마당 79'>(1979), <농촌마을 탈춤>(1977)

그럼 구체적으로 원풍모방 탈춤반의 <원풍모방 놀이마당 79'>(1979)와 <농촌마을 탈춤>(1977)을 살펴보자. 이 시기 노동운동과 농촌 활동에서 이루어진 촌극, 극놀이의 형식은 소박한 사건과 인물 형상화에도 관객인 노동자, 농민의 적극적인 해석을 통해 풍부한 의미를 만들어냈다. 이영미는 단순화된 형식 또한 현장에서의 공연을 통해 더욱 강렬한 의미를 획득할 수 있었을 것이라고 추정한다.[236] 예술의 정신이 단순히 구별된 미적 의식을 통해서가 아니라 무언가를 그리고 자기 자신을 얼마나 잘 인식하며 재인식하는가에 예술의 정신이 있다는 것에 착안할 때, 기존의 예술론에 기반할 때 지나치게 단순화된 인물들이 농민들을 대상으로 한 공연의 현장에서 자신의 삶에 임박한 문제들을 풍성하게 이끌어내고 재인식하게 하는 중요한 감성적 장치가 된다.

원풍모방 탈춤반은 모범적인 형태로 활성화되어 지속적인 탈춤의 강습과 공연 제작을 통해 노동자의 의식화와 단결을 함께 도모하며 노조운동

236　이영미, 「<농촌마을 탈춤> 작품해설」, 『구술로 만나는 마당극 ①』, 고려대학교민족문화연구원, 2011, 419면.

의 중심에서 활동한 대표적인 경우이다. 대학-지식인 집단의 창작 탈춤에서는 사회적 비판을 수행하는 인물형으로서 말뚝이와 생의 연속된 고난과 버려짐 속에서도 생명력의 지속을 상징하는 인물형으로서 미얄이 강조되지만 노동자 집단의 연행에서는 이것이 변화했다. 이 공연들은 양반과장의 변형을 통해 노동자와 사용자의 대립적인 이미지 속에 사용자를 풍자, 조롱하고, 노동자의 현실의 문제를 드러냄으로써 노동조합운동의 필요성을 강조하는 형태가 나타난다면, 대학-지식인 집단의 창작탈춤에서는 추상화되고 형이상학적으로 민중적 생명력을 강조하거나 운동의 노선에 대한 논쟁적 사유가 두드러진다.[237]

<원풍모방 놀이마당>에서 노동자와 사용자의 대립적 이미지 창출하며 갈등적 요소를 강화하는 것은 관객과 공연 주체로서 노동자의 생활을 연상시키는 신체적인 고통과 현실적인 욕망들에 대한 생생한 대사와 인물 형상화이다. 이를 대표하는 것이 병신 인물의 형상화이다.

> 병신 1 여러 동지들, 억울하고 원통하게 죽은 내 말 좀 들어보게. 나는 1978년도에 물탱크에 빠져 죽은 귀신인데 저승에 가서도 너무나 원통해 오늘같이 뜻 깊은 날을 택해 생전에 쌓였던 이 몸의 한을 풀러 왔다네. 나로 말하자면 모회사에서 6년이라는 길고도 짧은 세월을 피가 마르도록 일했지만 월급은 쥐꼬리만해 입에 풀칠하기조차 힘들어 월급 올려달라고 했더니 쇠파이프에 얻어맞아 실신한 나를 물탱크에 던져서 노자돈 한푼없이 저승으로 떠났다네.
>
> 병신 3 나는 과자공장 사탕부에서 일하는데 기계 속에서 150도로 나오는

---

237 탈춤반과 연극반을 중심으로 한 대학 문화패가 사회운동의 차원에서 공연한 <미얄>(1978), <예수전>(1977~1979), <예수의 생애>(1976, 1977) 등이 그 사례이다.

뜨거운 사탕을 80도로 식히느라 이내 팔로 휘젓다보니 온 팔에 땀띠돋고, 상처 나서 삼복더위에도 짧은 옷 한번 못 입어보고 내 꼴이 이렇다오.

병신 2　아, 동지들, 이 내 말도 좀 들어보소. 공장 생활 3, 4년을 근무한 노동자가 하루 일당 1,100원이니 월 3만 3천원 가지고 살 수 없어 임금인상 요구했더니 멀쩡한 우리더러 도산에 미쳤다고 하면서 "미친 개는 몽둥이 약이라"며 밀어내더니 남자들이 우악스런 주먹으로 때리고 넘어뜨리고 밟으며, 머리채를 잡고 끌고다니며 목을 조르고, 앞가슴을 발길로 걷어차며 온갖 공갈 협박을 하였으니, 이렇게 노동자를 천대할 수가 있겠소?[238]

　원풍모방 탈춤반의 경우 <놀이마당>이라는 이름으로 양반과장-노동자과장-투쟁과장을 기반으로 조금씩 변형된 형태의 공연을 올렸다.[239] 이 공연들은 영등포 도시산업선교회의 노동절 행사 초청으로 1979, 1980, 1981년도에 주기적으로 이루어졌으며 전주 가톨릭노동청년회 전국지도자 대회나 한국신학대학에서의 경우와 같이 초청의 형태로 공연을 하기도 했다.

　탈춤에서 병신의 형상화는 양반형과 민중형으로 나누어지며 양반 계층을 풍자하고 조롱하기 위해서 사용되거나 웃음을 만들어내기 위한 장치로, 혹은 삶에 내재한 근원적인 이중성과 비극성을 담아내기 위한 장치로 활용된다.[240] 병신의 형상화는 가면, 인물 설정, 춤 등의 형태로 이루어졌

238　원풍모방 노동조합 탈춤반, '인풍모방 늘이마팅' 79지, 민족극연구회 엮음, 『민속극 대본선 3-노동연극 편』, 풀빛, 1991, 15~16면.

239　현재 확인할 수 있는 대본은 <원풍모방 놀이마당 '79>(1979), <원풍모방 놀이마당 '80>(1980), <조선방식 노농쟁의 사례극>(1981), <원풍모방 놀이마당 '84>(1984)이다.

다. 가면극에 나타난 병신의 형상화는 탈춤 향유 집단의 양반 계층에 대한 풍자와 조롱과 서민적 익살과 해학성의 담지 하는 것, 혹은 민중적 생명력을 담아내는 것으로 해석된다. <원풍모방 놀이마당' 79>에서 가면극의 병신 형상화는 문둥이춤과 같은 독무의 표현주의적 형태가 아닌 세 인물의 대사를 통해 참혹한 노동 현실과 노동운동에 대한 탄압의 사례를 생생하게 보여주는 형태로 이루어진다. 당시 노동자에게 만연했던 영양부족, 변비, 수면부족과 만성 피로와 같은 일상의 신체적 고통들과 폐병과 손가락 절단과 같은 극단적인 신체적 상해들은 양반 계층을 풍자하기 위한 장치였던 병신 과장의 전유를 통해 전형화된다. 이를 통해 민중주의적 이상화와 '서민'적 해학과 익살의 차원을 넘어선 생생한 차원의 고통의 형상화와 사회 고발이 이루어진다.[241]

특히 이 작품들에서 여성 인물은 물론 여성 노동자로 그들이 생활과 생산 현장에서 겪는 실제적인 어려움들이 반영되어 있다. 1970년대 민주노조운동의 중심은 주로 중소기업이나 여성 노동자들이었으며 민주노조운동은 임금인상이나 부당해고 반대, 근로조건 개선, 노조 결성과 활동 보장 등을 내걸고 이루어졌다.[242] 그런데 운동이 크게 일어난 기업의 경우

---

240 박희병, 「'병신'에의 시선: 전근대 텍스트에서의」, 『고전문학연구』 제 24집, 고전문학학회, 2003.; 허용호, 「가면극 속의 장애인들」, 『구비문학연구』 제 37집, 한국구비문학회, 2013.
241 이와 같은 원풍모방의 형상화 방식이 노동자 관객에게 유효한 형식이었기에 이후에 1984년 콘트랄데이타 탈춤반의 <금수강산 빌려주고 머슴살이 웬말이냐>에서도 활용된다. 여기서는 열악한 작업환경에서 비롯한 신체적 고통들이 '눈병신', '코병신', '귀병신'으로 전형화 된다.(<금수강산 빌려주고 머슴살이 웬말이냐>, 민족극연구회 엮음, 『민족극 대본선 3-노동연극 편』, 풀빛, 1991, 35면.)
242 역사학연구소, 『강좌 한국근현대사』, 풀빛, 1995, 349면.

를 보면 여성 노동자들에 대한 인간적 모욕이 투쟁의 주된 동력이었다.[243] 즉, 이들에게 노동조합운동은 근로조건의 개선과 '공순이'라는 명명 하에 이루어진 상징적이며 사회적인 폭력에 대한 대항을 의미했다. 작업장 폭력은 특히 여성 노동자에게 가멸찬 것이었고, 물리적인 차원뿐 아니라 순결 담론을 기반으로 한 성적 통제와 성폭력의 차원으로 빈번하게 일어났다.[244]

1970년대 후반 동일방직과 원풍모방, 그리고 1980년대 중후반 콘트롤 데이타, 해태제과와 후레아패션 등 민주노조 투쟁 과정에서 여성 노동자를 중심으로 한 사업장의 일화로 만들어진 사례극에서 근로조건과 경제적 여건의 열악함은 여성 노동자들이 일상적으로 겪었던 성폭력과 신체적 상해와 함께 제시된다. 이 시기 사례극들은 노동운동의 '발단'이 되었던 일련의 상황과 사건들을 재현하는데 이때 갖은 작업장 폭력의 재현은 중요한 대목을 차지했다. 월급 인상을 요구했다가 쇠파이프로 폭력을 당하는 것, '머리채'를 잡아 채이는 것, 갖은 욕설에 노출된 것, 순종성이라는 여성적인 것에 관한 지배 담론에서 어긋나는 노동운동에 가담했다는 이유로 더욱 폭행에 가혹하게 노출되었던 국면을 형상화한다. 이처럼 여성 노동자가 겪었던 폭행들은 단순히 개인적인 사연에 국한된 문제가 아니라 당대의 사회 부정의가 언어와 문화의 차원에서 작동하고 있었음을 보여주는 중요한 국면이다.

삐뚜루미 아, 얘얘 말도 마라. 서울이란 데가 눈 뜨고도 코 베어 간다더니

---

243 강준만, 『한국현대사산책 1970년대편』, 인물과사상사, 2004, 135면.
244 김원, 『그녀들의 반역사—여공 1970』, 이매진, 354~356면.

휘황찬란한 불빛에 황홀한 새도 잠시. 어딜 가나 돈 놓고 돈 먹기더라. 영화, 노래, 전자오락실 모두 넘실넘실 꼬셔대기에 하다 보니 삐뚤삐둘 눈만팔리고 땡전 한 푼 없는 놈은 병신 중에서도 상병신이라 하 그래, 그 원수 놈의 돈을 벌려고 리어카 장수, 운전수 신세, 공장 신세, 시다 신세, 노가다 일 안해 본 것 없이 다 해보았다만,

잘난 놈은 잘난 놈끼리 터지게 배부르고

없는 놈은 없는 놈끼리 지지볶고 싸우다 몽땅 망하겠더라.

아 그러니 성하던 내 몸이 이렇게 삐뚜름-해진 것이 아니겠느냐?

육실할 놈의 서울.

주정뱅이 야 이놈아 서울놈들 배부른 돈 다 어디서 나왔는지 아느냐? 우리가 뼈 빠지게 일해서 똥값으로 쳐 먹게 하고, 그 핑계로 공장일 하러 올라간 촌놈들은 싼값으로 부려먹고 남은 돈도 모두 입 쓱 싹(동작) 도둑질 해간 돈이란 말이다. 재미랄 것.[245]

　　탈춤의 병신 모티브를 변용하는 것은 공장뿐 아니라 농촌의 차원에서 이루어진 연행예술운동에서도 이루어진다. <농촌마을 탈춤>(1977~1979), <쌀풀이 돌아와요 내 고향에> 또한 위에서 살펴본 노동자들을 대상으로 한 공연들과 같이 생활 속에서 듣고 겪는 일화들이 병신이라는 인물을 통해 전형적으로 제시된다. <농촌마을 탈춤>은 특히 탈춤 형태의 변용을 집약적으로 잘 보여준다.

　　위의 인용은 1977년 유랑극단이 공연한 이후 매해 조금씩 변형되어

---

245 <농촌마을 탈춤>, 이영미 편, 『구술로 만나는 마당극 ①』, 고려대학교민족문화연구원, 2011, 416면.

공연되었다고 전해지는 창작 탈춤 <농촌마을 탈춤>의 장면이다.[246] 해남 농민 마을 잔치를 전후로 1970년대 후반 서울 연행예술운동의 일원들은 기독교장로회(약칭 기장)나 가톨릭농민회(약칭 가농)와 연결되며 농촌활동의 마지막에 배치된 마을잔치에서 공연을 했다.[247] 대학 문화패 출신들은 자신의 동료 후배들과 함께 유랑극단을 조직하여 농촌과 도시 변두리 외곽 지대를 순회하며 농촌활동과 빈민선교활동을 지원하고 고무하기 위해 창작탈춤 <농촌 가면극>과 <진오귀굿>을 공연했으며,[248] 현재 전해지는 <농촌마을 탈춤>은 현장에서 다양한 형태로 변용되었던 <농촌 가면극> 의 한 형태이다.

이 가면극은 병신과장-도깨비과장-미알과장으로 구성되어 있으며 탈춤반 소속이며 미술을 전공한 김봉준에 의해 창작 탈춤 중에 처음으로 탈을 도입하였다. 공연을 주도했던 김봉준의 구술을 통해서 농촌 현장 공연의 활기가 관객을 통해 만들어지고 있음을 확인할 수 있는데 특히 주목해야 할 것은 공연 현장의 주목이 마당극의 전형을 제공했다고 알려

---

246 <농촌마을 탈춤>은 농촌에서 농민 대상 공연물로 제작되어 여러 번 공연된 것으로 1977, 1978, 1979 여름에 기독교운동 내 농민운동의 맥을 타고 농촌 마을에서 공연되었다. 『구술로 만나는 마당극 ①』에 실린 대본은 초연 대본이 아닌 1979년 경의 대본으로 추정된다. 공연은 여름 농촌활동의 마지막 날을 장식하는 이벤트로 기획되었고 공연마다 100~150명 정도 관중이 모여 횃불을 켜고 이루어진 경우가 많았다.(이영미, 「<농촌마을 탈춤> 해설」, 『구술로 만나는 마당극 ①』, 고려대학교 민족문화연구원, 2011, 425~426면.)

247 「김봉준 구술채록문」, 위의 책, 464면.

248 이영미는 「김봉준 구술채록문」의 각주 247에서 본인이 보관하고 있는 현장문화활동에 대한 미발표원고를 소개한다. 이 각주에 따르면, 「70년대 중반~80년대 초의 문화패 현장 문화활동-민주노조합 탈춤반 활동을 중심으로」시라는 글이 깅에깅이다는 이름으노 되어 있지만 서울대 탈춤반 78학번 장영덕과 홍익대 탈춤반 78학번 양원모에 의해 집필된 것이다. 유랑극단은 여러 대학의 탈춤반원을 중심으로 한 조직으로 1977년 여름방학 기간 동안 농촌을 순회공연했다. 「김봉준 구술채록문」의 각주 247 재인용, 472면.

지며 대학 마당극에서 반복적으로 공연되었던 김지하의 <진오귀>의 핵심적인 장면인 도깨비과장이 아닌 병신과장과 미얄 과장에서 이루어졌다는 점이다. 실제 농촌 공연에서 관객들은 실제 대학-지식인 집단이 농촌 문제를 전형적으로 다루었다고 여긴 도깨비마당이 아닌 자신들의 생활의 어려움과 신체적인 어려움을 미얄이라는 인물과 구체화 된 대사를 통해 형상화한 미얄과장에 몰입하고 반응했다.[249]

이때 제재의 현실성은 농촌 공동체가 이농현상으로 인해 겪는 현실적인 고통에서 비롯한다. 가면극의 병신 마당을 전유하여 수행하는 서울이라는 도시로 표상된 산업화와 도시화로 인한 이농과 농민의 빈민화라는 현실적인 고통들은 욕설과 풍자를 통해 강도 높게 비판된다. 돈을 벌러 가는 화려한 서울의 환상은 1970년대 후반에 이르러 가족/마을 공동체 일원의 도시 빈민화와 상해를 얻은 귀향 등은 농민들의 실제 삶에서 이미 체험적인 것이었다.

미얄과 개똥이 엄마 염불장단에 맞춰 힘겨운 모습으로 등장, 둘이 굿거리에 맞추어 신나게 춤을 추다 개똥어멈이 풀썩 나자빠진다.

미얄 (주저앉으며) 아이고, 고추밭 콩밭 깨밭 사래 긴 밭을 손발이 축축. 허리는 부지끈, 고개는 삐쩍지근 흐느적대도록 매다보니 해는 지고 이내 몸이 무슨 팔자길래 오늘은 이 밭 내일은 저밭 하루 종일 일하다가 집에 돌아오면 쉴 틈이나 있나 저녁 먹고 쓰러지면 손 씻을 틈도 없지.[250]

249 「김봉준 구술채록문」, 465면.
250 <농촌마을 탈춤>, 423면.

1970년대 말 채희완의 활동에서 예비 되어 1980년대 초중반 크게 활성
화되는 대학 마당극 공연들은 실제적인 탈춤 수련을 기반으로 이루어졌
으며, 민중적 '생명력'을 담지한 말뚝이와 미얄의 인물형을 강조한다는
특성을 보여주었다.[251] 다음 절에서 살펴보겠지만, 채희완을 중심으로 한
한두레의 <미얄>(1978)에서 '미얄'역은 가부장적 질서 하에 생명의 생산을
담당하면서도 구박받고 천대당하던 여성의 삶을 드러내던 탈춤의 '미얄'
은 호스티스로 전락할 수밖에 없는 당대 도시 노동 여성의 삶으로 해석된
다. 일거리를 찾아 도시로 이주한 여성이 호스티스로 일할 수밖에 없는
상황이 됨을 형상화되고, '천한' 일을 하지만 실제로는 민중적인 생명력
을 담지한 존재라는 식의 형이상학적 민중으로의 격상이 이루어지며 희
극적인 코드가 소거되어 있다. 다음 절에서 살펴보겠지만, 민중 지향적인
사유 속에서 발견하고 형상화한 '미얄' 역은 노동 쟁의의 필연성과 당위
성을 강조하면서 오히려 여성을 성적으로 대상화시키는 문제점을 보여준
다. 반면 <농촌마을 탈춤>의 미얄은 농사일과 가사일, 임신과 출산 등과
같은 농촌 여성이 겪는 신체적 고통을 생생히 실어 나르는 존재로 형상화
하면서도 성의 묘사를 희극적인 코드로 활용하였으며 실제 공연에서 관
객들이 미얄 과장에 큰 호응을 보내주었다.

주지하듯, 이 시기 <미얄>로 대표되는 대학-지식인 관객 집단을 대상
으로 한 창작탈춤과 <원풍모방 놀이마당>과 <농촌마을 탈춤>과 같은 현
장 창작탈춤 사이의 차이는 특히 형상화 방식에서 두드러졌다. 표현방식
자체에 국한시켜 본다면 <미얄>이 부여주었던 병치적 무대 구성가 무용

---

251 채희완, <미얄>, 이영미 편, 『구술로 만나는 마당극 1』, 고려대학교민족문화연구원, 2011.

과 마임을 통한 고통의 상징적 형상화는 당대의 맥락에서 보다 예술적이며 세련된 형태로 볼 수 있다. 반면 <원풍모방 놀이마당>과 <농촌마을 탈춤>의 경우에서는 이와 같은 무용과 마임의 활용이 축소되어 있으며 배우의 동선이 단순하고 직설적이고 현실적인 대사의 비중이 높다. 예술 형식과 기법 자체에 대한 유미주의적 해석에 국한 시킨다면 이는 소박한 미학적 가치 평가의 대상이다. 하지만 실제 공연의 성과가 입증하듯, 이와 같은 현장 창작탈춤의 특성은 생활 공동체에 대한 이해를 전제로 한 관객들의 실질적인 감정적 동일시와 해학적 승화를 가능케 하는 중요한 미적 형식으로 기능했다.

제3장

1980년대 초 알레고리·우화·풍자의 연행 형식과 역사 인식의 심화

1979년 10월 26일 박정희 유신이 종결되고, 이듬해 1980년 5월 광주에서의 대학살을 기반으로 한 전두환 정권이 들어서기 직전, 서울의 봄 대학은 1970년대 말에 축적된 응축된 에너지를 분출시킨 짧았던 축제의 공간이었다. 1970년대 후반은 대학 탈춤패의 연합적 활동, 기독교계 사회운동, 동일방직·원풍모방 등 노조조직 운동, 민중사학 및 신학에 기반하여 노동·세계 정세와 국가 정치체 및 세계 자본주의에 대한 대안적 상상력이 심화되었다. 이를 기반으로 새로운 미학적 형식들이 역동적으로 만들어지고 연행되었던 시기이다. 1980년 5월 광주는 이 역동성을 학살에 대한 트라우마와 분노에 기반한 새로운 모색과 기억 투쟁으로 전치 시킨 사건이었다.

1980년 5월 광수에서 1983년 사이는 강력한 통제와 치안 속에 어둠과 울분의 상상력이 지배적이었던 시기이다. 이 시기 문화적 형식들은 1980

년 5월 광주에 대한 잔여와 강력한 치안을 뚫고 저항의 상상력을 일구어야 한다는 억눌린 정동들로 채워졌다. 대학 마당극과 연우무대, 한두레의 활동에서는 변혁을 이루어내는 집단적 주체로서 '민중'에 대한 상이 동학농민운동이라는 역사극 소재, 탈춤을 변용한 군무 형태의 춤사위, 악의 힘과 대립하는 집단적 이미지로 드러났다.

유신의 1970년대와 1980년 5월 사이, 즉 서울의 봄과 제5공화국이 수립되며 정치 사회적 환경이 급격히 '경색'되었다고 표현되는 5월 광주 이후 1983년 후반 유화국면 이전까지의 시간은 급격한 사회적 조건의 변화가 나타났다. 특히 5월 광주에 의해 학살된 시민들이 강력한 원죄의식을 불러일으키며 '민중' 기호에 주요한 기의로 추가되면서 근대화의 고통을 직접 겪는 최일선의 집단으로서 농민과 노동자를 변혁을 위한 매개로 사유하는 민중사학의 인식이 심화되고 확대된다. 1970년대 중후반에 이루어진 현장에 대한 경험과 민중사와 세계사, 경제철학 학습에 기반한 민중 담론의 심화는 급격히 '경색'된 사회적 조건 속에서 강성화된 대학 운동을 통해 계승된다.

1970년대 후반까지 대학과 농촌, 공장에서 고발과 교육의 기능을 수행하며 치열하게 발굴되고 창조되었던 연행 방식들은 1980년대 기간 동안 본격적으로 적용되는 한편 굴절되는 양상을 보여준다. 특히 1983년 말 유화국면의 이전 시기는 1980년 민주화의 봄과 1980년 5월 광주라는 급격한 상황적 변화를 전제로 했으며, 1970년대 중후반의 현장적 전환 속에 이루어진 민중사학적 인식의 심화와 민족미학의 재탐색은 "경색된 국면"을 돌파하기 위해 다시 '대학'에서의 대항공론장의 형성을 위해 주도적 역할을 하는 문화적 형식으로 극적으로 대중화된다. 대학 마당극에서 탈춤과 굿은 민중사학의 사유를 야외 대형화된 집회 공간에서 공유하기에 유효한 문화적 형식으로 기능한다. 제주와 광주에서의 대학 마당극은 이와 같은 민중사학의 시각이 특히 지역만의 특수한 현실 문제와 연동되면서 이를 드러낼 수 있는 새로운 공연 방식들을 만들어 내는 창조성을 보여주었다. 한편 문화패 일원들이 졸업을 전후하여 활동을 공유하는 중요한 공간이 되었던 극단 연우무대를 중심으로 역사극과 현장 재현이 두드러지게 나타난다. 이 시기 극장에서의 마당극 운동 활동은 운동권 연극의 대표로 여겨졌지만 실제로는 대학과 현장 사이의 재현의 거리를 보여주기도 한 순간이기도 했다. 이 장에서는 1980년대 초중반 서울의 대학 마당극과 제주/광주의 마당극, 그리고 극단 연우무대의 활동으로 나누어 앞 시기의 구상이 어떻게 활용되고 발전되며 굴절되는지 살핀다.

1. 1980년대 초반 대학 마당극과 서울의 봄
: 해방적 기능과 규범적 기능 사이

1980년 서울의 봄, 대안문화운동과 포섭과 배제의 역학

그리하여 **우리 것에 대한 관심**과 더불어 민속극을 단순히 극으로만 보는 것을 극복하여 보다 **적극적인 사회참여의 수단으로 이해하는 입장**이 시대적 요구에 따라 대두되어 한국 민속연희의 집단적 공동참여의 장에서 진행되는 **미적 체험을 승화**시켜 대학공동체뿐만 아니라 민중과 사회의 문제점을 드리내어 **갈등구조의 인식**을 통하여 표출하게 되었다.

그런데 현재 우리 사회를 감싸고 있는 문화 양대는 **개인적, 비사생적 서구**

문화와 심지어는 일부 특정 계층을 위한 **소비지향적 문화 양태**만을 생산하고 있는 실정이다.

그러므로 현재 한국 **대중문화의 소비지향적인 문화구조**를 극복하고 80년대의 활동은 진정한 의미에서 **축제의 재수용**이고 구성원들이 자기의 문제를 자기가 표현하고 현재를 극복할 수 있는 생산적이고 건강한 문화 구조가 필수적이다. 여기에 사회운동의 일환으로서 문화운동의 당위성이 나타날 것이다.(강조-인용자 주)[252]

단순한 복고주의의 난무와 민속의 상품화 그리고 전통의 재창조라는 미명 아래 벌어지고 있는 상업주의적 창작 활동은 진정한 의미의 전통의 재창조를 더욱 어렵게 만들었다.

이러한 경험들을 쓰라리게 체험해 오면서 대망의 80년대를 맞은 '탈'은 현장성의 획득, **생활공동체로서의 유대감** 확립, 부분적이고 단면적인 공연이 아닌 **전체적인 전통문화, 마을굿의 재현, 체험**에서 우러나오는 **놀이성, 제축성, 사회성**을 가진 집단 창작 등을 바탕으로 하여 앞으로의 활동을 전개해 나가야 할 것이다.(강조-인용자 주)[253]

앞서 살펴보았듯이, 마당극 운동 집단의 일원들은 1970년대 말의 활동들을 정리하고, 혼돈 속의 정치적 상황 속에서 전망을 제시해야 한다는 절박감 속에 "건강한 대학문화"와 "진정한 민족문화"의[254] 수립을 자신의 정체성으로 삼기 시작한다. 위의 인용은 1980년 "4·19혁명 기념제 ≪관악

---

252 「공연 프로그램-4·19혁명 기념제 ≪관악굿≫-공연에 붙여」, 『구술로 만나는 마당극 ③』, 고려대학교민족문화연구원, 2012, 36~37면.
253 「관악굿 진로-국사학과 3학년 고영진」, 『구술로 만나는 마당극 ③』, 고려대학교민족문화연구원, 2012, 39면.
254 「마당극을 하기까지」, 『구술로 만나는 마당극 ③』, 고려대학교민족문화연구원, 2012, 42면.

굿≫"의 이름으로 대동놀이적인 이벤트 형태로 이루어진 공연의 프로그램에 있는 두 편의 글로, '대학'이라는 문화자본의 훈련 기관 속에서 특화된 연극과 탈춤이라는 특정한 예술에 대한 개인적인 취향과 선호로 모인 '소모임'이 "비자생적"이며 "소비지향적"인 문화에 대항하는 '건강한' 대학문화를 만들기 위한 목적의 '문화패'로 전면적으로 정체성을 갱신하고 있음을 보여준다. 또 문화패가 마을굿, 두레, 축제와 놀이 문화 같은 과거 마을 공동체의 생활 형식을 대학 생활공간에서 구현하는 데 기여해야 한다고 생각했다.

민속의 형식을 전유한 민중문화의 문화적 기호들은 정권과 제국의 문화적 기호들에 대한 '반문화'로서 1980년대 동안 대학 운동문화의 곳곳에 침투했다. 1980년대 초반을 전후하여 쌍쌍파티와 같은 '외래'의 문화적 기호들은 줄다리기와 집단 동작, 단대별 촌극으로 구성된 축제 형태의 '대동제', '한마당' 등의 집단 행사로 대체되었으며 집단적인 참여와 공동체적 감성을 일깨우는 풍물패와 노래패의 기능이 크게 확대되었다.

구술 작업을 통해 1980년대 대학운동 문화에 대한 미시사적 연구를 진행한 김원이 밝혔듯, 고무신, 소주, 거칠고 비천한 것들에 대한 선호 등 대학생들의 생활에서 공유되었던 문화적 기호들은 그들의 공동체적 정체성을 보여주는 것이었다.[255] 그리고 그 중심에는 그들만의 '민중적인 상상'에 대한 공유가 있었다. 반제 반파쇼의 운동문화는 "선글라스와 자가용을 애용하며 저질 영어 문구가 앞뒷면을 꽉 채운 겉옷을 입고 캠퍼스를 활보하는 대학인"과 "우리의 전통 가락과 춤은 익히고 노래를 연습히

---

255 김원, 『잊혀진 것들에 대한 기억』, 이매진, 2011.

며 공연준비와 공연계획을 세우고 있는 대학인"과[256] 같이 미시사적 차원까지 배제와 지향의 문화적 기호들에 대한 선별이 이루어지고 있었다. 이와 같은 공동체주의가 또 다른 집단주의와 위계질서를 창안하는 것이었음에도 이와 같은 운동권 문화는 '이 땅'의 새로운 역사와 세상에 대한 유토피아적 사유의 시급성과 치열성을 현실화하는 것이기도 했다.

그런데 운동문화에 대한 강박과 자생적 문화형식의 환원론적 강조는 문화패 내의 열패감·방향성에 있어 부침을 만들어내기도 했다. 운동문화 내 엄숙주의 안에는 민중 집단과 5월 광주의 집단적 학살에 대한 원죄의식과 치밀한 각성이 없다면 결코 이 시대를 이겨낼 수 없다는 시급성이 내재해 있었다. 이와 같은 엄숙주의는 문화의 내용들에 대한 다소간 일방적인 배타주의를 이끌었고, 재즈, 대중음악, 제도권 문화들 등은 서구적인 것이며, 소비지향적인 것이기에, 상류 계급의 것이기에 쉽게 배제의 대상이 되었다. 1980년대 후반 대학의 문화패들이 노동자들의 집회에서 공연할 연극을 기획할 때 '제국'의 악기인 '신시사이저'를 사용하는 것이 과연 올바른가를 논쟁했다는 것은 당대 운동문화가 미시적인 문화적 요소들에 덧입혀진 의미들에 대해 기민하게 반응했음을 보여주는 일례이다. 문화패의 경우 연행을 주된 활동과 목적으로 삼고 있었기에 학생운동체계에 들어가면서 사회과학적 지식으로 자신의 변혁운동 주체로서 정체성을 무장해가던 정치 서클에 비해 "저열한 의식"을 가지고 있으며 "정확한 인식 여기저기 몸만 판다는 생각"을 하기도 했다.[257] 또 "단순한 기능주

---

256 대학문화연구회, 『대학문화운동론』, 공동체, 1985, 11면.
257 「대학연극의 향방」, 『민족극 대본선 2-대학극편』, 풀빛, 1988, 289면.

의"에 빠지게 해 예술적 기량을 오히려 저하시키는 결과를 낳기도 했다.[258] 이처럼 정치운동의 강성화 속에 문화패의 활동은 타 부문 운동에 비한 "문화운동의 열등감"을 자아냈다. 더욱 중요한 것은 이 시기 정치에 대한 강조와 그로 인해 가해졌던 문화와 예술의 부르주아성에 대한 비판적이며 배타적인 시선은 예술적 기량의 문제 자체에 대한 논쟁이 설 자리를 만들지 않았으며, 이 시기 탈춤의 기능 전수와 연극의 기술들에 대한 탐구가 부차적이며 개인적인 것으로 치부되기도 했다는 점이다.

그럼에도 자신들을 둘러싼 생활문화의 외래적 기호와 요소들까지도 혁신하고자 했던 대학 운동권 문화가 대중문화와 지배문화에 대립각을 세우며 '진정한' 새로운 문화를 만들기 위해 민속을 단순한 기호가 아닌 자신들의 생활세계의 소박성, 놀이성, 협동성의 가치를 창안하기 위한 도구로 전유되었다는 점은 다시금 주목되어야 한다. 외래문화와 대중문화에 대한 배제와 민요와 굿 등 민중적 예술/생활 형식에 대한 선호가 배타적인 민족주의와 운동주의의 혐의를 지니고 있었던 한편, 동시대의 문화형식에 대한 성찰의 계기를 마련했기 때문이다. 이 소박성, 놀이성, 협동성은 당대 생활세계에서 확산되어가던 비인간성의 감각들로서 물신/개발/경쟁주의가 아닌 다른 삶을 상상하게 해주는 기표로 작동했다. 대학 마당극을 비롯한 연행의 문화적 형식은 단순하게 정치적 인식을 전달하는 매체가 아니라 이와 같은 인식을 집단적으로 공유할 수 있는 소통의 매개로서 기능했다.

---

258 민족극연구회 대본선편집위원회, 「민족운동의 과제와 80년대 연행예술운동」, 『민족극 대본선 1-전문연행집단 편』, 풀빛, 1988, 10면.

노동하고 농사짓는 몸과 고통의 현상학: <역사탈: 해방 35년>(1980)

이제 본격적으로 이 시기의 야외 연행 텍스트를 조망해보자. "연행의 홍수"로 명명되는,[259] 서울의 봄에 서울대학교와 이화여자대학교 등에서 올린 일련의 연행은 가면극과 무굿 등 민속의 형식을 통한 민중사학적 관점의 반영이 대학생이라는 특수한 관객의 집단성에 조응했던 첫 장면이다. 서울의 봄 시기에 이루어진 연행들은 갑작스럽게 종결된 독재정권의 공백과 정치적 혼돈 속에서 침체 되어 있었던 대항적 사회운동의 활력을 대학 내에서 진작시키고자 기획되었다. 이 시기 연행들이 제재와 형식의 차원에서 보여준 변화는 1970년대 초반 김지하를 중심으로 이루어진 공연들에서 암묵적으로 부각되었던 민중에 대한 '계도'에서 '연대'로 무게중심이 옮겨졌다는 점에서 혁신적인 변화였다. 이는 1970년대 후반 정치 사회적 현실에 대한 극복을 위한 비판적 인식을 민중사학을 통해 발전시키는 한편 농촌/공장과 연계된 활동들에서 얻었던 예술적 장치와 사유들을 활용함으로써 가능했다.

<역사탈: 해방 35년>(1980)의 경우는 현장적 전환의 성과를 집약하면서 1970년대 초반의 연행 형식에 비해 새롭게 정초된 대학 마당극의 공연 방식을 대표한다. 이 작품은 제주가 제문을 읊는 '앞놀이'와 양반놀음을 변형시켜 정치권력자, 매판지주, 외세로 형상화하고, 말뚝이를 변형시킨 민족주의자가 이를 비판하면서 이들의 세력을 무너뜨리는 첫째 마당, 노동의 고통을 춤을 통해 집약적으로 표현하고 매스컴의 왜곡된 보도 형식

---

259 「민족극운동의 과제와 80년대 연행예술운동」, 『민족극 대본선 1-전문연행집단 편』, 풀빛, 1988, 7면.

과 대중문화의 현재의 문제를 다룬 둘째 마당, 미얄 과장을 변형시켜 미
얄을 외세에 의해 민족적인 수탈을 당한 한민족으로 형상화하여 취발이
를 통해 새로운 생명이 탄생한다는 내용을 담은 셋째 마당으로 이루어져
있다. 가면극의 인물 형상화를 변용하고 삽화식 장면 구성 방식을 차용하
여 지배자의 모순을 전형화하고, 현장의 고통을 현시하며 대항의 필요성
을 형상화하는 것은 1980년대 대학 마당극의 원형적 모습을 보여준다.
야외에서 이루어지는 대중적 집회의 공연성을 전제로 한 대학 마당극
공연들에서 유사한 형태로 반복되어 나타난다.[260]

그런데 본질적인 변화는 고통에 대한 감수성을 촉발시키는 장면 구성
과 연기 방식에서 나타났다.

> 노동자 5명 등장. 5명 중 1명은 **검은 작업복**을 입고, 4명은 **흰 광목 바지저
> 고리**를 입고 **굿거리 장단**에 맞추어서 곡괭이질, 짐 나르는 모습 등을 나타내
> 며 등장한다. 판을 한바퀴 돈 후 제각기 맡은 위치에 자리 잡고 노동자 2명은
> 곡괭이질, 3명은 농사일의 모습을 나타내준다. 장단이 3채로 바뀌면서 판의
> 중앙을 중심으로 원을 그리고 5명이 전부 **모내기 장면을 묘사**. 돌던 방향의
> 반대방향으로 한 바퀴 돌고 장단이 타령으로 바뀌면서 제자리에 우뚝 서고
> 원 가운데 1명이 들어간다. 이렇게 해서 타령에 맞추어 **딱딱한 기계의 형상**을
> 보여준다. 타령이 느리게 울리면서 일순 노동자들 옆으로 쓰러지듯 느린 춤
> 을 추면서 **착취의 모습**을 나타낸다. 느린 타령에 맞추어 노동요와 함께 춤을
> 추며 퇴장.

---

260 이 작품은 1979년 전국 대학탈춤반의 연합 소식에서 공동 창작한 작품으로 동일
    해 워크숍 공연이 이루어진 이후 1980년 봄 이화여자대학교 탈춤반이 교내에서 공연을
    한 것으로 알려져 있다.(이영미, 「<역사탈: 해방35년> 해설」, 『구술로 만나는 마당극 ②』,
    고려대학교민족문화연구원, 2012, 286면.)

노동요어 어 어 어 어 야

후렴- 어 어 어 어 어 어어 어어허허야

우리들도 인간이다.

거짓약속 거짓번영

늑대같은 채찍질에

뼈마디가 으스러진다.

물러가라 물러가라.

어화 어화 친구들아 힘을 내어 물리쳐보자.

(후렴만 반복)(강조-인용자 주)[261]

위의 인용은 <역사탈: 해방 35년>의 한 장면으로 장단과 움직임, 춤 동작을 통해 농촌과 공장의 노동을 압축적으로 형상화하고, 민중사학에 기반한 지배-착취의 세계관을 창조적으로 형상화하고 있음을 보여준다. 앞 장에서 살펴보았듯이 공장 노동자의 모습이 자신들의 예술적 기량을 기반으로 양식화된 춤으로 구성된 것은 1970년대 후반 <미얄>과 <공장의 불빛>에서 처음 시도된 것이다. <역사탈: 해방 35년>의 경우 이를 대학생 관객 집단을 상대로 한 야외공간에서 압축적으로 민중의 삶에 대한 정동을 불러일으키기 위한 주요한 장치로 활용하게 된다.

특히 새롭게 양식화된 동작은 1970년대 후반에 이루어진 농촌 현장과의 관계를 매개로 한 농민들의 작업에 대한 관찰을 기반으로 창조되었다. 장단과 움직임의 변화, 민요조의 합창을 배치하여 농촌의 작업을 공장의 노동으로의 전환과 번영에 대한 약속으로 대다수의 노동하는 자의 삶이

---

261 <역사탈: 해방35년>, 21면.

소외당하는 현실을 압축적으로 담아낸다. 작품의 공동 창작에 참여하고 1980년 이화여자대학교 공연을 주도한 탈춤반 출신의 구재연은 탈춤반의 민중지향성과 현장 지향성을 연극반의 예술적인 관심과 비교해서 기억하며, "농촌활동의 일환으로 거기의 청년들의 생각, 또 거기에서 있었던 일들을 우리가...어 원형으로 얘기할 수 있는 그런 촌극운동이 더 우리한테는 중요했"다고 구술한다.[262] 아울러 현장 경험과 현장적 인식이 10. 26 이후 급박하게 돌아가는 정치적 상황 속에서 발화의 시급성을 인식하고 있었음에도 특별한 창작 능력이 없는 상태에서, <궁정동 말뚝이>와 같이[263] 정치적 상황을 대사 중심으로 풍자한 작품을 공연해야 했던 타대학과 다른 공연을 올릴 수 있었던 이유였음을 강조한다. <역사탈: 해방 35년>에 이르러 대학생으로서 자신들이 발굴하고 훈련한 민중적 예술인 탈춤을 본래 주인인 민중에게 돌려주어야 한다고 강조한, 1세대에 의해 강조된 민중주의는[264] 이후 후배세대에 의해 실질적인 현장에서의 연행 예술운동으로 구체화 되었고, 이 활동은 다시 대학에서의 연행을 구상할 때 새로운 활력을 제공했다.

그런데 여기서 '현장'의 재현을 통한 타인의 고통에 대한 감수성을 요구하는 것은 감정적인 연대와 자기 정체성의 혁신을 가능하게 하는 중요한 지점이었다. 이 시기 대학 마당극에서는 위와 같이 현장 노동의 고됨과 신체적 고통을 담당하는 장면들이 주요한 대목을 차지했다. 농민/공장

---

262 「구재연 구술채록문」, 333면.
263 <궁정동 말뚝이>의 연행본은 연세대학교 김대중도서관에 필사 형태의 자료로 보관되어 있다.
264 「구재연 구술 채록문」, 앞의 글, 332면.

노동자의 생활을 통해 이들 민중을 단순히 계도의 대상이나 규범화된 집단적 형상이 아닌 고통 받는 인간의 형상으로 제시함으로써 관객에게 고통에 대한 감수성이라는 감정적 계기를 마련했다. 이는 대학과 현장의 거리와 관념적 민중주의를 뛰어 넘어 소외되고 수탈당하는 몸에 대한 공감대를 재확인할 수 있게 하는 장치였다. 예를 들어 학원 정책 비판을 주된 서사로 하는 <무악대학>의 경우 넷째 마당을 농촌과 공장 생활을 보여주는 것으로 구성했으며 공장생활을 "나사 조이기-재봉 작업-기어-피댓줄-나사조이기-실감기작업"으로 이루어진 기계춤으로, 농촌생활을 농사와 풍년, 줄다리기 등의 공동체문화의 형식으로 표현했다. 즉 탈춤을 원용한 양식화된 춤과 마임 동작, 장단 타령을 통해 농민과 노동자의 일상에 만연했던 육체적인 수탈과 고통의 현장을 압축적으로 제시한 것은 '신체화된 감정'을 불러일으키는 기제가 된다.[265]

무굿의 형식, 교육·추모·정서적 동일시의 매개: ≪관악굿≫(1980)

한편 대학 마당극이 현장에 대한 연대의 감수성을 주요한 공연의 전략으로 삼고 있음은 이 시기부터 본격적으로 활용되기 시작한 무굿의 전략을 통해 더욱 잘 드러난다. 1980년 서울의 봄에 학내 분위기를 진작하기 위해 기획된 ≪관악굿≫은 농촌에서 이어져 온 마을 제의의 시간과 공간의 활용 방식과 기법들을 차용하여 대동놀이적인 연희의 형태로 하루 종일, 교내 곳곳을 돌며 이루어졌다.[266] 그 기원적 풍경에는 '오둘둘 사건'

---

265 김용수, 『퍼포먼스로서의 연극연구: 새로운 연구방법과 연구분야의 모색』, 서강대학교출판부, 2017.
266 12시 30분 정문에서 출발하여 감골을 지나 본부 앞에서 지신밟기와 걸립을 한 후, 3시

으로 불리는, 1975년 김상진 열사 추도식 상여행렬이 놓인다. 1980년 서울의 봄의 <굿>을 기획한 황선진은 1975년 김상진 죽음 후 서울대학교 관악캠퍼스에서 열린 김상진 열사 장례식의 대본을 썼다. 주지하듯 꽹과리 소리를 학내에 울리며 시작되었던 추도식에 학생 천 여명이 운집하여 긴급조치 9호 철폐를 외쳤고, 굿은 현장에서 연행되지 못했다.[267] 대학에서 굿은 추모 의례와 집회가 결합된 형태로 출발했다.

<굿> 연출 장면 (출처: 『대학신문』, 1980.04.28.)

위의 사진은 이 기념제에서 무굿의 형태로 연행된 <굿>의 한 장면으로 학내의 야외공간에서 관객들의 운집 속에 연행이 이루어졌음을 보여준

　　30분부터 4시 20분까지 판굿을, 이후 6시10분까지 굿을, 이후 버들골에서 <두한무>, <소리굿>, <고구마>, <햇님달님>, <노동의 횃불> 공연을 이어서 한 후 상여 행렬과 뒷풀이를 했다. 이 연행은 1970년내 탈춤반과 연극반 출신들을 중심으로 이루어진 대학과 현장에서의 일련의 연행예술운동의 역량들이 총결산된 장이었다.(「관악굿 진로」, 『구술로 만나는 마당극 ③』, 고려대학교민족문화연구원, 2012, 46~47면 참조.)

267　황선진, 「탈춤과 나의 사상편력」, 『프레시안』, 2022.5.26.

다. ≪관악굿≫은 <굿>을 비롯해서 <노동의 새벽>, <햇님 달님>, <두한 무> 등 연극, 탈춤, 무용 등 다양한 장르를 활용한 일련의 연행들로 구성되었다. <굿>의 경우 실제 무굿의 진행 과정과 공연 방식을 그대로 차용했다.

무굿, 즉 무속의 연행 형식은 마당극 운동 집단에 의해서만 주목을 받은 것은 아니었으며 예술적 형상화로서 가능성이 타진되는 대상이기도 했다. 1970년대 중후반 "고학력의 젊은 지식인들"은 전통예술을 봉건잔 재로 인식한 이전 세대와 달리 이를 식민사관과 신식민주의를 극복할 수 있는 문화적 보루이자 매우 현대적이며 예술적인 것으로 받아들였다.[268] 1979년 공간사랑에서 이루어진 ≪전통무속제≫의 성황이 보여주 듯 1970년대 후반 공연예술계에서 무속은 가장 뜨거운 소재의 하나였다.[269] 대학 탈춤반을 중심으로 이루어진 무굿에 대한 수용은 이처럼 "매우 현대적이며 예술적인 것"으로서, 즉 미적 새로움으로서의 새로운 예술 형식에 대한 관심과 이에 대한 수련과 "원시적인 것에 대한 아련한 그리움"이[270] 가장 첨예하게 결합하며 이루어진 것이었다.

그런데 1980년대 서울의 봄에 연행된 <굿>의 시도가 이후에 학생운동의 대중적 집회 공간에서 주요한 공연의 형식으로 계승된 것은 민중사학 시각의 전달·집단적 기억과 애도 및 추모의 형식으로서의 유효성을 발견했기 때문이다. 이들은 해원이라는 정서적인 방법 속에 전달하고 공유할

---

268 이영미, 「공포에서 해원으로-1980년대 전후 영화 속 무당 표상과 사회적 무당의 탄생」, 『민족문화연구』 65호, 2014, 507면.
269 이영미, 위의 글, 509면.
270 「황선진 구술채록문」, 『구술로 만나는 마당극 ③』, 2011, 73면.

수 있게 하는 형식으로서 굿의 유효성을 자각했다.

  1980년대 들어 마당극 운동에서 무굿의 형식은 구경거리 민속으로서의 관심에서 탈피하여 현재 민중 삶의 문제와 역사 속의 민중 봉기를 같은 역사로 소급시키는 민중사학에 대한 학습과 결사의 도구로, 또 민주화운동이 투쟁적인 양태로 변화해가면서 실제적인 죽음에 대한 애도의 형식으로 그 의미가 민속의 연희에서 사회 참여 의식의 신장을 위한 도구로, 또 현실의 심리적 고통을 해소하기 위한 문화적 형식으로 그 기능이 변화하고 발전해 갔다. 1980년대에는 마당극 연행들에서 실제 장면 구성의 차원과 동작과 마임과 춤의 퍼포먼스의 차원, 그리고 역할로서의 무당 등을 통해 무굿의 형식이 본격화된다. 물론 앞서 살펴보았듯이 1970년대의 마당극 운동에서도 '노래굿'과 같은 용어가 등장하고, 박흥순 구명운동의 차원에서 기획된 공연인 <덕산골 이야기>(서울 76소극장, 한두레, 1978년 2월)의 경우와 같이 첫 장면에서 무당의 굿 장면이 연행된 사례가 있다. 하지만 무굿은 1980년대 들어 대학 마당극 혹은 실제 민중운동의 집단의 례에서 주도적인 형식이 된다. 이영미가 적절히 설명하였듯이, 1980년대 중반을 전후하여 마당극 운동에서 무굿이 주도적인 기능을 담당하게 된 것은 그 시대의 일원들이 실제로 혹은 소문으로 수많은 사회적인 죽음들을 목도해야 했기 때문이기도 했다.[271]

---

271 이영미는 연행예술운동에서 수용자인 운동권 대중들을 추동했던 '과학적인 운동이론'의 엄숙성과 무굿 방식이 연희가 배치되는 성격의 깃심에도 1980년대 기간 동안 시누직으로 포용되고 계승될 수 있었던 지점에 주목하면서 이를 기독교의 영향과 민주화운동의 역사 속에 수많은 억울하고 무참한 죽음들이 있었던 1980년대 시대 상황의 문제로 설명한다. (이영미, 앞의 글(2014), 523면.)

김상진 열사 영령

(중략)

(공수) 동지들아 문 열어라 쇠창살 새벽 철문 남대문이 활짝 열리듯 동지들아 문 열어라. 코쟁이 철학, 부라보콘 예술, 벗자판 문화 마취적 도취적 신비적 도피적 고고적 도깨비 싸그리 몽창 왕창 치워버리고 어허 동지들아 문 열어라.

"민주주의란 나무는 피를 먹고 자라나니 지하에서 내 영혼에 눈이 뜨여 만족스런 웃음 속에 너희들의 진격을 지켜보리라. 위대한 승리가 도래하는 날 나 소리 없는 뜨거운 갈채를 만 천하에 울리게 보내리라."

김경숙 열사 영령

(청신) 넋이로다 넋이로다 경숙 열사의 넋이로다. 스물 한 살 꽃봉오리 인간답게 살기위해 몸을 던져 항거한 YH 경숙열사의 넋이로다.

(신위) 현김경숙열사영령신위

(공수) "여러분 우리 근로자들이여, 재야 인사니, 야당이니, 학생이니, 지식인이니 하는 자들을 절대로 믿어서는 안 됩니다. 믿을 수 있는 것은 오로지 우리 자신들 뿐입니다."

(15) 빠른 장단에 춤을 춘다. 장단이 점점 빨라지며 만신 산에 받친 춤을 추고 신위들 앞에 서서, "오늘 이 미련한 후배들이 여러 선배님들을 모셔놓고 한판 놀려 하오니 주린 배 얼은 배 채우시고 녹이시어, 이 땅의 가련한 백성들 근심 없고 걱정 없게 점지해 주소사"

(16) 만신 경쾌하게 춤을 추다가 퇴장한다.(≪관악굿≫ 중의 <굿>, 1980)[272]

투쟁의 양상과 시련과 고난에 꿋꿋이 나아가길 다짐한다. 무당이 등장하

---

272 <굿>, 『연희연구자료집Ⅰ』, 민중문화운동협의회, 1984, 76면.

여 모두 쓰러져 있는 가운데 나와서 인생 살아가는 어려움과 우리 일을 우리가 해결하지 않으면 아무도 해결해 주지 않음을 이야기하면서 우리를 도울 여러 정신적 신(녹두신, 만세신, 4·19신, 지당신, 노조신, 5월 광주신) 즉 애국신들이 강림하여 도와줄 것을 이야기하면서 일어설 힘을 북돋아 준다. (이때 쓰러진 사람들을 하나씩 짚으면 서서히 사람들 일어서고 무당이 하나임을 연결해 주는 동아줄의 선두가 되어 사람들 뒤를 잇는다-노래: 넘어가세) (<춘향전>, 198?)[273]

1980년대 초반 무굿의 대학 마당극에서의 차용을 가장 대표해서 보여주는 ≪관악굿≫의 한 부분이었던 <굿>은 부정거리를 통해 정권의 부패와 당시 시국의 혼돈을 비판한 후 공수거리에서 동학농민혁명과 농민봉기, 전태일, 박상진, 김경숙의 공수를 청하는 것으로 이루어져 있다. 이와 같은 형식은 전통 탈춤을 원용한 창작 탈춤이 가면극의 삽화식 구성을 활용하여 "권력 비판 마당-민중의 고통을 제시하는 마당-해결을 보여주는 마당"으로 연결한 방식과 유사한 것으로, 무굿의 형식을 통해 체제 비판-민중 고통의 현시-애도와 해결이라는 서사를 정초했음을 보여준다. 특히 위의 첫 번째 인용은 <굿>의 '공수거리' 장면으로 1970년대의 주요한 사회적 죽음들과 동학의 역사적 사건들을 "순국선열"의 역사로 소급하며 무당 역의 배우가 이들의 목소리를 재연하는 형식으로 이루어져 있다.

그런데 아직 1980년 광주를 경험하지 않은, 또 다른 폭압의 시대가 시작되기 직전의 여행인 <굿>에서는 전태일, 김상진, 김경숙의 목소리는

---

273 <춘향전>, 『연희연구자료집 I』, 민중문화운동협의회, 1984, 61면.

실제 유서와 기록 등의 교차를 통해 전달되며, 각 인물의 개별성이 소거되지 않은 형태로 재현되었다. 하지만 이후 대학 마당극들에서 이들은 국가의 공식 역사와 폭력에 대항할 수 있는 힘을 주는 정신적인 힘으로 승격되어 광주항쟁 이후 대학 운동 집단의 민중주의적 사유와 결탁한다. 즉 재현의 언어가 보다 규범화되는 양상을 보인다. "80, 81학번들은 우리는 탈춤을 출 필요가 없다. 그러면서 선배들과 사이가 안 좋았던..."과 같은 대담 내용에서 확인할 수 있듯,[274] 1980년 5월 광주 이후 대학 마당극의 시간은 광주에 대한 부채감과 무게감이 큰 시기였다.

위의 두 번째 인용은 광주항쟁 이후에 대학에서 연행된 <춘향전>이다. <춘향전>의 경우 공연된 정확한 연행시기가 기록되어 있지는 않으나 1984년 민중문화운동협의회에서 대학의 마당극 대본들을 편집하여 발간한 『연희자료대본집 I』에 실려 있으며, 내용상 5월 광주항쟁의 이야기를 담고 있기 때문에 1980년 5월 이후 연행된 것으로 추정할 수 있다. 이 공연은 고전소설 춘향전을 창작탈춤으로 각색한 공연으로 춘향이 자본주의를 상징하는 자신의 어미와, 안이한 태도를 상징하는 몽룡을 비판하며 노동자의 편으로 돌아서며 그 당위를 주장하는 내용으로 이루어져 있다.[275] 인용은 대본의 마지막 대목으로, 극 속에서 등장하지 않았던 '무당'이 등장하여 "정신적인 신"들을 통해 고통을 극복해야 함을 천명하는 장면이다. <춘향전>의 경우 시련을 극복하기 위해서는 집단적 연대가

---

274 「1970년대 좌담(창립 이후 1979년까지)」, 『연세탈패 40년』, 연세탈패 40주년 기념 행사 준비위원회, 2014, 38면.
275 <춘향전>, 『연희연구자료집 I』, 민중문화운동협의회, 1984.(민주화운동기념사업회 오픈 아카이브)

필요하다는 주제의식을 담아내는데 치중하고 있으며, 이는 무당을 활용한 계도와 집단적 동작으로 형상화된다. 이처럼 1980년대 전반의 학생운동의 강화된 민중주의의 시선은 민중으로 호명된 이들의 차이와 개별성보다 '민중' 집단으로서 동일성을 강조하게 되는 방향으로 굴절된다.

대중극적 장치, 대학생의 생활세계와 유희성의 공동체적 결속의 효과

대학 마당극에서 현장의 재현은 운동문화 내에 있었던 민중에 대한 연대의 감수성을 현시했지만 민중의 고통을 형상화하는 것 자체가 고통에 대한 감수성을 불러일으키는 것은 아니었다. 실제로 <춘향전>과 <서울로 가는 길>에서 보는 것과 같이 노동 현장의 이야기를 전하는 순간에도 창작 주체의 '대학생 됨'을 현시하는 비현실적 말투로 드러나기도 했다.

고통에 대한 감수성을 전달하는 형식들과 함께 대학 마당극에서는 동시대의 문화적 구성물과 대학생의 생활세계를 환기하거나 오락적 효과를 만들어내는 대중극적 장치들이 병존했다. 이 대중극적 장치들은 운동의 엄숙주의에 배리되는 것이기도 했지만, 미적 경험의 주체로서 관객 집단의 특수성에 유효한 현전의 경험을 제공하며 대학 마당극이 집단성을 구성해 내는 데에 유효한 것이었다.

문화담당자, 시다를 불러 마임으로 쇼판을 유도할 것을 지시하고 3적 퇴장, 시다는 판을 한번 훑어보고 3번의 박수로써 쇼단을 등장시킨다.

(가수 등장하여 열정적으로 몸을 꼬면서 눈이 나리네를 부른다. 퇴장하고 2명의 여자 등장하여 '부츠' 선전을 하고, 1명이 뛰어나와 화장품 선전 '가지세

요 2000원'을 선정적으로 묘사한다.)

사회자 (다시 나와서) 자, 그러면 요번에는 여기 모신 방청객 한분을 모시 겠습니다. 저기 저 구석에 앉아계신 흙냄새 물씬 풍기는 아저씨 한분이 나오시는 군요. 저 요즘 농촌 살기가 어떻습니까?

방청객 뭐 물어볼 게 있당가요. 빌어먹을 돼야지는 사들여 와서 우리는 죽을 판이어라우. 어제도 우리 뒷집 돌이 아범이 농약 먹고 자살했 다지유.

악사 카트! 야 지금 이게 어디로 나가는 건데 지랄하고 있어, 그 사람 내보내고 빨리 새마을 지도자로 바꿔.

사회자 (정색하고) 아, 죄송합니다. 전기사정으로 잠시 중단되었습니다. (중략) 자, 요즘 농촌 생활이 대단히 윤택해졌지요?

방청객2 예, 아주 좋아졌습니다. 위대하신 우리 영도자 각하의 은혜로 지붕 은 색색깔로 잘 단장되었고 마을길도 넓어졌고 다리고 깨끗하게 새로 놓았지요.

(중략)

(와일드 독 4명 등장하여 <마음 약해서>를 요란한 춤과 함께 부른다. *노 래는 녹음기 이용)

(노래단 서서히 퇴장하면서 한쪽에서 지식인 1명이 검은 작업복 바지에 와이셔츠를 입고 성큼성큼 등장한다.)[276]

<역사탈: 해방 35년>은 당대 농민들이 정부의 정책으로 인해 받은 고 통을 관객의 생활세계의 주요한 감각으로서 대중문화의 현실을 연극적 가상을 통해 재구성함으로써 보여준다. 대중가요 쇼와 광고, 뉴스가 교차 하는 텔레비전의 영상 구성은 배우의 역할 놀이와 장면 전환을 통해 재연

---

276 <역사탈>, 23면.

된다. 즉 대중예술의 기호를 단순하게 배제하는 것이 아니라 관객이 자신의 현실을 재인식할 수 있게 하는 매개로 활용한다. 오히려 농민의 고통이 이질적인 것으로 배척당하는 것을 실제적인 문제로 인식할 수 있도록 의도한다. 대중문화적 요소들의 오락적 성질을 극놀이로 활용함으로써 오히려 현장의 비극적인 현실을 재인식할 수 있도록 한 것이다.

한편 대중극적인 장면들 또한 선동을 위한 ≪관악굿≫ 중에서 연극적 구성이 두드러지는 <노동의 횃불>(1980)은 이수일과 심순애의 서사를 호스티스 서사로 변용하고 원작의 과장적 연기 방식을 계승하였는데, 그 지점에서 관객들의 열기가 크게 일어났고, 공연을 시위로 연결하고자 했던 제작진의 목적이 달성되었다.[277] <햇님달님>(1980)에서는 학생운동을 하느라 행방불명 된 아들을 찾는 '어머니'의 서사가 대중 집회의 야외극 환경에 맞게 해학과 청승의 감수성으로 그려지고 있으며,[278] <춘향전>(198?) 또한 향자의 서사를 호스티스 서사로 변용하였는데 원전에서의 부차적 인물로서 향자의 해학성을 대중극적 요소로 활용한다.[279]

이와 같은 과장된 연기와 역할 구축과 같은 대중극적 요소는 엄숙주의로 회기 되기 쉬웠던 운동 이념의 인식과 일치한다고 볼 수 없었으며, 또 미국/일본에 대한 이해를 '제국'으로 일괄하면서 이에 대한 해결로서 '민족'의 추구를 '민중'적인 문화적 기호를 통해 수행하고자 했던 운동권의 대표적인 문화적 취향과도 어긋나있었다. 그런데 이들은 대중극적 요

---

277 <노동의 횃불>, 『구술로 만나는 마당극 ③』, 고려대학교민족문화연구원, 2011.
278 <햇님딸님>, 『연희연구사료집Ⅰ』, 민중문화운동협의회, 1984.(민주화운동기념사업회 오픈아카이브)
279 <춘향전>, 『연희연구자료집Ⅰ』, 민중문화운동협의회, 1984.(민주화운동기념사업회 오픈아카이브)

소들은 얕은 차원의 웃음과 눈물까지도 포섭하면서 공동의 인식을 고양하고자 했다.

> 주린 부정, 비린 부정, 배아프고 골아픈 부정, 공부 방해하는 부정, 아크로
> 폴리스 장미 부정, 잔디밭에 모여드는 잠바 부정, 졸업 정원제 부정, 지도휴학
> 제 부정, 강제 입영부정, 당구장 하끼 맞세, 코보는 부정, 이부정, 저부정 몽땅
> 몰아다가 저 태평양 바다 멀리 물리쳐 버리오.
> 부정치기가 진행되는 동안 제상을 무명(시신)앞에 놓는다.[280]

한편 대학 마당극은 연행이 진행되는 장소의 특정성을 활용하거나 대학생의 행태에 대한 비판, 그리고 정권의 학원 정책 등 연행되는 공간으로서 대학의 문제를 극의 제재로 활용함으로써 가상의 층위를 가로지르는 극적 유희를 만들어냈다. 즉 귀신/도깨비 마당을 통한 풍자와 비판, 현장의 재현과 같은 유사한 형태를 반복하는 도식적인 측면과 함께 대사를 통해 연행되는 대학 공간의 장소성과 시간적 특수성을 표현함으로써 대학생 관객에게 생활세계에 대한 사실과 연극적 가상 사이의 놀이적 의미 형성을 유도한다.

1980년대 대학의 운동문화에서 주요한 문화적 형식으로서 존재했던 대학 마당극은 정치적 실태에 대한 풍자를 중심으로 이루어진 것으로 이해하기 쉽다. 하지만 지금까지 살펴보았듯 현장의 고통에 대한 감수성을 표현하는 방식과 대학생의 생활세계를 반영하는 것, 또 대중극적 요소

---

280 <진오귀>, 『연희연구자료집 I』, 민중문화운동협의회, 1984, 28면.(민주화운동기념사업
회 오픈아카이브)

를 전유하는 것은 정치풍자 자체, 혹은 운동의 엄숙주의로 환원되지 않는 대학 마당극의 복합적 고려를 입증하며 연행이 만들어낸 생기를 짐작하게 해 준다. 미적 경험에서 비롯한 '이해'는 향유자의 삶에서 도출되지만 그 자신의 과거와 완전히 부합하지 않으며 새로운 의미의 연속성으로 통합된다.[281] 즉 대학 마당극에서 나타났던 미적 형식들은 현장의 삶을 대학생-관객의 삶의 연속성으로 심화시키기 위한 장치였다.

2. 광주와 제주 마당극과 지역의 현장성과 새로운 미적 형식

1980년을 전후하여 광주와 제주는 마당극 운동에서 가장 주목할 만한 성과를 냈다. 이는 소외받는 지역에 대한 심상지리의 반영이자, 지역이 겪고 있는 사회적 문제들의 현장성과 상징성, 그리고 지역에 특성화되어 있었던 민속들에 대한 재해석의 과정이 통합되면서 이루어진 것이다. 황석영은 1970년대 후반, 거주지를 서울에서 해남, 광주로 옮기며 전남 지역의 문화 운동을 활성화시켰으며, 1980년 5월 광주 이후 당국에 의해 강제로 제주도로 이주하게 되면서 제주대학교 문화패를 중심으로 한 문화운동을 점화시켰다. 이 시기 황석영의 '이동'은 문화를 매개로 한 대중운동을 활성화시키고자 했던 작가의 이동이 대학생들 안에서 자생적으로 공유되던 반정권 운동의 움직임을 점화시키고 문화적 생산물들을 만들어 내게 했던 특수한 국면을 보여준다.

광주의 경우, 1978년 전남대학교와 조선대학교에 탈춤반이 만들어졌는

---

281 한스게오르크 가다머, 앞의 책, 146면.

데, 이들은 탈춤 전수를 받는 한편 '들불 야학'의 강학으로 활동하는 등 학생운동과의 결합을 강화시켜 갔다. 1980년 1월 전남대학교 '민속문화연구회'와 '전대극회', 조선대 탈춤반과 전남대 '국악반'의 일부 회원이 결합하여 광주 지역 문화운동을 대표하는 극회 '광대'를 결성하고, 3월 15일 <돼지풀이>(1980)를 공연한다. 이어 황석영의 <한씨연대기> 공연을 준비하던 중 5.18을 겪게 되고, 광주항쟁 동안 이들 문화패 일원들은 문화투쟁에 동참한다.[282] 대부분의 구성원들이 수배와 구속 등의 상황에 처했던 1981년 5월, <호랑이 놀이>(1981)를 공연한 이후 1982년 극단 '신명', 1985년 놀이패 '신명'으로 구성원과 이름을 변경하며 지역 문화운동의 중심이 되었다. 제주의 경우 제주대학교 출신으로 구성된 '탐라민속연구회 수눌음'에 의해 1980년 <땅풀이>가 창립공연으로 공연된 이래, <향파두리놀이>(1980), <돌풀이>(1981), <잠녀풀이>(1982), <태쉰땅>(1983) 등을 공연한다.[283]

두 지역의 공연들은 서울의 연행예술운동과 달리 '지역성'을 주요한 변수로 하면서 이 시기 오히려 민중적 사유와 형식의 차원에서 새로움을 보여주며 오히려 서울의 연행에 주요한 참조점을 제공했다. 이에 이번

---

282 박영정, 「광주·전남지역의 마당굿운동에 대하여」, 놀이패 신명 엮음, 『전라도 마당굿 대본집』, 들불, 1989.

283 수눌음 제주도 탐라민속문화연구회 수눌음('두레'나 '품앗이'에 해당하는 제주 말)은 제주대학교 극예술연구회 구성원(문무병, 김수열, 김창후, 김후배, 강남규 등)들이 1980년 마당극 <땅풀이>를 공연하면서 탄생했다. 이들은 수눌음 소극장을 열고 제주도의 토지 투기문제를 다룬 <태쉰땅>, 1932년 해녀들의 항일투쟁을 다룬 <잠녀풀이>, 대몽항전을 다룬 <향파두리놀이> 등의 역사물을 공연하면서 현실을 우회적으로 비판하였다. 수눌음은 1983년 당국에 의해 강제 해산된 이후에도 극단 '한올래', 놀이패 '눌', '올래' 등을 통해 명맥을 이어가면서 1987년 놀이패 '한라산'을 창립하게 된다.—예술단체 소개, 『예술지식백과(연극)』, 문화포털 참조.

장에서는 광주의 <돼지풀이>와 제주의 <태슨땅>을 중심으로 이 두 지역 공연이 보여준 풍부한 공연성을 각 지역의 수행적 조건·전통 연희의 활용·관객과의 대화적 소통방식의 형성방식에 염두에 둠으로써 접근한다.

수난과 소외의 상징으로서 지역의 역사적 대표성

본격적인 작품 분석을 통해 두 지역의 연행들이 관객과의 대화적 소통을 전제로 하여 표현적 성과를 거둘 수 있었던 점을 살피기에 앞서, 당대 연행예술운동에서 광주와 제주의 활동이 특히 주목을 받았던 저간의 상황적 맥락을 먼저 살펴야 한다. 이들의 활동 경향은 위의 절에서 살펴보았던, 서울 소재의 대학 문화패에서 이루어졌던 성과와 공유되는 지점이 많았다. 두 지역 모두에서 서울의 봄에 이루어진 연행의 홍수가 탈춤에서 무굿으로의 확대와 전환을 통해 노동 열사와 학생 열사들에 대한 실질적인 애도의 차원을 수행했던 것, 비판적 사회이론에 대한 학습의 강도를 높여 가며 민중사에 대한 관심이 높아진 것, 노동/농촌 현장에서의 연행 활동이 새로운 예술적 형식의 발견에 대한 주요한 착안점을 제공한 것, 그리고 5월 광주 이후 본격적으로 변혁운동의 집단적 주체로서 민중상을 추구한다는 점에서 같은 경향을 보인다.

그런데 소외 받는 지역의 정체성 정치가 민중운동의 정체성으로 유비될 수 있었던 사회 문화적 배경 속에 두 지역의 문화운동은 특히 1980년대 중후반 활성화되는 지역별 문화운동에 영향을 주었다. 광주와 제주는 지역감정이라는 사회적 상상과 섬이라는 지리적 특수성에 의해 같은 민족 안에서도 수난과 소외의 상징이었기 때문에 핍박받는, 동시에 그 해방의 결정적 계기를 제공할 수 있는 민중상을 재현하는 데 효과적으로 작용할 수 있었다. 4.3의 기억, 정권의 박대와 외지인에 의한 일방적인 투기와 같이 핍박받아온 제주도라는 특정 지역의 지역성과 이와 같은 모순을 삶에서 직접 겪었을 제주도민의 삶의 고통은 "한반도의 상징"으로[284] 강력하게 유비되었다. 전라도 지역은 강력한 지역감정 이데올로기에서부터 개발주의 하의 농업 정책에 이르기까지 여러 층위에서 핍박받는 지역으로서의 심상지리로부터 5월 광주라는 역사적 사건까지가 결부되면서 지역론의 출발점이자 "새로운 광주"라는 지역문화운동의 목표점이 된다.[285][286]

한편 1983년 유화국면을 전후로 민주화운동의 대중화 문제, 즉 "범국민적 민주화"를 위해 지역 문화운동이 활발하게 논의되며, 실제로 광주와 제주 이외에 목포, 전주, 대구, 부산, 마산 등지에서 문화운동패가 조직된다.[287] 이들 지역문화운동의 긍정적인 상은 중심부의 문화를 바꿀 수 있다는 혁신적 가능성과 지역적 인접성을 기반으로 '민중'의 삶의 현

---

284 「「태̇ 땅」 작품해설」, 『한국의 민중극』, 창작과비평사, 1985, 15면.
285 한정남, 「'85' 전후상황과 지역문화운동」, 『지역문화 제1권―민족현실과 지역운동』, 광주, 1985, 33면.
286 특히 5월 광주는 연행예술운동에서의 민중 재현에 다각도로 영향을 미쳤으며, 이는 지역, 연행의 목적, 공연의 상황적 맥락과 주도적 양식/장르에 따라 그 의미가 재조명되어야 한다. 즉, 이에 대해서는 1. 광주에 대한 1980년대 대학생 운동문화의 죄책감의 감정 구조 2. 변혁적 운동 집단으로서의 상징적 집단화 3. 광주 지역에서의 광주 재현의 문제 4. 소리극, 마당극, 창작판소리, 연극 등 장르와 매체 문제 5. 2와 3과 관련한 재현의 윤리와 같은 차원에서 연구가 이루어져야 하며 이에 대한 후속 연구를 기약하고자 한다.
287 지역 문화패 활동은 출판, 연행예술과 풍물패, 미술, 문학 운동 등을 포함한다. 1985년도 현재 정리된 문화패의 목록은 다음과 같다. 원주(놀이패 원주민, 문화집단 모듬), 대전(무크 삶의 문학, 모임 터), 전주(무크 남민, 놀이판 녹두골), 광주(극단 신명, 5월시, 광주자유미술인협의회, 일과놀이, 민중문화연구회), 목포(놀이패 민예, 갯돌), 대구(무크 일꾼의 땅, 놀이패 탈, 우리문화연구회), 부산(무크 토박이), 마산(무크 마산문화), 진주(놀이패 물놀이), 제주(극단 수눌음) ―한정남, 앞의 글, 34면.

장에 대한 구체적이며 밀착된 이해가 가능하다는 점으로 거론되는 한편, 단순히 중심지역 문화에 대한 열등감과 선망의식의 반영이 나타날 수 있다는 것과 "토착적 서정, 막연한 향토애, 보수적 지방주의"의 한계를 가질 수 있음이 논의된다.[288] 그럼에도 지역문화운동이 추구해야 할 당위성에서 일치하면서도 "주력하고 있는 일의 성격이나 방법이 지역성에 대중성이나 현장성을 어떻게 결부시키느냐에 따라" 차이를 보여준다.[289] 대구의 경우 관변성과 향토주의, 지방주의와 보수성의 심각성을 인식하는 것, 전주의 경우 농민운동 현장의 풍물운동을 중심으로 활동한 것, 부산의 경우 노동자문화가 특화되는 것과 같이 각 지역의 생활 기반과 정치적 역학 관계 속에 형성된 심상지리의 한계를 인식하고 가능성을 탐색하는 것으로 이루어졌다. 이를 통해 '노동자' 혹은 '농민' 주체 문화라는 일반론의 함정을 경계하고 해당 지역 내의 특수성이 반영된 노동자와 농민 문화에 대한 이해로 나아가는 것을 의미했다. 이는 지역문화운동에서 '지역성'의 탐색이 서울이라는 중심지역에서 이루어지는 민중운동에서 현장에 대한 이해가 가지는 비현실성과 일반론의 함정을 상대적으로 경계할 수 있는 위치에 있었음을 보여준다.

지역민의 생활성과 인식적 특이성을 반영한 형상화
― <돼지풀이>(1980), <태숨땅>(1983)

광주와 제주의 마당극은 1980년대 연행예술운동에서 사회적이며 문화

---

288 한정남, 위의 글, 35면.
289 한정남, 위의 글, 40면.

적인 심상지리의 차원에서 주요한 역할을 차지했는데, 흥미롭게도 이 지역의 공연들은 미학적인 형식의 차원에서 새로운 것으로 인식되었다. 당시 농민들의 주요한 관심사인 돼지 가격 폭락과 관련한 일화를 제재로 하면서 당국의 비합리적인 농촌정책과 농민들의 고통을 보여주는 <돼지풀이>(1980)는[290] "민중적 표현의 전형성"을 창출한 것으로 평가된다.[291] 이와 같은 "민중적 전형성"이라는 당대의 명명에 대해 보다 입체적으로 해석할 필요가 있다. 기본적으로 이와 같은 평가는 이 작품이 공연적으로 풍부하면서도 당대의 민중운동의 문제의식을 적실히 담아내고 있다는 것을 반증한다. 광주와 제주에서 이루어진 연행들은 신선한 민속적 기법들이 차용되었다는 점에서 '미적 의외성'을 만들어낼 수 있는 기제를 갖고 있으면서도, 국가폭력의 역사와 자본주의 근대화의 현재적 수탈을 대표하기에 적실했기 때문에 더욱 주목을 받았다.

1980년 3월 연행된 <돼지풀이>는 제재의 차원에서 당대 농촌에서 실감하는 돼지수매문제를 다루고 있으면서도, 세부구성의 차원에서 실제 생활 속 문화였던 무굿과 무대극적 재연의 장면을 포함하며 재담식 대사와, 대무를 통한 장면의 압축적 제시와 같이 다채로운 형태의 극적 형상

---

290 <돼지풀이>는 1980년 전남대학교 탈춤반 김정희, 김윤기, 김선출, 김태종이 공동창작한 작품으로 광주항쟁이 일어나기 직전 3월, 광주 YMCA 무진관에서 공연한 이후, 농민회와 연결되어 해남 등지의 현장에서 세 차례 공연된 것으로 알려졌다. 이 작품은 1970년대 말 돼지값폭락과 농업축산정책의 부조리를 다룬 것으로, 죽은 돼지의 영령을 위로하는 길놀이에서 시작하여 국가의 돼지 수매 정책과 농촌에서 돼지 사육이 장려된 저간의 사정을 역할 놀이와 군무, 희화적 대화를 통해 표현한다. 이후 돼지수매 정책으로 인해 고통을 겪은 농민의 모습은 돈철 내외를 중심으로 한 농민들의 집회 현장을 재현하고 흐느끼는 돈철에미를 위로하며 농민들이 <쾌지나 칭칭>을 부르는 뒤풀이의 형태로 극이 마무리 된다.

291 「<돼지풀이> 작품해설」, 『한국의 민중극』, 창작과비평사, 1985, 143면.

화의 방식을 활용한다. 이와 같은 표현상의 다채로움은 농민들의 실제 생활에서의 정서들의 현실성을 담아내면서도 실제 기법적인 측면에서도 새로웠다. 또 전작인 <함평 고구마>(1978)에 비해 <돼지풀이>에서 춤 동작과 구상적 배치를 통한 시각적 스펙터클이 강화된 것은 탈춤반 출신들의 공동창작으로 작품이 구성되면서 나타난 변화였다.

특히 이와 같은 변화에는 탈춤을 단순히 민속/민중 취향으로서가 아니라 현대적인 것으로 자각했던 대학 탈춤패 안의 당대 '지성인'으로서의 대학생의 인식 지평과 문화적 체험의 자장이 내재 되어 있었다. <돼지풀이> 공동창작에 참여하고 <호랑이놀이>(1981)와 <일어서는 사람들>(1988)의 창작과 연출을 담당했던 김정희는 전남대학교 학생으로 미국 문화원에서 이사도라 덩컨의 영상에 심취해있었으며, 춤에 대한 관심에서 탈춤패를 시작하면서 그 춤사위를 현대적인 것으로 인식했다.[292] 이와 같은 당대 문화패의 전사는 농민들이 겪는 돼지수매 사건이라는 제재의 차원에서의 현실성이 표현주의적인 형식적 전위의 방법을 통해 제시될 수 있었던 전제로 연행예술 '운동' 안에 예술적 역량이 당대의 지평에서 결코 멀어져 있었던 것이 아님을 보여준다.

앞풀이

이 판은 돼지 혼백을 위한 위령제이다. 판안으로 들어온 놀이패들은 굿거리장단으로 두서너 바퀴 돌며 판을 정리한 다음 미리 놓인 제상을 마주보고 반원형으로 둘러앉는다. 제상 위에는 산난안 음식과 돼시너티 내신 곳에시

---

292 「김정희 구술채록문」, 『구술로 만나는 마당극 ⑤』, 고려대학교민족문화연구원, 2011, 66면.

사용될 검은 돼지탈이 놓여 있다. 제상에서 보아 맞은편(남)에 퇴비더미 속에 던져져 죽어 거름이 된 돼지의 사령, 오른쪽(서)에 강물에 던져져 물귀신이 된 돼지의 사령, 왼쪽(동)에 낳자마자 제 어미에게 먹혀 죽은 돼지의 사령이 제상 위의 돼지탈(북)과 함께 사방신이 되어 위치한다. 돼지 사령역은 농부역들이 맡는다.

(중략)

(춤사위 점차 자지러지면서 제상 앞에 무릎 꿇고 앉아 빈다.)

돼지사령1　(들어와 무당 옆에 무릎꿇고 제상의 돼지탈을 향해 두손으로 빌며)

　　　　　비나이다 비나이다 돼지대신께 비나이다.

　　　　　태어나기 싫은세상 인공수정 마구해대

　　　　　농가소득 증대운동 농협직원 애걸복걸

　　　　　북새통에 태어나서 어미에게 먹혔으니

　　　　　갈곳없는 이내신세 어딜가세 정착하리

　　　　　돼지대신 납시어서 잘잘못을 가려주고

　　　　　세상만사 잘되도록 도둑놈들 없애주소.

돼지사령2　비나이다 비나이다 돼지대신께 비나이다.

　　　　　내몸보다 훨씬비싼 배합사료 먹고크다

　　　　　일장춘몽 사그라진 우리주인 돼지꿈은

　　　　　얼음같이 녹아들어 강물속에 버렸으니

　　　　　돼지꿈이 개꿈되어 빈털터리 돼버렸네

　　　　　우리주인 고향떠나 도시가서 공돌이질

　　　　　물귀신된 이내놈은 전생없는 생선신세

　　　　　부디부디 보살피사 우리주인 보살피사

　　　　　제발부디 건져주소 물귀신된 이내혼백

　　　(중략)

무당 (일어나서 강신이 된 듯 한참 어지럽게 춤을 추다가) 쉬- 돼지 사연 듣고보니 그 사연 한번 서럽고 더럽다. 인간세상 돼지로 태어나 허구 헌 날 더러운 돼지우리 속 한평생 좋다 싫다 말 한마디 없이 인간 위해 목숨 끊고 고기 주고 털도 주고 새끼까지 주었더니 어쩌다 이런 날벼락이 우리에게 떨어졌단 말이냐. 어찌 돈신께서 서러워하지 않 으시리. 지상천지 만물 중 으뜸인 사람으로 태어나 돼지신세 같은 우리 농부님네 주인님네 잘살아보려 해도 이리 뺏기고 저리 쫓기다 가 새마을이다 새마음이다 새것 참 좋아하더니 어쩌다가 그런 변을 당했단 말이냐. 말세로다 말세로다. 알다가도 모를 일이다. 허허, 참 모를 일이다. 돼지대신 이름 빌어 혼백 한번 건져주소. 넋이라도 내 리시고 혼이라도 내리시어 억울하게 죽은 혼백 내력이라도 밝혀주 소. 허어-

(일어선 돼지사령들과 함께 절을 하고 춤을 추며 한바퀴 돈 후 나간다.)[293]

<돼지풀이>가 무굿과 연극적 역할 놀이를 방식을 활용하는 방식은 어 떻게 농민들의 실제 생활의 정서와 감수성을 표현할 수 있었는지 드러낸 다. 이 작품의 초입에 놓인 무굿 형식의 "길놀이"는 극의 주요 서사인 돈 철아비와 그 마을의 돼지 사육의 포괄극 역할을 한다. 서울에서 이루어진 <굿>에서 사회적 죽음들의 애도를 다루며 비장한 분위기를 연출했던 것 에 비교하여, <돼지풀이>에서 '돼지'의 억울함을 풀어준다는 설정으로 무굿의 형식을 차용한 것은 인근 지역의 주민들의 생활성을 반영하였기 에 가능했던 것이었다. 즉 무굿에서 해원의 대상을 돼지로 설정한 것은 가신이 키우는 농작물과 생물의 생명성을 강렬히 느끼는 농민들의 생활

---

293 <돼지풀이>, 『한국의 민중극』, 창작과비평사, 1985, 51~53면.

성을 반영했다. 이와 같은 전략은 셋째 마당에서 돼지를 사육할 때 관중석을 지칭하며 의인화시킨 놀이적 표현을 통해서도 사용된다. 한편 무굿에서 돼지의 억울한 사연은 인공수정과 집단사살 등 행정논리 속에 배제되는 생명의 윤리를 풍자함으로써 단순히 국가의 졸속적 행정 정책을 비판하는 것에서 더 나아가 그 심층에 있는 개발주의 자본의 문제를 드러낸다.

*돼지 사육하는 모습. 돈철애비와 돈철에미가 자진굿거리장단에 맞추어 판을 가로질러 왔다갔다 하면서 부지런히 사료를 나른다. 관중이 모두 돼지가 된다. 판 가장자리에 앉아 있는 관중에게 사료를 먹이는 동작이 계속된다.

돈철에미 (먹이를 주다 허리를 펴며 관중을 둘러보고) 어허 우리 돼지들
　　　　　참 많이 불어부렀구나
　　　　　(관중들을 가리키며 돈철에미에게) 저 봐. 저 눈깔이 말똥말똥한
　　　　　돼지년놈들. 어허 저것이 다 돈이 나니것어. (한 남자관중을 가리
　　　　　키며) 저기 저 놈은 밤마다 장가 보내달라고 설쳐쌌던디.
(중략)
돈철에미 예, 사료값이 어찌 비싼지 돼아지밥을 안 줘부렀드니만, 아니
　　　　　에미가 즈그 새끼를 잡아먹어부렀단 말이요. 그래서 잘됐다
　　　　　허고 그냥 내비둬두렀지라우.
농부 2　허허 참 내. 아 엊그제 장날은 장터에 갔드만 돼지새끼 한 마리에
　　　　　오백원씩 허데. 오백 원. 그래서 하도 싸다 싶어서 한 마리 사서
　　　　　버스에 올라탔는디 차장년이 운임을 천 원 주라고 그래. 천 원. 그래
　　　　　서 하도 더러워서 그놈의 돼지를 뻐스 밖으로 내던져버렸구만.
농부 5　아이고 그것뿐인 줄 아는가. 충청도 어디서는 사료값을 못 대겄응

께 돼지새끼를 강물에다 쫙 내몰아부렀다네.

농부 4 (관중을 보며) 저 돼지들 좀 봐. 아까까지는 밥 달라고 꽥꽥거리드
만 지쳤는지 뒈졌는지 인제 조용허구만.[294]

또한 이 작품은 대학문화패에 의해 창작된 것임에도 단순히 계몽의
차원이 아닌 관객의 해석 놀이를 장려하는 한편, 해원의 차원으로 무게중
심이 옮겨가 있음을 보여준다. 이른 시기 농민운동과의 연계 속에 창작된
김지하의 <진오귀>와 비교할 때 그 차이가 분명히 부각된다. <진오귀>의
경우 민속을 활용함에도 농민운동의 당위성을 강조하면서 시혜적 입장을
내재해 있었다. 재담과 사투리를 기반으로 풍자와 희화화에 기반한 희극
성과 농민들의 분개를 적절히 교차하며 지역적 현장성을 잘 살린 <함평
고구마>와 함께, <돼지풀이> 또한 계몽과 의식화는 위치적 차이에 입각
한 언술로 표현되는 것이 아니라 놀이적이면서도 해당 문제의 당사자인
농민들의 생활에 있어서 느꼈을 문제의식을 형상화하는 방식으로 나타났
다. 위의 장면은 <돼지풀이>가 돈철네가 돼지를 사육하는 과정의 희노애
락을 놀이적으로 구성하여 보여주고, 행정의 농락을 속도감 있게 제시하
며 돼지수매 사건을 단순히 '자본'의 손익과 손해의 관점이 아닌 존재
상실에 따른 비통함으로 그림을 보여준다.

위의 장면을 통해 확인할 수 있듯이, <돼지풀이>에서는 마당극에서
통상 사용되는 관객에게 말 걸기의 전략이 활용된다. 이는 관객석을 공연
공간으로 활용함으로써 무대와 객석 사이의 단절된 공간 인식을 지양하

---

294 <돼지풀이>, 157~160면.

고 관객들에게 현전의 실감을 높이는 전략이다. 물론 이와 같은 전략은 기성의 연극 전용 극장이 아닌 실내 강당이나 야외 공간과 같이 집중과 주목의 무대 설비가 미비한 공간에서 공연이 이루어졌다. 관객석의 공연 공간으로서의 활용은 기성 연극에 비해 미비한 공연적 조건을 오히려 관객과 창조적으로 연극적 약속을 만들어가는 전제로 활용하는 주요한 한 전략이었다. 즉 관객을 돼지로 삼아 이야기 거는 것은 관객과 무대 사이의 가상의 놀이를 즐기게 하는 전략이다.

인접한 지역의 주민들의 생활의 감수성을 극적으로 형상화하는 것은 탐라민속문화연구회 수눌음의 공연에서도 잘 나타난다. <함평 고구마>의 고구마와 <돼지풀이>의 돼지가 농민들의 생활성을 반영하며 의인화와 놀이적 장치를 위해 활용되었다면 <돌풀이>,[295] <땅풀이>,[296] <태순땅>,[297] <잠녀풀이>[298] 등에서는 땅과 바다를 자신의 존재성과 결부시키

---

[295] 탐라민속연구회 수눌음, 1981년 9월 제주대학교 교정 공연. <돌풀이>는 1862년 임술년 제주민란을 줄거리로 한 작품이다. 초감제 맞이굿을 통해 민중봉기의 역사 속에 민중들의 죽음을 애도한 앞풀이 이후 세 마당과 다섯 거리로 마을 사람들의 건강한 노동현장과 지방관리와 외세 등의 수탈, 농민 봉기의 과정을 영감놀이, 땅뺏기놀이, 기마전 등을 통해 풍자적이고 놀이적인 방식으로 그려낸다. 마지막에는 할망의 절규와 상여소리와 함께 관중이 함께 상여행렬에 동참하게 함으로써 민중봉기 역사의 비장함을 계승하며 억압적 현실을 극복해 나갈 의지를 다지는 퍼포먼스의 형태를 보여주었다.

[296] 탐라민속연구회 수눌음, 1980년 8월 2일, 3일, 제주도 제남신문사 제남홀 공연.

[297] 탐라민속연구회 수눌음, 1983년 제주 YMCA소극장 공연.

[298] 탐라민속연구회 수눌음, 1982년 12월 수눌음소극장 공연.(1983년 2월 25~3월 1일, 서울 국립극장 실험무대 공연.) <줌녀풀이>는 바다에 빠져 죽은 넋을 위로하는 요왕맞이의 형태를 본격적으로 계승한 초감제로 시작하여 제주 해녀들의 삶의 모습을 재현하고, 일본 어부에 의해 약탈을 당하게 되는 첫째 마당, 혁우를 야학 교사로 한 야학 교실의 풍경을 다룬 둘째 마당, 사건의 전개 과정을 보여주는 이후의 마당들과 뒤풀이로 구성된다. <줌녀풀이>에서는 인물들의 역할 놀이와 장면 전환의 놀이성 등의 활용과 관객들과의 놀이적 관계를 고려한 기법이 활용되는 한편 제주에서 전해져 내려오던 민요와 무굿의 형식에 대한 세밀한 재연이 이루어지고 있다.

는 제주도 주민들의 감수성을 담아낸다. 수눌음의 활동은 현실을 우회하여 보여주기 위한 통로로 민중봉기의 역사적 제재를 택한다는 특징을 보여준다. 그런데 특히 땅과 바다 등 제주의 생활세계에 기반한 놀이적 무대 형상화와 극작술이 공통적으로 나타난다는 점에서 인접한 주민의 생활성을 담아내는 과정에서 극 형식의 창조성이 견인되는 양상을 보여준다. 이에 수눌음이 창안한 무대의 기호와 동작들은 육지에서 제주를 볼 때 발생하는 민속과 관광에 대한 대상화의 시선이 아닌 생활의 감각으로 드러난다.

1983년 10월 제주 YMCA소극장에서 공연된 <태슨땅>은 그 중에서도 직접 제주도의 땅투기 문제를 다룬 작품이다. <태슨땅>은 잽이와 농부들의 대화를 통해 제주의 토지 관련 투기의 현실이 간략히 제시되고, 마임과 동작을 통해 도나까와, 조코커, 브로커, 국선생 등 제국주의 세력과 자본을 상징하는 인물들이 등장하여 마을사람들을 쓰러뜨리는 장면이 제시되는 앞풀이와 방송 중계 상황극의 형태로 토지 투기 개발 현황을 놀이적으로 보여주는 첫째 마당, 마을 주민들의 노동현장을 마임과 동작으로 생기있게 재현하고 브로커 등 개발세력에 의해 땅이 빼앗기는 장면을 놀이적으로 보여주는 둘째 마당, 제주의 토속 의례 중 하나인 사ᄒ놀이를 변용하여 주민들의 땅이 빼앗기는 과정을 그로테스크한 방식으로 보여주는 셋째 마당, 또 하나의 무속 제의 형식인 허맹이놀음을 심방이 주최하여 이와 같은 상황에 대한 액땜을 진행하는 넷째 마당, 그리고 재판놀이를 통해 개발 세력들에 대한 응징을 시도하는 다섯째 마당으로 구성되어 있다.

서울의 대학 마당극에서 농민 혹은 공장 근로자의 노동에 대한 재현이 변혁 주체로서 민중에 대한 집단적 형상화의 형태는 대학에서의 민중 지향성의 감정 구조의 동질성을 확인하는 데 유효한 형식으로 기능했다. 반면 제주의 마당극에서 민중은 지배계급의 폭압에 의해 고통을 담지하고 살았던 피억압자의 대표라는 형이상학적인 형태로서 제시되지 않는다. 땅은 이들의 생활적 정체성을 보여주는 기표로 극에서 활용되며 지역적 삶의 연속성 속에 생활공동체의 존재성과 관련되는 것으로 형상화된다.

농부 4 (탈진한 상태로 걸으며)
이 땅도 ᄂᆞᆷ의[남의] 땅이구나.
저 디도[곳도] ᄂᆞᆷ의 땅이구나.
이 땅은 우리 땅인디.
우리 태ᄉᆞᆫ땅인디.
느네 어멍 ᄉᆞᆯ을[살을] 빌곡[빌고] 아방 빼를[뼈를] 빌엉 열ᄃᆞᆯ 만에 느넬 낳앙 그 벌겅헌[빨간] 피 닥닥[뚝뚝] 털어지는[떨어지는] 탯줄을 불에 ᄉᆞᆯ랑[살라] 그 재를 묻은 땅인디.
거꾸로 돌아감꾸나[돌아가고 있구나]
이놈의 시상 요대로 내불민 우린 어떵되코[어떻게 될꼬]
몬딱 빼앗기는 거나 아니ᄁᆞ.
몬딱 갈라지는[헤어지는] 거나 아니ᄁᆞ.[299]

브로커 (마당으로 나오는 농부들을 저지하며) 아, 잠깐잠깐 뒤로 뒤로.
(농부들을 마당 가운데로 몰아놓고는 원을 그리면서 뺑 돌아가며

299 <태ᄉᆞᆫ땅>, 『한국의 민중극』, 창작과비평사, 1985, 19면.

말뚝을 받는다.)

농부 1 어디서 오십데가? 생긴 시늉을 보난 이디 사름은 안 닮아뵈고 어디 육지서 관광오십데가?

브로커 척 보면 삼천리 아냐?(안주머니에서 뭔가를 꺼내 보여주는 체 하다 잽싸게 집어넣으며) 나, 요런 사람이다.

농부 6 경하믄 이건 무신 줄이우꽈?

농부 4 (갑자기 생각난다는 듯이) 아, 알아지켜. 거, 우리 동네 서답 너는 빨랫줄 어시난 서답 널렌 가정왔구나게.

농부들 아이고, 고맙수다.

농부 4 게걸랑 요만이면 높여줍서. 이디 서답 널문 바닥에 끄시쿠다게.

브로커 (어이없다는 듯이 보다가) 빨랫줄 같은 소리하네. 이 줄은 너희들이 이 밖으로 나와서는 안 된다는 표시다. 그러니까, 너희들은 앞으로 고 안에서 (약올리듯이) 아기자기 오순도순 살도록. (협박조로) 알았지?

테우리 이거 봅써. 당신네가 뭔디 우리고라 이디 강 살라 저디 강 살라 지멋대로 난리우꽈?

브로커 아, 그건 (원 안을 가리키며) 요디를 제외하고는 이젠 너희 땅이 아니다. 이젠 내가 주인이다.) 권투경기에서 이긴 선수처럼 뛰면서 거드름을 피운다.)

농부 1 아이고, 이추룩 동네 사름덜 꼼짝달싹 못허게 허는 게 개발이라? 개발인지 개나발인지 멋대로 처해먹어라.[300]

위의 첫 번째 인용에서 확인할 수 있듯이 '태순땅'이란 아기가 태어난 후 탯줄을 디워 땅에 묻는 풍속에서 차안한 제목이다 이는 외지인들에게

---

300 <태순땅>, 위의 책, 32~33면.

개발의 대상인 땅에 대한 의미를 생명과 생활의 연속성과 연결 지음으로써 개발주의와 권력의 횡포 속에 지켜야 할 가치를 상징적인 형식으로 표현한 것이다. 아울러 토지 개발과 관련한 대목은 표현적으로 다양한 모습을 보여준다. 위의 두 번째 인용은 농부들이 땅을 빼앗기는 장면을 형상화했다. 상황의 심각성은 브로커의 말뚝박기와 이에 대한 농민들의 오해에서 비롯한 웃음을 통해 형상화됨으로써 유희적으로 형상화된다. 지역민의 생활공간을 자의적으로 재편하는 개발의 논리는 공연 공간을 구획 짓는 '줄'와 이를 통해 시각화된 구별된 작은 공간, 그리고 오해에서 비롯된 지역민의 천진성이 주는 아이러니를 통해 형상화된다. 또한 도새기(돼지)의 신체를 나누어 주는 민속의 놀이를 전유하여 표현되기도 하고,[301] 목장터, 골프장과 생활의 현장을 대비하는 언어적 표현을 통해 지역민의 땅이 임의적으로 개발이 되는 현실을 관객들이 다양한 방식을 통해 인식할 수 있도록 돕는다. 즉 <태으땅>은 토지 개발이라는 심각한 사회적 문제를 주민의 생활의 문제로 담아내었으며 연극이라는 가상을 통해 놀이적이며 상징적으로 자신들의 삶을 재인식하는 즐거움을 만들어 낸다.

무대와 관객의 놀이적 관계 형성과 민속을 활용한 표현성의 강화

1980년대 초반까지 광주와 제주 지역의 작품들은 당대 마당극 운동에서 요구한 민중적 지향의 지평을 담아내면서도, 표현적인 측면에서 서울의 성과를 초과하고 있었다. 실제로 두 지역의 작품들에서 나타난 미학적

---

301 <태으땅>, 위의 책, 34~35면.

특징들은 1970년대 활성화된 연행예술운동의 역량이 제도권 극장에 소개되기에도 적합했다. 즉 지역의 특성을 반영한 대사와 안무, 전통 연희의 형식 등을 통해 미적으로 새로운 감각을 제시하면서도 마당극 운동의 문제의식을 가장 집약적으로 보여주는 것이었기에 제도권 극장에 당대 마당극의 대표로 '소개'되었다. 소외된 지역성과 관련한 심상지리를 기반으로 한 실제 생활 감각들의 극적인 형상화 즉, 지역 인근의 생활의 문제를 유효한 극적 형식 속에 담아냄으로써 변화된 세계를 꿈꿨던 대학 문화패의 열정은 전통 연희의 기법들을 가장 창조적인 방식으로 계승할 수 있게 했기 때문이다. <돼지풀이>는 1982년 서울 국립극장 마당극 심포지엄에서, <잠녀풀이>는 1983년 서울 국립극장 실험무대에서 마당극의 대표적인 공연으로 올려진다. 제주도의 수눌음은 특히 '일반적인 연극'을 하는 지방 극단이 아님에도 "고전하는 지방 연극 활동" 중에서도 "토속적인 연극형식"을 개발하는 "독창성"의 사례로 언급된다.[302] 김방옥은 <잠녀풀이>에 대해 "문인, 무용인, 민속학자, 대학극 출신 재야연극인들" 등 '민중운동'의 문제의식을 공유하는 관객 구성과 특유의 "격앙되고 흥분된 분위기"를 중계하고 '민중연극'의 배타성을 비판했다. 그럼에도 "유연한 연기"와 연출에서 "세련미 돋보인"다고 평가했다. 이는 제주라는 지역의 특수성이 반영된 민속의 극적 활용이 서울의 실내 극장에서 공연을 하기에도 충분히 새롭고 훈련된 예술적 역량을 갖춘 것이었음을 보여준다.

채희완은 마당극의 이론화와 가치평가를 해나가는 과정에서 민중지향성이 난순한 민속 취향이니 정치의식의 단순한 이입에 기반한 도식적인

---

302 「고전하는 지방 연극활동」, 『동아일보』, 1982.08.06.

전형화가 아닌 유효한 형식으로 결실 맺는 것의 어려움을 자각한다.[303] 이는 1980년대 초반, '마당극'의 범주 아래 이루어진 공연들 중 지난 시기의 성과들을 맥락에 없이 차용하거나 정치주의 혹은 전통연희주의에 포섭됨으로써 뜨거운 공연성을 창출하지 못하는 경우를 목도했기 때문이다. 민중의 삶을 다룬다는 제재의 진실성과 민중의 형식으로서 민속을 무대 위에 올린다는 야심만으로는 공연이 가능하지 않았다.

또한 유사한 시기 창작된 <역사탈>과 <굿>에서 노동 농촌 현장에 대한 대학생들의 엄숙주의가 반영되어 있다면, 광주의 <돼지풀이>와 제주의 <태순땅>의 경우 분명한 비판의식을 기반으로 하되, 보다 지역민들의 정서에 가까이 가 있었다. 또 이를 공연에 적합한 감각적 형식들로 형상화하는 과정에서 새로움이 만들어졌다. 수눌음의 굿에 대한 인식과 1978년 <돼지풀이> 공연 현장에 대한 기록은 광주와 제주의 연행들이 보여준 새로움을 예술과 관객의 미적 경험에 대해 기존 예술계의 유미주의적인 차원에서 벗어난 지평을 반영한다.

굿판은 만남의 장소다. 굿판은 만남을 중재하는 장소다. **신과 인간의 만남, 이웃과의 만남, 가난과 고난으로 점철된 역사와의 만남**……만남의 의의는 서로 만나서 문제를 푸는 데 있다. 그러므로 굿판은 열린 장소로서 서로 만나서 **개개인의 맺힘(=한)을 공동체의 질서 안에서 화해·조정·결속하는 장소이**다. 굿판은 여러 사람이 모여 놀 수 있는 **쉼터**이자 **놀이터**이며 **일터**이다. 민중의 생활 현장이며 나아가서는 민중의 의사를 집결하는 마을의 집회소인 것이다.

---

303 채희완, 「마당굿의 과제와 전망」, 앞의 책, 9면.

심방은 삶의 역사와 경험으로 무장된 배우로서 단골 신앙민중들의 모순된 삶을 역사와 경험에 의한 새로운 질서로 바꾸어주는 능력의 소유자이다. 굿을 잘하는 심방은 '수덕좋고 영험좋은 자'로서 칭송을 받게 되는데, 그는 굿판의 분위기를 조절하여 잘 울리고, 잘 웃기며, 구성진 음률과 창으로써 신앙민중의 맺힌 한을 풀어줄 수 있는 한풀이의 능력을 소유한 자이다. 심방이 되려면 팔자를 그르쳐야 하며, 오랜 숙련을 거쳐야 한다. (중략) 그러므로 심방은 풍부한 이야기꾼이요, 악사요, 재인이요, 배우다.(강조-인용자 주)[304]

수눌음은 제주도 굿문화의 내용과 형식을 탐구하면서 구경거리로서 "삶의 현장을 떠난 굿"이[305] 아닌 "굿판(삶의 현장)에서 심방이 공동체 구성원인 단골들의 생존에 직결된 문제를 풀어나가는 내용"과 이 내용을 적절히 담아내는 다양한 제주 무굿 내의 형식들을 연결 지으려 했다.[306] 굿을 구성하는 "심방과 굿판과 단골의 관계"에 대한 수눌음의 탐색은 전래된 민속에 대한 보존의 문제가 아니라 문화운동가와 삶터와 지역민의 관계라는 현재적인 의미로 전유되었다. 특히 전래의 굿판의 체험적 의미를 지금-여기의 연행의 의미로 확대하는 대목은 연행의 미적 체험에 대한 제주 연행집단의 고려를 보여준다. 굿판은 신, 이웃, 역사와의 만남의 장소로 맺힘을 풀어 화해하는 놀이터이자 일터이며 쉼터이다. 이와 같은 규정은 수눌음의 마당극에서 민속의 형식과 연극적 재현의 방법이 유미주의적 관람의 대상, 혹은 형이상학적으로 이상화된 민중의 상을 그리기

---

304 문무병, 「제주도 굿운동의 실천과제」, 민족굿회 편, 『민족과 굿—민속굿의 새로운 널림을 위하여』, 학민사, 1987, 192면.
305 문무병, 위의 글, 191면.
306 문무병, 위의 글, 192면.

위해 활용되는 것이 아니라 지역민의 생활에 연동된 문제의식을 환기하기 위한 도구이자 공동체적 유희의 도구로 활용되었던 맥락을 짐작케한다.

1980년 광주 무진관에서의 극단 신명의 <돼지풀이> 공연
(윤만식, 「1977년 광주 YMCA탈춤 강습회에서 80년 518 전까지」, 『프레시안』, 2023.1.3.)

1978년 <함평 고구마> 공연에서 민중운동에 대한 엄숙성과 투쟁성이 공연의 형식과 분위기에도 잠재되어 있는, 서울 문화패의 공연과 달리 "흥청거리는 장터"의 분위기를 새로운 것으로 자각했던 임진택은 1980년 봄 광주에서 이루어진 <돼지풀이> 공연이 "맘껏 웃고 맘껏 분노하고 또 맘껏 뛰어"드는 "최고의 마당굿"이었다고 평한다. 김영동의 연주와 양희은의 노래, 윤상원의 <소리내력>의 작창 공연 이후 관객들을 원형으로 둘러앉혀 대형에 변화를 주어 이루어진 공연의 역동성에 '무대극'에 반하는 새로운 연극을 만들고자 했던, 서울의 마당극을 대표하는 임진택은 지금까지 보지 못한, 새로움과 강렬함을 느꼈다.[307]

흥미로운 것은 농촌 현장에서 있었던 <돼지풀이> 공연이다. 공연주체들은 오일장이 열리는 실외 공간에서 농민관객이 "재미있게"보며 뜨거운 호응을 보내준 것으로 기억했다. 이 작품이 당시 연행패가 농촌에서 한 공연 중 호응을 얻었던 농촌마을 탈춤과 같은 촌극의 형태가 아니라 돈철애비의 서사를 중심으로 한 집중과 몰입을 필요로 하는 공연임에도 불구하고 관객들의 집중력과 반응은 대단한 것이었다. 농촌의 관중들은 극중의 춤에 대해 기량을 평가하며, 엿장수와 같은 유희적 장치에 적극적으로 개입하고, 만신의 등장에 '당골네'라는 자신의 일상 속의 존재로 해석한 평을 남겼다. 이에 비해 광주 시내의 공연의 관객의 반응은 신문을 볼 때의 "사회적 관심"과 같은 것으로, 또 무굿이나 놀이적 장치들은 극의 구조로 해석한다는 차이를 보였다.[308] 농촌에서의 공연에서 농촌의 관객들이 자신의 일상 속 한 문제를, 도시의 관객들이 사회 구조의 문제를 중점적으로 바라보았다는 것, 그리고 이에 따라 동일한 기법과 대사에 근간한 공연에도 그 효과와 반응이 다르게 형성되었던 것은 무대 위의 고립된 세계의 절대성에 의해 가려 있던 관객의 존재성에 대한 강렬한 만남을 의미했다.

---

307 임진택, 「박효선, 광주항쟁의 영원한 홍보부장」, 황광우 엮음, 『박효선 전집 2』, 연극과인간, 2016, 388면.
308 「김성희 구술채록문」, 『구술로 만나는 마당극 ⑤』, 고려대학교민족문화연구원, 2011, 59~61면.

<돼지풀이>는 연극 공연이 자족적인 무대 위의 완벽한 미적 산물이기 때문에 예술로서 존재를 인정받을 수 있는 것이 아니라 '자기 이해'에 기반한 배우와 관객의 현상학적 만남 속에 이루어지는 '놀이'이기 때문에 예술로서 주요한 존재론을 지닌다는 점을 보여준 공연이었다. 농촌과 도시의 공연 공간에서 이루어진 공연이 각각 다른 방식으로 강렬하게 의미화되는 역동적인 예술로서의 역량을 보여주었다. 이는 민중운동의 지향 속에 예술적 가치를 무대 위에 유폐된 극적 세계의 완벽한 표현에 두었던 동시기 연극의 인식을 크게 확장시켰음을 보여준다.

3. 연극'계'와의 접경: 극단 연우무대와 '민'에 대한 재현의 강박

민중사에 대한 고조된 관심과 극단 연우무대를 보는 시선

마당극 운동 집단이 극단으로 활동하며 극장 공간에서 펼쳐간 활동 또한 동시기 현장 담론의 특수성을 반영하면서도 동시대의 유미주의와 대중주의 사이에서 굴절되고 새로운 차원으로 발전되며 혹은 유폐될 수밖에 없었던 지점들을 보여준다는 점에서 중요하다. 앞서 살펴보았듯 무굿을 활용한 의례로서의 기능과 역사극을 활용한 현실에 대한 비판 인식과 대항적인 역사인식의 모색은 대학, 제도권 연극, 현장 등 공연 장소의 차이를 불문하고 1980년대 초반 연행예술운동 집단에 의해 기획된 공연들에서 가장 주목할 만한 현상이었다. 그런데 특히 제도권 연극의 공연장 내에서 역사극의 탐색이 본격화되며, 이때의 역사극은 민중 봉기의 역사에 대한 재현을 통한 대항적 역사 인식을 창안하는 것과 관련되어 있었다. 대학 마당극이 민중 봉기의 역사를 다루는 경우에도 집단적 애도와 공감의 형식으로 무굿을 중심적인 형식으로 삼거나, 관객석을 공연 공간으로 활용하는 것과 같은 전략을 통해 대화적 소통 방식을 추구한 반면 연우무대를 매개로 제도권 연극에서 이루어진 공연들은 민중봉기의 재현적 역사극 혹은 현장 재현극이라는 다른 공연 방식을 보여주었다.

이 시기 극단 연우무대를 중심으로 역사 속 하위 주체를 소급하는 방식은 당연히 대학생이라는 비교적 동질적인 집단을 대상으로 한 야외의 대중 집회 형식의 대학 마당극과는 다른 것이었다. 즉 대학 마당극에서 주된 세대별로 운동에 대한 참여와 감성의 차는 있었지만, '연극'이라는 장르에 대한 관심을 통해 제도권 연극 내에서 활동의 장을 마련하며 서울 대학교 문화패 출신들이 모이는 장으로 출발해 진보적인 '연극' 운동에 관심이 있는 다양한 인물들이 모이는 장이 되었던[309] 극단 연우무대의 경우 <장산곶매>(1980),[310] <비야 비야>(1981),[311] <멈춰 선 저 상여는 상주도 없다더냐>(1982),[312] <판놀이 아리랑고개>(1982)와[313] 같이 1980년대 초반에 민중 봉기의 역사와 관련한 작품들을 연이어 공연한다. 김민기, 박인배 등이 전북 지역 문화패와 연결되어 공연한 <1876-1894>(1981),[314] <의병

---

309 연우무대는 제도권 연극에서 가장 사회 의식적이며 진보적인 극단으로 여겨졌으며 한편 연극반 출신으로 마당극운동에 간여하는 사람들이 들락거리며 활동하는 인력풀과 같은 모습을 하고 있었다.(이영미, 「<어둠의 자식들> 해설」, 『구술로 만나는 마당극 ④』, 고려 대학교민족문화연구소, 2011, 61면.)

310 황석영 작, 이상우 연출, 1980년 3월 28일~1980년 3월 31일, 드라마센터 공연.

311 박인배, 김석온, 김애영, 박현서, 김혜숙 공동창작, 연우무대 제3회 워크숍, 1981년 9월 19일, 20일, 민예소극장 공연.

312 오종우 작, 김민기 김석만 이상우 연출, 1982년 9월, 제 6회 대한민국연극체 참가작.

313 유해정 작·연출, 연우무내 정기공연, 1982년 5월 20일~25일, 장충동 국립극장 실험무대 공연.

한풀이 놀이>(1982)[315]까지 포함한다면 이 시기 극장에서 이들의 '사회의식'은 역사를 통해 나타날 수 있는 것이었음을 알 수 있다. 대학에서 문화운동을 하던 일원들이 연극을 전문적으로 하는 극단으로 활동의 장을 옮겨 왔을 때, 고통받는 현실의 민중에 대한 감정적 연대와 암울한 시대 속에서 사회 변화에 대한 가능성을 모색하는 데 민중 봉기의 역사가 가장 중요한 매개가 되었다.

이 시기 마당극 운동에서 이루어진 역사극들은 관립단체 주도의 민족/국가 담론 중심의 역사 소환과 달리 하위주체를 호명하는 민중 담론 중심의 역사극으로 분류된다.[316] 역사극은 '어떤 과거를 선택했느냐'와 그것을 보여주는 방식에서 연극이라는 매체적 특수성을 어떻게 활용했느냐의 문제를 내포한다.[317] 이 시기 민중과 관련한 이미지와 서사는 장르 간 적극적인 교섭을 이끌었는데, 극단 연우무대의 첫 역사극으로 볼 수 있는 <장산곶매> 또한 그러했다. 황석영은 백기완을 통해 장산곶매와 관련한 설화를 듣고, 이를 대하소설 『장길산』의 첫 대목에 위치지음으로써 외세와 억압하는 자들을 뛰어 넘는 꿋꿋한 기상을 가진 민중을 상징하는 압축적인 이미지로 활용했다. 황석영은 희곡으로 <장산곶매>를 창작하고, 마당극 운동 집단은 이를 전면 각색하여 드라마센터에서 각색하여 공연함으로써 연극계에 '마당극'의 형상을 강렬하게 선보였다. 또 이 '장산곶매'는

---

314 김민기 작·연출, 1981년 4월 19일, 26일, 전주 예총회관 3층 공연.
315 극단 백제마당 창단공연, 1982년 10월 29일~11월 3일, 전주 적십자회관 2층 강당.
316 김성희, 「역사극의 탈역사화 경향: 역사의 유희와 일상사의 역사 쓰기」, 『한국연극학』 48, 한국연극학회, 2012, 80면.
317 박상은, 「무대 위의 역사, 시대 속의 관객─이현화 연극에 나타난 역사와 메타 드라마 기법의 조합 방식과 효과 연구」, 『한국현대문학연구』 44집, 한국현대문학회, 2014, 556면.

추후 영화운동 집단의 이름으로 선택되기도 한다. 이처럼 고난 속에서도 꿋꿋한 민중의 이미지와 집단 봉기의 서사는 1980년대 민중운동에서 장르를 불문하고 운동의 중심적인 정신이 되었다. 억압하는 국가권력에 대한 대항의 상상력에 민중봉기의 역사는 주요한 매개가 되었기 때문이다.

특히 1960년대 <원귀 마당쇠>에서 잠시 모습을 드러냈던 동학 농민운동에 대한 사유는 정권의 폭압이 강화되고 민중의 삶에 대한 연대의 필요성이 강화되어 가던 1970년대 후반 이후 지식인과 대학생들에게 당대적이고 뜨거운 관심사로 급부상한다.[318] <멈춰 선 저 상여는 상주도 없다더냐>와 이 공연의 저본이 된 <1876-1894>의 준비 과정은 실제로 이병도와 이기백 등의 역사책들을 토대로 역사 자체에 대한 학습이 중심에 있었다. 이와 같은 공연 창작 과정은 '세미나'와 '학회'를 활성화시키며 한국사와 경제사의 시각에 대한 학습을 통해 사회의 변혁을 위한 의식화의 기초를 다지고자 했던 당대 일반화되어가던 대학의 문화적 풍토에 기인한 것이다. 사회과학적 지식에 대한 '학습'은 집단적인 농촌활동과 공장으로의 '존재 이전'과 같이 민중의 삶에 대한 '체험'과 함께 1980년대 대학문화에서 입지를 확장시켜 가던 운동문화의 핵심적인 요소였다. 농민들의 농촌 일을 돕는다는 명분으로 농촌에 접근하여 대학생 집단들의 현장감 학습과 농민들에 대한 의식화 작업을 동반하려 했던 1980년대 대학생들의 '농활(농촌 활동)'에서 일어난 논쟁들과 공장으로의 존재 이전에서 경험했던 다층적인 모멸감들은 '민중'과 '노동'을 매개로 한 이들의

---

318 「김민기 구술 채록문」, 『구술로 만나는 마당극 ③』, 고려대학교민족문화연구원, 2011, 415면.

변혁적 상상이 결코 유아론적인 이상화로 귀결될 수 없었음을 보여준다. 이들의 현장 활동은 늘 현장에 대한 거리의 극복과 의식화의 가능성에 대한 탐색의 균열이 내재된 것이었다.

극단 연우무대의 공연을 바라보는 연극 비평가들의 시선은 연행예술운동의 현장성의 사유가 예술제도 안으로 들어갔을 때 운동권의 '배타성' 혹은 전통 연희의 기법이라는 표현 기법의 차원으로 국한되어 이해됨을 보여준다. 그

연우무대 11
제 6 회 대한민국 연극제 참가작
멈춰선 저 상여는
상주도 없다더냐

82. 9. 9 (목) - 9. 14 (화)   문예회관 대극장

<멈춰선 저 상여는 상주도 없다더냐>(1982, 동숭동 문예회관 대극장) 팜플렛, 한국예술디지털아카이브

럼에도 대학의 운동문화와 가장 많은 연관성을 보여주었던 이 시기, 극단 연우무대에 대한 연극계/관객의 특화된 관심은 '극장'에서 사회 문제를 다루는 극단으로서 연우무대가 가지고 있는 대표성 때문이었다. <멈춰 선 저 상여는 상주도 없다더냐>와 이 공연의 저본이 된 <1876-1894>의 중심 집필가이자 연출가인 김민기는 이 공연들이 제대로 된 '연극'이 아니었다고 평가했다. 그럼에도 <멈춰 선 저 상여는 상주도 없다더냐>가 제6회 대한민국 연극제에서 심사결과 '대상'으로 결정되었음은 연극인들의 "세상과 진보적 지식인들에 대한 부채감" 때문이었을 것이라고 생각한다.[319] 이 공연은 "한국 근세사에 나

타난 역사진행의 역학관계"라는 주제에 대학생 관객이 몰려 참가작 중 가장 많은 관객을 동원하는 "이변"을 기록하기도 했다.[320] <판놀이 아리랑 고개>의 공연 준비과정과 공연 후 관객과의 인터뷰를 담은 박광수의 실험적 비디오에서 관객들의 인터뷰는 실제로 연우무대 관객들이 '먹물', '룸펜 지식인'이라는 것 또 이 서울 유료극장의 관객들이 연우무대의 공연을 통해 사회 비판에 대한 시선과 관련한 새로운 시도를 읽고 싶어 했음을 보여준다.[321]

극장으로 간 마당극, 복합적 스펙터클의 창안: <장산곶매>(1980)

역사극의 가치와 효과에 대한 분석은 역사에 대한 개념과 성격에 대한 이해와 함께 역사를 무대 위로 소환하고 재현하는 방식의 구조와 미학을 살핌으로써 가능해진다.[322] 흥미로운 것은 이들의 '민중 담론 중심의 역사극'이 1980년 5월 광주를 기점으로 변화한다는 것과 표현의 차원에서 민중적인 예술의 형식들이 '단순성'과 '소박성'으로서 민중적 문화 기호의 의미를 따르기보다 극장이라는 주목의 관극 환경에 적합한 형상을 활용한다는 점이다.

먼저 동일한 민중 봉기에 대한 관심에서도 극장이라는 공간이 지닌

---

319   대한민국연극제 수상 결과는 결국 공안기관의 압력으로 후에 뒤집혔으며, 김민기는 이 소식을 몇 년 후 연극계 원로를 통해 들을 수 있었다.(「김민기 구술 채록문」, 위의 책, 417면.)
320   「범작 양산, 한계 드러난 연출」, 『경향신문』, 1982.10.13. 11면.
321   박광수·김홍준·황규덕·문원립 연출, 영화 <판놀이 아리랑 고개>, 1985.
322   양승국, 「역사극의 가능성과 존재 형식에 대한 소고」, 『한국극예술연구』 25, 한국극예술학회, 2007, 206면.

동시대성은 한 해를 차이로 다른 접근을 유도했다. '서울의 봄'에 이루어진 <장산곶매> 공연과 '1980년 5월 광주' 직후 이루어진 <비야 비야> 공연에서 민중 봉기를 다루는 감각은 달라질 수밖에 없었다. 참조로 한 전통 연희의 기법과 역사적 사건, 극장 공간, 공연에 참가한 일원의 구성 등의 변수가 있음에도 두 공연이 결정적으로 갈리는 지점은 1970년대의 운동의 지평에 대한 해석이다. <장산곶매>의 경우 개별 농민의 고문 장면의 연속을 통해 비밀스러운 고문과 폭력의 시대로서 1970년대의 정권을 유비하게 하되 집단적인 군무를 통해 민중 집단이 승리하는 장면을 그리는 것과 달리, <비야 비야>는 변혁 운동의 준비 과정에서 부딪치는 계층/계급 간 차이들과 운동의 실패라는 암담함을 통해 1980년 광주에 대한 소문을 유비하기 때문이다.[323] <멈춰선 저 상여는 상주도 없다더냐>가 동학 농민 운동을 둘러싼 정치적 역학과 관련한 세부적 장면들로 구성되어 연극이 아닌 역사서라는 평가를 들은 것, 연출가 스스로도 '공부'에 치중해 있었음을 고백함[324] 또한 5월 광주라는 사건의 불가역성에 대해 대학-지식인 집단이 느낀 강렬한 암담함이 역사적 상황에 대한 학습의 철저성을 통해 현실을 돌파해야 한다는 절박성을 이끌었음을 보여준다.

　　*무대 암전되고 다시 부분조명이 오버랩 되면서 무대 곳곳에서는 심문이
　　진행된다.
　　（중략）

323　이영미, 「박인배 구술채록문」, 『구술로 만나는 마당극 ④』, 고려대학교민족문화연구원,
　　　446~454면.
324　이영미, 「김민기 구술채록문」, 『구술로 만나는 마당극 ③』, 고려대학교민족문화연구원,
　　　416~418면.

앞 장면의 비명소리에 이어 **무대 왼쪽(보조무대)에 나타난 하얀 한복의 무당**. 머리 위로부터 수직으로 떨어지는 조명. 20여 분간에 걸쳐 **무당의 사설과 심문·고문 장면이 동시에 진행**된다. 무당의 사설 중간 중간에 비명에 가까운 '아—'소리가 날 때마다 **무대 오른쪽(보조무대)에서는 비명과 마임**이 뒤섞인 고문 장면. 좌우측 보조무대와 중앙무대에서 동시에 진행되는 전체의 풍경은 비상하는 장수매의 끈질긴 생명력처럼 처절하면서도 우아하다.

무당 아—아— 슬프구나, 슬프구나. 백성이 사람답게 살고자 하여도 저자 바닥 새새틈틈 처처골골마다 하늘을 가리는 철벽이 막아서 있으니 어찌 한 고을의 난민뿐이겠느냐, 갈 데 없는 백성들이 가슴으로 떠밀고 주먹으로 두드리고 머리로 치받아서 팔도가 온통 들끓는구나.

*오른쪽 보조무대에서는 고문 받는 비명소리. 몸이 뒤틀리는 동작. 중앙무대에서는 전투가 시작되는 민란 장면.

(중략)

중앙무대에 4, 5미터 높이로 펄럭이는 세 개의 깃발. 모국안민, 제폭구민, 척왜양창의의 구호가 물결처럼 나부낀다. 그것은 흡사 장수매의 용트림과도 같다. 깃발춤이 점점 격렬해지고 장단 역시 빠르고 거세게 몰아친다. 장단이 휘모리로 넘어오면 분위기는 격앙되고 무대에서는 기마가 만들어진다. 고음의 날라리 소리. 적진을 향해 돌진하듯 관중석을 향하여 몰려가는 기마와 농민군들. 우레 같은 발자국 소리. **기마를 타고 하늘로 치솟듯 올라가는 농민군들, 보조무대에서 계속 이어지는 무당의 비장한 사설과 고문 받는 농민군의 모습, 이 세 가지 장면이 상호간에 상승효과**를 주면서 분위기가 최고조에 달했을 때 조명 꺼지면서 극은 끝난다.(강조-인용자 주)[325]

---

325 〈장산곶매〉, 『한국의 민중극』, 창작과비평사, 1985, 368~371면.

역사 속 민중 봉기를 다양한 민중적 형식을 활용함으로써 그려낸 이들의 민중 지향적 연극은 이들이 운동권의 사유를 공유하고 있는 것에 앞서, 연극, 춤, 음악 등 자신의 예술적 기량과 기술을 습득한 전문인이라는 점, 그리고 '연극'과 '극장'이라는 것이 대학-지식인 집단의 문화자본으로서 성격을 강화시켜갔던 점을 상기할 때, 당연히 현장적인 것과는 거리가 멀었다. <장산곶매>는 황석영의 원작 희곡을 '공연'에 적합한 형식으로 각색했으며, 서울의 극장 중에서도 독보적으로 아레나식 관객석과 중층무대 구조를 실현할 수 있는 공간적 특이성을 지닌 드라마센터의 공간적 특성을 활용한 작품이다. 좌측과 우측 보조무대에 사설을 하는 무당과 고문받는 농민과 중앙무대에서 봉기를 일으키는 농민들의 모습을 '기마'라는 시각적 장치와 군무를 통해 형상화하는 것과 병치하는 마지막 장면은 이 작품이 주목과 제한의 공간으로서 극장 무대를 감각의 차이와 통합을 통해 효과적으로 활용하고 있음을 보여준다.

황석영 원작 희곡에 비해 드라마센터 공연본에서 두드러지는 것이 바로 소리와 언어, 이미지 등을 결합하여 복합적인 감각의 미감을 창출하는 장면들로, 이 공연본은 서술적으로 제시된 장면들을 생략하고 압축한다. 민중 봉기의 역사와 민중적 의례/놀이/연희 형식으로서 무굿, 기마와 풍물이 결합하는 마지막 장면은 이 공연의 독자성이 단순하게 민중 봉기의 역사를 다룬다는 정치의식의 기민성에 있는 것이 아님을 보여준다. 이는 마당극 운동 집단이 집단 지성의 차원으로 탐색한 민중적 형식들이 애도와 이에 겹쳐 일어날 새로운 응전의 기운들을 극장이라는 공간 속에 유효한 시각과 청각의 스펙터클을 창조하는데 기여했기 때문에 가능했다. "신랄한 풍자로 많은 곽개들의 호응을 받았으나 미숙한 공연형태"를 보여주기 때문에 "공연예술로서 대접은 받지 못"했다는 것이 연극 평론가 집단의 1970년대 마당극에 대한 평가였다.[326] <장산곶매> 공연은 이 편견을 해소하며 마당극의 제도권 연극으로의 성공적 진출이자 "공연예술가능성을 타진하는 중요한 계기"로 평가받게 된다.

형식적 다변화와 민중 서사 탐색의 다각화
: <허연 개구리>(1981), <나의 살던 고향은>(1984)

극단 연우무대의 1980~1984년대 시기 연행 텍스트는 크게 두 가지로 분류 가능하다. <어둠의 자식들>(1981),[327] <민달팽이>(1983)[328]와 같이 역사극에서의 민중 재현과 유사한 관심의 일환으로 '민중'에 대한 탐색의 일환으로 동시대 농민, 빈민 삶의 어두운 측면들을 다루는 작품들이 존재한다. 연우무대를 중심으로 이루어진 이와 같은 당대의 '민'에 대한 재현의 강박은 독재 정권의 폭압과 산업화/도시화 속에 중산층이 확대되고 물질적인 변화가 대중화되던 시기의 화려함 뒤의 삶의 진실을 알아야 하며 이를 연극을 통해 이야기해야 한다는 사명과도 연결되었다. 그런데 '민'에 대한 사유를 통해 시대의 모순에 접근하려는 시도가 '역사극'과 '전통연희 소재의 극'을 통해서는 오히려 용이하게 이루어졌음에 비해, 동시대 민중의 삶을 제재로 했을 때 어려움을 겪었음이 주목할 만하다. 이는 비

---

326 「공연예술로 뿌리 내리는 마당극」, 『경향신문』, 1980.03.21.
327 오종구·이상우·김광림·홍성기 공동집필, 이상우 연출, 1981년 4월 4일~13일, 문예회관 소극장.
328 이상우 작, 1982년 3월 30일~4월 12일, 문예회관 소극장 공연.

단 이들의 극적 형상화 방식에 대한 이해의 불철저성 혹은 예술적 기량의 비전문성에 의한 것이 아니었다. 이들은 재현 대상으로서 민중의 삶의 '리얼리티'에 대한 문제에서, "먹물들한테 주는 중압감"과 "죄책감"에서[329] 오는 거리에 대한 자각에 사로잡혔다. 민중의 삶을 재현해야 한다는 중압감은 예술적 창조를 출발하게 하는 시작점이기도 했지만 표현의지를 좌절시키는 지점이었다. 특히 소설의 방식이 아닌 연극의 방식으로 민중을 형상화하는 것에 어려움이 드러나는 지점이기도 했다.

창작극을 통해 우리의 '현실'을 담아내고자 했던 연우무대는 공연 준비 과정에서 도시의 삶을 위해서는 황석영의 소설과 당대 르포들을, 농촌의 삶을 위해서는 이문구의 소설을 참조했다. 호스티스와 도시 변두리의 삶에 내재한 서사의 폭력성과 부조리성을 담아냈던 이철용의 ≪어둠의 자식들≫은 그 '충격적인 서사'뿐 아니라 "구라 앵벌이", "뚜룩", "꼴통", "폭이나 부러진 칼" 등 하층민의 언어를 있는 그대로 담아내었는데, 대중적인 베스트셀러였다. 당대 이 책이 기획된 것은 민중을 통한 문화운동이라는 역할을 담당했던 황석영이었으며, 실제로 '먹물'인 대학생들은 이 책을 민중의 현실의 한 측면을 생생하게 알 수 있는 매개로 여겼다. <어둠의 자식들>에서 나타나는 거친 언어와 육체적 폭력성, 여성의 몸에 대한 가학성이 분명히 윤리적인 차원에서 문제가 될 수 있는 것임에도 새로운 역사를 위해 서둘러 소급해야 할 '민중'의 모습을 상상하기 위한 매개로서의 동력이 더욱 컸기 때문이다.

---

329 「이상우 구술채록문」, 이영미 편저, 『구술로 만나는 마당극 ④』, 고려대학교민족문화연구원, 2011, 168면.

실제 각색 과정에서 연극이라는 실연의 매체로 재현되었을 때, 배우의 육체성 혹은 공연 공간에 대한 상상력을 불어 넣는 다른 방식이 착안되어야 했음에도 불구하고, 공연은 소설의 대사를 거의 그대로 차용하고 인물 간의 대화를 삽화식으로 나열하며 구성하는 방식으로 이루어졌다. 1980년 5월 광주 이후 민중이라는 당위에 압도된 이들에게 현장적 진실에 대한 탐색은 이처럼 당대 르포와 소설 등에 대한 학습을 통해 가능한 것이었으며 '민중'이라는 집단의 진실성에 대한 강렬한 소급은 맹목적인 측면을 포함할 수밖에 없었다. 논쟁과 토론 속에 작품의 구상이 번복되고 앙상블이 완성되지 않은 채 공연이 올라간 것은 민중이라는 것이 당위의 차원으로 소급될 때 오히려 거리를 좁힐 수 없었던 현실을 보여준다.

한편 공연의 차원에서 실패로 기억되지만, 이 시기의 탐색은 동시기 연극을 통한 '예술'이란 무엇인가에 대한 다른 차원의 사유를 열어 주었다. 또 연기법과 무대의 구성을 간소화하면서도 연극의 상상적 효과를 증폭시키는, '가난한 연극'에 기반한 연극 언어를 본격화할 수 있게 했다는 점에서 중요한 의의가 있다. <어둠의 자식들>의 연출의 말에서 이상우는 자신들이 "연극에 대해 어려운 얘기들"을 많이 나누어 왔으며 '집단 창작'과 '마당극', '연극의 기능', '예술의 한계' 등에 대해 이야기를 했다고 밝혔다.[330] 이때의 고민은 연극에 대한 이전 세대의 것과 비교해 볼 때 그 연극사적 의미가 두드러진다. 이 시기 연우무대 동인들은 연극 '예술'은 매개로 모였지만, 교양과 학적 자산으로서 예술의 자율성에 대한

330 이상우, 「연출의 말-우리같은 먹묶들이...,」, 이영미 편저, 『구술로 만나는 마당극 ④』, 고려대학교민족문화연구원, 2011, 58면.

확고한 믿음을 기반으로 한 기성의 예술 인식을 탈피해 있었고, 동시대인의 경험을 어떠한 극 언어로 담아낼 수 있을지를 근본에서부터 고민했다.

<2기 연우무대 공연 목록>
연우무대 4 <장산곶매>(1980.3)
연우무대 5 <돼지꿈>(1980.7)
연우무대 6 <왕자>(1980.9)
연우무대 7 <어둠의 자식들>(1981.4)
창작연구발표 3 <비야! 비야>(1981.9)
연우무대 8 <장사의 꿈>(1981.10)
연우무대 9 <민달팽이>(1982.3)
연우무대 10 <판놀이 아리랑 고개>(1982.5)
연우무대 11 <멈춰선 저 상여는 상주도 없다더냐>(1982.9)
창작연구발표 4 <허연 개구리>(1983.5)
창작연구발표 5 <부러진 노를 저어 저어>(1983.12)
연우무대 12 <장사의 꿈 2>(1984.1)
연우무대 13 <나의 살던 고향은>(1984.7)

위의 표는 극단 연우무대가 마당극 및 민중문화운동과 가장 밀접하게 연결되었던 시기의 공연 작품 목록이다. 이 시기 연우무대는 탈춤반·연극반 출신들이 모여 있었을 뿐 아니라 연우연극교실을 운영하며 후배 세대의 문화적 재생산을 도모하고 후일에 노래·풍물·영화·미술운동으로 분기되는 일원들이 모여드는 곳이었다. 이에 <청산리 벽폐수야>와 <부러진 노를 저어 저어>, <나의 살던 고향은> 등 이 시기 반공해 마당극 운동에 대한 서술에서 필자가 밝혔듯이[331] 이 시기 극단 연우무대 창작극의 특수한 결은 다기한 장르의 문화운동 일원들이 교차할 수 있었음에 있다.

---

331 박상은, 「공해와 불온-1980년대 초중반 마당극과 생태주의」, 『상허학보』 68집, 2023.

<장산곶매>, <멈춰선 저 상여는 상주도 없다더냐>와 같은 역사극 계열과 <어둠의 자식들>, <장사의 꿈> 등 민중 서사 계열로 나눌 수 있다. 민중 서사의 경우 황석영과 이문구의 소설을 참조했다는 사실 외에도 거주 및 공해의 문제를 다루면서 개발 발전주의에 대한 대항 서사를 탐색했다는 점에서 두드러진다. <장사의 꿈>를 시작하여 이어지는 텍스트들은 <어둠의 자식들>과 <비야 비야>가 민중적 엄숙주의의 그늘에서 빠졌던 오류를 벗어나는 한 걸음 나아간 모습을 보여준다. 일례로 <민달팽이>와 <허연 개구리>의 경우 대학 문화패에서 탈춤과 전통 연희의 형식들을 전유했던 방식을 차용함으로써 공연의 생기를 만들어 냈으며, 자본주의에 근간한 국가의 근대화 정책 내의 반생명성, 반생활성의 차원을 감각적인 방식으로 형상화시킨다.

<민달팽이>는 무등산 타잔 박흥숙의 사건을 다룬 1970년대의 <한 줌의 흙>과 <덕산골 이야기>를 참조하여 주요한 '민'의 문제로서 도시 변두리의 재건축 문제를 다룬다. 재판극의 형식으로 시의적인 사회 문제를 다룸으로써 실제 박흥숙 구명운동의 일환으로 기획되기도 했던 이전의 작품들에 비해 철거 문제라는 근대화 정책에 내재한 반생명성의 문제를 춤과 민요조의 노래를 통해 압축적으로 제시했다. <허연 개구리>의 경우 이문구의 『우리 읍내』에서 한 아이가 농약을 먹고 죽음에 이르는 사건을 중심으로 하면서 이를 약장수의 재담과 의인화의 방식, 농요와 농악, 무굿의 형식과 춤극/표현주의극/리얼리즘극 등의 형식을 복합적으로 결합하여 보여줌으로써 농촌의 구체적인 현실과 이 현실을 규정짓는 구조의 문제를 교차하여 형상화한다.

진행자2 큐 신호를 하고 김씨와 김씨 처 사이에서 빠지면 미국식 행진곡에 맞추어 깡통탈 1·2·3(거대한 빌딩을 상징하는 전신탈) 열을 짓고 들어와서 직각으로 휘젓고 다닌다. 깡통탈1 손으로 키스를 던지기도 하고 고기 잡는 시늉을 하기도 한다.

(중략)

깡통탈3 (탈을 옆으로 제끼고 나오며 비웃음을 띄고) 기업의 발전과 이익을 위하여?

깡통탈2 (역시 탈을 제끼고 나오며 김씨 처가 바치고 있는 것을 보며) 어, 이건 뭐야? 개구리잖아? 우리는 붕어를 잡으려고 약을 뿌렸는데 왜 개구리까지 걸려들었지?

깡통탈1 그게 바로 근대화의 부작용 허연 개구리라는 겁네다.

깡통탈2 저 개구리님 지금 잡수신 게 무엇인지 아십니까?

깡통탈3 (어린아이 흉내) 그걸 어떻게 알아요. 그저 남들이 다 먹으니까 따라 먹었지요.

깡통탈2 히히히 거기에 약이 타져 있었는지도 몰랐어요? 그것도 돈독이 오른 농약이요. 좀 똑바로 살펴보지 그랬어요?

깡통탈3 (어린아이 소리) 그럴 새가 어딨어요. 항상 불안하고 초조해서 그런 거 살펴 볼 여유가 없어요.

깡통탈2 항상 불안하고 초조하다? 그거야 일을 열심히 안 하고 할 일을 노상 미루어 놓으니까 그렇지.

깡통탈3 일을 열심히 안 하긴 왜 열심히 안 해. 항상 너무너무 바빠서 허둥지둥 살다보니 바쁜 게 버릇이 되었어. 이제는 꼭 해야 하는 일이 뭐고 안 해도 되는 일이 뭔지도 모르겠단 말이야.[332]

---

332 <허연 개구리>, 『구술로 만나는 마당극 ④』, 고려대민족문화연구소, 2011, 277면.

5월 광주에 대해 느껴야 했던 무거운 부채감은 대학운동문화의 인식 지평에 주요한 고리였으며, 광주항쟁 당시 미국이 취한 태도에 대한 비판은 냉전 이데올로기와 문화 식민주의 비판과 결부되면서 더욱 강렬한 것이 된다. 1980년대 후반 대학운동의 중대한 기점이 미문화원 방화 사건이었듯,[333] '미국'은 대항운동의 주요한 기점이었다. <허연 개구리>에서 쌀이 "먹고 사는 양식"으로서가 아니라 "품종 개량"을 통한 "녹색혁명"의 대상이 되는 것, 농사가 "사람이 짓는 것"이 아니라 "돈이 짓는 것"이 된 것에 대한 비판은 "자본은 적게 투자하고 능률은 최대로 올리는 것"으로 표현된 당대 정부의 근대화 정책의 기제인 '자본주의'의 생산 방식에 대한 비판을 의미하는 것이다.

위와 같은 제재의 '현실성'은 그러나 표현주의적인 방식으로 형상화된다. 생크는 연극이 실제 제재 자체 내에서 주제의 깊이에 대한 탐색은 소설과 영화 등의 매체에 비할 때 한계를 가질 수밖에 없지만 인간의 감각을 통합적으로 반응시켜 이를 압축적이며 정서적으로 전달하기에 매우 유효한 매체임을 이야기했다.[334] 즉 <허연 개구리>가 이 시기 연우무대의 활동에서 나아간 지점은, 농촌문제에 대해서, 실제 작품이 참조하고 있는 이문구의 ≪우리 읍내≫의 표현을 대사에 직접 차용하고 있음에도

---

333 학생운동에서 미국에 대한 비판이 제기된 것은 70년대 중반 이후 종속이론에 접하면서, 미국에 대한 정치 경제적 예속화를 비판하는 문제의식이 생겨나기 시작한 것을 시작으로, 5.17이후 운동구호로서 미국문제가 본격화되기 시작한다. 학생 측은 광주항쟁에 미국이 정권 측을 지지, 비극적 사태를 방조했다는 것을 주장했다. 1980년 12월 광주, 1982년 3월 부산, 1983년 9월 대구에서 잇달아 학생들에 의한 미문화원방화사건이 일어나며, 1985년 5월 서울 미문화원농성사건이 일어나고 "국내외에 커다란 충격"을 주었다고 기록된다.(황의봉, 『80년대 학생운동사』, 예조각, 1985).

334 테오드르 생크, 『연극 미학』, 서광사, 1986, 87면.

소설의 서사를 인물 간 대사와 장면의 나열을 통해 제시하는 리얼리즘극의 형태가 아니라 다양한 감각적 형상화의 방식을 활용하고 있다는 점이다. 연극사에서 표현주의가 자본주의/산업화에 의해 벌어지는 사건 자체를 핍진하게 재현하지 않음에도 관객들에게 더욱 '현실적인 것'으로 다가갈 수 있었던 것은 그 사건에 의해 발생하는 인간의 신체적 고통과 정신적 상해들을 압축적인 미적 형식을 통해 더욱 '현실적인 것'으로 체감시킬 수 있는 형식이었기 때문이었다. 극적 형상화 방식에서 나타나는 표현주의적인 성향은 춤과 노래를 통해 정서적인 고통을 압축적으로 제시하거나 장소와 건물 등 물리적인 환경을 동작을 통해 표현하는 것과 같은 1970년대 탈춤반과 연극반의 활동이 통합되면서 나타났던 공연의 경향이었다. 즉, 이들의 공연에서 당대 민중 삶의 현실에 대해 추적하는 강력한 제재의 현실성과 달리 그 표현방식은 '민중적'이라 여겨지는 단순성과 생활성을 벗어난, 표현주의적인 경향을 보여주는 경우가 많았다. <허연개구리>의 경우 이와 같은 경향이 1980년대 초반 연우무대라는 장 안에서 가장 집약적으로 드러나는 장면을 보여준다.

제4장

1980년대 중후반 사실주의극 양식의 출현과 현실주의의 재탐색

1984년을 전후한 시기부터 1987년 전후, 그리고 다시 1987년 6월항쟁과 7, 8, 9월 노동자대투쟁 이후부터 1990년대 초반에 시기는 노동연극, 대학연극, 극장에서 이루어진 민족극운동 단체들의 연극으로 분화가 나타난다. 앞서 살폈듯 1980년대 초반에는 연행 전반에서 민중 사학의 무대 형상화를 위한 역사극과 민속 의례의 참조가 두드러졌다. 1984년을 전후한 시기부터 관념적인 민중의 상에 대한 무대 형상화가 존속되는 한편 중요한 변화가 나타났다. 거리가 구호, 노래, 행진으로 이루어진 정치적 공간이 되면서 노제와 추모식과 같은 열사에 대한 애도와 일체화의 문화적 형식이[335] 일반화되었던 한편 오히려 노동연극과 대학연극에서는 기본적인 무대극과 사실주의극의 관습에 가까운 양식이 나타났다.

---

[335] 권보드래·김성환·김원·천정환·황병주, 『1970년 박정희 모더니즘—유신에서 선데이서 울까지』, 천년의상상, 2015, 340~341면.

1980년대 후반 들어 극단 연우무대뿐 아니라 노동연극을 중심 활동으로 삼은 극단들이 창단되었으며 이들 또한 민중 서사를 주된 공연의 레퍼토리로 삼았다. 이들 극단들이 보여준 새로운 공연 형식들은 대학과 노동 현장이 아닌 극장이라는 메커니즘 속에 새로운 기운을 불어넣거나 대항운동의 동력이 사그라들면서 예술성과 운동성을 다시 규정해야 했던 운동 후기의 모습을 반영한다. 즉 이 시기 연행에서 새롭게 출현한 사실적 양식과 연극적 유희의 다각화는 역사와 민중에 대한 당위로 추동되던 동일성의 사유가 1980년대 중후반 또 달라진 현실을 담아내기 위한 방식으로 분화하였음을 보여준다.

이번 장에서는 사실적 양식이 강화되면서 노동자 관객의 대중성을 고려한 극적 전략들을 채택했던 노동연극, 대학 무대극 관습을 다시 변형시키며 학생운동 내의 다층적 균열과 성찰을 반영한 대학연극, 그리고 극장에서 기존의 마당극 양식과 민중사적 시각을 답습하거나 제도권 극장 안에서 대중성과 유미주의의 가능한 영역을 탐색한 극장에서의 활동으로 분화의 면면을 살핀다. 또 1987년 6월 항쟁을 전후로 1990년대 초에 이르는 시기, 제도적 민주화 이후 대중 운동 속에서 집회의 문화적 형식을 조명한다. 이 다층적 분화는 현장 담론이 노동, 학생운동이라는 각 부문운동, 혹은 유미주의와 대중추수주의의 사이에 위치한 극장이라는 공연 공간과 관객성의 특수성을 반영하면서 이전 시기 민중사학에 기반한 현실주의를 갱신하는 한편 오히려 이 자체가 헤게모니가 됨으로써 역동적 창조의 과정이 퇴보하기도 하는 국면을 보여준다.

1. 노동연극, 사례극, 노동자 문화공간

1980년대 초중반 공연조건의 변화와 대학 운동문화 및 문화패의 '현장론'

1980년대 중반을 전후한 시기부터 1987년 6월 항쟁과 노동자 대투쟁을 전후한 시기까지는 실로 '노동의 시대'였으며, 이 시기 '현장'을 대표한 것은 노동 현장이었다. 사회 변혁의 갈망을 공유하면서 노동자를 사회 변혁의 담당자로 상정하는 것은 1980년대 후반 대학 운동문화의 인식의 틀과도 연동되는 것이었다. '현장론'은 이와 같은 맥락에서 등장한다. 1970년대 시작된 대학생의 민중 지향적 움직임은 1980년대 들어 변혁적 노동운동과 연동되면서 집단적이며 조직적인 차원에서 '학출 노동자'로 불린 대학생의 노동현장으로의 투신으로 변화했다.[336] 당시 대학의 팜플렛과 구술 자료 등을 통해 확인할 수 있듯 1980년대 학생운동가들에게 '사회운동은 노동현장 투신'이라는 의식과 실천이 일반화되었다.[337] 1980년대 학생운동가들은 1970년대의 개별적인 차원에서 이루어진 노동현장 투신을 이념과 활동 목적이 뚜렷하지 않고, 비조직적이고 개인적으로 오랜 기간 성과 없이 노동자로 살아갔다는 점 등을 비판하며 이를 '니키로드니적인 것'으로 규정했다.[338]

1980년대 중반 이전에는 자본주의의 모순에 대한 대안을 모색하면서 사회주의를 유일한 사회사상으로 받아들이면서 막연한 사회주의혁명을 꿈꾸며 현장에 투신하는 경향이 강했다면, 학생운동과 노동운동 내부에

---

336 유경순, 『1980년대, 변혁의 시간 전환의 기록』, 봄날의 박씨, 2015, 30면.
337 유경순, 위의 책, 194면.
338 유경순, 위의 책, 29면.

서 이념논쟁이 활발하게 전개되는 1985년 이후는 혁명운동의 전략과 노
선에 대한 논쟁이 심화 되면서 현장으로 향한다는 변화 양상을 보인다.
집단적이며 조직적인 차원에서 이루어진 현장으로의 투신은 노동운동이
아니면 혁명운동으로 인정하지 않았던 경직된 학생운동의 집단 문화를
보여주는 것이기도 했다. 그렇기 때문에 힘든 노동과 노동자 문화에 대한
비적응과 성향 문제로 인해 현장생활을 정리하는 경우도 많았다.[339]

이처럼 이 시기 마당극 운동에서 노동연극 비중의 확대는 1970년대와
는 또 다른, 학생운동과 노동운동의 양적 확산과 대중화 그리고 양자가
적극적으로 연결되던 현상과 관련된다. 특히 유화국면을 전후로 민주화
운동전국청년연합,[340] 민중문화운동협의회,[341] 여성평우회,[342] 한국여성노
동자회[343] 등 운동 조직이 합법적으로 조직되는데, 각 단체의 차원에서
문화부를 마련되었으며, 그 일원들은 노동자 문화교실을 지원하는 한편
지역에서 발생한 사회적 사건의 현장에서 촌극 공연에서부터[344] 문화행
사의 형태를 겸하는 대형 집회에서의 연행에[345] 이르기까지 민중운동의
지향 아래 다양한 공연 활동을 기획하고 연행한다. 즉 문화패 일원들은

---

339 유경순, 위의 책, 195면.
340 1983년 10월 창립.
341 1984년 4월 14일 창립.
342 1983년 6월 18일 창립.
343 1987년 창립.
344 「이혜란 구술채록문」, 민주화운동기념사업회 오픈아카이브 참조.
345 평우회가 주최한 여성노동자큰잔치(1984)은 김경란이 중심이 되어 민주화운동 단체 중
    처음으로 문화적 형식으로 행사를 진행한 것으로 큰 호응을 얻었다. 이후 다른 민주화운
    동 단체에서도 이와 같은 연행적 혹은 대동놀이적인 문화적 형태의 행사가 활기차게
    이루어진다.(「김경란 구술채록문」, 「이혜란 구술채록문」, 민주화운동기념사업회 오픈아
    카이브 참조)

조직 문화 정책의 차원에서도 넓어진 활동의 장을 넓혀갈 수 있었다.

> **박인배** 이 81년 연초 뭐 이럴 때에 문화패들이 쭉 모여가지고 그런 문화운
> 동의 방향 뭐 이런 거를 논의들을 했었어. 위로는 신동수 형부터,
> 성, 연성수, 뭐 우섭이, 도바리 친 우섭이까지 이렇게 해서.
>
> (중략)
>
> **이영미** 임진택, 채희완, 장만철이었다면, 81년 초에 신동수 형을 모시고
> 했었던 이 모임은 그거보다 조금 더 현장지향적이고 어 조금 그
> 문화운동의 또 다른 방향의 업그레이드를 생각하고 있는 모임이
> 었고, 그런 내용들이 일찍이 실천으로 보자면 <농촌마을 탈춤>의
> 경험이라든가, 혹은 <동일방직...>이라든가 이런 것들의 그 체험들
> 이 결국은 팔십이, 삼, 사, 오 이럴해서 쭉 나오게 되는 것은, 결국
> 그 체험이 축적될 수 있었던 시기적인, 시기하고 그 다음에 합법적
> 인 출판물이 뭔가 조금씩 이렇게 구멍을 뚫고 튀어나오는 시기가
> 이렇게 딱 맞아떨어진 결과로 봐야 되겠네. 나온 매체가 결국은
> 다 하나는 단행본이고 몇 개는 무크고 이러니까.
>
> **박인배** 아니 그니까 인제 그것이 70년대하고의 연속성은 있지만, 그것이
> 80년 봄의 상황하고는 단절이지. 단절이어서, 보다 더 그 이른바
> 현장... 현장으로, 라는 그것이 심화된 결과.13)

문화패 차원에서 노동운동으로의 집중은 세대의 차원에서도 조망할
수 있다. 어떻게 위의 인용은 생활연극을 주도한 박인배와의 구술 자료로
문화운동 2세대 있어서 '현장적 전환'이라는 것이 보다 의식적인 차원에
서 이루어졌으며, 1970년대 후반 농촌과 공장에서 이루어진 일련의 작업
들이 1980년대 초반 문화운동 2세대가 발표한 예술문화교육 운동 이론들

의 기반이 되었음을 보여준다. 신동수는 직접 창작의 전면에 나서지는 않았지만 당시 서울대 연극반/탈춤반을 중심으로 펼쳐진 문화운동계의 인적 네트워크에서 중요한 역할을 한 인물로 특히 현장성을 강조한 것으로 보인다.[346] 문화운동 1세대가 마련한 인적 네트워크와 민중 지향성의 기반 위에 문화운동 2세대는 보다 적극적으로 현장과의 접점을 만들며 출신 대학과 서클의 차이를 넘나들며 활동했다.

1980년대 초 마당극/ 진보적인 연행예술운동 등의 이름으로 발표된 일련의 이론적 글들에 있어서도 1세대와 2세대는 차이를 보이는데, 1세대가 발표한 글들이 1970년대 활동에 대한 회고와 정리로 이루어져 있으며 '민중'적 예술로서 마당극 활성화의 당위성에 대한 강조로서 성격이 강하다면,[347] 2세대는 공동 창작의 문제와 대중문화에 대한 정의, 공연에 있어서의 대중성의 문제 등 창작과 수용에 있어서 참여자의 문제를 고민하고 구체화한 성격을 보여준다.[348] 이들의 글은 1970년대 말에서 1980년대 초에 이르는 기간 동안 현장에서 노동자/농민 등 비전문인에 대한 '예술교육활동'에 대한 구체적인 정리와 기록이며 특히 만남을 기반으로 교육

346 <공장의 불빛>과 관련한 김민기의 구술 자료를 참고하면, 작품을 노동조합의 결성의 문제로 결론지어 간 것에 대해 김민기 스스로 회의가 있었지만 신동수와의 토론 과정 속에서 당대 가장 실질적이며 실제적인 문제로 이를 작품화시키기로 결정했음을 확인할 수 있다.

347 임진택, 「새로운 연극을 위하여」, 『창작과비평』 1980 봄호; 장만철, 「새 연극의 현장」, 『창작과비평』, 1980년 여름호; 임진택, 채희완, 「마당극에서 마당굿으로」, 『한국문학의 현단계』, 창작과비평사, 1982; 채희완, 「1970년대 문화운동」, 『문화와 통치』, 민중사, 1982.

348 김성진, 「삶과 노동의 놀이」, 『문학과 예술의 실천논리』, 실천문학사, 1983; 박인배, 「생활연극 체험기」, 『시와 경제』 2, 육문사, 1983; 류해정, 「우리시대의 탈놀이」, 『실천문학』 3, 1982; 류해정, 「새로운 대동놀이를 위하여」, 『한국문학의 현단계 2』, 창작과비평사, 1983.

용 촌극과 풍물, 노래가사 바꿔 부르기, 공동창작 등의 새로운 교육적 방법론을 제시한다.[349]

1980년대 초 서울 인천 지역 문화패의 인적 구성은 세대적 차이에서 나아가 1970년대 중후반의 대학 문화패·노동운동·기독교계의 상호 교류 속에 이루어진 것이었고, 주지하듯 1980년대 초중반부터 민중운동과 노동운동에 관한 입장 차이에 따른 조직 분화 속에 활동 영역이 달라지기도 했다. 김경란, 유해정, 백원담, 신재걸, 김영철, 박종관 등 서울 및 수도권 지역 소재 대학 문화패의 노선 차이뿐 아니라 인천, 광주, 대구, 부산, 마산 등 지역권역별 '노동운동' 및 '현장지향성'과 관련하여 형성되었던 학생운동권 및 노동운동권의 노선 차이와 문화패의 노선 사이의 교차·중첩·배리 관계에 대해서는 아직 체계적으로 정리된 바가 없다. 이와 관련하여 2020년대 들어 참여자들의 구술이 신문 매체 및 구술 프로젝트를 통해 이루어지고 있어 주목을 요하며 추후 보완된 연구가 요구된다.[350] 다만 일차적인 운동 노선 및 인적 활동에 대한 정리와 함께 시기별 조직별 노동운동과 중첩되는 한편 이들이 수행했던 문화들의 기능과 의미에 대해 보다 풍성한 논의가 필요하다. 즉 추후 이 문화패의 활동이 연극, 풍물, 탈춤이라는 개별적인 예술형식을 가리키는 단어로서 '문화'를 경유하였기에, '행사'와 '기념'을 초과하여 집단 성원들의 삶의 방식과 관계

349　이영미, 『마당극, 리얼리즘극, 민족극』, 현대미학사, 1997, 107~140면.

350　인천민중문화운동에 관해서는 『인천 in』의 "인천문화 40년을 듣는다"를(「인천에 집결한 현장중심주의, 80년대 민중문화를 꽃피우다」, 『인천 in』, 2023.09.22. https://www.incheonin.com/news/articleView.html?idxno=97534; 「노동대중과 예술 조직의 만남, 문화패를 낳다」, 『인천 in』, 2023.09.27.), 대학 탈춤반 출신들의 문화패 활동과 관련한 경험에 관해서는 『프레시안』의 "탈춤과 나"를 참조할 수 있다. 아울러

구성에 관한 '문화'를 어떤 방식으로 실험하였을까에 대해 답을 찾아보아야 할 것이다.

다시 논의로 돌아와, 노학연대의 확산과 조직적 운동문화의 발달은 노동연극의 활성화를 위한 기반이 되었다. 이 노동연극들이 당대 노동운동 담론에 대한 강조되어야 하는 지점은 1970년대 후반의 노동 현장에서의 연행예술운동이 공연의 놀이적이며 공동체적 역동성을 자각하는 가운데 운동적 성과를 위해 관객/수용자 중심의 미학을 중시했던 경향이 계승되고 발전되었다는 점이다. 즉 이 시기 노동연극은 '구조적 모순'에 대한 진단과 집단적 변혁 주체로서 노동자상에 대한 엄숙주의의 산물로 귀결될 수 없었다. 이 시기의 작품들은 "지식인 출신 전문연행집단"에 의해 만들어진 것이지만 이들이 "생산의 일터 가까이로 마음과 몸을 가져감으로써" "자기성숙"을 보여주며 만들어진 것이다.[351] 실제로 1980년대 민중문학의 주체 논쟁이 보여주었던 재현 대상과 재현 주체 사이의 거리에 대한 윤리와 미학의 문제 인식은 문화패에 있어서는 보다 이른 시기에 이루어졌다. 문화패 일원들은 대학을 벗어나 생활 현장에서의 이루어진 공연을 통해 계층/계급적 차이에 따른 감성의 편차를 체험했고, 자연스레 창작과 수용의 문제를 앞서 성찰했다. 이것이 1980년대 후반, 혁명의 자장 속에 민족문학예술운동의 이름 하에 창작 주체와 객체 간의 괴리와 문화적 위계서열화를 해체하는 것을 '대중화'의 핵심 과제로 주장할 때, 연행 분야가 예술의 주체와 재현의 방식에 대한 사유에서 가장 전위적인 모습을 보일 수 있었던[352] 것은 이러한 맥락에서 비롯한다.

---

351 「『민족극대본선3』을 펴내면서」, 민족극연구회 편, 『민족극 대본선3』, 풀빛, 1991, 7면.

즉 이때 현장의 노동연극은 노동자를 집단적 변혁운동의 핵심적인 주체로 상정하며 본격화되었던 '민중운동'의 절박성과 당위성으로 인해 집단주의와 도그마에 쉽게 포섭될 수도 있었음에도 노동자가 실제 배우로, 창작자로, 관객으로 참여하는 공연 제작 환경 속에서 정치연극의 함정이 될 수도 있는 "공허한 상징과 형식적 매너리즘"에도, 민중 담론의 정치한 논쟁의 입각점을 작품에 그대로 남기는 "추상적 논증의 뼈대"로도 귀결되지 않았다.[353] 이는 먼저는 1970년대 중후반 시작된 노동자들의 문화활동의 경험을 통해 노동자 관객 혹은 배우에게 유효한 효과를 불러일으키는 상세감각들과 극적 전략들을 경험적으로 체득하고 있었기 때문이다.

성문밖교회 마당에서 사물놀이를 즐기는 노동자들
(출처: 박용수 기증, 민주화운동기념사업회
제공사료)

성문밖교회 박영진 열사 추도식
(출처: 박용수 기증, 민주화운동기념사업회
제공사료)

특히 노동자 생활권에서의 공연은 연행 조건의 중대한 변화였다. 이

---

352 장성규, 「민중적 민족문학론의 전개와 문화예술 주체의 분세: 『문익내글운동』과 『시상문예운동』을 중심으로」, 『상허학보』 52집, 2018, 76면.

353 박광수, 「바이마르공화국 시기 노동연극 연구」, 이화여자대학교 대학원 석사학위논문, 1992, 34면.

시기 창작과 공연은 구로와 인천 등 공단 지역의 노동운동의 조직화에 대한 움직임에 조응하여 종교시설과 노동자 문화공간을 거점으로 이루어진다. 즉 환경적인 차원에서 노동운동이 확산되는 만큼 정권의 탄압 정도가 강렬했던 시기를 배경으로 하여 구로 지역에서 노동운동의 주요한 전초 기지가 되었던 영등포의 '성문밖교회'와 '산업선교회', 부평 '백마교회' 등 산업선교와 관련한 활동을 지원하며 노동자들의 모임을 위한 공간을 제공했던 지역의 종교시설과 지역 노동자와의 만남을 도모하기 위해 신대방동에 만들었던 '살림마당'과 같은 공단 생활권의 특정 공간에서 연행되었다. 사진은 성문밖교회 앞마당에서 1985년 6.24 구로연대투쟁 2주년을 기념한 행사에서 사물놀이를 하는 장면(1987.07.05.)과, 1986년 신흥정밀 노동자 박영진의 추모제 장면(1987.05.06.)이다. 성문밖교회는 1980년대 노동자들의 집회와 결사, 문화공간으로 기능했다. 특히 '도시산업선교회'에 대한 정권의 탄압에서 확인할 수 있듯이, 노동운동이 당대 민주화운동의 주요한 동력이었기 때문에 이들 공간은 실제로 다양한 집합행동들의 거점이 된 정치적인 장소였다.[354]

이에 1980년대 성행한 노동연극은 크게 1987년 6월 항쟁과 노동자대투쟁 이전과 이후로 구분 지을 수 있다. 1987년 이후 노동운동이 양적으로 확대되었을 때 노동의 문제는 진보적인 연극운동의 중심적인 경향이 된다. 1987년 이후 서울의 극단 현장, 부산의 극단 일터와 같이 노동연극을 전문으로 하는 극단이 창단되고 민족극한마당을 중심으로 진보적 연극운

354 성문밖교회는 구로 지역 노동운동의 상징적인 공간이었으며, 살림마당은 대학 운동권들의 현장론을 공유하며 연행/노래패 일원들이 노동자들에 대한 문화운동을 기획하고 실천하기 위해 세운 공간이었다.

동의 이름하에 결집했던 지역 극단의 활동에서도 노동연극이 가장 시의적인 주제로 다루어졌다.[355]

1980년대 중후반 노동연극의 경우 실제 사건을 토대로 이루어진 작품들이 대부분이며 이 작품들은 1987년 노동자대투쟁 이후 각 지역별 단체와 단위 사업장의 공연에 대한 요구를 수렴함에 따라 1990년대 초반까지 크게 활성화된 노동연극을 가능하게 한 기반이 되었다. 이 연극들은 노동운동과 관련하여 노조원이 겪은 실제 사건을 다루었기 때문에 '사례극'으로 불리기도 했다.

1980년대 초중반 노동연극의 주요한 성과인 해태제과의 투쟁 사례를 바탕으로 하여 인근 공단의 노동자들이 함께 창작하여 공연한 <해태제과 노동쟁의 사례극>(1984),[356] 콘트랄데이터 노조 해산 과정을 극화한 <금수강산 빌려주고 머슴살이>(1984),[357] 구로연대투쟁을 극화한 <선봉에 서서>(1986)는[358] 이와 같은 공연 조건 속에 만들어졌다. 한편 이리의 후레아패션 여성노동자의 투쟁을 다룬 <우리 승리하리라>(1987),[359] 1979년 YH

---

355 개별적인 사업장의 노동조합/야학/노동자 문화교실에서 이루어진 촌극/극놀이의 경우 민주화운동기념사업회의 오픈 아카이브, 개별 무크지를 통해 그 대본의 실체를 확인할 수 있다. 이 대본들의 경우 공연 일시와 장소가 명확히 제시되어 있지는 않지만 대개가 1983년 전후, 1987년 이전에 창작된 것이며 노동자의 문화 활동의 일환으로 기획된 것임을 확인할 수 있다. 추후 노동자문화운동의 차원에서 이에 대한 후속 연구가 필요하다.

356 서울 영등포 산업선교회 문화교실 제1기, 서울 당산동 성문밖교회 부활절 기념공연, 1984년 4월.

357 콘트롤데이타 노동조합 탈춤반, 서울 흥사단 강당 공연 불발(당일 아침 경찰의 조합원 연행), 1984년 9월 23일.

358 극단 천지연 제1회 창작연구 발표회, 서울 낙산동 성문밖교회, 1986년 7월 26, 27일 공연.

359 한국여성노동자회 주최 여성노동자 대동제, 서울 당산동 성문밖교회, 1987년 7월 21일 공연.

사건과 김경숙 열사의 이야기를 다룬 <들불로 다시 살아>(1988)와[360] 같은 여성노동자회의 노동연극의 경우 구로-영등포 지역은 아니지만 노동운동 사례를 중심으로 한 유사한 극적 형식을 보여준다.

노학 연대와 노동연극에서의 '위치들의 게임' — <생활연극>(1982)

생활인들의 공동창작은 항상 우리에게 어떤 면이든 생동하는 감동을 주는 측면이 있다. 그것은 전문연희패에게서는 도저히 못 느끼는 '핵'이다. 보통 전문연희패가 주도하는 이른바 현장공연의 경우에도, 흔히는 **'억압-투쟁-탄압-새로운 투쟁의지' 식의 도식적 구조가 되는 위험**이 따르기 마련인데 비하여, **생활 일선에서 살아가고 있는 사람들의 자기표현**은 그렇지만은 않다는 게 바로 전문연희패가 배워야 할 점이다.[361]

앞서 살펴 보았듯이 탈춤의 전형화 방식에 기반한 대학 마당극의 형식은 유화국면을 전후한 시기 양식적 활력에 대해 그 유효성을 의심받게 된다. 하지만 노동자 문화운동의 일환으로 극놀이/촌극만들기 방법을 활용해 창작 공연된 연행들이 부상하던 시기였다. 위의 글은 마당극 운동 1세대로 볼 수 있는 홍석화가 1984년 상반기의 마당굿 공연을 본 후 작성한 글의 일부로 '현장의 극'과 대비되는 개념으로 '생활인들의 극'이 이 시기 주었던 활력을 전해준다. 홍석화는 같은 시기 연행된 작품 중에서 신명교회 야학생들 연구발표회로 이루어진 <우리도 남들처럼>(1984.5.12, 13, 영등포 산업선교회.)과 같은 생활인들의 연극이 갖는 가치를 고평했다.

---

360 여성민우회 문화부 지원, 서울 당산동 성문밖교회, 1988년 8월 21일 공연.
361 홍석화, 「마당과 무대」, 『공동체문화』 제2권, 1984, 도서출판 공동체, 297~298면.

물론 마당극 운동에서 이루어진 생활극은 불특정 다수를 대상으로 한 것이 아닌 '노동자 문화운동'의 지향 속에 이루어졌다. 이 평론에서 주목할 점은 '마당극'에 대한 규범적인 인식, 예컨대 야외 마당에서의, 원형무대에서의, 야간의, 횃불 활용과 같은 연행의 관습 자체가 연행의 질을 고양시키는 것이 아니라는 점을 강조했다는 점이다. 또 노동운동 현장에서의 연행 또한 "억압-투쟁-탄압-새로운 투쟁의지"의 도식적 구조를 따르는 경우의 위험을 지적했다.

<생활연극>은 인천 부평의 산곡동성당 청년회 회원들을 중심으로 박인배의 지도와 연출 하에 공동창작으로 만들어진 작품이다.[362] 이 작품은 유화국면 전, 문화운동을 보다 노동현장 쪽으로 가져가려는 흐름 속에 창작 공연된 작품으로 생활인 연극의 활력이 어떻게 생성되었는지를 잘 드러낸다. 특히 작품 창작과 공연 준비 과정에서 마당극 운동 주체가 지식인으로서의 문화자본을 자각하며 '민중'에게 적합한 예술 양식들에 대한 기대와 상상이 깨어지는 경험을 하게 되는지를 살펴볼 수 있다.

연습은 한 번 모임에 두 시간 정도씩 모두 여덟 번을 할 수 있었다. 우선 대사를 외울 수 있게 여러 번 읽어야 했고 일상적인 동작보다는 연극적인 동작이 필요한 부분에 동작을 그려주고 또 노래연습도 해야 했다. 자기가 써 온 것을 자기가 맡은 친구들은 별 어려움 없이 자기의 역할을 해 나갔으나, 생활에서의 자기와 극 속에서의 역할이 바뀐 감독과 사장들은 처음에는 한 마디 한 마디 읽어가는 것조차 어색하고 쑥스러운 모양이었다. (중략) 그리고 세일 큰 문제점으로 생각되었던 것은 감정을 잡기 않는다는 것이었다. 자기

---

362 공연은 인천 산곡동성당에서 1981년 3월 이루어졌다.(「생활연극 해설」, 『구술로 만나는 마당극4』, 고려대학교민족문학연구원, 2011, 206면 참조.)

들의 생활 감정이나까 그 감정을 이해하지 못하지는 않을 텐데 그냥 대사들만 외울 뿐이지 장면의 분위기에 빠져 들어가지는 않았다. 그렇다고 전문극단에서 연습하는 식으로 한 장면만 계속 반복연습을 시켜보면 **대사 읽는 것이 점점 어색해지게 되고 더 당황해하는 것** 같았다. 이렇게 되면 본격적인 대사 연습을 해야 이 단계를 뛰어넘을 수 있으므로 그대로 공연에 임할 수밖에 없었고 생활체험이 공연장에서 되살아날 경우 지루한 연습은 차라리 안 하는 것이 나을 수도 있다는 생각도 들었다.(강조-인용자 주)[363]

박인배의 <생활연극 체험기>에는 공연을 준비하고 연습하는 동안 배우를 맡은 노동자와 이를 지도하는 문화운동 주체 사이에 '연기하기'에 대한 갈등이 담겨 있다. 연극반/탈춤반 경험과 마당극 활동을 통해 연극/공연 만들기에 대한 경험이 있는 대학생 출신 연출가들에게는 당연한 것이었던 연기의 조건과 기술들은 노동자 출신 배우들에게는 낯설고 어색한 것이었다. 노동자들 스스로 생활 모습을 그대로 보여주면 된다고 생각한 연극이 글쓰기를 요구하는 수기와 전문화된 기량을 요구하는 춤보다 접근하기 쉬울 것으로 생각했던 것과 달리, 연기하기는 오히려 더 많은 기술적인 요구와 이에 대한 훈련을 필요로 했다. 연출가들은 "장면의 분위기에 빠져들"어가지 못하고, "몰입하면서 진지하게 나가"지 못하는 배우들을 보며 오히려 당혹스러움을 느꼈다. 연습하는 과정에서 드러난 배우와 연출가의 혼란은 노동연극 만들기가 대학생 출신 연출가와 노동자 출신 배우의 아비투스와 위치적 차이가 드러나고 충돌하는 현장이었음을 입증한다. 이는 대학생 그리고 구체적으로는 연극반과 탈춤반

---

363 박인배, <생활연극 체험기>, 위의 책, 201~202면.

이라는 활동의 경험을 갖고 있는 연출가들의 문화/학습자본이 어떠한 방식으로 '예술적 기량'의 문제로 작동하고 있는지를 보여준다.

예술적 기량의 형태로 존재했던 문화 운동 주체의 문화/학습자본은 비단 보다 예술적인 성향이 강했다고 평가되는 문화운동 1세대 출신에게 국한된 것이 아니었다. 간과하기 쉽지만 문화운동 2세대 주체들의 연극반/탈춤반 활동의 시작점 또한 '운동'에 대한 관심이 아닌 대개 예술적인 관심과 호기심이었다. 운동과 민중에 대한 지향은 이들이 대학생으로서, 그리고 시대의 민주화 요구에 자신들의 역할을 다하고 싶었던 문화운동 주체들의 공동체적 활동과 인적 네트워크 속에 사후에 획득된 것이었다. 문화운동 주체들의 민중 지향성의 이면에는 대학 생활에서 졸업한 이후에 이르기까지 공연 만들기에 지속적으로 참여함으로써 획득된 준전문 연극인 수준의 기량이 병행되어 있었다.

이들에게 당연했던 연극 만들기, 특히 연기하기는 특히 특정 기술에 대한 숙련을 전제로 했다. 연기는 "놀라운 예술"로 훈련과 연습을 필요로 한다. 배우는 신체와 목소리, 감정, 마음이라는 연기의 도구들을 바탕으로 다양한 태도와 특성과 정서, 상황을 정확히 전달하기 위해 유연성과 표현력을 키워야 하며 이 도구들을 잘 훈련해야 한다. '내적인 신념(internal belief)'과 '외적인 기술(external technique)'은 무대 연기의 필수 조건으로, 배우들은 훈련과 연습 과정 속에서 신체와 목소리를 이해하고 적절히 통제함과 동시에 내적 신념을 다지는 작업을 한다.[364] 이처럼 연기란 단순히 자신들의 생활과 일상 혹은 필요에 기반 했다는 이유만으로 쉽게 이루

---

364 M.S.배랭거, 이재명 역, 『연극이해의 길』, 평민사, 1991, 110~117면.

어질 수 없는 기술과 훈련의 문제를 내포하고 있다. 공연 준비 과정에서 연출가와 배우 양자가 느낀 당혹스러움은 노-학의 만남 속에 수행된 '노동'과 '연극'의 접점에서 있었던 예술적 기량이라는 문화자본의 소유여부에 따른 위치적 차이를 가장 잘 보여주는 예시이다.

> **영자** (한숨) 우리 엄마 병환은 좀 어떤지 편지를 했는데도 도대체 답장이 없으니... 빨리 월급을 타야 조금이라도 부쳐줄 텐데.
>
> **덕이** 첫 월급 타면 엄마 속옷부터 사준다며?
>
> **순이** 뭘, 난 내가 하고 싶은 것부터 할 거야. 옆에 있는 언니 외출할 때 보니까 참 예쁜 옷 입었던데(옷을 입고 폼을 잡는 흉내를 내보이며) 그런 옷 하나 해 입을 거다. (다시 폼을 잡으려는데)
>
> (중략)
>
> **순이** (얼린 펴보고 주머니에 쑤셔 넣으며) 남의 편지는 왜 보자구 그러니? (기분 좋은 듯이) 애들아, 우리 월급 타면 옷 한 벌 해 입자. 다방에 갈려고 해도 챙피해서 못 가겠다.[365]

<생활연극>에서 노동자들의 일상을 보여주는 장면은 중요한 분량을 차지하는데, 여기에서 공연의 주체인 노동자들은 비로소 "산업화에 따른 희생과 고통의 상징(노동운동 진영)" 혹은 "산업전사와 같은 헌신적인 딸(정부 측)"[366] 그리고, 의식화 되어야 하는 민중(문화운동 주체 측)으로서 노동자

---

365 <생활연극>, 178~180면.

366 한국의 여성 노동자가 남긴 문학적 글쓰기를 추적한 루스 배러클리프는 1970년대 후반 노동쟁의에 참여했던 여성들이 자전적 수기라는 문학적 글쓰기를 통해 자신들을 산업화에 따른 희생과 고통의 상징으로만 칭송하거나(노동운동 진영), 산업 전사와 같은 헌신적인 딸로만 칭송하는(정부 측) 상황이 어떻게 해서 자신들을 모순적인 주체로 표현하는 것을 허용하지 않는 상징주의의 감옥에 유폐시켰는지를 보여주었으며 자신들의 온전한

의 상이 아닌 일상을 채우는 크고 작은 욕망들을 갖고 있고 본인들이 겪은 사건 속에서 분노하고 위로받았던 존재로 그려진다. 앞서 살펴보았던 <동일방직 문제를 해결하라!> 또한 유사한 계열에 놓을 수 있는 텍스트로, 연습과정에서의 유사한 계열의 낙차가 경험하는 한편 생활 언어의 실감이 반영된 연행이었다. 이 연행에 대해서도 연출 김봉준은 공연 제작 과정에서 초안에 작성된 대사들이 배우들의 적극적인 개작을 통해 "육화된 언어"로 바뀔 수 있었다고 하며 현재 전해지는 대본에서 많이 변형된 형태의 현장 대본이 있었음을 구술한 바 있다.[367] 즉 배우들의 언어를 통해 노동자의 삶은 노동의 육체적 피로와 핍박받는 민중으로서의 이미지에 국한되지 않고 도시적 생활 속에 물질을 욕망하고 가난에서 비롯된 삶의 궁핍한 측면들에 괴로워하는, 보다 입체적이며 풍성한 방식으로 형상화될 수 있었다.

공동창작을 기본 방침으로 했던 <생활연극>의 경우 창작 단계에서 배우들의 참여가 더욱 의도적인 차원에서 이루어졌다. 다섯 마당 중 두 마당이 배우들이 작성해온 수기와 대본을 토대로 구성되었는데, 이 수기를 접했을 때 연출가는 "수기를 읽는 태도가 너무나 자기 고백적"이고 "한 개인의 이런 슬픈 사실"을 밝힌다는 것이 너무 잔인한 일이라 생각했다.[368] 하지만 연습과정을 통해 이것이 단순히 전형화된 이야기가 아닌 그들의 실제 체험임을 알게 되고, 공연에서 "연극인지 실제인지 혼동이

모습, 다시 말해 약자적인 자아를 표현하기 위한 언어를 사용했다고 분석한다.(루스 배러클러프, 김원·노지승 역, 『여공문학: 섹슈얼리티, 폭력 그리고 재현의 문제』, 후마니타스, 2017, 216면.)

367 「김봉준 구술 채록문」, 508면.
368 <생활연극 체험기>, 197면.

될 정도로 우리의 이야기를 그대로 해줘서 좋았다"는[369] 관객들의 반응을 이끌어낸 계기가 된다.

그런데 <생활연극>에서 문화운동 주체와 참여 노동자, 두 집단 간의 위치들의 게임이 하나의 문화적 생산물로서 역동적인 힘으로 가장 확연하게 모습을 드러낸 것은 리허설과 실제 공연이 다른 방식으로 이루어졌다는 데 있다. 본래 연극에서 연습 단계의 리허설은 인물의 상황이나 목표물에 대한 연기자의 집중을 통해 공연 중에 여러 감정들이 저절로 흘러나오도록 연기자의 반응을 조절하려는 것이다. 연기자는 이러한 연습과정에서 확정되었거나 기억해야 할 모든 것을 거의 똑같이 지속해야 한다.[370] 하지만 <생활연극>에서는 자신의 연기하는 방식을 바꾸는 현상이 나타났다. 노동자 출신 배우들이 만들었던 이러한 흥미로운 장면은 기존 예술의 관습에서는 상상할 수 없으며, 실수로 치부될 문제이지만 동일한 문제의식을 갖고 있는 관객층을 대상으로 한 특수한 공연 환경에서 매우 역동적이고 문화적인 결과물을 만들었다.

> (함께 영자에게 달려드는 시늉. 영자는 쓰러지고 세 사장들 기괴한 소리와 춤을 추며 희희작작 대다가 퇴장한다. 영자 쓰러져 흐느끼다가 <두어라 가자> 노래를 부른다)
> 두어라 가자. 몹쓰-을 세-상
> 설운 거-리에 두어라 가자
> 언 땅에 우-움터 모질게 돋-아

---

369 위의 글, 204면.
370 M.S.배랭거, 앞의 책, 127면.

봄은 아직도 아련하게 멀은-디

객지에 나와 하 세월은 길어

몸-은 병-들어 갈갈히 찢겼네

고향집 사립-문 늙으신 오-매

이제 내-가 가며-언

받아 줄랑가 줄랑가39)

문화운동 주체들이 제공한 문화적 도구들로서 연극적 형식들은 두 집단의 아비투스의 차이를 분명히 하는 매개이기도 했지만 실제 공연에서 노동자들이 자신의 삶을 표현할 수 있게 하는 언어가 되었다. 위의 첫 번째 인용에서의 <두어라 가자>는 김민기의 노래굿 <공장의 불빛>(1978)에서도 가장 난이도가 높은 곡으로 <생활연극>에서 대중가요 등을 대신해 "대학생들이 배우는 노래, 뭐 이런 걸 배우고 싶어"하는 노동자들을 위해 차용되었다.[371] 하지만 리허설 단계에서 이 곡은 국악풍 창법과 높은 음정으로 인해, 그리고 노래를 부르며 함께 이루어져야 하는 동작의 어색함으로 인해 참여한 배우에게 어려움을 느끼게 했으며 기계적으로 연기를 하게 만들었다. 이는 국악 창법과 연기라는 예술적 기량에 익숙한 대학생 출신 배우와의 아비투스의 차이를 보여주는 지점이다.[372] 그런데 흥미로운 것은 실제 공연이 이루어졌을 때, 역할을 맡았던 배우가 "울음을 터뜨릴 듯 하면서도 간신히 그 다음 소절로 이어"가면서 노래를 부름으로써 공연장의 분위기를 완전히 제압했다는 사실이다.[373] 특히 이 배우는

---

371 「박인배 구술채록문」, 433면.

372 <생활연극 체험기>, 203면.

373 <생활연극 체험기>, 203면.

상대 역할의 배우가 "탈을 쓰고 덤벼드"는 모습이 "꼭 진짜같이 느껴지고 막 무서운 생각"이 들어 눈물을 참아가며 연기할 수 있었다. 리허설 단계에서의 어색함이 공연에 이르러 극적으로 해소되는 순간, 해당 역할을 맡은 배우는 자신도 의식하지 못한 채 메소드 연기를 펼칠 수 있었다.

메소드 연기 이론에 따르면 연기자는 공연을 하는 동한 감정 표현을 자극할 수 있는 그들 자신의 삶 속에서 상황을 생각해 내는 "감정의 소생(emotioinal recall)"과 "정서의 기억(affective memory)"을 활용한다. 이들은 경험의 일부분인 감각적이고 정서적인 세부 사항과 그를 둘러싼 환경 모두를 마음의 눈으로 재창조해 내기 위해 노력해야 한다.[374] 위의 장면에서 자신을 바라보는 집단의 관객이 존재하는 공연이라는 당일의 문화적 체험을 통해 해당 노동자는 자신의 정서의 기억들을 통합하고 재창조시킨 한 명의 배우가 되는 경험을 할 수 있었다. 이처럼 노동자 출신 배우들은 노동연극 공연의 현장성을 통해 연극이라는 형식을 비롯한 탈, 국악 등의 문화운동 주체들의 문화적 도구를 자신의 것으로 전유했다.

<생활연극>의 경우 주변 동료들을 초대해서 이루어진 공연으로 생활과 노동의 환경을 공유한 관객층을 대상으로 했다. 노동자 출신 배우들은 대학에서 온 문화운동 주체들의 예술적 기법들을 자신들의 이야기를 실어낼 수 있는 도구로 전유했다. 또한 '민중 속으로' 들어가야 한다는 강박에 사로잡혀 있었던 이 시기 문화운동 주체들은 본인들의 문화적 아비투스가 흔들리는 경험을 함과 동시에 폐쇄적인 예술 지향주의에 머무르지

---

374 메소드 이론은 연기자가 단순히 현실을 재현할 뿐 아니라 연기라는 과정을 통해 자신의 내적으로 진실성이 있는 감정과 경험의 주체적인 현실을 창조하는 체계적인 방법을 개발하고자 한 배우 이론이다.(M.S.배랭거, 앞의 책, 119~121면.)

않았음에도 오히려 미학적인 층위에서 획기적인 차원들을 경험할 수 있었다. 이 시기 '노동'과 '연극'의 만남은 극한 시대라는 변곡 위에서 현실 지향주의에도 예술 지상주의에도 머무르지 않고 정치와 미학이 행복하게 조우할 수 있었던 중요한 한 장면을 보여준다.

사실적 양식의 일상성, 정서적 결속의 장치, 변형된 다큐멘터리 극 — <선봉에 서서>(1986)

그렇다면 구체적으로 노동 사례극에 반영된 미학적 전략을 살펴보자. 촌극 형태로 공연되었던 <생활연극>과 같이 1980년대 초중반 노동연극들은 사건 재현과 사실적 연기를 중심으로 장면이 구성된다는 점에서 탈춤의 장면을 기반으로 장면을 구성하거나 마임과 양식적 연기가 중심을 이루던 이전 시기의 대학 마당극과 노동자 탈춤반의 창작물들과 질을 달리했다. 즉 <미얄>(1979), <공장의 불빛>(1978)과 같이 노동을 의제로 하였던 활동과 1980년대 대학 마당극에서 춤과 집단적 마임 동작을 통한 조형적 형상화의 경향이 두드러지게 나타났던 것과 변별된다. '사례극' 형태로 구성되었던 노동연극에서 오히려 사건의 구체적 제시가 문제 되는 사실적 양식이 오히려 주도적인 형식이 된다.

일상생활을 표준으로 한 사실성과의 관계에 따라 희곡의 양식(style)을 구분한 헨닝 넴즈(Henning Nelms)의 구분은 노동연극에서 강화된 사실적 양식의 의미를 명확하게 이해될 수 있게 돕는다. 넴즈는 연극 제작에서 강조될 필요가 있는 적당한 가치를 선택하는 일과 그들을 표현할 최선의 방법을 찾는 것을 처리(treatment)라 부른다. 특히 넴즈는 처리가 희곡의 창작과 연극의 제작의 차원에서 이루어지는 것이지만 관객의 심리와 관계된 일임을 역설한다. 공연은 관객들이 어떤 정신적 기준 혹은 일상생활의 기준 혹은 어떤 연극적 관습의 틀로 해당 공연을 판단해야 할지 알 수 있도록 해야 한다.[375] 그는 크게 사실적 양식과 비사실적 양식으로 나누어 연극사를 고찰하며, 사실적 양식을 세부까지 최대한 모방하는 "사실주의, 자연주의"와 근사 모방의 형태를 보여주는 "연극적 사실주의", 그리고 겉으로만 사실적이고 근사성을 희생하는 "소극과 멜로드라마"의 단계로 구분한다.[376] 이 시기 노동연극은 춤과 마임을 통해 정서를 표현하는 비사실적 양식의 비중이 줄고 주어진 환경을 근사 모방의 형태로 보여주는 연극적 사실주의와 소극, 멜로드라마를 오가는 형태를 보여준다.

노동연극에서 강화된 연극적 사실주의의 경향은 특히 노동현장에서 특유의 비인간성과 몰이해를 감당하고 있었던 노동자 관객을 직면했기 때문에 나타난 변화이다. 그들의 일상 속에 존재했던 폭압과 무시의 경험들을 환기할 수 있는 구체적인 언어와 상황들에 대한 대사의 일상성에 근간한 사실주의극의 전략이 필요해진 것이다. 1970년대 중후반 <해태제과 노동쟁의 사례극>의 경우 해태제과의 투쟁과정을 현실과 근사한 방식의 대화와 장면 연기를 통해 형상화함으로써 "평이하게 서술"하고 있다.[377] <우리 승리하리라>와 <들불로 다시 살아>와 같은 여성노동자회

375 Henning Nelms, 이봉원 편역, 『연극연출』, 미래문화사, 1993, 66면.
376 이에 비해 비사실적 양식은 운문과 부자연스러운 말씨, 두드러진 운율을 특징으로 하며 "고전주의", "형식주의", "낭만주의"로 나뉜다. (Henning Nelms, 이봉원 편역, 위의 책, 70~74면 참조.)
377 민족극연구회 편, 「「해태제과 노동쟁의 사례극」 작품해설」, 『민족극대본선 3—노동연극 편』, 풀빛, 1991, 51면.

작품의 경우는 특히 "마치 르뽀를 기술하듯" 사건의 전체 흐름 자체를 재현하며 "잘 짜여진 촌극" 형태의 장면이 연결된 형태로 이루어져 있다.[378] <선봉에 서서>는 구로연대투쟁이 강렬하게 극화되기는 했지만 투쟁을 전후로 한 일상적 상황들을 장면으로 구성한다.

주임 (복순을 아래위로 훑어 보며) 야. 너 참 섹시하게 생겼다. (혼잣말로) 요런 보배를 양코배기한테 뺏기다니 아깝다 아까워. (복순에게) 요즘 일하기 힘들지? 이젠 그렇게 열심히 일하지 않아도 돼요. 쉬엄쉬엄 쉬어가면서 아, 하는 척만 하라구. (복순에게 다가가며) 귀하게 되실 몸인데. (더듬으려 한다.)

복순 (주임을 밀어내며) 어머, 왜 이러세요?

주임 어이구, 더 예쁘게 구네. (다가가며) 자자, 이리 오라구. 어서 오라니까.

복순 (도망가며) 싫다는데 왜 이래요?

주임 (음흉하게 웃는다) 흐흐흐…

(복순이 주임에게 쫓겨 구석으로 몰리자 주저 앉으며 소리친다.)

복순 엄마! 사람 살려요!

(복순이 쓰러지면 **관객 사이에 있던 종미**가 나와서 판을 돌며 입에 손을 모으고 **작은 소리로 관객에게 알린다.**)

종미 여러분, 오후 한시에 조합원 총회가 있습니다. 모두 모여주시기 바랍니다. 여러분, 조합원 총회에 한분도 빠짐없이 모여주시기 바랍니다.

(종미의 말이 끝나면 성자, 복순, 성현 엄마가 주위를 살피며 **판을 이리저리 돌아 들어온다.** 뒤를 이어 인숙이 당당하게 들어와 판 한가운데 선다.)

(강조-인용자 주)[379]

---

378 민족극연구회 편, 「「우리 승리하리라」 작품해설」, 『민족극대본선 3—노동연극편』, 풀빛, 1991, 149면.

379 <우리 승리하리라>, 156~157면.

물론 이 시기 노동연극에서 강화된 연극적 사실주의는 암전과 무대 장치 등이 미비한 무대 설비와 공연 환경에서 기인한 것이기도 했고, 재현의 근사성을 희생할 수밖에 없는 조건으로 작용했다. 그런데 이와 같은 조건은 관객과의 약속을 통해 무대 공간의 시간과 공간성을 재규정하는 소박한 연극적 놀이를 통해 보완되었으며 오히려 관객과의 대화적 소통을 확장 시켰다. 위의 인용은 뒤에서 다시 구체적으로 살펴볼 여성노동자회의 <우리 승리하리라>의 한 장면으로 복순이 폭행을 당하는 장면에서 조합원 총회로 장면 전환이 이루어질 때 방백과 배우의 움직임을 통해 재현의 규약을 새롭게 형성하는 전략을 보여준다. 종미의 방백을 통해 관객석은 일시에 노동자들의 생활공간으로 의미화되고 성자, 복순, 성현 엄마의 움직임은 시간과 공간의 변화를 축약한다. 다른 사례극에서도 관객석에서 일어난 배우가 하는 대사 하나로 장면의 전환을 시도하는 것,[380] 형광등 조명을 잠시 껐다 켜는 것,[381] 무대 위 소도구들의 위치를 바꾸는 것[382] 등을 통해 시공간의 이동을 표현하는 것과 같은 소박한 연극적 놀이가 활용되고 있음을 알 수 있다. 이는 극장과 달리 시설이 미비하여 완전한 환영주의의 창조가 오히려 큰 의미가 없는 종교시설과 같은 간이극장 공간에서 관객의 상상 작용을 활성화시키는 전략으로서 오히려 연극의 원형적 속성이 활성화되었음을 드러낸다.

또 이 시기 노동연극은 단순히 노동운동을 제재로 한다는 점에서 선동적일 수 없었으며 따라서 공연 공간과 창작자, 배우와 관객에 대한 복합

---

380 <들불로 다시 살아>, 234면.
381 <해태제과 노동쟁의 사례극>, 59면.
382 <선봉에 서서>, 78면.

적인 접근을 요구했다. 즉 이 공연들이 보여준 공통적 공연 자질들은 비단 1980년대 초중반 노동조합운동 과정에서 겪었던 부정의와 인권 탄압의 사례를 '고발'하는 차원에 국한되는 것이 아니라 동일한 노동 생활권의 관객들의 '일상'에서 겪는 불합리를 자각하고 집단적 감응을 불러일으키기 위한 형식을 창안하는 것과 관련되었다. 현장 노동자들의 "정서적 동화"와 놀이를 통한 긴장 완화의 기능이 강렬하고 "오랜 기억"으로 남는 경험들은[383] 이 시기 사례극이 사건에 대한 재인식이라는 의식화와 애도, 오락이라는 다층적인 기능들을 수행할 수 있었음을 보여준다.

즉 노동 사례극에 나타난 사실주의극의 형식의 전유와 소극/멜로드라마를 오가는 변형은 이 시기 새로운 공연조건과 관객성에 대한 적극적인 조응 속에 이루어진 것이다. 이때 관객들이 해당 사건과 연루되었던 혹은 실제 생활에서 유사한 문제의식을 느꼈을 노동자라는 사실은 '사회적 사건의 고발'과는 또 다른 공연에 대한 목적과 기능을 요구했으며 이에 따른 새로운 전략들을 참조하게 했다. 구체적으로 살펴보자면, 먼저 노동자 문화교실에서 촌극과 극놀이를 통해 일상생활의 고충 또는 현실적인 고민들을 다루었던 장면들이 활용과 함께 특히 사례극에서 엄숙한 현실 인식에 기반한 노동의 현실에서 겪었던 폭력적인 사건들에 대한 사실적 재현과 노동자들의 소소한 유희와 놀이 방식을 보여주는 장기자랑과 노래부르기와 같은 장면이 교차되기도 한다. 이와 같은 성긴 장면 구성은 리얼리즘극의 미학을 흐리는 것이 아니라 해당 시기 현장의 관객에게 유효한 인식적, 감정적 효과를 진작시키기 위해 극파습의 치원에서 활용

---

383 「이혜란 구술 채록문」, 민주화운동기념사업회 오픈 아카이브 참조.

된 것이다.

순복어머니 (소리) 순복아, 순복아! 순복이 너제? 저게 순복이제?(순복, 어
머니임을 알아차리고 실신하듯 쓰러지며 소리 죽여 운다) 순복아,
너 거그 참말로 있는겨? 다른 아그들도 다 있는겨? 나여, 니 에미여.
다른 아그들 엄니도 다 예 와 있어. 야그 들응께, 앞잽이 몇 때문에
다 고생허는 거라는디, 사실여? 다른 아그들은 다 내보내여잉. 순복
아, 어여… (사이) 못 먹었어? 사흘째 굶고 있었어? (이를 악물며)
괜찮어 사흘은. 사흘 아니라 열사흘도 괜찮여. 그 정도는 괜찮여.
니 에미도 굶는 거라면 이골이 난 몸여. 워디 무지랭이로 나갖고
안 그려본 사람 있남? 그려, 살아보는겨. 속에 맺힌 것 담으로다 썩
기 전에 터뜨리고… 아암. 그려 니맘 다 알어. 이 더위에 그러는
것도 아문, 아문. (갑자기 설움에 북받쳐서) 순복아 순복아, 그려도
아무리 그려도 이 에미 얼굴 한번 보자이. 순복아!

은순 (순복을 끌어안고 달래다가 머리에 붕대를 감은 채 고통스럽게 창가
로 기어가서는 눈물을 억누르며) 어머니, 저희들은 여기 잘 있어요.
걱정 마세요. 저희를 믿는 만큼 저희가 하는 일도 믿어주세요. 우린
노동자로서 우리를 억누르고 짓밟는 모든 자들과 싸워야 해요. 그럴
수밖에 없어요. 우리를 믿어주세요. 회사에서 뭐래도 속지 마세요.
(사이, 노동자들 지쳐서 늘어져 있는 가운데 객석에서 나지막한 <찔레꽃>
노래 시작된다. <찔레꽃> 합창 끝나면 다시 긴 사이)

춘식 (모두 침통하게 기운이 빠져버린 분위기를 일전시키려는 듯, 툭툭
털고 일어서며 큰소리로) 저놈의 새끼들이 본색을 드러냉께 분위기
가 팍 삭혀지네잉. 기죽지 말자고. 쌈박질혀다 보믄 별일도 다 있는
거여.

순복 (춘식의 말에 기운을 얻어 감정을 수습하고 동지들을 둘러보며) 그래,

저놈들이 가족들까지 데려다 별 수작을 다하는데, 말려들면 안 돼.
마음 독하게 먹어야 돼.

춘식 분위기 한 번 바꿔봅시다요잉. 쩌그 저번에 단합대회가졌을 적에
했던 촌극 한번 혀봅시다.[384]

　이처럼 사례극이 의식화와 애도, 오락이라는 다층적인 기능들을 수행
하고 있음은 감상적인 슬픔의 정서에서부터 단순한 장기자랑, 사업주와
노동 현실에 대한 풍자와 비판 등 비애와 오락의 다층적인 목적을 위해
'노래'가 적극적으로 활용된다는 점에서도 확인된다. 위의 장면은 <선봉
에 서서>가 대중극적인 요소를 통해 관객을 감정적으로 결속시키고자
한 의도를 잘 보여준다. <선봉에 서서>(1986)는 각 대학의 연극반 일원들
이 "현장적 삶과 올바른 역사적 전망을 담아내는"[385] 연극을 하기 위해
연합하여 조직한 극단 천지연의 창단 작품으로 구로연대투쟁을 다루었
다. 이 공연은 구로연대투쟁을 소재로 한 작품으로 극단 천지연에 의해
기획, 제작되어 1986년 여름 성문밖교회에서 공연되었다. 이 공연은 구로
연대투쟁(1985)이라는 시기적으로 인접한 사건을 일상의 모습을 보여주는
장과 사건의 진행 과정을 보여주는 장, 집회를 재현하는 장으로 구성되어
발단-전개-절정-결말의 극적 긴장(suspense)과 해소를 중심으로 한 전통적
인 극작술을 보여준다. 이 작품은 서로 다른 사업장의 교류가 이루어지는
모습을 보여주는 1장, 협박과 폭력에 노출된 대우 어패럴 노조원들의 모

---

384 <선봉에 서서>, 민족극연구회 편, 『민족극 대본선―노동연극 편』, 풀빛, 1991, 86면.
385 「극단 천지연 창작연구 발표회―선봉에 서서」(1986), 민주화운동기념사업회 오픈아카이
　　브 참조.

습을 보여주는 2장, 동맹파업을 결의하는 3장, 대우 어패럴의 농성장의 모습을 보여주는 4장, 연대투쟁의 모습이 극적으로 보여주는 5장, 그리고 투쟁 이후의 모습을 다룬 6, 7, 8장으로 구성되어 있다. 위의 장면은 노동집회 현장에서 했던 가족들의 방문을 '감정적 과잉'에 기반하여 멜로드라마적으로 형상화하고, 비애감을 형성하는 <찔레꽃>을 관객과 함께 합창하여 슬픔의 정서를 극대화킨 후 촌극을 통해 희극적인 휴지를 배치하는 복합적인 형식으로 구성되었다.

이처럼 가족 멜로드라마의 활용과 노래를 통한 정서적 감응력을 강화하는 전략은 <선봉에 서서>뿐 아니라 <금수강산 빌려주고 머슴살이 웬말이냐>(1984), <해태제과 노동쟁의 사례극>(1984), 독일 투자기업인 이리 후레아 패션의 여성노동자 생존권 투쟁을 소재로 한 여성 노동자회의 <우리 승리하리라>(1987)에서도 유사한 형태로 나타난다. 멜로드라마적 슬픔과 눈물의 코드는 <해태제과 노동쟁의 사례극>에서는 가족들이 만류하는 장면에서, <금수강산 빌려주고 머슴살이 웬말이냐>에서는 구사대에 폭행을 당하던 임산부가 태아를 잃고 '비나리'를 하는 장면에서, <우리 승리하리라>에서는 아이 엄마인 '성현 엄마'가 아이를 떠올리며 자살기도를 하는 장면에서 나타난다. 또 슬픔의 정서를 강화시키는 노래인 <노동자가 얼마나 노동을 더해야>, <이 세상 어딘가에>가 결합되어 형상화되기도 한다. 특히 이 "지나치게 넘치고 후한" 감정과 "이상하고 극단적인 반전"을 보이는 줄거리를 특성으로 하는 멜로드라마적 표상의 형태와 해석의 방식은[386] 눈물의 감상성을 단순한 방식에서 활용하는 것이 아니

---

386 낸시 에이블먼, 강신표·박찬희 역, 『사회이동과 계급, 그 멜로드라마』, 일조각, 2014, 69면.

라 제재가 된 노동 투쟁 사건의 현실성에서 기인한 것이자, '노동자'로서 관객의 집단적 정체성을 확인시키기 위한 장치였다. 이 집단적 정동이 젠더 정의의 차원에서 지닐 수 있는 양가성은 다음 절에서 구체화한다.

한편 '사례극'이라는 1980년대 노동조합 불법화에 의해 일어난 일련의 투쟁 사건을 제재로 하는 공연들은 앞서 2장에서 살펴보았던, 고발극과 같이 현실적인 사건을 제재로 함으로써 사실과 가상 사이의 긴장을 요구하는 변형된 다큐멘터리 극의 형식을 보여준다. 실제로 일어났던 노동운동 사례를 극으로 활용하기 위해 언론 자료와[387] 법원의 판결문과 같은 공식적 자료와 노동자의 수기와 호소문[388] 등 실제 현실에 있었던 자료들을 재배치하고 이를 통해 연기자의 역할 연기에 의해 창출되는 가상의 세계와 현실의 감각을 요구하는 사료의 층위가 혼재한다. 또한 집회 혹은 시위 현장을 재현하면서 관객석을 연기 공간으로 확장함에 따라 관객들의 인접한 청각적 체험을 장려함으로써 다채로운 지각 방식을 만든다.

> (사장과 배대리 마주 보고 장단에 마주듯 발로 짓밟는 동작을 함께 하다가
> 배대리 역을 하던 똘만이 못하겠다는 듯이)
> **똘만이** 야 춘식아, 더이상 못하겠다. 씨팔, 배대리 그 개새끼!
> (배우들 일어서서 잘했다고 칭찬하고 박수와 환호)
> **춘식** 별로 잘은 못혔지만 박수 좀 크게 쳐주쇼!

> 제5장-동맹파업

---

387 <금수강산 빌려주고 머슴살이 웬말이냐>, 47면.
388 <해태제과 노동쟁의 사례극>, 65면.

(극중극에 이어 암전 없이 바로 다음장으로 전환한다. 대우 어패럴을 포함한 4, 5개 사업장에서 요원의 불길처럼 동시다발적으로 동맹파업이 일어나는 상황을 나타내기 위해, 객석 및 장내 전체를 무대로 설정, 극장 공간의 입체활용을 꾀한다. 예컨데 본 공연에서는 중앙 무대에 포진 시킨 대우 어패럴 사업장을 중심으로 극장 2층 공간을 3, 4곳 선정, 동맹파업 현장의 무대로 활용했다

가리봉 (강한 북소리와 함께 대형 플래카드 내려뜨리며) 대우 민주노조를 지지한다. 우리도 함께 싸우자.

춘식어, 가리봉전자 아냐?

대우노동자들 (연대투쟁의 북소리에 더욱 의기충천, 열화 같은 환호성을 올린다) 와! 가리봉이다. 가리봉에서도 동참했다. 만세. 가리봉 만세!

가리봉 (유인물 뿌리며) 천만 노동자여! 다함께 일어나 싸워 나가자! 대우 어패럴 노조탄압은 천만노동자 전체에 대한 정면탐압의 신호탄이다. 지금 우리는 결단의 순간에 와 있다. 저 비열한 독재정권과 맞서 싸워 이기느냐, 노예상태로 돌아가느냐? 우리의 선택은 명백하다. 우리는 싸워야 한다! 우리는 싸워야 한다!

효성 (플래카드를 내걸고 유인물을 뿌리며) 대우 힘내라! 대우 힘내라![389]

위의 장면은 <선봉에 서서>에서 가장 극적인 장면이라 할 수 있는 연대투쟁 사건을 극적으로 형상화한 것으로 극중극을 통해 사장을 풍자한 장면 이후 집회 장면으로 전환할 때 암전을 생략함으로써 연대 시위의 역동성을 극적으로 표현한다. 사장을 풍자하는 촌극 이후 춘식 역의 배우가 관객들에게 박수를 유도하는 것은 극적 환영을 깨뜨리며 관객을 집단적 여흥에 동조하게 하는 것이며, 이는 다음 장에서 관객석까지 무대 공

---

389 <선봉에 서서>, 89~90면.

간을 확장하여 시위를 재현하는 장면을 예비한다. 노동연극의 선동성은 감정과 오락성과 분리된 냉철한 인식적 기반에서 비롯한 것이 아닌 전제된 집단적 관객성을 적극적으로 끌어올려 관객을 반응과 동참의 집단으로 만들어 가는데 있었다. 강한 북소리를 통해 관객들의 정서적 고양을 의도하고, 조명이 완전히 밝힌 상태에서 곳곳에 플래카드를 배치하여 관객석까지 무대 공간으로 확장함으로써 관객들의 지각 방식을 변화시킨다. 이처럼 <선봉에 서서>는 공간과 소리의 급전을 통해 관객들이 연대투쟁 '재연'에 동참하게 하는 전략을 통해 관객들이 가상과 현실 사이를 탐색하는 방식을 다채롭게 만들고 집단적 투쟁성을 고양시킨다.

노동연극은 노동자를 집단적 변혁운동의 핵심적인 주체로 상정하며 본격화되었던 '민중운동'이 그 절박성과 당위성으로 인해 집단주의와 도그마에 쉽게 포섭될 수도 있는 것이었다. 그럼에도 노동자가 실제 배우로, 창작자로, 관객으로 참여하는 공연 제작 환경 속에서 정치연극의 함정이 될 수도 있는 "공허한 상징과 형식적 매너리즘"에도, 민중 담론의 정치한 논쟁의 입각점을 작품에 그대로 남기는 "추상적 논증의 뼈대"로도 귀결되지 않았다.[390] 노동자-사용자의 계급적 관점의 형상화와 공유라는 정치적 목적성이 특정 지역/사업장의 사례를 매개로 했기 때문이다. 또한 이 시기 노동연극이 1970년대 중후반 시작되어 이 시기 확산된 노동자들의 문화활동에 대한 지원의 차원에서 이루어진 촌극과 극놀이 등의 활동을 통해 체득했기 때문에 노동자 관객 혹은 배우에게 유효한 효과를 불러

---

390 박광수, 「바이마르공화국 시기 노동연극 연구」, 이화여자대학교 대학원 석사학위논문, 1992, 34면.

일으키는 상세감각들과 극적 전략들을 활용할 수 있었다.

노동해방을 '위한' 여성 ─ 노동운동의 규범성과 결말의 신파성

앞서 살핀 1970년대 후반에서 1980년대 초반에 이르는 시기, 원풍모방, 콘트롤데이터 탈춤반과 해태제과 등에서 연행된 '사례극'은[391] 여성 노동자가 주가 되는 사업장의 사례를 다룬 극들이 창작된다.[392] 1987년 본격화된 한국여성노동자회가[393] 주최의 공연은 이와 같은 활동의 맥락에서 발전한 것이다. 이들 공연은 여성 노동자가 가장 열악한 노동의 모델이 될 수밖에 없었던 현실을 보여준다는 점에서 두드러진다. 이 연행들은 비슷한 시기 극단 현장, 극단 한두레와 각 지역의 노조운동을 협력하는 극단을 매개로 급격히 활성화되었던 노동연극과는 그 결을 달리 했다. <어떤 생일날>(1987), <쇳물처럼>(1987) 등의 노동연극에서 동시기 노조운동의 주요한 분쟁 사항이 극의 중심에 오면서 여성이 소소한 연애사의 담당자, 조력자로서의 부인과 형수 등으로 부차적인 역할을 담당했음은 특히 유

---

391 <해태제가 노동쟁의 사례극>은 노동자 문화교실의 형태로 이루어졌으며, 『구술로 만나는 마당극 ④』(이영미 편저, 고려대학교민족문화연구원, 2011)의 '박인배' 편에 실린 부록 「<해태제과 노동쟁의 사례극> 창작과 평가」(493~601쪽)에 준비와 공연과정의 자세한 사항이 기록되어 있다.

392 이 공연들은 주로 해당 사업장의 집회 현장이나 대림동의 살림 마당과 같은 노동자문화운동을 위해 기획된 공간, 그리고 지역의 성당에서 연행된다. 남아 있는 여성노동자 사례극 대본은 『민족극 대본선 3-노동연극 편』(민족극연구회 편, 풀빛, 1991)에서 확인할 수 있다.

393 1984년 창립된 여성평우회가 1980년대 후반 비합법적 투쟁운동으로 운동의 방향성을 확정하면서 해소되고, 주부와 사무직 여성에 초점을 맞춘 민우회와 경공업 여성 노동자에 초점을 맞춘 한국여성노동자회로 분화하게 된다. 특히 '여성 노동자' 문제에서 민우회는 여성에, 한국여성노동자회는 노동자에 보다 초점을 맞출 것으로 활동을 분담했다.(한국여성노동자회 활동가 이혜란과의 구술, 2020.09.18.)

의하여 비교할 지점이다. "집단화시킬 수 있는 대상"으로 여성 경공업 노동자를 대상으로 택하면서 노동과 계급/체제의 의미틀에 젠더 문제가 기입되었기 때문이다. 이처럼 이 시기 노동운동에서 나타난 노동자로서의 자기 정체화가 하나의 형태가 아니었음은 자명하다.

이처럼 여성 노동자 사례극이 특유의 미시사적 구체성과 대표성을 통해 갱신했던 젠더 정의의 차원을 살펴보기에 앞서, 노동해방의 기치를 실현할 '노동자적 정체성'의 당위가 특히 결말의 차원에서 강조되는 것을 먼저 살펴볼 필요가 있다. 불평등과 모욕의 구체화 된 표현의 진실성과 규범적 노동 담론의 공존은 1970년대 중후반 연행에서 보여준 여성의 대상화와는 또 다른 차원으로 1980년대 후반 변혁운동이 절정에 이르렀을 때 노동해방의 당위를 드러낸다는 노동운동의 규범성을 위해 모성-신파성을 활용하는 모습을 보여주기 때문이다.

1984년을 전후로 노동운동의 노선이 보다 분명해지면서 '민중사학'에 입각한 노동자 계보가 연행에서도 더욱 빈번하게 등장하며 이는 역사 속에서 이어진 하층계급 민중 봉기의 현대적 계승자로 노동자를 의미화하는 장면으로 나타난다. 독재체제에 대한 투항으로서 민주노조운동과 민중운동, 이는 한국에서 노동연극의 가치와 존재를 판단하게 하는 바로미터이기도 했다. 하지만 1980년대 노동문학에 대한 최근의 재접근에서 발견되듯, 건강한 노동자-민중성, 혹은 당위로서의 노동자-민중성이라는 노동자의 규범적 재현과의 긴장관계에 대해 주목해보는 것이 필요할 것이다. 이는 여성 노동자의 사례극의 결말이 부여준 비야가 관련된다. '여성' 노동자로서 겪었을 부정의의 사회학을 고려한 섬세한 극작술은 결말에 이르러 여성 '노동자'에게 전이된 열사 담론의 형상화로 급전환되는 양상을 보인다.

> (북소리 크게 나면 동작들 멈추고 군중들 사이에서 임산부 일어난다.)
> **임산부** (비나리로) 아가야, 결국 너를 이렇게 보내고 마는구나. 죽어서도 7일간이나 엄마 뱃속에서 방황하던 너의 모습을 상상하니 새삼 원수들의 속임수에 치가 떨리는구나. 최소한 인간답게 살고자 애원했고 우리의 아가들만은 인간 대접 받으며 거리를 활보할 수 있기를 간절히 바랐건만, 그들은 그것조차도 무참하게 짓밟아버리고 말았단다. (중략) 네가 간 곳은 어떤 곳이니? 공순이라고 멸시하고 구박하는 곳은 아니겠지? 또 복직시키려는 회사를 방해하는 정부는 물론 없는 곳이겠지? 인간의 생명을 파리 목숨보다 천하게 여기는 곳은 아니겠지?
> 아가야! 그 맺힌 한풀지 말고 영원으로 승화되어 노동자들 지키는 아기 장군 되어다오. 너의 가슴 아픈 죽음을 기억하는 모든 이들에게 희망과 용기를 북돋아주고, 그들이 일하는 작업 현장 곳곳에서 갖가지 재앙과 억압, 불평등을 막아내는 엄연한 수호신이 되어다오. 아가야! 싸움은 아직도 끝나지 않았단다. 진정한 산업평화와 노동자의 안전회복을 위해서 새롭게 부활하는 우리의 삶에 늘 함께 하여 우리를 지켜다오. 귀여워야만 할 네 모습이 상상 속에 그리며 네 뺨에 엄마의 입맞춤을 보낸다. 잘 자거라.[394]

노동연극 공연들의 목적성, 즉 노동자 조직의 집단적 조직화라는 목적

---

394 <금수강산 빌려주고 머슴살이 웬말이냐>, 『민족극 대본선 3-노동연극 편』, 풀빛, 1991, 49면.

성은 '여성 의제'에 기반한 불평등과 모욕의 미시사적 재현과 당대 변혁적 사회운동의 주체로서 노동자를 상정해 가던 규범적 재현 그리고 보수적인 젠더 담론을 공존하게 만들기도 했다. 위의 인용은 콘트롤데이터 탈춤반이 기획한 공연 <금수강산 빌려주고 머슴살이 웬말이냐>(1984)의 결말부 장면이다. '정부귀신', '기업귀신' 마당과 같이 탈춤의 장면 형상화 방식을 차용하기는 했지만 이 텍스트 또한 노동자-회사 측의 대립을 강조해서 보여주는 탈춤적 양식과 수기, 촌극 등의 사실적 양식을 교차하며 노동 착취의 현실과 노조운동 과정을 섬세하게 보여주는 방식을 택했다. 그런데 결말은 배 속의 아이를 잃은 여성이 비나리로 아이에게 독백하는 다소 갑작스러운 장면이 이어진다. 물론 이 장면은 실제 노동운동 과정에서 한 여성 노동자가 구사대의 폭력에 의해 유산해야 했던 실제 사례를 기반으로 창작되었다. 하지만 그 표현 방식에 있어서 모성성을 노동운동의 승리를 기원하기 위한 전략으로 활용한다는 미묘함을 보인다. 한국여성노동자회의 연극 <우리 승리하리라>의 결말 또한 이리 후레아 패션의 실제 노동 투쟁 현장에서 한 노동자가 자살 시도를 했던 것을 극화하며, '성현엄마'가 아이에게 독백을 하는 장면으로 구성된다. 결말부에 "우리도 인간답게, 여자답게 살고 싶어요"라고 외침이 배치된 사례극도 있었다.[395]

결말에 이르러 여성 노동자에게 갑작스럽게 모성/여성성에 대한 당대의 규정에 기반한 신파성이 투사되는 것을 단순하게 선동 예술 혹은 노동문화운동의 한계로 결론짓기는 어려울 것이다. 가존 탄압 속에서 비장함

---

395 <해태제과 노농쟁의 사례극>, 『민족극 대본선 3- 노동연극 편』, 풀빛, 1991, 67면.

과 절박함 속에 주장을 펼치고 집단화에 대한 강렬한 요구가 존재했던 노동운동 현장의 맥락을 무시할 수 없기 때문이다. 다만 결말의 신파적 급전환이 '여공'이 아닌 '노동자'라는 자기 정체화의 요구가 지녔을 무게 감과 동시기 노동운동의 현실적 비장감을 보여줌과 동시에 보수적 젠더 의식을 용인하게 하는 계기가 되기도 했다는 점을 기억해야 할 것이다.

그럼에도 여성노동자 사례극의 극 전반은 노동해방의 기수로서 노동자에 대한 규범적 재현을 돕는 결말의 신파성과 상당한 거리를 보인다. '여성' 노동자로서 겪는 일상과 노동 현장의 미시사적 재현과 사실적 대사의 전략이 두드러지기 때문이다. 현장의 목소리와 관객층의 변화는 여공과 성매매여성이라는 사회적 현상을 여성 섹슈얼리티의 도구화 혹은 암울한 시대 상황을 극복하게 해줄 구원자의 상으로 귀결될 수 없게 한 원동력이었다.

'여성' 노동자, 불평등과 모욕의 착종과 공연이라는 민주의 실험

현대 정치철학에서 사회정의에 대한 논의는 경제적 불평등에 관한 논의에서 문화적 모욕과 정체성 정치의 문제로, 그리고 이 양자에 대한 통합적인 사유로 진전되었다.[396] 특히 낸시 프레이저는 정의론에서 불평등과 모욕, 경제적 분배와 인정 정치가 분리되어 사유되었음을 비판하며 '젠더' 문제를 특히 이 두 가지가 상호연관되는 대표적인 영역으로 분류한다.[397] 1970~80년대 노동운동 담론에서 여성 의제는 민주노조 의제에

---

396 이충한, 「정의의 차원들, 인정과 분배—프레이저와 호네트의 논쟁을 중심으로」, 『동서철학연구』 제 85호, 한국동서철학회, 2017.9, 544면.
397 위의 논문에서 이충한은 기존의 정의론에 대한 낸시 프레이저의 불만을 세 가지로 정의

비해 부차적인 것으로 여겨졌으며,[398] 이는 민중운동 담론에서 여성 의제의 위상과도 연동되는 것이다. 하지만 현재의 시각에서 여성 노동 사례극에서 나타난 불평등과 모욕이 교차된 현실의 탐색은 규범적 노동자상에 합치될 수 없는 정치(精緻)한 정치(政治)적 요구들이 분출했던 시대로 1970~80년대를 적극적으로 독해해야 함을 보여준다.

한국여성노동자회의 첫 공연 작품인 <우리 승리하리라>는 1987년 7월 21일 한국여성노동자회 주최 여성노동자 대동제 때 공연되었다. 이 공연은 독일인 투자 기업인 이리 후레아패션 여성노동자 생존권 투쟁과 민주노조 투쟁을 극화했다. 경제적인 어려움과 아기 엄마의 일화, 조합위원장의 비리와 전표제 등 일상의 중요한 장면들을 보여주는 1장과 어용 노조와 성별 임금 위계 등 부당한 처사와 시정되어야 할 것들이 논의되는 보고대회의 현장을 재현한 2장, 농성장 장면을 형상화한 3장으로 구성되었다.

> 종미 (손들고 일어서며) 무엇보다 작업전표 제도를 없애야 됩니다. 그놈의 작업전표 때문에 화장실에도 못 가지요, 목 말라도 물도 마시러 갈 수 없지요, 이게 사람 사는 겁니까?
>
> 성현엄마 (벌떡 일어서며) 아이구, 거기다가 전표 성적에 기준해서 개인 보너스를 준다느니 만다느니 하면서 우리를 경쟁시키고 있잖아요. 이게 말이나 되는 얘깁니까?

하며, 경제적 평등과 분배 중심의 문세를 외에노 실천을 위한 이론적 체계의 부재와 시민들의 동등한 참여를 방해하는 비가시적 억압과 역사적 부정의에 대한 해석의 문제가 있음을 밝혔다.

398 김원, 앞의 책, 353면.

성자 (관객 속으로 판으로 나오며) 월급도 형편없는데 잔업에다 철야에다 특근까지 시키면 도대체 우리는 언제 쉬라는 말입니까? 우리는 기계가 아닙니다. 노동시간을 여덟시간으로 줄여야 합니다.

(중략)

(보고대회의 열기가 점점 더해지며 조합원들의 쌓였던 불만과 요구조건이 봇물 터지듯 나온다.

성자 (힘차게) 화장실이 너무 더럽고 비위생적이에요.

종미 (따지듯이) 기숙사가 무슨 포로수용솝니까.

성현엄마 환풍기도 더 달아야 한다구요.

종미 먼지 구덩이에서 폐병 걸려 죽기 십상이라구요.

성자 (성현 엄마를 가리키며) 아줌마들한테 너무 함부로 하는 것 같아요. 똑같은 미싱사인데 뻑하면 야단치고, 궂은 일은 도맡아 시키는 건 너무해요.

성현엄마 아이구, 맞아요, 맞아. (성자 말에 손뼉을 치며 맞장구를 한다)

복순 제가 제일 화나는 건요, 우리가 무슨 장난감인가요? 관리자들이 오다 가다 엉덩이를 툭툭 치고 아무데나 쓱 만지고 하는데 그때마다 정말 혀 깨물고 콱 죽고 싶어요.

종미 그리고 폭언 폭행을 못하게 해야 합니다. 우리들은 종이 아니라 일할 거 일하고 받을 거 받을 권리가 있는 노동자라구요.

성현엄마 에잇, 까짓 관리자들한테 기죽지 맙시다.

일동 기죽지 맙시다.[399]

위의 인용은 2장 보고대회의 한 장면으로 노동자의 요구가 노동 현장의 환경적 열악함과 작업장 내 경쟁을 조장하는 분위기와 같은 노동-계급

---

399 <우리 승리하리라>, 158~159면.

의제와 함께 작업 현장에서 노동 주체가 '아줌마'이기에 가중되었던 차별의 측면, "제일 화나"는 일상적 성희롱과 성폭력과 같이 젠더 의제가 제시되고 있다. 또 보고대회 이후 인물들이 모여 보고대회의 카타르시스를 공유하며 연대를 확인하는 것을 '수다'의 차원에서 놀이적으로 제시한다. 이와 같이 한국여성노동자회의 공연에서는 집단적 변혁의 주체로서 노동자의 집단성에 대한 강조에서 벗어나는 지점들이 눈에 띈다.

자신들이 겪는 고통에 이름을 붙여주는 것, 그리하여 개인의 존엄과 권리에 대해 자각하게 하는 것이 계급과 젠더가 착종되어 더욱 열악한 상황 속에 처했던 여성 노동자를 재현하는 방식이었다. 고통의 재현은 실제 사례에서 온 사실적 대사를 기반으로 하기에 작업장이 아닌 공연장에서 일상에서 겪었을 이름 모를 모멸감들의 정체를 확인하게 하는 매개가 된다.

한국여성노동자회의 공연을 비롯하여 사례극 계열의 노동연극에서 '여성 인물'들이 대상화의 혐의에서 벗어나 생생한 방식으로 등장할 수 있었던 것은 현장의 목소리에 대한 수집을 통해 가능했다.[400] 당시 작품 창작에 함께 했던 문화패의 주체는 이 공연들이 "현장에서 이야기를 들어서" 공동창작을 했으며, 이를 통해 "삶의 현실들에 대한 디테일한 묘사"가 들어올 수 있었음을 언급했다.[401] 이는 단순히 소재의 차원이 아니라 공연의 목적과 효과, 즉 대상으로 관객 집단의 반응과 요구와 연동된 것

---

400 당대 노동연극에서 현장의 목소리는 시기, 공연 장소를 막론하고 중요한 문제였으며 '공동창작'의 개념을 통해 이해되어야 한다. 한국여성노동자회 공연과 관련해서는, 한국여성노동자회 공연의 연출과 제작 등에서 중심적인 역할을 했던 이혜란(덕성여대, 80학번) 구술을 통해 그 구체적인 배경을 확인할 수 있다.(이혜란과의 구술 인터뷰, 2020.09.18.)

401 이혜란과의 구술 인터뷰, 2020.09.18.

이었다. 공연 주체의 목적은 물론 여성 노동자들의 이야기를 통해 노동자들을 '집단화', '조직화'시킨다는 것에 있었다. 하지만 관객들의 감응을 유도하는 것은 집단화에 관한 강령 자체에 있지 않았다. 이 공연들은 개별화되고 구체화 된 생활세계의 차원에서 겪는 고통스러운 감정들을 환기시키고, 일상적인 여가와 오락의 요소들을 통해 리얼리티를 고조시켰다. 또 노조운동에서 왔던 기쁨들을 전유하는 과정을 효과적으로 보여줌으로써 오히려 효과적으로 관객들의 '감응'을 유도할 수 있었다. 이 구체적인 재현이 작업장이 상이한 노동자들에게도 본인들이 일상에서 겪고 있는 불평등과 모욕을 환기하는 주요한 장치가 되었다는 점은 1980년대 예술의 가치가 인간의 삶과 인상 깊은 방식으로 연동될 수 있었던 점을 보여주는 지점이다.

이처럼 1980년대 중후반 여성노동 사례극이 보여준 젠더 정의의 갱신은 현장의 목소리를 반영하는 과정에서 '미시적인 차원'으로 보이는 제재의 반영과 변화된 표현의 방식을 통해 동시대의 불평등과 모욕이 착종된 중요한 장면들을 담아내는 차원을 보여 줌으로써 가능했다. 이 시기 사례극은 민중운동의 당위와 이념의 규범화 역동 자체를 반영하는 것이 아닌 실제 세계에서 겪은 무시와 모욕을 공연이라는 공적인 공간에서 발화시킴으로써 정치화시켰다는 데 그 의미가 있다.

특히 사례극의 형식적 변화는 해당 공연이 '유기적 지식인'으로 불린 당대 대학 출신 활동가로 구성된 공연 발신자의 위계적 계몽이나 동정에 가까운 연민에서 멈춰 설 수 없었음을 보여준다. 고통의 당사자의 언어가 사실적으로 반영되고 실제 여성 노동자가 배우 또는 관객으로 구성되었다는 점은 운동을 위한 공연이 만들어내는 집단적 감정 고양과 그로 인해 빠질 수 있는 무비판적 군중주의로 해당 공연을 의미 지을 수 없는 이유이다. 한국여성노동자회 공연장[402] '마다' 울렸다는 무대와 관객석을 가로지르는 깊은 울음과 관객의 감정적인 개입은 공연을 통해 제시되었던 특정 젠더/작업장/노동자의 고통과 일상이 공연장에 모인 관객들의 성별/작업장/계층의 차를 넘나들며 더 나은 사회를 향한 신념을 확인하는 장으로서 대표성을 가지고 의미화될 수 있었음을 암시했던 것은 아닐까. 아마도 활동가와 노동자, 여성노동자와 남성노동자라는 생활세계의 계층/성별의 차이는 공연이 이루어진 집회의 공간을 나서는 순간 다시 그 모습을 드러냈을 것이다. 그렇지만 공연-집회 이전과 차이를 인정한 상호주관성의 극적인 만남이 이루어진 공연-집회 이후는 다른 삶의 질을 만들어냈을 것이다. 이 지점이 1970~80년대 존재했던 여성 노동자 사례극이 젠더 정의라는 분화된 개념을 통해 도달할 수 있었던 당대 민주주의의 실험에 있어 주요한 국면이다.

2. 대학 창작극, 운동문화의 정서적 적체 및 다면성 표현

1983년 말 유화국면을 계기로 1984년 이후 대학 공간에서의 집회가 공식적으로 가능해지면서 대동제 등을 통해 연행되었던 대학 마당극은 확실한 대중적 형식이 되었으나 동시에 금세 도식적이며 상투적인 형식으

---

402 이혜란은 한국여성노동자회의 공연이 본격화된 1987년이 '엄청난 해'였다고 기억한다. 공연은 주로 영등포산업선교회에서 이루어졌는데 통상 1000여명의 관객이 모여들었다.(앞의 구술) 이는 1987년 6월 항쟁을 전후로 형성된 노동운동의 급격한 확산과도 관련된다.

로 받아들여졌다. 1980년대 중후반 대학을 다녔던 대학생들은 마당극이라 하면 1980년대 전반 대학 마당극의 관념적이고 도식적인 형태를 떠올렸으며 "억지 신명"과 "과거취향"을 상기했다.[403] 앞서 살펴보았듯이 1970년대 중후반, 민족적 형식으로서 탈춤을 매개로 반제국주의 담론과 통일 담론의 상상을 형상화시킨 탈춤운동의 맥락은 1980년대 대중적인 대학 집회에서 중심적인 문화적 형식으로서 대학 마당극으로 특화되어 나타났다. 한편 '탈춤'의 전형성과 '무굿'의 의례성을 변용한 연행의 형식은 대학 대중에게 세계 경제·정치사와 민중사학에 기반한 세계 인식과 민중운동의 당위를 선전하고 선동하기에 적절했으며, 대동제와 야외 집회의 형식에서 핵심적인 역할을 담당했던 뜨거운 문화적 형식이었다. 하지만 이내 '침체기'에 접어들었다는 평가를 받게 된다.[404] 이는 현장과 대학 사이의 연대적 공동체성에 대한 일방적인 강조가 균열을 나타낼 수밖에 없었음을 보여준다. 특히 이들이 강조해 마지않았던 '민중주의'의 공동체성은 대학과 민중 삶의 현장 사이의 거리를 뛰어넘고자 하는 욕구를 전제로 형성된 것이었다. 따라서 균열의 원인은 보다 근본적인 데 있었다.

이번 절에서 살펴볼 연행은 1984년부터 후반에 이르는 시기에 이르까지 대학에서 만들어진 공연들이다. 대학의 연극패가 창작한 현장과 관련한 당대 대학생들의 감정의 구조가 민중주의의 도그마에 수렴되지 않으면서 오히려 '노동해방'과 '조국통일'이 대학생 집단이 겪어야 했던 모순적이고 적체된 정서적 리얼리티를 드러내었던 국면을 살핀다. 나아가 오

403 이영미, 「민족극의 발전과 민중극으로서의 전망」, 24면.
404 문병욱, 강영희, 이영미, 윤종배, 이혜경, 심규환, 나인광, 김태희 좌담, 「대학연극의 향방」, 민족극연구회 대본선 편집위원회, 『민족극대본선 2-대학연극편』, 풀빛, 1, 290면.

히려 리얼리즘극의 양식성을 강화하면서 상세감각의 조율을 통해 대학연극이 새로운 방식으로 정초했던 미적 경험의 효과와 의미를 추론해보고자 한다.

대학 내 실내 창작극 공연의 확대, 대학 공연의 서사적 확장

학생운동의 대중화와 맞물려 1980년대 대학의 연극패들이 학생운동과 지향을 공유하면서 창작극의 성과가 나타나기 시작한다. 1970년대까지 대부분의 대학 연극반의 레퍼토리가 서구의 번역극이었으며, 사회에 대한 비판적인 인식 또한 이와 유사한 관계를 보여주는 번역극의 공연을 통해 가능한 것이었다면 1980년대 들어 확산된 대학의 창작극 공연은 학생운동의 대중화와 연동되며, 이 땅의 현실을 이야기하고자 하는 역동을 반영하는 것이었다. 서울대학교의 경우 1983년 유화국면이 시작된 이래 학생운동이 학생회를 재건하고 본격적인 대중투쟁을 개진하자 각 단대 연극반은 총연극회로 힘을 모았다.[405] <서사시 전봉준>(1984), <타오르는 현장>(1986), <통일밥>(1988) 등과 같이 "총연극회 공연에는 반드시 노동자와 사장이 나온다"고 할 정도로 민중을 변혁 주체로 그리는 작품들이 중심을 이루었다.

그런데 1985년을 전후한 시기 서울대학교, 이화여자대학교, 고려대학교 등을 중심으로 야외 집회 형태의 연행을 확대 발전시킨, 대동놀이와 굿의 형식으로 이루어진 연행들의 민중주의와는 다른 변화가 학생운동의

---

405 「'밀실'에서 '광장'으로-시대의 억압을 민중과 함께 풀어내…시대적 긴장감이 예술성 부재 낳기도」, 『대학신문』, 1999.11.15., 9면.

지향을 공유하면서 학과 연극반이나 총연극회를 중심으로 이루어진 창작극에서 나타났다. 이때 제재는 기생관광, 농촌문제 등 '민중'으로 상정된 인물들과 관련한 사건 자체를 다루는 한편, 대학생을 주요 인물로 내세우며 이들을 매개로 대학의 운동문화와 현장의 문제를 다루고 있다는 점이 두드러졌다. 즉 '대학'과 '현장' 각각의 리얼리티에 대한 탐색을 심화시킴으로써 극의 형식 또한 대학 마당극의 도식성을 갱신하는 차원을 보여준다. <불감증>(1984),[406] <괴사>(1985) 등이 대학의 리얼리티를, <닷찌풀이>(1984),[407] <쟁기>(1986),[408] <딸>(1986),[409] <0번지>(1986),[410] <늪>(1987)[411] 등이 현장의 리얼리티를 심화시킨 경우이다.

이 시기 대학의 탈춤반이 아닌 연극반이 주축이 된 공연들에서는 탈춤을 활용한 전형적인 인물 창조와 표현주의적인 무용을 통해 억압자-피억압자의 대립적인 구도를 도식적으로 형상화시키며 야외의 대중적인 집회에서의 도모하고자 한 집단적 운동성의 창출에 기여했던 공연에 비해 전통적인 무대극 양식에 기반한 작품들이 창작된다. 그런데 1980년대 중후반 대학연극은 위에서 살펴본 노동연극의 형식적 변화와 같이 학내의

---

406 서울대학교 인문대학연극회 제 5회 정기공연, 1984년 11월 30일, 12월 1일 서울대학교 교수회관.

407 이화여자대학교 사범대학연극회 제 13회 봄 워크샵공연, 1984년 4월 13일, 14일 이화여자대학교 가정관 대형강의실 609호.

408 덕성여자대학교 국어국문학과 정기공연, 1986년5월 23, 24일 덕성여자대학교 쌍문동캠퍼스 중앙잔디.

409 이화여자대학교 총연극회 제 2회 정기공연, 1986년 5월 28~30일, 이화여자대학교 학관 레크레이션홀.

410 숙명여자대학교 경제학과 제 4회 정기공연, 1986년 9월 10일, 11일, 숙명여자대학교 숙연당.

411 이화여자대학교 가정대학, 인문대학, 자연대학 연극회 합동공연, 1987년 11월 9일~11일, 이화여자대학교 가정대학 소극장.

실내무대에서 연극적 사실주의가 강화된 재현의 전략을 취하고 있으며 이를 통해 대학생의 현장 지향성이 결코 동일성의 논리로 환원될 수 없음을 인물 형상화와 사건 설정, 장면 제시의 전략을 통해 보여준다. 이는 1980년 광주항쟁 직후 암울한 학내 분위기 속에서 야외 집회의 문화적 형식이 되었던 대학 마당극에서의 활력이 1983년 말 유화국면 이후로 또 다른 국면에 접어들었던 한편, 실제 공연 장소로 학내의 강당과 강의실 등 실내 공간이 채택되었기 때문이다.

운동의 차원에서 1980년대를 중반을 경과하며 민중주의의 강령들은 더욱 강렬한 차원의 것이 되었다. 이른바 '삼민', 즉 민족, 민주, 민중은 1980년대 학생운동을 설명하는 핵심적인 이념으로 부상했다. 학생운동에서 민족, 민주, 민중의 개념이 3민으로 정리되며 하나의 용어로 본격적으로 사용된 것은 1984년 후반부라 할 수 있는데, "민주주의라는 정치적 형식에 민중이 내용으로 채워져야만 민족주의가 완성된다.", "민주주의 실현을 위해 민중적 기반이 필요하고, 결과적으로 민족의 생존권을 확보할 수 있다."와 같은 구호는 세 가지의 '민'이 결합하는 방식을 보여준다.[412] 특히 이 구호들에서 '민중지향성'은 보다 본격화되고 대중화된 방식으로 나타났으며, 근로자와 농민, 도시 빈민에 대한 관심은 학생운동의 질적 성숙의 척도로 여겨졌다. 1985년 총학생회 선거에서 목동 철거민 문제가 이슈로 부각되며 선거집회를 이용해 목동 주민들의 하소연을 듣고 철거진상보고서가 배포되었다.[413] 고려대, 서울대, 성균관대, 연세대

---

412 황의봉, 『80년대 학생운동』, 예조각, 1985, 73면.
413 황의봉, 위의 책, 61면.

등에서 "민중생활조사위원회"가 구성되고, 각종 서명운동과 농활, 공활을 통한 직접적인 체험, 빈민문제와 관련한 사진전과 조사발표회 등 '역사의 주체'로서 민중의 삶의 형태에 대한 이해를 확충하며 연대를 도모하기 위한 프로그램들이 대중화된다.[414]

대학에서의 운동에 기민하게 반응하며 이를 자신의 정권을 위협하는 핵심적인 대항 세력으로 견제했던 군부 정권은 3민을 표방하는 학생운동 기구의 정의를 이용, 일부만 확장해서 해석하거나 오도하면서 학생운동 집단을 좌경화한 위험한 집단으로 소급시키는 방법으로 '이용'하기도 했다. 앞서 살펴보았듯, 1970년대 중반 이후 급격히 변화하는 사회 현실로 인한 문제가 가장 첨예하며 집약적으로 나타나는 곳이 노동자, 농민, 도시 빈민들의 삶의 현장으로 여겨졌으며, 이들의 '인권' 문제는 개발주의와 독재정권의 이데올로기에 대항하는 핵심적인 가치가 되었다. 현장적 전환과 민중지향적인 움직임들은 1970년대에 이미 시작되었지만 1980년대 보다 대중화되었으며, 민중지향적인 목적으로 설립된 학생운동 기구들로 현실화되었다. 당국은 이를 냉전 이데올로기로 거듭 소급하고 '민중민주주의', '민중해방'과 같은 표현을 좌경의식으로 해석함으로써, 이와 같은 학생운동의 흐름을 "계급혁명을 통해 자유민주주의체제를 전복하려는 움직임"으로 규정했다.[415] 민중지향적인 목적으로 설립된 기구들을 '삼민투'라는 용공 집단으로 규정하며 탄압하려 한 것은[416] 냉전 이데올로기를 통치 권력의 강화에 이용한 정권의 통치 방식을 대표적으로 보여준다.

---

414 황의봉, 위의 책, 45~46면.
415 황의봉, 위의 책, 90면.
416 황의봉, 위의 책, 73면.

당대 학생운동 또한 일부 정치세력화하며 패권주의로 환원되는 측면이 분명히 있었으며, 1985년을 전후한 시기부터 1990년대 초반까지 학생운동은 심정적 동의에서부터 정치 체제의 변혁에 대한 사유에 이르기까지 대학 내에서 넓은 스펙트럼을 가졌고, '강성화'된 운동 조직의 선동과 실패가 치열한 논쟁 속에 빠르게 대체된 시기였다. 그런데 이 시기 대학연극에서 사회에 대한 비판의 상상력과 자본주의와 냉전 이데올로기에 대한 응전이 여전히 '민중'을 매개로 하고 있으며 이전의 대학 마당극과는 다른 재현 방식을 보여준다는 점은 특히 주목해야 할 부분이다. 즉 이 시기 대학연극은 정권과 언론에 의해 자극적인 방식으로 전시되었던 학생운동 서사와 이에 대응하는 한편, 집단적인 선동성과 영웅주의에 매몰된 측면이 없지 않았던 운동 주도권의 입장에 포섭되지 않았음을 보여준다. 이는 이전 시기의 대학 마당극의 형식적 특징들을 갱신하면서 현장적 지향 속에 갈등하고 성찰하는 대학생 주체들의 문제를 구체화하거나 1970년대 중후반의 고발극의 목적을 이어받아 당대의 첨예하게 이슈화되었던 민중운동의 사건들을 알리는 방식으로 나타난다.

운동권 학생 인물 및 운동문화에 대한 다면적 형상화

'데모'로 통칭된 학내의 시위와 집회와 이에 대해 강력한 혐의를 덧씌우고자 하는 정권의 움직임은 운동권 조직에 대한 소속 여하를 떠나 1980년대 대학문화를 설명하는 주요한 표상이었다. 특히 이들 1980년대 학번 대학생은, 깃사 가족의 구성원으로서 크고 작은 국가의 통제 전략의 영향력에 대한 두려움을 불러일으켰다는 점에서 미시사적 차원으로 권력의 구조가 작동하게 만드는 매개이기도 했다. 그런데 1980년대 중후반 창작된 대학연극들은 흔들림 없는 의지를 가진 '투쟁적이고 강한 운동권 학생'이 아닌 가족사, 갓 청년이 된 이들의 내면성, 다중적 정체성을 가진 인간과 인간 사이의 만남이 가지는 일상적인 감정들에 의해 만들어지고 흔들리며 재규정되는 '복합적인 운동권 학생'의 이미지를 보여준다. 이것은 학생운동의 집단적 정치주의가 괄시할 수 있었지만 분명한 심리적 실체였던 당대 민중운동의 대학문화 내에서 흔들리던 대학생 자신의 정체성을 드러내는 작업이었다.

먼저 대학생이 민중지향적인 운동을 하며 겪는 내적인 갈등들을 보여주고 인물 각각의 전사를 통해 계급/계층적인 다층성을 조명함으로써 오히려 반제국주의의 역사 인식과 현실에 대한 비판적 성찰을 유도했다. 즉, 이 시기 일상적 생활 감각에 기반한 사실성을 강화시킨 연극적 사실주의의 전략은 이전 시기 미얄, 쇠뚝이, 홍동지 등 민속의 인물형을 현실에서 고통을 감내하지만 이를 극복할 원천적 힘 또한 가지고 있는 신성한 존재로서 전유하는 환원주의에서 벗어날 수 있게 해 주었다. 이를 잘 보여주는 것이 고려대학교 극예술연구회의 제53회 정기공연인 <괴사>(1985)와 서울대학교 인문대학연극회의 제5회 공연으로 이루어진 <불감증>(1984)이다.

고려대학교 극예술연구회에 의해 공연된 <괴사>는 이 시기, 연극반의 창작극이 대학의 운동 문화와 접합하며 만들어진 특수한 형태를 보여준다. 직전 해인 1984년 공연된 작품인 <똥>이 김지하의 <분씨물어>를 개작하여 미국, 일본 등 제국주의에 의한 한국 민중의 고통을 '비조, 영촌대,

일촌대, 이촌대' 등과 같이 전형화시킨 인물들을 통해 형상화하며 탈춤의 구성 방식을 따랐던 것에 비해 이 작품은 오히려 다양한 서구 무대극의 극작술에 기반하고 있다. 이 작품은 소위 '운동권' 고려대학교 학생을 주인공으로 하여 검문 당시 전경을 밀어 상해를 입힌 혐의로 법정에 서는 것을 주요 사건으로 하여 당국의 탄압과 운동 세력 내에서의 갈등, 개인의 가족사 등 학생운동을 둘러싼 다양한 서사들을 교차시킨다. 즉, 이 작품은 학생운동 탄압을 위해 당국이 냉전/반공 이데올로기에 기반해 학생운동의 강령과 언어들을 이용하던 전략들을 비판하면서도 한 인물에 얽혀 있는 다양한 감정과 상황들을 극적으로 보여줌으로써 학생운동을 당위성과 우상화에 위치시키는 것이 아니라 개인과 시대, 감정과 인식, 현장과 대학이 다층적으로 얽힌 사건으로 형상화한다.

<괴사>는 김민수라는 학생 인물을 중심으로 학생운동의 주체들을 이전의 대학 마당극들에서와 같이 운동을 선동하고, 운동에 참여하지 않는 학생들을 비판하는 존재가 아니라 흔들리는 존재로 형상화한다. 대학생이면서 '시골집'에서 상경한 고학생이라는 주인공 민수의 계층적 복합성, 지식인과 민중의 만남과 폭력에 관한 "써클실"에서의 논쟁, 노동현장 운동에서 지식인의 역할에 대한 혁준과의 논쟁, 강성 운동 주체였던 혜진의 졸업 후에 변한 모습 등은 '강성화'되어 갔다는 학생운동 서사가 결코 동일한 차원으로 소급되지 않으며 다층적인 얽힘 위에 있었음을 보여준다. 이와 같은 학생운동과 관련한 서사적 다층성과 깊이를 반영하게 된 것은 대학극으로서 학생들이 느끼는 현실성을 반영하는 과정에서 비롯된 것이다. 즉 이 시기 운동문화와 접합된 연극 공연들은 대중적 집회 형식

의 대학 마당극의 전형성과 도식성에 의해 포착되지 않았던 운동 기구 안의 분열, 현장 운동에서 겪었던 갈등들, 개인적 감정과 가족사 등에 대한 재현을 통해 사회과학적인 인식 기반의 당위성에 대한 집단적인 학습 안에서 강조되었던 강건함과 의지의 너머에 나약함과 흔들림, 그리고 다층적인 정체성을 재현함으로써 더욱 풍요로워졌다.

서울대학교 인문대학연극반에 의해 1984년 공연된 <불감증>의 경우도 이와 같이 학생 집단의 리얼리티를 강화하는 방식을 보여준다. <불감증>은 "대학 재학 중 입대"한 강일병과 "고졸이며 농촌 출신"인 한일병을 주인공으로 하여 전방의 군사 공간에서 일어나는 모순적인 사건을 다룬다. 이 작품은 분단과 냉전 이데올로기에 의해 고통을 겪었던 농촌 출신 한일병과 대학생이지만 서울 변두리에서 미군 부대에 종속된 일거리를 통해 생계를 유지했던 강일병의 가족사, 정권의 이데올로기 통제를 수행하는 팽중사의 학벌 콤플렉스와 같이 극중 인물들을 한국 현대사의 주요한 역사적 쟁점들 속에 일정한 희생과 고통을 겪었던 인물로 형상화함으로써 극의 현실성을 강화한다. <불감증>은 '전방'이라는, 냉전 이데올로기가 현시된 공간을 극적 공간으로 채택하면서, 왜곡된 한국의 현대사의 고통을 개별 인물들의 전사를 통해 구체화 시킨다.

> 한일병 집은 부자였습니까? 아버지가 사업을 하시는 모양이죠?
> 강일병 우리 아버진 아주 유능한 사업가였어. 그래서 우리집도 부자일
> 　　　　수밖에는 없었지.
> 　강일병과 한일병이 있는 쪽의 조명 꺼지고 무대 좌측에 스포트라이트. 그
> 러나 강일병과 한일병은 퇴장하지 않는다. 강일병의 어머니가 계산기를 두드

리고 있다. 돈을 세는 그의 어머니. 술병을 들고 비틀거리며 등장하는 그의
아버지.

(중략)

무대 좌측 조명 out. 강일병과 한일병 쪽의 조명이 다시 밝아진다.

강일병 우리 아버진 피난 내려온 이후론 줄곧 기지촌에 계셨지. 처음엔
돈을 많이 모으셨어. 그러다가 동업하던 사람이 배신하는 바람에
손해를 많이 본 모양이야. 결국 그 사람을 돌로 쳐서 중상을 입히
고는 5년 동안 감방에 있었어. 나온 후로는 줄곧 술타령이고, 어머
니가 대신 그 장사를 이어 받았어. 지금도 양키물건장사 물주를
하신다. 어렸을 때 나는 밥 대신 미군부대에서 나온 빵을 먹고
초코렛을 먹고 살았어. 그런데 한일병, 그런 아버지가 말이야, 고
향 얘기를 하실 땐 눈빛이 아주 맑아지거든. 고향에 대한 그리움
때문에 동심으로 돌아가는 거지.[417]

1970년대 중후반 이후 종속 이론에 기반한 비판적 세계사의 인식은
1980년 5월 광주를 거치며 '반미주의'로 구체화 되고, 이는 학생운동의
주요한 현안이 된다. 운동권 세미나에서 농촌과 공장에 대한 세미나와
함께 '지하 경제'에 대한 학습은 중요한 대목이 되었다. 그렇기 때문에
'호스티스'라는 표상은 대학의 운동권 문화에서는 동두천, 파주 등의 미
군 부대 주변의 기지촌의 형성 맥락과 그 사회적 구조에 대한 인식으로
심화되어 나타났다. <불감증>에서 강일병은 자신을 대학에 오게 한 그

---

417 <불감증>, 『민족극대본선2-대학극편』, 71~73면.

'돈'이 '제국주의 미국에 대한 신식민지 한국의 종속'을 비극적으로 압축해서 보여주는 기지촌의 경제에서 온 것이라는 사실에 냉소하면서도, 자신의 부모 세대가 겪은 고통을 쉽게 비판할 수 있는 것으로 치부하지 않는, 갈등하는 인물로 그려진다.[418] <불감증>은 반제국주의, 반파쇼라는 구호로 통칭된 학생 운동의 사회과학적 세계 인식 기반을 개인사의 고통의 차원으로 형상화한다. 이 작품에서 대학생은 단순히 민중을 이끌어야 한다거나 혹은 자신의 안온한 위치를 극복하고 강성적인 실천 주체로 서는 것이 아니라 그 자신 가족사 속에 계급적 약자, 즉 현장의 일원으로 형상화 된다.

특히 <불감증>과 <괴사>는 모두에서 운동이 강성화되면서 비판의 대상이 되는 '먹물'로서 대학생의 특유의 심성을 배제의 대상으로 삼지 않는다. 나약함, 감상주의는 실재하는 혹은 오히려 운동적 정체성보다 본질적이며 지배적일 수도 있는 대학생 개인의 정체성으로 의미화된다는 점에서 중요하다. 이는 정권이 만들어내고자 한 '좌경'과 '용공'으로도, 또 운동권의 정치세력화에서 나타난 논쟁들의 강령주의에도 포섭되지 않는 지점이었다.

소대장이 시가 적힌 종이쪽지를 들고 서 있는 동안, 아래의 시는 강일병과
나머지 배우들 모두에 의해서 낭송된다.

---

418 이와 같은 미국에 의한 종속 경제를 기지촌의 경제와 연결하는 인식은 영화 운동의 결산인 <오! 꿈의 나라로>(1989)에서 5월 광주에서 도망친 운동권 대학생을 매개로 서울 근교의 기지촌에 은둔하며 미군이 개입한 지하 경제와 '양공주'가 재현되는 것에서 출현하기도 했다.

강일병 아버지는 거인이다. 기를 쓰고 올라가도 올라가도 내가 맴도는 것은 그의 허리께, 기껏 확인하는 건 아버지의 심장을 겨눈 내 총신의 싸늘함이다.

코러스 아버지는 거인이다. 능선, 참호, 철조망. 그 너머로, 아 눈부신 초록이여. 비무장지대는 아름다웠다. 대전차지뢰와 위장매복조의 살기를 내뿜는 원시의 초록, 그는 밤이면 멧돼지 울음소리, 노루 발자국 소리, 나직한 암구호 복창소리 같은 이전 그의 것인 음성을 확인한다.

새벽녘, 머얼리 임진강이 또한 그의 봉화인 안개를 자욱이 피워 올리고 그 1980년대의 진경산수 속으로 점점이 박히는 노고지리의 노래. 금속성 음향이다, 사랑의 이중창은. 아무도 없는 공화국 인민의 쓸쓸한 너의 아파트. 제국주의자들의 간악한 바람 부는 갈대숲을 지나 우리의 위대한 어버이이신, 미움에 대한 사랑의 이중창이 신명 하는 새벽, 우리 혹은 또 다른 우리는 두 개의 스피커에 맞추어 총검체조를 한다.

강일병 쓰러져 주세요 아버지. 태풍 같은 건 항상 있었습니다.

나부끼는 것은, 흔들리는 것은, 훨훨 날아오르는 것은 어디에나 있었습니다. 이 땅에 조용히 쓰러져 주세요, 아버지. 비로소 당신의 아들들이 확실하게 비틀거릴 겁니다.

코러스 아버지는 난장이다. 그의 응어리진 가슴이나 으스러진 어깨를 보기 위해선 고개를 많이 숙여야 한다. 눈을 가늘게 떠야 한다.

아버지는 난장이다. 흰칠한 비로봉이나 개마고원의 전나무 가문비 숲을 보기 위해선, 보길도 앞바다의 자수정빛 목마름을 보기 위해선 고개를 아주 가슴에 파묻고 눈을 가볍게 감아야 한다. 하늘엔 헬리콥터가 떠 있다. 폭격기가, 전투기편대가 떠 가곤 하지만 솔개 한 마리 떠 있지 않더라도 아버지는 확실히 난장이다.

소대장 정말 난해한 시군. 나로서는 시의 의미를 제대로 이해하지 못하겠
  는데. (시를 강에게 건네준다.) 어쨌든, 오늘은 검열이 나올 테니까
  각자 정리 정돈 철저히 할 것. 알았나?

두 사람 퇴장. 팽중사와 강일병은 앉는다.

팽중사 공화국 인민, 제국주의자, 위대한 어버이라? 아무리 시라고 하지만
  뭔가 심상치 않은데?[419]

위의 인용은 <불감증>이 남과 북 양 정권이 냉전 이데올로기를 강화하
기 위해 활용했던 언어와 소리를 패러디한 압축적 시편을 통해 대항 공론
장을 창출하였음을 보여주는 장면이다. '난장이' 표상은 냉전 이데올로기
의 편향성과 억압성을 비판하고 이에 대한 대안적 상상력을 가능하게
하는 매개이다. 구체적으로 이 시는 '거인' 아버지와 '난장이' 아버지를
대비하고, 대남/대북방송의 소리들과 비무장지대의 시각적이고 청각적
인 원시림적인 이미지들을 교차시킨다. '거인' 아버지는 죽어야 하며, '난
장이' 아버지는 추구되어야 한다. 쓰러져야 할 '거인' 아버지는 비무장지
대의 시각적이고 청각적인 원시림적인 이미지들과 대비되는 "금속성의
음향"이며 극의 2장에서 무대 스피커에서 흘러나왔던 전방에서 들을 수
있는 '대남 방송'의 언어들이다. 이에 대한 대안이 '난장이'라는 것, 이
난장이가 북쪽 끝인 개마고원에서 남쪽 끝인 보길도까지 국토의 이미지
와 교차되는 것은 조세희가 『난장이가 쏘아올린 작은 공』에서 포착한

---

419 <불감증>, 『민족극대본선2-대학극편』, 풀빛, 1988, 88~89면.

것으로서 민중의 이미지가 개발주의 한국 사회에서 고통의 최전선에 있는 존재이자 지금-여기의 비정상성에 대한 대안적 삶에 대한 상상을 실어 나르는 매개가 되었던 순간을 보여준다.

한편 위의 시편에서 드러나는 서정성은 비단 국가와 냉전 이데올로기에 대한 대비적 감각이기도 했지만 "전투적"으로 운동하는 학생들의 투철한 '인식성'에 비교되는 심성이기도 했다. 문화패 일원들이 작품의 창작과 제작의 단계에서 표현주의와 상징주의 등의 기법에 대한 비난과 자가 검열에 부딪칠 수밖에 없었음은[420] 이 시기 운동에 있어서의 투쟁성 강화와 인식적 투철성의 강화를 위한 논쟁들에 배제의 논리가 강력한 방식으로 작동하고 있었음을 보여준다. '문화주의'에 대한 논쟁과 반성적 시선은 이와 같은 맥락에서 이루어진 것이다. 운동권 세력의 전투적 자세가 분명 시대에 대한 울분이라는 '감정'을 경유한 것이며, 실제로 이들의 독서 체험은 감정적 선동을 가능하게 하는 작품들을 경유한 것이었다.[421] 그럼에도 광주의 '실패'를 반복해서는 안 된다는 강력한 역동은 운동권 문화 내에서 고통에 대한 이해로서 감정/정서 보다 '인식'의 투철성과 과학성을 강조하는 경향을 만들었다. 그렇기 때문에 낭독되는 시의 언어가 만들어 내는 서정적 효과는 머뭇거리는 인물로서 강일병의 인물 형상화와 계급적 정체성과 함께 운동문화의 강령주의를 넘어서는 정동적 진실의 중요한 한 대목이었다.

---

420 「「통일밥」 연술한 수인석씨-그때는 서성속을 쓰기 힘들었던 시내」, 『내학신문』, 1999.11. 5., 9면.

421 정종현, 「투쟁하는 청춘, 번역된 저항-1980년대 운동 세대가 읽은 번역서사물 연구」, 『한국학연구』, 인하대학교한국학연구소, 2015.

이처럼 학생운동을 비합법적인 이적 활동으로 규정하고자 한 정권과 수사 기관, 그리고 이를 도왔던 사법기관과 언론의 언어적 규정력에 대해 대항하는 언어와 감각적 형상화의 전략이 나타난다. <괴사>의 경우 보다 본격적으로 학생운동과 관련한 일화를 다루고 있으며, 형사와 민수의 언어적 대비와 배우의 몸에 칠해진 "빨간 페인트", 코러스를 통해 학생운동의 감정들과 대비되는 신문기사, 정권의 발표 등과 같이 다성적인 표현의 형식을 통해 이를 극적으로 형상화한다. 야학활동을 하던 인물이 사회로 진출한 이후 노동운동과 연루되는 일화를 다룬 <늪>에서도 이와 같은 사법기관과 운동의 언어 간의 대비가 나타나며 정부기관의 폭력적 언어는 학생-노동자 간의 인간적인 유대를 좌경과 용공의 언어로 해석한다. <늪>의 마지막 장면은 주인공이 묵묵하게 가족사에 있어서 과거의 계급적 영화에 대한 집착을 나타냈던 '땅문서'를 직접 태우는 것과 학생운동을 "좌경·용공 세력"으로 규정하는 방송의 제보 소리를 교차시킴으로써, 당국의 이데올로기적 책략의 폭력성을 견뎌내고 인간적 가치를 지키는 한 개인의 모습을 다중적 감각을 통해 형상화시킨다. 이와 같은 감각적 다층성은 이 시기 작품들이 '민중 지향성'으로 인해 일정 부분 빚지고 있는 대학생-노동자의 만남을 그리는 설정의 작위성을 초과하며, 학생운동 안에 넘쳐나던, 타인의 고통에 대한 감수성에 기반하여 자신을 뛰어넘는 행위를 자초했던 국면들을 극적으로 형상화한다.

인문대 연극반 공연 '불감증'
(출처: 『대학신문』, 1984.11.30.)

인문대 연극반 공연 '불감증'
(출처: 『대학신문』, 1984.11.30.)

인물-배우가 꼭 10명일 필요는 없으나 이 극이 갖는 일루전 파괴 효과를
위해 1인 2역, 1인 3역이 필수적이다.

분장, 의상의 도움보다는 사투리의 적절한 사용이 역할 변환을 더욱 극적
으로 할 것이다.

배우들은 시종일관 무대 양옆에 앉아 있고, 사건의 목격자, 법정의 배심원
처럼 극을 관람하면서 희랍극의 코러스, 사면극의 악사 기능을 수행한다.

무대-노출되지 않은 것은 아무 것도 없다.

주된 공간이 법정이므로 검사석, 변호인석, 피고석이 마련되어 있으나 진
행에 따라 취조실, 면회실, 시골집, 학교 잔디밭, 하숙방, 교회 등의 장소로
바뀌므로 지극히 기능적이다. 관객의 상상력에 의거한 이러한 장소 이동
은 조명의 도움을 받는 것이 가장 손쉬울 것이다.[422]

한편, <불감증>과 <괴사>를 비롯하여 이 시기 대학 연극들이 실내 무
대극의 공연에 적합한 "다성적인 표현구조물"을 축조할 때[423] 무대 장치
를 최소화하고 그리고 대부분 비어 있는 무대를 기반으로 서사극적인

---

422 <괴사>, 『민족극대본선2-대학극편』, 118면.
423 심형기, 앞의 글, 274면.

역할 바꾸기와 공간, 조명 및 코러스를 활용하고 있다는 점이 두드러진다. <불감증>의 경우 "후면에 30cm 높이의 덧마루를 길게 늘어놓고 단"을 형성한 것과 무대 전면 관객과의 경계 앞에 철조망을 설치한 것 외에 "특별한 장치"는 없으며,[424] <괴사>의 경우 적극적으로 "일루젼 파괴 효과"를 명시하며 배우들의 일인 다역을 지시한다. 또 분장과 의상보다 사투리와 조명을 통해 역할과 장면을 전환했다.[425] 특히 두 작품에서 모두 배우들은 자신들이 등장하지 않을 때 무대 뒤의 공간으로 가는 것이 아니라 관객들이 보이는 무대의 양옆에 노출되어 있는 것으로 설정되어 있다. 즉 장치의 소박함은 대사와 연기를 통해 가상을 창출하는 연극적 놀이성을 견인했다. 이는 비단 코러스, 서사극 전략과 같은 기법 차용의 유무의 문제에 관련된 것이 아니다. 앞서 살펴보았듯이 대학연극 특유의 시설의 미비에서 비롯한 무대 공간의 소박함은 연극적 가상을 창출하는 힘으로 견인될 때 특히 그 가치가 드러났다. 이 시기 운동적 목적을 공유한 문화패의 활동은 교양과 유미주의적 취향에만 혹은 민중 집단의 형상화를 위한 도구로만 연극을 국한시키기 않았기 때문에 창조적이었다. <불감증>과 <괴사>에서 나타난 서사극적 무대 구성과 다층적 감각의 활용 방식은 이 시기 대학연극이 인물과 대사에 대한 깊이의 고려와 다층적 감각의 활용을 통해 대학생 관극 집단에 공명할 수 있는 연극적 가상을 창출했던 한 국면을 보여 준다.

---

424 <불감증>, 『민족극대본선2-대학극편』, 66면.
425 <괴사>, 『민족극대본선2-대학극편』, 118면.

3. 극장에서의 유희적 형식과 연대의 임계

앞 장에서 극단 연우무대의 사례를 통해 살펴본바, 대학 문화패를 기반으로 전개된 마당극 운동은 공연 공간과 문화 제도의 메커니즘 위에서 정치적 진보성에 대한 기준과 재현의 윤리, 기교와 표현과 관련한 문제가 어떻게 이해를 달리하는가를 보여준다. 1980년대 중후반, 극단 연우무대가 본격적으로 특유의 대중성을 획득한 공연으로 주목받고, 1987년을 전후하여 극단 현장과 극단 한강, 놀이패 한두레 등 서울의 연극 단체와 극단 일터 등 지방의 연극 단체가 노동연극 단체가 지방/현장 순회공연과 함께 극장 공간에서의 공연을 병행하며 이루어낸 성과는 동시대의 현실을 무대에 담고자 했던 마당극 운동의 움직임이 어떻게 한국현대연극에 활기를 불어넣을 수 있었는가를 논증할 수 있게 한다. 기존 연극사/비평사에서 이에 대한 해석은 '마당극', '전통극', '실험극'이라는 기존 연극을 해석해 온 양식적인 차원의 발전과 계승의 차원에서 이루어졌다.

하지만 연행예술운동을 통한 다양한 공연 공간과 관객에 대한 대응의 경험은 연극이라는 장르의 형식을 오히려 전통 연희의 개방적 형식 안에 재사유할 수 있도록 했으며, 관객의 문화적 감수성과 비판적 인식의 요구에 따라 변용되도록 했다. 극단 연우무대를 비롯하여 극단 학전, 차이무, 아리랑의 활동을 통해 확인할 수 있듯이, 연행예술운동의 일원들은 다수가 1980년대에서 1990년대를 전후로 제도권 연극장에서 활동을 본격화한다. 극단 연우무대의 <한씨 연대기>(1985), <칠수와 만수>(1986), <새들도 세상을 뜨는구나>(1988), 극단 아리랑의 <갑오세 가보세>(1986) 극단 차이무의 <늘근 도둑 이야기>(1989)와 극단 학전의 <아빠 얼굴 예쁘네요>(1987)

가 보여준 새로움은 복합적인 것이다. 이는 비단 현장에 대한 문제의식으로 대표되는, 당대의 한국 현실에 대한 비판적 인식에 국한된 것이 아니었다. 이 공연들은 운동적 목적하에 이루어진 다양한 공연 공간과 관객성에 대한 경험 하에 제도적 민주화를 전후한 시기, 비판적 문제인식을 담아내면서 연극 본연의 놀이성을 참조하며 관객의 오락과 즐거움을 창출했다.[426]

이에 본 절에서는 먼저 연행예술운동이 극장이라는 메커니즘 하에서 나타났던 새로운 공연 방식을 살핀다. 마당극 운동은 극장에서의 현실주의로 계승되었고, 이는 소박한 무대와 배우의 활력을 기반으로 연극성의 창출로 나타났다. 이는 운동의 활력을 극장의 관객층과 공유하는 한편 1990년대 연극사를 예비하는 성과였다. 이를 위해 본절에서는 먼저 1987년 민족극 한마당에 대한 연극평론 담론을 살핌으로써 민중적 형상이라 여겨진 극의 형식과 표현방식 자체를 마당극 운동이 공연계에 미친 영향으로 볼 수 없음을 살핀다. 이후 민중 지향성에 기반한 현실 비판적인 문제 인식이 드러나면서도 소극장에서 새로운 공연 미학을 보여준 극단 현장의 <횃불>(1988)과 극단 연우무대의 <새들은 세상을 뜨는구나>(1986)를 중심으로 장면 구성과 극작술, 무대 형상화의 특징을 분석한다.

---

426 해당 시기 민중운동의 맥락에서 이루어진 예술운동은 미술, 영화, 만화 등 다양한 장르와의 장르간 교섭을 이끌었으며 새로운 예술형식의 발견을 견인했다. 특히 이는 운동의 유효성, 즉 수용자/향유자에 대한 고려를 기반으로 이루어졌다. 즉 이 시기 예술운동에 대한 재평가는 민중적인 제재 자체의 문제보다 이것이 새로운 예술형식의 발견을 견인하게 되는 맥락들에 대한 해석을 통해 이루어져야 한다.

마당극운동에 대한 오해와 정체

70년대 전후에 태동하여 80년대 초에 비상한 관심을 모으며 출발했던 마당극 운동은 전통 탈춤의 공연양식에 착안한 마당극에서 대동놀이의 공동체적 신명을 중시한 마당굿으로, 그리고 이제 정치적 민족현실을 민중적 입장에서 형상화하고자 한다는 보다 포괄적인 의미의 민족극으로 그 개념을 확대 변천시켜 왔다. 그러나 주최 측에서도 회보의 글을 통해 인정했듯이 **최근의 민족극은 질적인 면에서 답보상태를 면치 못하고 있었던 것**이 사실이다.

지난 호에서도 다루었듯이 페스티벌에 참가한 대부분의 공연들은 구태의연한 감이 있었다. 즉 다루는 소재가 조금씩 다를 뿐 기본적으로 춤-촌극식 에피소드 나열-춤이라는 도식적 패턴으로 진행되었다. 극 자체의 현실적 필요성이나 아마추어리즘을 감안하더라도 내용의 심도나 극적 표현 역시 10년 전의 수준에 머물러 있었다.

(중략)

지나치게 단순하게 유형화된 인물, 피상적인 풍자, 의식으로 굳어지기 쉬운 춤을 경계할 필요가 있으며, 이제 마당극에서 민족극으로 개념을 확장한 만큼 기존 마당극의 양식적 상투성을 깨뜨릴 다양한 실험들이 시도되어야 한다. 특히 **실내무대에서 이루어진 이번 축제**를 통해 **사실적 표현과 양식화된 표현의 조화 문제**가 더 뚜렷이 드러났다.(강조-인용자 주)[427]

1988년 서울 종로3가의 '미리내 예술극장'에서는 3, 4월 두 달 동안 '민족극한마당'이 개최된다. 이는 1980년대 중후반 각 지역 단위에서 민중운동의 목적을 공유하고 활동하던 전문 공연단체들의 공개적이며 집단

---

[427] 김방옥, 「우리 마당극의 현주소」, 『월간조선』, 1988.6.

적인 행사로 기획되었다.[428] 위의 인용은 민족극한마당에 대한 관극평으로, 이 당시의 연극평론 담론은 비단 정치적 연극에 대한 일방적인 시선만을 담아내는 것만은 아니었다. 이는 연행예술운동에서 이루어졌던 다양한 극 형식의 창안이 공연의 수행적 조건과 관객 구성에 따라 변용되는 것이 아니라 일방적으로 계승될 때의 문제를 지적한다. 즉 실제 전통극 형식의 차용, 민중사학에 근간한 민중 집단에 대한 형상화의 방식들, 혹은 촌극의 짜깁기 혹은 에피소드식의 장면 구성과 같은 다양한 공연 형식 자체가 '진보적인 것'은 아니기 때문이다.

이는 비단 기성극계와 연행예술운동 집단 사이의 대결을 보여주는 것이 아니라 제도적 민주화가 이루어진 1987년 이후, 비정상적인 국가권력의 통제에 의해 역설적으로 발생했던 공연의 활력이 전제되지 않는 상황에서 운동이 종결될 때의 한 풍경을 보여준다. 실제로 민중에 대한 집단적 형상화는 갱신되지 않는 민중주의로서 또 하나의 이데올로기가 될 수 있으며, 초창기 공연의 수행적 조건에 부응하며 만들어진 극적 형식들을 관성적으로 활용할 수 있기 때문이다. 하지만 한편으로는 "지나치게 단순하게 유형화된 인물"과 "피상적 풍자", "의식으로 굳어진 춤"이 공연 현장의 조건에 따라서는 관객들의 참여적 반성을 이끄는 유효한 도구가 될 수 있다는 점은 평자들이 놓친 지점이었다.

---

428 이때 행사를 계기로 '전국민족극운동협의회(현 한국민족극운동협회)'가 결성된다. 1980년 후반 정치적 긴장이 해소되어가는 과정과 함께, 민족극한마당은 지역축제 활성화 정책과 연동되면서 축제 지향의 마당극으로 성격을 띠게 되며 현재까지 계승된다.(이에 대해서는, 조훈성, 「민족극 운동의 정치의식 변화에 대한 일고—1970, 80년대 마당극과 민족극한마당 전개를 중심으로」, 『한어문교육』 27집, 2012, 439~443쪽 참조.)

극장 그리고 노동운동 현장에서 — <횃불>(1988)

이처럼 1980년대 후반은 지방의 마당극 극단들이 대거 창설되고, 활성화됨과 동시에 오히려 마당극 운동의 퇴보가 시작된 시기로 기록된다. 하지만 한편에는 노동자 대투쟁 이후 대중화된 노동현장공연이라는 새로운 수행적 조건을 맞아 이전의 마당극 운동의 성과를 집약하며 활성화된 노동연극의 간과할 수 없는 움직임이 전개된 시기이다. 1980년대 초중반 현장의 문화운동을 담당하던 일원들은 1987년 6월 항쟁과 노동자대투쟁을 계기로 확대된 노동 집회 공간이라는 새로운 공연 공간에서 순회공연을 기반으로 새로운 성장세를 보였다. 서울의 극단 현장과 놀이패 한두레, 부산의 극단 일터가 이를 대표한다. 특히 이 시기 노동의 의제는 반체제와 새로운 사회에 대한 대안의 모색에 있어서 가장 중요한 현안으로 부각되기 때문에 전국적으로 '진보적인 연극운동' 즉 민중운동의 목적을 공유하는 연행집단의 공연은 대부분 노동연극으로 채워졌다. 노동연극 전문 극단의 활동은 1990년대 초반까지 순회공연을 통해 다양한 공연 현장과 시기별로 의제가 달라지며 급박하게 전개되던 노동운동의 의제와 관련하여 자신의 문제를 해석하던 관객들을 대면하면서 발전했다.[429]

그런데 이 노동연극 단체들의 순회공연 못지않은 분량을 차지한 것이

---

[429] 노동연극에 국한할 때, 제도적 민주화가 이루어졌다고 여겨지는 1987년은 노동자대투쟁 이후 노동운동현장이라는 새로운 공연 공간으로의 확대로 나타났기 때문에 연행예술운동이 종결된 시점이 아니라 새로운 활력을 부여받은 기점이었다. 그런데 이는 1960년대부터 이어진 민중운동 담론과의 결을 달리하여, 1987년에서 1992년이라는 특수한 시대적 조건 위에서 해석되어야 한다. 이에 대해서는 노동운동 담론에 대한 이해와 각 지역 극단의 노동연극 현장 활동에 대한 자료 조사를 기반으로 한 후속 연구를 기약하고자 한다.

연극전용 극장에서의 공연이었다. 실제로 극단 현장은 순회공연과 함께 소극장 장기공연을 통해 대학생 관객을 만났으며, 극단 현장의 <햇불>은 이를 가장 잘 보여주는 작품이다.[430] <햇불>의 경우 한독금속, 청계피복, 인천지역노동조합협의회 등 다양한 업종의 노동조합 투쟁 현장에서 공연됨과 동시에 진보적 연극운동의 활동 공간이었던 종로의 미리내 극장, 신촌의 예술극장 한마당 등과 5~6월 축제의 초청 공연으로 많은 대학에서 순회공연 되었다.[431] 물론 극단 현장의 목적은 노동현장의 정서를 제대로 포착해 공연 속에 담아내어 노동자 관객들에게 힘이 되는 공연을 하는 것이었다. 또한 이들은 소극장 공연에 앞서 인천의 백마 교회와 같은 지역의 노동자 활동의 거점 공간에서의 공연을 통해 먼저 평가와 수정의 과정을 거쳤다.[432] 그럼에도 이들의 주요한 공연 공간이 대학과 대학가의 소극장이었으며, 노동자 감성 못지않게 중요했던 것은 이들 대학-지식인 관객 집단에게 노동의 의제를 유효하게 전달할 수 있는 공연 방식이었다는 점이다.

첫째마당—전태일굿

(불이 모두 꺼진 깜깜한 어둠 속에서 "내 죽음을 헛되이 하지 말라" "근로

---

430 민족극연구회 편, 「<햇불> 작품해설」, 민족극대본선 3-노동연극 편, 195면. 극은 노래와 촛불, 제문 형식의 낭독을 통해 전태일에 대한 추모의 형식을 갖춘 첫째 마당과 상경하여 서울에 정착하는 노동자의 일상을 담은 둘째 마당, 작업장의 모습을 다룬 셋째 마당, 노동조합과 임금 투쟁의 문제를 다룬 넷째 마당, 그리고 무대에 있던 고를 풀며 전통 대동놀이의 '뒷풀이'의 형식으로 노동 열사들의 신위를 태우고 길닦음을 하며 극을 마무리하는 다섯째 마당으로 이루어져 있다.
431 어연선, 「극단 현장의 노동연극 연구」, 동국대학교대학원 석사학위논문, 2019, 93면.
432 어연선, 위의 책, 91면.

기준법을 지켜라" "생존권 아니면 죽음이다"라고 쓴 흰 머리띠를 두른 배우들, 손에 촛불을 들고 전태일 초상을 앞세우고 진양조의 장단에 맞춰 판을 돌며 입장한다. 배경음으로 구음 살풀이가 깔린다. 남향에서 등장하여 북향에 초상을 안치하고 원을 그리고 돌아서서 엄숙하게 「전태일 추모가」를 부른다.)

지금도 가슴속에 파고드는 소리
전태일 동지의 외치는 소리
근로기준법을 지켜라 헛되이 말라
외치던 그 자리에 젊은 피가 끓는다
내 곁에 있어야 할 그 사람 어디에
다시는 없어야 할 쓰라린 비극.

(노래를 부르면서 배우들은 가지고 있던 촛불을 관객들에게 건네주고 자신들은 초상 앞에 무릎을 끓는다. 맨 앞에 선 제주가 두 번 절을 하고 제문을 읽는다.)

오늘 무진년 사월 초이틀
여기 우리 노동자들이 모여 축원 덕담 비옵니다.
위로는 녹두장군으로부터 전태일 신장 박종만 박영진 신장
민주영령 노동열사 설설이 내리시어
노동해방 이뤄지게 하소서
노동삼권 근로기준법 8시간 노동은 간데가 없고
낮이나 밤이나 매수 빼는 연장 철야 귀신
한다고 해도 어쩔 수 없이 나오시 불량 귀신
저임금귀신, 부당해고귀신, 불법연행 구속귀신
요런 놈들은 도깨비 방망이로 후려쳐 물러치게 하시고

내집 내방 없는 노동자들에겐 아담한 보금자리를

쥐꼬리봉급 터지는 한숨에는 임금인상을

노총각, 노처녀에게는 처녀, 총각을

멸시천대에는 평등을 열등감에는 깡다구를

관리자들 잔소리에 서로서로 짜증만 내는 우리 사이엔

아껴주고 사랑하는 마음을 가득 채워

우리 노동자가 뭉치고 단결하여

모두가 해방되는 인간다운 세상을 이뤄지게 하소서

잡귀잡신은 물알로 만복은 이리로

상향.

(제주가 제문의 거의 끝부분을 읽을 무렵에 「횃불을 들자」 노래를 한다)

(굿거리)

횃불을 들자

횃불을 들자

어둠을 물리치는 횃불을 들자

이손 저손 이공장 저공장

어둠을 물리치는 횃불을 들자

(노래가 웅얼웅얼 고조되면서 다같이 굿거리장단에 맞추어 횃불이 일렁이
듯 넘실넘실 춤을 춘다. 다시 「횃불을 들자」가 좀더 빨리 반복되는 가운데
춤이 끝나고 배우들은 판의 둘레에 빙 둘러앉는다.)[433]

---

433 <횃불>, 197~198면.

<햿불>(1988)은 같이 순회공연을 위한 기동성을 기반으로 하여 노동조합 투쟁 현장에서 일어날 수 있는 특정한 사건을 중심으로 한 "유기적 갈등 전개 방식"을 보여주는 사실주의극의 극작술을 기반으로 하면서도 양식적 연기와 노래를 배치하며 다성적인 표현구조물을 만드는 방식을 보여준다. <햿불>은 굿과 고풀기로 이루어진 앞풀이와 뒷풀이 성격의 첫째, 다섯째 마당과 서울 상격의 서사를 담은 둘째 마당-작업장의 생활 환경을 보여주는 셋째 마당-일상과 임금투쟁을 위한 과정을 그린 넷째 마당으로 구성되어 있다.

그런데 그 형식적 구성에서는 단순하지 않은 것이 무대극 양식의 갈등 전개 양상 속에서도 <햿불>은 실제로 1970년대부터 시작된 마당극 운동에서 모색되어 온 창작극, 탈춤, 현장예술운동의 장치들을 활용하고 통합하기 때문이다. 공연의 분위기를 만들어주는 '촛불'과 '구음 살풀이', "전태일 추모가"에 이어지는 제문 낭송과 "햿불을 들자" 합창에 이르기까지 <햿불>의 첫째 마당은 다양한 감각적 요소들을 통합한다. 또 둘째 마당과 넷째 마당은 노동자 문화교실에서 이루어진 극놀이와 노래가사바꾸기의 형식을 통해 노동자의 일상을 담아내는 소박한 재현의 형식을 보이지만 셋째 마당의 경우는 1978년 <공장의 불빛>과 같이 노래에 맞추어 '공장 생활'을 형상화하는 일련의 춤 동작과 마임을 통해 조형적인 형식으로 형상화된다. 전상무의 대사와 노동자들의 동작, 타악기 소리가 역동적으로 구성됨으로써 일상의 고통을 압축적이면서도 풍자적으로 보여주면서 두 공연 공간이 이미른 신체성과 소리로 재구성해가는 극 놀이로서의 성격을 잘 보여준다. 이어지는 장면에서도 장단과 가락에 맞추어 배우들

의 움직임과 간단한 대사를 통해 작업환경을 보여주고 "구로공단 전자공장 아가씨"와 "기계공장 사나이"에 대한 내용을 담은 노래의 합창으로 이어간다.

즉 <햇불>이 주목했던 것은 "노동자적 표현 원리"와 "노동자적 리얼리티"이지만[434] 그 공연 방식이 '노동자'의 문화취향이라는 계급적 사회학 자체로 설명될 수 있는 것은 아니다. <햇불>이 보여주는 형식적 다양성은 집회를 위한 공연과 소극장이라는 옥내 무대를 위한 공연이라는 상이한 두 목적에 기동성 있게 대응할 수 있는 극적 형식을 창안하는 것과 관련 되었다. 실제로 극단 현장의 주요한 관객층은 대학생이기도 했다. 서울에 서 이루어진 소극장 공연뿐 아니라 대학 순회공연에서는 1987년 6월 항쟁 이후 고조된 사회 변화의 열기를 이어가며 개선된 사회적 모습을 기대 했던 다수의 대학생 관객들의 마음을 공명했다.

한편 이들은 순회공연을 통해 각 지역의 노동현장에서 관객들을 만났 는데, 이들의 반응은 대학의 집회에서보다 더욱 직접적이었고 다채로웠 다. 즉, 이들의 공연이 '노동' 연극이었기 때문에 일방적인 환영을 받은 것은 아니었다. 대학에서의 공연은 "변혁운동의 당위"를 확인하고 연대 의 감수성을 마련해야 하는 차원이었고, 현장에서의 공연이 실제적인 생 활의 요구와 맞닿아 있었기 때문이다. 실제 노동운동을 '위해' 이루어진 것이기 때문에 관객 당사자의 요구는 더욱 극적이었다. 실제로 노동연극 을 할 때, 공연 주체들은 관객의 마음을 공명하고 위로할 수 있는 공연이 되기를 바랐으며, 이를 위해 경험적으로 실내 공간보다 실외 공간이, 관객

---

434 「<햇불> 작품해설」, 『민족극 대본선 3—노동연극 편』, 풀빛, 1991, 193면.

과 무대와의 거리가 먼 것보다 가까운 것이 선호되었다. 이처럼 이들 노동연극의 순회공연은 단순히 변혁적 사회운동의 조력자로서의 수행하도록 했을 뿐 아니라 공연의 형식과 효과라는 것을 관객의 미적 경험의 차원에서 고려하고 실험할 수 있는 장이었다.

극장에서의 정치극과 대중화된 현장의식의 임계점
: <새들도 세상을 뜨는구나>(1988)

앞서 1980년대 전반기 극단 연우무대의 작업을 살펴보았듯이, <어둠의 자식들>, <비야 비야>와 같이 극장에서의 민중사학의 이행을 결단했을 때 극단 연우무대는 일련의 시행착오를 겪었어야 했다. 그런데 1990년 초반 <장사의 꿈>(1981)은 유사하게 '민'의 이야기를 다루면서도 유희적이며 극적인 가상을 강하게 창출하는 공연에서는 배우의 뛰어난 연기술과 앙상블과 결합하며 기억될만한 공연의 성과를 남겼다.[435] 이와 같은 성과는 <새들도 세상을 뜨는구나>(1986), <칠수와 만수>(1986), <늙은 도둑 이야기>(1989)와 같이 사회문제에 대한 비판적이며 현실적인 인식을 담아내면서도 엄숙주의가 아닌 극의 놀이성을 적극 활용하며 대중문화적인 코드를 활용하는 것, 그리고 이전과 같이 무대 공간을 여백을 두는 방식으로 활용하되, 이를 가난한 민중의 육체와 삶과 일의적으로 연결 짓는 것이 아닌 사소한 언어와 감각적 기호만으로도 강렬한 가상을 창출 가능한 연극적 상상력을 확장하는 방식으로 이루어진다.

---

435 <장사의 꿈>은 황석영의 동명 소설을 각색한 것으로 이후 극단 아리랑의 레퍼토리가 되기도 한다.

나는 연극을 매개로 무언가를 도모하고 있으며 우리 시대를 함께 한다는 기분을 만끽했다.[436]

제도권 연극장에서 활동을 이어간 연행예술운동 일원들이 <장사의 꿈>, <칠수와 만수>, <늙은 도둑 이야기>와 같은 작품에서 '민'의 이야기를 통해 시대를 담아낼 수 있었던 것은 민중이라는 이름의 엄숙성과 신성성을 내려놓고 연극이라는, 제한된 공간에서 가상을 창출하는 매체의 유희성을 활용할 수 있었기 때문이었다. 극작가 장성희의 회고에서 짐작되는 바, 1980년대 중후반 극단 연우무대는 "마당극의 무대극 전환"을 선두하는 집단이자 정치풍자를 하는 최전선으로 인식되었다. 이는 배우의 능숙한 연기술, 제약된 기호들와 공간의 다양하며 복합적인 활용을 통한 연극적 가상의 창조, 집약적인 서사의 창출이라는 실내의 연극 전용 극장에 적합한 극적 형상화의 코드들에 대한 능숙성을 보여주는 것이었다. 특히 이들은 당시 한국 사회의 물질주의를 관객들이 경험하는 현실세계를 환기할 수 있는 극장 공간 안의 기호로 풀어냈다.

암전상태에서 새소리 애국가가 울린다. 새들이 날아오르는 슬라이드가 비춰진다. 새들도 세상을 뜨는구나. 우리는 현실에서 연극 속으로 순간, 들어간다. 쇼가 벌어진다. 일곱 명의 배우가 '럭키 서울'을 춤을 추며 부른다. 쇼는 이 연극의 양식이다. 버라이어티 쇼.[437]

---

436 장성희, 「연우무대의 어제와 오늘을 찾아서」, 연우무대 편, 『연우 30년-창작극 개발의 여정』, 한울, 2008, 330면.
437 <새들도 세상을 뜨는구나>, 『통일밥—주인석 희곡집』, 제3문학사, 1990, 14면.

<새들도 세상을 뜨는구나>(1986)는[438] 황지우의 시집을 바탕으로 극을 창작하면서 광주항쟁과 냉전 이데올로기, 물신주의와 같은 1980년대 시대상을 담은 작품이다. <새들도 세상을 뜨는구나>가 시작되는 무대 지시문은 극의 형식적 특성을 압축하여 시사한다. <역사탈: 해방 35년>이 쇼의 형식을 차용해 개발주의에 의해 소외되는 농촌의 생활을 오히려 현실적으로 다루었듯, <새들도 세상을 뜨는구나> 또한 억압적인 시대 현실은 일관된 엄숙주의의 형식이 아니라 1980년대의 현실을 구성했던 다양한 요소들을 연극적으로 보여주는 방식을 통해 오히려 현실적으로 제시한다. 주지하듯, 1980년대의 통치 권력의 문화정치에 있어서 '쇼'는 중요한 수단이었다. <새들도 세상을 뜨는구나>는 다양한 장면을 에피소드식으로 엮는 장면 구성 방식과 재현 대상에 대한 소외를 가중시키는 쇼의 메카니즘을 메타적으로 차용함으로써 이를 패러디한다.

특히 <새들도 세상을 뜨는구나>를 관통하는 것은 1980년 5월 광주 사건와 분단이라는 냉전의 상황이다. 대학 마당극에서 광주항쟁의 인물들은 무력감과 죄책감, 민중적 이상주의와 얽힌 형태로 재현되며 이는 특유의 엄숙주의의 시선으로 포착된다. 그런데 <새들도 세상을 뜨는구나>의 첫 장면은 급격한 경제성장, 국제정치, 금서문화, 검열 등의 사회문제를 두 배우의 잡기 놀이 속에 맥락 없이 발화되게 하고, 늘어진 팔, 다리 소품을 게임 효과음 속에 배치하며, 이를 주어 올리는 넝마주의의 넋두리

---

438 <새득두, 세상을 뜨는구나>는 1986년 연우연극교실 워크숍 공연으로 이루어진 후, 1988년 3월 대학로 연우소극장에서 연우무대21 정기공연 작품으로 공연된다.(주인석 작, 김석만 연출, 1988년 3월 9일~5월 31일) 아울러 1990년대 들어 1980년대를 대표하는 작품으로 1990년(4월 21일~5월 20일, 연우소극장), 1997년(1997년 6월 20일~7월 6일, 예술의전당 자유소극장; 8월 26일~9월 27일, 혜화동 연우소극장) 재공연 된다.

로 이어간다. 또한 극의 세부에서 분단과 광주를 그리되, 이를 초점으로 "하나의 타원"을[439] 그리고자 한 작품의 의도는 광주와 분단을 다양한 계층과 계급, 성별적 차이에 기반한 현실의 다양성을 연극적 놀이를 통해 제시하며, 이들의 현실을 구성하고 가로지르는 하나의 기제로서 대중매체를 연극적 장치로 활용하는 가운데 관철된다. 마지막 장면은 이 작품의 형식적 전위성을 잘 보여주는데, 1980년대의 대표적인 사건으로서 광주항쟁의 모습은 "온다", "포위한다", "맞힌다." "흘린다"와 같은 짧은 발화와 배우들의 몸짓을 통해 표현된다. 이때 동작은 신체적인 상해를 재현하기도 하고 감정적인 고통을 표현하기도 한다.

<새들도 세상을 뜨는구나>에서 전위적인 차원으로 나타난 극적 형식은 분단과 광주라는, 1980년대의 시대적 모순을 가장 집약해서 보여줄 수 있는 사회적 사건을 관객의 집단 체험을 전제로 한 무대 위에 그리기 위한 전략이었다. 즉, 황지우의 시의 형식적 전위가 정치적인 통제를 피하면서 현실을 이야기하고자 하는 의도에서 비롯했듯, <새들도 세상을 뜨는구나>의 형식적 전위성 또한 현실의 통제성을 놀이적 상황과 장면의 급격한 전환 속에 다루면서 비롯한 것이다. 검열의 조건은 관객들의 현실을 다양한 모습을 보여주는 형식 속에 한 부분으로서 정치적 메시지를 배치시킴으로써 오히려 극장에 찾아온 관객들의 미적 경험에 공명하는 형식의 창안을 가능하게 했다.

한편 "현실적인 삶의 구조적 편린들로 점철"되어 "정서적 감동이나 이성적인 판단 및 실천적인 힘을 총체적으로 얻게 해주는 첨단성"을 담아냈

---

439 <새들도 세상을 뜨는구나>, 65면.

다는 평가와[440] "이질적인 사건의 나열"로 인해 "표현방식의 일관성을 상실"했다는 상반된 평가는[441] <새들도 세상을 뜨는구나>에 대한 관객의 상이한 미적 경험의 가능성을 암시한다. 이 작품은 실제로 많은 관객들의 호응을 얻으며 공연되었다. 에피소드식 구성과 쇼의 형식을 차용한 메타적 구성, 이질적인 재현 양식의 차용을 당대의 현실에 대한 메타포로 적극적으로 해석하는 관객에게는 이와 같은 새로운 공연 방식이 그들의 일상과 시대의 폭압을 재인식할 수 있는 계기를 제공했다. 즉 <새들도 세상을 뜨는구나>에서 나타난 실험적 형식은 극장의 메커니즘 속에서 공연이라는 집단적 만남 속에 현실을 이겨나갈 공동체적 감응을 형성시킬 수 있는 극작술을 만들어가는 유연성을 고려하는 가운데 발생한 것이다.

<새들도 세상을 뜨는구나>뿐 아니라 <칠수와 만수>(1986)의 경우에서도 볼 수 있듯, 이 시기 극단 연우무대 공연에서는 비어있는 소박한 무대 혹은 고정적 무대 장치를 기반으로 하지 않고 공연 공간과 역할에 대한 연극적 놀이성을 극대화 시키며 연기자의 일상적 연기 방식을 강조하는 공연 형식이 일반화되었다.[442] 또 이는 1990년대 이후 한국연극의 주도적인 경향을 형성했다. 즉 형식적으로 사실주의극 양식에 결박되지 않으면서 소박한 무대를 주된 무대 공간으로 삼으며 연극적 놀이성과 메타성을

---

440 서연호, 『조선일보』, 1988년 2월 14일.
441 유민영, 『한국일보』, 1988년 3월 18일.
442 이는 비단 극단 연우무대에 국한된 것이 아니라, 극단 한강 등 연행예술운동 집단에서 파생되어 나온 극단들의 활동에서 공통된 것이기도 했다. 향후 후속 연구를 통해 각 극단의 활동이 1990년대 극장 공간에 불어넣은 활력과 영향력에 대한 평가가 공연 공간과 주도적인 공연 양식, 대중극과 매체의 영향 등 당대 연극적 관습과의 연계 속에 총체적으로 이루어져야 할 것이다.

활용하는 것은 '포스트모던'과 '일상성'으로 명명된 1990년대 이후 한국 연극의 주요한 경향을 예비하는 것이었다.

이처럼 대학, 농촌, 공장 등 다양한 현장적 공연의 경험을 토대로 생성되었던 마당극 운동은 한국현대연극사에서 이루어진 형식적으로 새로운 동시에 비판적 의식을 담지하는 연극 미학이 비단 서구에서 유래한 서사극, 실험극의 유입 자체에 있지 않음을 보여준다. 마당극 운동의 경험을 공유한 이들의 극장에서의 활동에서 나타난 경향성이 중요한 이유는 이들의 형식적 실험성이 단지 뛰어난 예술 양식에 대한 추구에서 비롯한 것이 아닌 특수한 공연 조건 하에서 시대의 문제의식을 담아내는 가운데 정초된 것이라는 점이다. 즉 '제작'의 차원에 대한 중시와 주목, 즉 무대에 경도되었던 한국 연극사는 현장의 경험을 통해 이 무대를 가능하게 하는 세상에 대한 탐색을 본격화할 수 있었다. 서연호가 지적했듯 1960~80년대 독재 정권기 공연예술에 대한 정치적 검열의 지속에 따라 해당 시기의 사회적 현실로서 사회문제와 인권문제, 윤리와 환경의 황폐화의 문제를 담아낸 곳은 연행예술운동의 공연 현장이었다.[443] 극단 연우무대를 비롯하여 1980년대 중후반 독재정권 치하의 검열 제도에서 비교적 자유로워지면서 극장 공간에서는 사회극의 시도가 본격화된다. 극장 바깥에 있었던 연행예술운동이 이를 선도하며 부각을 나타낼 수 있었던 것은 극장 메커니즘, 즉 검열이라는 사회적 조건과 주목과 집중의 공간으로서 극장이라는 새로운 수행적 조건에 적응할 수 있었기 때문이다.

---

443 서연호, 앞의 책(2005), 65면.

현장의 예술과 공동체의 실험
미래에 대한 꿈을 현재에 전유하기

 본 책은 1970~80년대 대학과 사회운동 공간에서 주목할 만한 문화적 현상이었던 민중문화 운동 및 마당극 운동 관련 공연 텍스트와 자료의 분석을 중심으로 문화적 맥락으로서 대학운동문화에서의 '현장 담론'의 흐름과 연동된 공연 레퍼토리의 특징, 연행/공연 공간의 변화와 공연상황, 공연 담당층과 관객층의 집단적 특수성을 통시적으로 살펴 한국의 현대 민중문화 운동 및 마당극 운동의 공연 방식의 특징과 미적 가치를 고찰하고자 했다. 이 공연들은 당대에는 '운동권 연극'이라는 규정과 소박하고 단순한 연극형식을 기반으로 한 '비미학'의 연극이라는 평가에서 자유로울 수 없었다.

 이 책은 이 시기의 공연 형식/양식이 공연예술의 중요한 존재 기반인 '관객'에 대한 고려가 한국 근현대연극사에서 가장 강렬한 방식으로 이루어졌음에서 비롯한 것임에 착안하고자 했다. 또한 실제로 공연 형식이 소박성의 차원으로 국한되기에 시기별로, 장소별로 다채로운 방식을 보여주었다는 점에 주목했다. 이 시기 공연들에서는 전통 연희, 무대극 극작술, 다른 장르를 활용한 역동적인 양식/형식의 실험은 연행 장소의 현장성과 시기별 운동의 목적에 대한 고려 속에 이루어졌다. 특정한 관객 집단에게 설득력과 공감을 획득했는지 여부가 공연의 미적 효과를 가늠하는 기준이었다.

이때 운동은 현장 담론을 매개로 반체제성과 경제적 평등의 구현에 대한 문제의식으로 구체화 되었는데, 이는 대학-지식인 집단의 예술적 향유 공간을 벗어난 실질적인 민중운동의 공간에서의 공연을 유인했다. 이처럼 대학에서 현장으로 확대된 공연은 비단 문화 민주주의를 확대를 의미할 뿐 아니라 공연의 수행적 조건의 근본적인 변화에 부합하는 공연 방식에 대한 새로운 탐색을 이끌었다. 또한 이때의 선전과 선동은 집단을 상대로 한 실연의 형식으로서 공연이라는 예술형식을 경유했기 때문에 정치 집회 혹은 운동담론의 일방성과 강령주의에서 벗어나는 특수한 체험의 질을 만들어 냈다. 당대 민중운동으로서의 성격이 시간과 공간적 현존의 형식으로서 공연예술의 매체적 조건과 극적으로 결탁하는 과정에서 창조적인 미적 가치들이 발견되었다. 특히 마당극 운동 담당자들에게 현장 경험(field experience)은 연행의 제재뿐 아니라 새로운 형식을 발견하고 예술 체험의 가치와 효과에 대한 생각을 전환시키는 중요한 계기였다.

이러한 논의를 통해 이 책에서는 한국의 개발독재 시기 연행예술운동을 통해 나타난 다채로운 공연 양식/형식들이 공연이라는 예술형식을 정치적 도구로 활용하는 실천 속에 공연의 수행적 조건의 변화에 대응하며 무대와 관객과의 유효한 소통방식을 창안하는 역동성과 관련된 것이었음을 규명하였다. 아울러 정치적 폭압이 제도적으로 사라진 이래 '마당극운동'이라 불린 연행예술운동 자체는 운동적 결집을 잃고 와해되었을지 몰라도, 그들이 현장 경험과 다양한 수행적 조건에 대응하면서 발견하고 탐색한 공연 형식들은 이후의 한국 연극사의 역동성을 생성해내는 주요한 동력이 되었음을 밝혔다. 이는 서구의 예술적 전범을 끊임없이 도달해야 할 이상으로 제시하고 무의식적으로 결핍으로서 연극사를 서술해왔던 것을 비판적으로 사유하게 해주며, 한국연극/공연문화의 현대성을 시대정신과의 적극적인 교류 속에서 재조명할 수 있는 열쇠를 제공해준다.

바깥의 이야기
배타적 민족주의와 젠더 인식을 중심으로

민족적 형식과 분할의 딜레마: 1970년대 후반에서 '서울의 봄', 그리고 1980년대 초반으로

주지하듯, 1970~80년대 민주화운동은 '반독재투쟁'이라는 동시대의 가장 큰 정치적 투항의 명제 속에 이해되었다. 특히 1990년대는 사회공간이 독재/민주로 양분되었던 1980년대가 종결되고 사적인 삶과 개인 내면의 성장에 보다 방점이 찍히면서 삶의 질적 민주화가 탐색되기 시작한 시기로 의미화된다. 실제 당대를 살았던 사람들의 인식에서 독재정권이라는 '외부의 적'을 타도해야 한다는 것이 강한 동력이었음은 사실이다. 하지만 이는 형식적 민주화 이후에 질적 민주화가 이루어진다는 순차성의 사유를 공고히 한다는 측면에서, 또 1980년대와 1990년대를 단절적으로 인식하게 한다는 점에서, 무엇보다 1970~80년대 사회변혁운동 안의 역동적 목소리와 움직임을 '민주화운동'이라는 동일성의 상으로 고착시킨다는 점에서 문제가 있었다. 경제적 불평등 해소(민중해방, 노동해방)와 정치적 민주화 획득(독재 타도)이라는 변혁운동의 "전략적 목적"은 물론 여전히 중요한 역사적 해석의 대상이다. 하지만 강력한 적에 대항하기 위해 구성해간 민족, 민주, 민중의 상이 결코 동일한 것으로 귀결된 것은 아니었다는 사실을 규명하는 것이 필요하다.[1]

이에 '전통' 연희 형식에서 기인하였기에 무대극에 비해 '민족적인 것'으로 쉽게 등치되는 양상을 보였던 창작 탈춤에 나타난 민족주의의 양상을 살필 필요가 있다. 이때의 민족주의는 해방적 기능과 규범적 기능 사이에서 유동을 하였기 때문이다. 특히 탈춤반 계열에서 만들어진 텍스트에서 1970년대 후반의 시간은 주목을 요한다. 앞서 연세대학교 탈춤반을 통해 살펴보았듯이 실제 1970년대 중후반에 이르러 현실에 대한 자각과 변혁운동에 대한 참여로의 전환 과정에서 낭만주의 탈꾼에 대한 성급한 탈각과 정리가 이루어졌다. '낭만성'으로 인지된 탈춤 연행에서의 연행자와 관중 집단과의 실존적 만남과 소통관계는 한국 사회 구성체의 본질에 대한 본격적인 탐색 혹은 사회 참여적 역동과 배리되는 것이 아니라 중첩되거나 오히려 투쟁이라는 목적성을 초과하는 방식으로 공존했다 볼 수 있다. 그럼에도 긴급조치라는 폭압적 환경과 급작스러웠던 유신의 종결, 1980년 광주라는 역사적 국면은 이와 같은 질문을 부차적인 것으로 사유하게 했다.

생업에의 요구와 장과 제도의 인정투쟁에서 벗어나는 대학 써클이라는

---

1   최근 1970~80년대 '운동' 내의 다양성과 다수/소수자의 역학에 관한 역사적 접근의 문제의식은 1장 참조.

공간에서 생성된 '사명감'이라는 공적 열망은 1970년대 후반 유신말의 다재한 사회운동 그리고 민중담론의 융성과 맞물리면서 '민중의 것을 민중 속으로'라는 명제로 구체화된다. 1970년대 후반 탈반의 풍경에 대한 기억은 예술적 취미와 여흥, 사회적 관심을 폭넓게 아우르던 탈반의 정체성이 '전승된 민족 문화'를 통해 어떠한 '새로운 문화'를 만들어갈 것인지에 대한 보다 논쟁적인 관심을 심화하는 모습을 보여준다. 탈반의 분위기는 1975년을 전후한 시기까지는 "술 먹고 노니까 퇴폐적"인 분위기를 쇄신하여 농촌봉사를 가고 사회적 관심에 초점을 두어야 한다는 주장을 가지고 사람도 있지만 "다양한 관심을 관용하는 분위기"였다고 기억된다.[2] 1976~1977년 전통탈춤과 관련하여 "전수냐 전승이냐", "박제화해서 할 것이냐 창조성을 가미할 것이냐"에 대한[3] 논쟁이 이루어지고 "낭만주의 탈꾼"이 밀려나고 "사실주의 탈꾼"이 중심의 분위기가 된다.[4][5] 탈춤운

2   「1970년대 좌담(창립 이후 1979년까지)」, 『연세탈패 40년』, 연세탈패 40주년 기념 행사 준비위원회, 2014, 38면.

3   「1970년대 좌담(창립 이후 1979년까지)」, 『연세탈패 40년』, 연세탈패 40주년 기념 행사 준비위원회, 2014, 30면.

4   「1970년대 좌담(창립 이후 1979년까지)」, 『연세탈패 40년』, 연세탈패 40주년 기념 행사 준비위원회, 2014, 51면.

5   1975년을 즈음한 시기에 연세대학교 탈패의 독서목록과 탈패 내 '문화'를 중시하는 경향과 '사회'를 중시하는 경향 간의 경합은 다음 구술을 참조. "칼 포퍼의 <열린 사회와 그 적들>, 루카치의 <우리 시대의 사실주의>, 이거 아주 유명했잖아요. 엘리어트의 <문화란 무엇인가?> <문화의 위기와 교육>, 하비 콕스의 <바보제>, 호이징가의 <호모 루덴스>, 김윤수 선생의 <한국 근대 회화사>, 엘리아드의 <성과 속>, <청년문화의 원천>, <조선 무속기>, 레비스트로스 챔 이런 거를 탈춤반에서 주로 읽었다고 나는 이런 쪽이었고 김하운씨 같은 경우는 좀 더 의식이 있었어요. 구하기 힘든 좌파 서적 가져와서 나보고 읽어 보라고 그랬죠. 나는 그런 것을 잘 못 읽겠더라고. 나는 좀 더 문화에 관심을 갖고, 김하운 씨 같은 경우는 사회에 관심을 갖고 그런 것 같아요." (「1970년대 좌담(창립 이후 1979년까지)」, 『연세탈패 40년』, 연세탈패 40주년 기념 행사준비위원회, 2014.)

동은 봉사활동에서 민중운동의 현장 지향성으로 변환되며 집합성을 창출하는데 유효한 매개이자 도구가 되었다.

1970년대 후반부 연합탈반의 학습적 세미나는 1970년대 후반부의 변화된 인식 대한 공유를 의미했고, 이때 만들어 낸 문화적 형식은 1980년대 초반 운동권의 삼민주의 이념을 예비한 것이었다. 이수인이 지적하였듯 학생운동에서 신식민주의적 상황에 대한 자각과 반미의 가시화가 1978년 이루어졌으며 일본과 미국에 대한 경제적 예속에 대한 비판에서 1980년 광주에 연관되었던 미국에 대한 문책을 반영하며 감정적 반미로 이동이 본격화된다.[6] 1980년 직전에 탐색되고 예비되고 서울의 봄에 출현하여 이후 창작탈춤의 얼개를 제공한 일련의 저항적 민족주의의 연행 형식은 1980년 광주 이후 감정적 반미를 담아내는 유효한 형식으로 기능했다.

탈반의 연합적 활동이 대학 공간에서 탈춤과 풍물, 대동제가 결합된 형식을 만들어 냈으며, 이때 앞서 살펴본 현장의 연행들과는 달리 민속적 형식과 민족주의의 결속이 두드러졌음을 주목할만하다. 1980년 서울의 봄에 대학 공간에서는 <역사탈: 해방 35년>(1980, 이화여자대학교), <통일무>(1980, 연세대학교)와 같은 창작탈춤이 연행되었다. <통일무>의 경우 목중과장을 민중과장으로 바꾸어 노동자, 농민, 빈민, 지식인을 등장시키고, 노장과장을 외세과장으로 바꾸어 노무를 "한반도를 수탈하는 외세"로, 소무를 "억울하게 수탈당하는 민중"에 대한 상징으로 변환시킨다.[7] <역사

---

6   이수인, 「1970-80년대 민주화운동의 사상과 이념; 1980년대 학생운동의 민족주의 담론」, 『기억과전망』 제18집, 민주화운동기념사업회, 2008, 108면.

7   진영종, <창작무 1980 통일무>, 『연세탈패 40년』, 연세탈패 40주년 기념 행사준비위원

탈: 해방 35년>도 탈춤 과장에 대한 유사한 변형 방식을 보여주었으며, 두 연행에서 전통 춤사위뿐 아니라 디스코 가락에 따라 동작의 현대성을 추가하기도 했다. 1970년대 후반부의 연합 활동을 통해 억압받는 존재로서 민중에 대한 의미부여와 한반도의 문화·경제·정치적 식민주의적 종속성에 대한 비판적 성찰을 공유하게 되었음을 대표적으로 보여준다. 종속이론에 기반한 세계사 인식과 현장 활동에서 체득한 리얼리티를 반영한 새로운 예술적 형상들을 만들어 낸 서울의 봄의 연행들은, 큰 시차를 두지 않고 벌어진 5월 광주 이후 '경색된' 분위기 속에서 특별한 방식으로 계승되는 한편, 죽음과 부활, 강력한 대치와 공격성의 이미지로 변화를 보여주기도 했다.[8] 실제 "80, 81학번들은 우리는 탈춤을 출 필요가 없다. 그러면서 선배들과 사이가 안 좋았던..."과 같은 대담 내용에서 확인할 수 있듯,[9] 1980년대 초반 대학 마당극의 시간에서 1980년 5월 광주에 대한 부채감과 무게감은 문화패의 성격과 관련한 세대 간 의견차와 반목, 탈춤반의 성격 변화를 만들어낸 결정적인 요인이기도 했다.

탈판의 진실을 안 젊은이, **우리의 체취**를 맡은 젊은이는 더 이상 우리의 소갈머리를 내놓고 **그들의 뒷꽁무니**를 따르지 않는다. 우리의 움직임이 탐구나 일시적인 흥분에 의해서가 아니라 바로 선대에서 잊혀진 박제된 할아버지이지만 **우리에게는 얼을 심어주는 바로 그 조상**인 게다. 싯귀에서나 부르던

회, 2014, 68면.

8 이와 관련한 대학 마당극 공연대본 자료 및 공연에 대한 구술은 『연희대본자료집』(민중문화운동협의회, 1984), 『고려대학교 탈패-ㅎㄴㄹㄷㄹㅐ 대본집』(고려대학교탈패ㅎㄴㄹㄷㄹㅐ 연구부), <탈춤과 나너는 온 몸에 풋내를 띠고>(조현모, 《프레시안》, 2021.12.09.) 참조.

9 「1970년대 좌담(창립 이후 1979년까지)」, 『연세탈패 40년』, 연세탈패 40주년 기념 행사 준비위원회, 2014, 38면.

피의 부름을 느낀다.(강조-인용자 주)[10]

(정치권력자, 매판자본, 외세 셋이 함께 굿거리 장단에 맞춰 춤을 춘다. 이때, 굿거리 장단이 계속되는 가운데 민족주의자 말뚝이 춤으로 판을 한바퀴 돌면서 등장)

민족주의자 아앗, 쉬--(부일 협력자에게)

(중략)

쉬---(외세에게)

저기 저 키크고 코큰 놈 봐라. 니놈 덕으로 내 나라는 반쪽 병신이 되고 백성은 굶주리고 **민족 혼**은 썩어가니 어찌 네놈을 이 나라의 은인, 형제나라라고 할 수 있겠느냐. **양키는 태평양으로 로스케눈 시베리아로** 자, 간다--(타령으로 정치권력자, 부일협력자, 외세 동그랗게 모여서 모의 작당하는 모습을 나타내 준다.)(강조-인용자 주)[11]

소련놈에 속지말고 미국놈을 믿지마라

일본놈이 일어선다 일본놈이 일어선다

조선사람 조심해라 조선사람 조심해라![12]

월러스틴은 민족인식을 확정적인 것이 아닌 '모호한 정체성'으로 보고 그 역사성을 분석하며 자본주의 세계 경제의 역사적 구조와 연관관계에 집중한 바 있다. 자본주의 세계경제에 의해 역사적으로 구축된 민족성은 인종(신체적 특성을 갖춘 유전적 범주), 국민(국경과 결부된 정치적 범주), 에스니시

---

10   1977년 '무악두레제', <양주별산대놀이>, 진현숙 작성(『연세탈패 40년』, 36면.)

11   <역사탈: 해방 35년>, 『연희대본자료집 1』, 민중문화운동협의회, 20~21면.

12   진영종, <창작무 1980 통일무>, 『연세탈패 40년』, 연세탈패 40주년 기념 행사준비위원회, 2014, 69면.

티(문화적 범주)를 기본 형태로 한다.[13] 탈춤, 풍물 등 민속이라는 전통의 형식은 국가 기구의 '국민 만들기'에도 문화적 동질성을 창안하기 위한 동원의 도구이기도 했다. 이와 같은 동원의 기획은 저항적 민족주의의 차원에서 새로운 대중화의 형식을 창안할 수 있는 기회가 되기도 했다. 실제 연세대학교의 경우 학도호국단 체제 이후 민족-국가 만들기의 일환으로서 학내의 민속적 문화행사가 기획되고 장려되면서 탈춤반과 풍물패가 가시적인 활동을 만들어갈 수 있는 기반이 만들어지기도 했다.[14] 이에 1977년 연세대학교에서는 고고춤과 쌍쌍파티로 이루어지던 대학 축제의 형태를 탈춤과 풍물 공연의 '무악 두레제'로 전환 시킬 수 있었다.

그런데 국가 기구와는 다른 방식으로 민속의 형식을 차용하고자 했던 역동에도 이때 나타난 민족주의적 형상은 '분할의 딜레마'를 내포하고 있었음을 주목할 필요가 있다. 에티엔 발리바르가 제시한 '분할의 딜레마'는 중심부의 민족주의를 지배 이데올로기로, 주변부의 민족주의를 반식민적 저항적 민족주의로 평가하는 방식을 보다 중층적으로 보아야 할 필요성을 제기한다. 민족주의가 만들어내는 분할의 개념이 배타성과 경계의 내부에 대한 맹신을 만들어낼 수 있는 위험성을 경계하기 위해서이다.

재래의 문화적 형식인 가면극, 풍물의 공연에서 피, 냄새, 조상, 선조와 같은 '인종적 동일성'의 기표가 등장하고 가면극의 인물형인 말뚝이가

13　월러스틴과 발리바르의 논의는 자본주의 세계 체계 안에서 인종, 국민, 에스니시티라는 맹견 '비되는' 차이가 어떻게 수익과 착취, 소유와 노동 직업의 구조에 위계를 '자연화'하는 것을 분석하는 것에 초점화 되어 있다. (에티엔 발리바르, 이매뉴얼 월러스틴 저, 김상운 역, 『인종, 국민, 계급-모호한 정체성들』, 두 번째테제, 2022.)

14　「1970년대 좌담(창립 이후 1979년끼지)」, 『연세탈패 40년』, 연세탈패 40주년 기념 행사 준비위원회, 2014.

민족주의자로 변용되어 부일협력자, 정치권력자, 외세라는 외부에 대한 비판을 수행하며 지켜야 할 내부로서 '민족 혼'을 강력히 옹호한다. 이처럼 민속의 형식을 차용하며 대항 담론을 형성하고자 할 때 등장한 민족주의의 형상은 국가기구의 폭력성과 경제적 수탈구조의 모순과 역사성에 대한 자각과 착취받는 다수의 사람들에 대한 연대의 정동을 반영하는 한편 순혈주의적 호소와 강력한 배타성의 형식이라는 분할의 딜레마로 전유될 가능성을 갖고 있었다.

즉 민족의 문화적 기표로서 '얼'과 '혼'은 사적인 욕망에 머무르지 말고 더 나은 삶과 고통받은 자들에 대한 이타적인 시선을 거두지 말라는 동기화의 언어이면서도 영속성에 대한 열망에 빠질 수 있는 딜레마를 간직한 경계의 언어였다. 1980년대 민족주의담론을 주도했던 학생운동권에서는 이와 같은 영속성의 언어가 애국을 위한 대중적 상징으로 대두되기도 했다. 전두환 정권은 상대적으로 민족주의에 대한 의존도를 줄이고 민주주의 담론을 강화하는 전략을 펼쳐간 한편, 저항세력 중에서도 학생운동권은 1980년 광주 이후 형성된 민족주의 담론을 주도해갔다.[15] 초창기의 감정적 반미는 이념적 반미의식으로 변화한 후, 1987년 6월 항쟁 이후 통일문제에 대한 집중을 의미하는 유기체적 민족주의의 모습을 띠게 된다.[16] 학생운동권에서 가장 대중적인 노선으로 채택이 되었던 NL집단은 언어

---

15 이수인, 「1980년대 학생운동의 민족주의 담론」, 『기억과전망』 18호, 한국민주주의연구소, 103면.

16 1988~1992년 노태우 대통령 통치기에 저항적 민족주의 담론은 권위주의체제의 순화가 이루어지자 자연스럽게 통일 문제로 집중을 이루게 되고 학생운동에서 당시 학생운동의 주류였던 NL집단은 혈연공동체로서 유기체적 민족의 당위적 필요를 강조하게 된다. (이수인, 위의 글, 117면)

와 혈연을 강조하는 1980년대 북한의 민족개념에 대한 참조 속에 핏줄, 문화, 언어, 강토라는 '영속적인 것'을 통해 민족의 개념을 구성했다.[17] 저항적 민족주의의 영역 안에서도 피, 언어, 국토와 애국주의에 대한 강조는 순혈적 민족주의로 귀결될 수 있는 위험을 내포한 것이었다.

반체제 민중주의의 해방적 카타르시스와 오독된 여성 — <소리굿 아구>(1974), <미얄>(1979)

동일한 마당극 운동의 자장 안에서도 일본을 상대로 한 기생관광을 풍자한 <소리굿 아구>(1974)와 1970년대 중후반 전통 가면극의 인물형인 '미얄'이 변용되어 활용된 작품군, 그리고 1970년대와 1980년대 여성 노동자를 주 관객으로 하여 노동현장에서 이루어진 노동연극 작품군에서 여성이 재현되는 양상은 상당히 다르다. 이와 같은 차이는 1970년대와 80년대라는 차이 자체보다는 각 시기 변혁운동 담론의 수준과 방향성과 인식의 지평, 그리고 공연이 연행되는 현장의 맥락과 관객층에 대한 고려를 변수로 하여 형성되었다.

강력한 군사 문화 속에 개발주의에 입각한 근대화 프로젝트를 추진하던 독재 정권하에서 이에 제동을 거는 다른 목소리는 특히 통제의 대상이었다. 집회가 강력한 통제의 대상이던 시기, 공연이라는 양식은 문학이나 여타의 문화 형식이 취했던 저항적 목소리와는 차별되는 역할을 수행했다. 실제 사람들의 모임 속에 연행된다는 실연성의 차원과 무대-관객 간의 집단적 공명을 만들어낸다는 본연의 속성은 문화를 '가장'한 집회를

---

17   이수인, 위의 글, 117면.

가능하게 한 원천이자 그 집회의 질을 한층 고양 시킬 수 있는 매개였기 때문이다.

다른 목소리를 허용하지 않는 강력한 통제적 정권하에서 그 정권의 정책을 비판하는 것은 관객들의 공감과 해방적 카타르시스를 가능하게 한다. <소리굿 아구>(1974)에서[18] 기생관광의 모티프가 강력한 현실/체제 비판으로 의미화될 수 있었던 것은 섹스관광이 당대 정권이 개발 프로젝트를 위해 전략화했던 지점이기 때문이다. 식민지 젠더와 민족적 질서를 환기하는 '기생관광'으로 용어화된[19] 섹스관광은 박정희 정권의 근대화 프로젝트의 중요한 정책의 하나였다. 게다가 식민지배를 했던 '일본인'에 대한 민족주의적 처단과 물질 만능주의에 관한 윤리적 비판은 풍자의 효과를 증진시킨다. <소리굿 아구>에서 일본인 관광객은 민족적 차원에서, 그리고 계급적 차원에서 풍자와 희화화의 대상이 된다. 아구는 "쪽발이 놈이 계집을", "조선 계집을" 데리고 있는 것에, 그들이 '우리' 여자들을 데리고 있게 한 계기가 돈이라는 것에 분노한다. 위의 인용은 극의 한 부분인 '마라데쓰' 노래 가사의 일부로 일본어의 탈춤의 사설조에 입각한 아구의 입담과 타령과 비나리, 현대 음악이 곁들어진 극의 형식은 비꼬기와 풍자가 만들어낼 수 있는 놀이와 해방의 신명을 가능하게 한다.

---

18   <소리굿 아구>는 1974년 가무극의 형태로 공연되었으며 "극장에서 공연한 최초의 마당극"으로 "기생관광에 초점을 맞추어 부조리한 현실을 폭로한 작품"이다(「작품해설」, 김민기, 『소리굿 아구, 공장의 불빛』, 지식을만드는지식, 2014, 94면. 참조). <소리굿 아구>는 원작가가 김지하로 알려져 있었지만 김민기가 주가 되어 집필했으며, 김석만, 이애주, 이종구 등이 김지하의 영향력 아래 운집했던 문화운동 1세대의 공동 작업으로 공연된 작품이다. 1974년 3월 서울 국립극장에서 공연 후 이화여대와 원주에서 공연되었다.
19   이하영, 이나영, 「'기생관광' - 발전국가와 젠더, 포스트식민 조우」, 『페미니즘 연구』 15집, 한국여성연구소, 2015, 184면.

그런데 당대 반체제 문화운동의 출발점에 위치한 <소리굿 아구>가 민족적 처단과 물질주의에 관한 풍자라는 강한 역동 속에 잘못된 젠더적 구상을 취했다는 점은 문제적이다.

> 아구 (깜짝 놀라며) 뭐? 아니, 내 나이 오백 살에 계집이라고는 반쪽도 없는데, 그래 쪽발이 놈이 계집을? 그것도 조선 계집을? 게다가 둘씩이나?
> 와하하하하하…. (사장에게) 안됐구나 안됐어, 니가 오늘 날을 잘못 받았구나. 안 도둑 바깥 도둑 샅샅이 골라내어 급살탕 국 멕이기로 유명하신 요 술주정뱅이를 니가 몰라봤구나. 안됐다 안됐어, 와하하하하….
> 재비 그럼 어디 한번 멕여 봐.
> 아구 정말?
> 재비 곱빼기로.
> 아구 그럼 우선 계집들을 불러들이고….
> (여공과 여대생에게) 애 애 아가야, 사탕 줄게 이리 온?[20]

<소리굿 아구>의 두 여성 인물은 '여공'과 '여대생'이다. 김옥란은 앞선 연구에서 이 작품의 '기생관광'이 1970년대 하층계급 여성의 입장이 아니라 한일관계에 굴욕감 느끼는 남성들의 시각에서 포착되었음을 문제 삼은 바 있다.[21] 이와 함께 제기해야 할 문제는 집단적 웃음을 만들어내기

---

20 <소리굿 아구> 11 12면.
21 당대 여성의 현실적이며 역사적인 조건에 대한 고려가 배제되고 집단적 신명을 위해 도구화되었음을 지적한다. 특히 여대생의 경우 계급, 민족적 차원에서 책임과 처벌의 대상으로 의미화되었음을 강조한다.(김옥란, 「1970년대 희곡에 나타난 민중담론과 여성성」, 『한국극예술연구』, 285면.)

위한 방법으로 섹슈얼리티가 활용되고 있다는 점이다. <소리굿 아구>의 1985년 판본은 "벗으라면 벗겠어요"라는 노래와 함께 사장과 두 여자가 춤을 추는 것으로 시작한다.[22] 이들은 아구의 도움을 받아야 민족적이며 성적인 차원으로 의미화한 일본인의 '지배'로부터 구원받을 수 있다. 극의 결말에서 이들은 '이쁨', "잘생긴 근본"으로 평가받으며 호방한 아구의 인물 형상화와 대비되며 "샐쭉 돌아서" 삐치는 존재로 형상화된다. "두 여자를 얼싸안고 퇴장"하는 아구의 모습은 일본인 남성에서 한국인 남성으로 소유의 대상만 바뀐 수동적인 여성의 모습을 보여준다. 실제로 두 인물에게 대사 또한 부여되지 않았다. 이는 1970년대 여성들에 대한 현실적 역사적 조건에 대한 고려가 배제되었을 뿐 아니라 보호받아야 할 존재로 여성성을 고착화시키고 있는 지점을 보여준다.

여성을 보호받아야 하는 자, 구원해야 하는 자로 형상화하는 한편 여성의 섹슈얼리티가 도구화되는 사회 현상을 비판하면서 이를 전면적으로 극복하지 않고 오히려 극 속에서 재영토화하는 모습이 물론 당대 공연에서 크게 의미화되었다고 추정하기는 힘들다. 실제 공연의 다수 공연/관객 주체는 남성 대학생-지식인이었고, 정권에 대한 비판이라는 일차적, 혹은 거대 목표를 상정해야 했기 때문이다.

이때 '반체제'라는 명목하에 모인 관객의 마음을 묶어주었을 집단적 감응에 대해서 우리는 어떻게 평가를 해야 할까. 집단적 모임이 강력히 금지되었던 긴급조치 시기, 노동조합운동과 도시하층민의 서사를 '비합

---

22   <소리굿 아구>, 임진택 채희완 엮음, 『한국의 민중극』, 창작과비평사, 1985, 51~52면. 그런데 2014년 지만지 판본을 출판하면서 이 장면은 생략되었다.

법적으로' 다룬 마당극 <미얄>(1978)은 반체제적 상상의 강력한 집단적 동기와 여성 재현의 문제를 다시 생각하게 한다. <미얄>은 1978년 여름 최초의 마당극 운동 단체인 한두레에서 창작하고 공연한 작품이다.[23] <미얄>은 여공 미얄이 공장에서 노동을 하면서 동료들과 힘찬 노동을 하면서 노동쟁의에 이르는 첫째 마당, 호스티스가 되어 성접대를 하다가 아이를 임신하게 되는 둘째 마당, 장애인인 양아치를 기둥서방으로 맞으나 구타와 성매매의 고통 속에 아이를 낳으며 죽어가는 셋째 마당으로 구성되어 있다. 호스티스 서사를 다루었다는 점뿐 아니라 '비합법적' 공연 공간에서 공연됨으로써[24] 노조운동을 형상화할 수 있었다는 점은 당대 문화의 맥락에서도 돌출된다.

<미얄>의 공연은 한두레가 '보문동 연습실' 시기에서 '굴레방 작업실'로 옮기기 전, 잠시 머물렀던 신촌로타리 인근 동교동 연습실에서 이루어졌다. 12평 정도 되는 공간에 관객이 250명 정도 몰려 여름날 숨을 못 쉴 정도로 열띤 상황 속에 공연이 이루어졌다.[25] <미얄>은 공연이 열악한 노동 상황, 억압적 정치 체제와 일상에서의 강력한 통제와 규율, 가시화되

---

23 <미얄>의 대본은 완전한 대본이 아닌 개요서의 형태로 남아 있고, 한 차례 이루어진 공연 또한 전체 세 마당이 아닌 두 번째 마당까지 이루어졌다. 하지만 <소리굿 아구>부터 구체화 되었던 대학 탈춤반의 활동이 개시된 첫 작품이라는 점, 이 시기 문화운동의 일원들이 같은 인적 네트워크 안에서 교차 되면서 활동을 해왔으며, 이후 대학 마당극까지 영향을 미쳤다는 점에서 중요한 저본이다. (이영미, 「<미얄> 해설」, 이영미 편, 『구술로 만나는 마당극 ①』, 고려대학교민족문화연구원, 2011, 47면 참조)

24 대학의 연극반과 탈춤반을 주축으로 활동을 확장 시켰던 1970년대~80년대 초 문화운동 일일들의 활동은 크게 극단 연우무대와 한두레, 그리고 현장 문화운동으로 구분된다. 채희완의 구술을 통해 극단 연우무대는 "보이는 데"서, 한두레는 "안 보이는 데서" 한나는 암묵적 합의를 확인할 수 있다(「채희완 구술 채록문」, 203면). <미얄>의 경우도 공연 허가 절차를 거치지 않고 이루어졌다.

25 「채희완 구술 채록문」, 위의 책.

지 못하고 소문으로만 들리는 각종 국가폭력의 시대에 반체제적 상상을 공유하는 모임으로 강력하게 기능했던 순간을 보여준다.

먹물패, 부유족, 하나씩 등장하여 미얄과 수작한다. 미얄, 이들을 하나씩 능동적으로 받아낸다.

배가 불러있다. 애무하던 손님들, 모여, 군무가 되어 '애를 떼라'고 한다. 미얄, 한사코 거부한다.

인간적으로 충고, 애걸하던 손님 하나씩 떨어져 나간다. 인기폭락이다. 장학생 부리나케 등장하여 막무가내로 떼라고 한다. 미얄, 회의에 빠지나 결국 거부한다.

마담언니, 형부씨, 핑크스 홍, 미얄을 구타한다. 주위 사람 말린다. 동료 아가씨 하나와 마담언니, 간판아가씨다운 체통을 유지하고 영업 좀 하자고 하고, 앞으로의 남은 인생을 위해서도 애비 모르는 자식은 일찌감치 떼는 게 좋다는 등 마지막으로 인간적으로 호소한다. 기나긴 흐느낌 속에 미얄, 드디어 수락한다.

몇 번이나 망설인다. 그러나 생계를 유지하기 위해서는 떼는 수밖에 없음을 절감한다. 굳게 마음먹는다. 미얄의 춤, 외로운 길의 끝, 병원 앞이다.

우연히 양아치 하나를 만난다. 쪼록하러온 총각이다. 거의 불구의 몸이 다 되어 있다. 서로 숨김없이 전체의 삶의 모습이 그대로 드러나 있다. 미얄, 불현듯 생명에 대한 애착을 느낀다. 새로이 태어나려는 생명에의 열애, 포기할 수 없는 새 생명, 이를 위해 자기의 생은 아무렇게나 되어도 좋다고 생각한다. 애 떼는 것을 포기한다.

양아치와 긍정적으로 합치된다. (듀엣)[26]

---

26 <미얄>, 이영미 편, 『구술로 만나는 마당극 ①』, 2011, 44~45면.

이영미가 구술 채록 과정에서 주목했듯이 <미얄>은 물론 전통탈춤에서 "고난을 받다가 죽는 여자"인 할미 미얄이 여공이자 호스티스로 변용하는 상상력을 보여주었다는 점에서 특별한 텍스트였다.[27] 실제 도시로 유입된 여성이 공장에서 호스티스로 전락해야 했던 것은 고통스러운 현실이었으며, 정권이 산업역군의 서사 속에 감추고자 한 진실이었다. 대학 문화패의 반체제적 상상력은 전통 탈춤의 '미얄'을 고난받는 당대의 여성들로 치환하게 했다. 이는 당시 지식인 집단이 변혁적 사회운동의 주체로 구성해가던 '민중'의 상과도 연동되어 있었다. 민중은 구원해야 하는 주체로 상상되기도 했지만, 반체제적 상상력을 가능하게 해주는 구원의 매개이기도 했기 때문이다.

<미얄>에서 여성 주인공 '미얄'은 여공에서 호스티스로 밀려나는 존재라는 점에서 당대의 시대적 고통을 압축적으로 감당해내는 존재였다. 그런데 <미얄>은 "손님 접대의 여러 가지 테크닉을 교습"하는 과정을 재현하며, 미얄이 "신삥"이기에 손님들로부터 찬탈의 대상이 되는 한편,[28] 손님들 앞에서 "수줍은 듯 공손히 나와 노골적으로 대담하게" 노래를 부르고,[29] 수작하려는 패거리를 "하나씩 능동적으로 받아낸"다고[30] 설정한다. 공연되지 않은 셋째 마당의 경우 미얄을 기둥서방의 폭력에 노출되어 있으면서도 "삶에의 몸부림"을 유지해 나가며 온갖 성폭력을 감내하는 존재로 그린다.[31]

---

27 「채희와 구술 채록문」, 위의 책, 218면.
28 <미얄>, 42면.
29 <미얄>, 43면.
30 <미얄>, 44면.
31 <미얄>, 45면.

물론 '공연'이라는 맥락을 고려하지 않을 수 없다. 특히 <미얄>은 공연 주체가 탈춤반을 중심으로 구성되었으며, 언어와 대사, 장면 재현을 중심으로 한 연극적 공연이 아닌 동작과 몸짓을 중심으로 한 탈춤 기반성이 강한 공연이었다. 현재 남아 있는 <공장의 불빛>의 공연 녹화본을 통해 추측할 수 있듯,[32] 문화패 주체들은 이 시기의 수련과 고민을 바탕으로 몸짓과 동작을 통해 암울한 시대 현실과 노동 상황을 압축적이면서도 표현주의적으로 형상화하는 창조력을 보여주기도 했다. 또한 1978년 동교동 공연에서 미얄이 희롱당하는 장면과 춤과 노래를 부르는 장면은 관객을 즉석에서 끌어내어 상황극으로 만들어나갈 것을 기획했을 만큼,[33] 관객 집단의 웃음을 자아내게 하기 위한 놀이적 장치로 배치되었다 볼 수 있다.

하지만 실제 당대 여성 제조업 노동자에게 성희롱이 불평등의 문제와 착종되면서 더한 정체성 손실과 모욕의 계기였다는 점을 고려할 때 이와 같은 재현의 전략을 재고해야 한다. 특히 지식인 관객 집단 앞에서 하층 계급 여성의 성적 노동이 무용과 가벼운 동작의 재연에 근간하여 시청각적인 재현의 층위로 구현되었을 때, 응시와 대상화의 측면이 강화될 수 있기 때문이다.

한편 여성-미얄은 독특한 방식으로 '구원자'로 상상된다는 점에서 더욱 문제적이다. 당대 강화되어 가던 민중주의, 고통을 겪는 주체이자 변혁적

---

32 <공장의 불빛>은 <미얄>과 비슷한 시기 녹화/공연되었으며, <공장의 불빛>의 동작과 연출 또한 채희완이 담당했다. 채희완은 <공장의 불빛>이 <미얄>의 형상화 방식과 상호관계를 가짐을 밝힌 바 있다.

33 「채희완 구술 채록문」, 217면.

상상력을 가능하게 하는 매개로서 '민중'의 인식 지평이 미얄에게도 전이 되었다. 미얄은 온갖 성폭력을 자진해서 "받아내"는 존재로 형상화되며 극은 "우리의 새 사회"는 "부랑자의 새 생명 미얄의 아이가 자라나 이 땅의 주인공이 될 때" "밀어 닥친다"는 것으로 종결된다.[34] 즉 미얄의 섹 슈얼리티는 민중적 상상을 위해 도구화된다.[35]

이처럼 <소리굿 아구>(1974)와 <미얄>(1978)에서 여성 재현 양상은 가장 고통받는 계층/계급의 일원들에 대한 재현이 공연의 현장성을 통해 불러 일으킬 수 있었던 반체제적 상상력의 해방적 카타르시스가 의도치 못한 방식으로 그릇된 젠더 구상 속에 가능했던 국면을 대표해 보여준다. 문화 패 일원들은 '극'이 '굿'이 되어야 한다는 생각을 강조했으며, 이는 관객에 대한 고려와 관객 참여의 장려로 현실화 되었다. 굿이라는 명칭은 기존의 '연극'을 바라보던 관점, 즉 거리를 두는 관조의 감각에서 공동체성의 확인과 치유성, 오락성을 강조한 제의와 의례적 성격에 대한 강화로의 변화를 의미한다. 이때 관객의 공동체성이 그들이 그토록 추구하고자 했

---

34 <미얄>, 46면.
35 전통극의 젠더적 보수성이라는 양식적 특수성으로 귀결하기에는 1980년 서울의 봄 이후 연행된 다양한 텍스트들의 차이들이 의미심장하다. 1980년 서울의 봄에 연행된 <역사탈: 해방 35년>(1980)에서는 '미얄'이 '창녀'와 '여공'의 섹슈얼리티를 동원하지 않는 방식으 로 형상화되며 고통에 대한 감수성을 역사화시키는 방식을 채택했다. 반면 연극적 양식 에 더욱 가까운 <녹두꽃>(1980)은 앞선 시기의 젠더적 구상을 답습하는 모습을 보여준 다.(<역사탈: 해방 35년>과 <녹두꽃>은 1980년 서울의 봄에 갑작스럽게 학내 공연이 가능해진 환경에서 이화여대와 서울대에서 각각 공연되었다. <역사탈: 해방 35년>의 경 우 1978년 전후부터 활성화된 연합탈반의 활동 속에 만들진 것을 이화여대에서 공연한 것으로 알려져 있다. <녹두꽃>의 경우 서울내 년생쌔가 총연합되어 이루어진 이틀 간의 행사인 <관악굿> 때 연행된 것으로 임진택의 연출로 이루어졌다. 이에 대해서는 이영미, 『구술로 만나는 마당극 ②, ③』 각각의 「구재연 <구술채록문>」과, 「황선진 <구술채록 문>」 참조.)

던 재현된 대상으로서 여공과 호스티스를 포섭하지 못하고 오히려 대상화의 혐의를 지닐 수도 있었음을 유념해야 한다.

이와 같은 한계는 민중주의의 관념적 강화와 발전이 아니라 '현장의 목소리들'을 통해 갱신될 수 있었으며, 이를 통해 새로운 공동체/치유/오락성의 차원으로 발전한다. 1980년대 더욱 확산된 문화패의 활동에서 여성의 재현은 여전히 왜곡된 섹슈얼리티와 대상화의 차원으로 이루어지기도 했지만 현장의 여성 노동자들의 발화를 반영한 글쓰기와 공연을 통해 한층 심화 된 정의의 감각을 보여주게 된다. 하지만 그 속에서도 공연 주체와 민중운동의 강령, 제재가 된 노동 사건에 대한 당사자성, 관객 집단의 반체제적 집단성과 개별성 등의 문제가 혼재되어 있었다.

[보론 2]

1980년대 중후반~1990년대 초반 집회의
문화적 형식들

한국의 사회 운동사에서 1987년 6월 항쟁을 전후하여 1990년대 초반의 시기는 1970~80년대 동안 축적된 역량이 총결산 된 장이자 운동의 '쇠퇴'가 진행된 시기이다. 1991년 5월 투쟁은 '혁명'으로 명명된 1980년대적인 정치적 시공간이 "붕괴하는 역사적 결절점"으로 인식되어왔다.[1] 개인화된 미디어의 확산과 권위주의 정권과의 전격적인 대립이 와해 된 문민정부의 수립, 시장 자유주의의 확산이라는 지표들은 1980년대와는 '다른' 시대 감각으로서 내면성과 개인성, 대중예술의 상업화와 개별화된 취향의 탄생을 1990년대적인 것으로 사유하게 한다.[2]

---

1   김정한, 『비혁명의 시대-1991년 5월 이후 사회운동과 정치철학』, 빨간소금, 2020, 74면.
2   이동후는 1990년대 미디어 경험에 대한 자기 경험 구술 연구를 통해 1990년대 학번이 미디어 환경의 변화 속에 "개인적이면서도 관계적인 '온싱직 자이'"를 형성하였음을 분석한 바 있다. "미디어 이용 경험과 개인적 행위의 중요성"은 1990년대 학번 세대가 앞 세대와 자신을 변별적으로 인식하는 중요한 기준이었다. (이동후, 「1990년대 미디어 환경과 자아 경험: 미디어 기억의 자기 구술 사례를 중심으로」, 『인간·환경·미래』 제

하지만 1990년대 초반, 정치적으로는 문민정부가 수립되기 이전까지는 1987년 6월 항쟁 이후 '열린 공간'과 노동운동의 급격한 확산 속에 대학과 노동운동 현장을 중심으로 '대형 집회'가 일상화된 시기이자, 탄압 속에 일그러진 민중의 삶에 감응하겠다는 통치 권력의 명확한 배신으로서 '공안 정국'이 그 칼날을 드러낸 시기이고, 음반, 영화, 공연법 투쟁 등 권위주의 정부 이후의 사회 정의를 실현하기 위한 법/제도 투쟁이 본격화된 시기이기도 하다. 등록금 투쟁과 '열사'로 사후적으로 명명된 이들의 죽음들, 그에 대한 다채로운 감응들 속에서 1987년만큼이나 뜨거웠던 광장들이 생성되고, 장르들이 다른 양상으로 통합되고 새로운 미디어 활용 방식이 모색되면서 집회가 더욱 대형화되는 양상을 보인 시기이기도 하다.

본 장에서는 광장의 열기가 집약된 시공간을 통과함과 동시에 '침체기'와 분열적 목소리들을 감당해야 했던 1987년 이후부터 1990년대 초반을 민중문화운동의 활동을 해당 시기 도드라지게 출현했던 집회의 문화적 형식을 조망하며 미디어성의 차원에서 조감한다. 이는 운동사적 차원, 즉 운동 내부의 노선 설정과 운동 주체가 현실 정치 혹은 대중과 맺고자 했던 관계 설정을 둘러싼 논쟁들과 각 집회의 문화적 형식 사이의 조응 혹은 배리의 역학을 살펴보기에 앞서 당대 운동의 정열을 보다 다각화하기 위함이다. 즉 운동 조직의 담론과 방향성 안에서 그 집회의 성질과 의의에 대한 보다 조밀한 후속 연구를 기약하면서, 당대 집회의 미디어성을 통해 전달되고 공유된 메시지, 감정적이며 인식적인 편향성의 측면을

17집, 2016, 33면.)

314 한국 현대 연극과 현장성의 미학

검토한다. 대학생과 노동자 집단이라는 대표적인 집회 주도/참여 계층 외에 운집했던 수많은 일반인, '민중'이나 '대중'이라는 이름으로 명명되었던 이들의 감각을 살펴볼 필요가 있다.

1987년 6월 항쟁 이후 광장의 노제와 노동/농민운동 곳곳의 요구가 수렴된 마당에서 연극, 무용, 노래, 미술 등 다양한 장르와 매체가 결합된 '연행'은 여전히, 그리고 오히려 이전 시기보다 극적인 방식으로 주요한 문화적 형식이 되었다. 1989년 이루어진 노래판굿 <꽃다지>와 민중가수 정태춘의 활동은 집회라는 광장을 통해 이전 시기 매체적 모색과 실험이 극적으로 결합했던 사례이다. 하지만 1990년대 초반은 광장의 열기가 소멸되는 과정을 직시한 시기이기도 하다. ≪민족예술≫ 등의 대담과 평론에는 이들의 '당혹스러움'과 함께 이전 시기의 운동적 성과는 소멸되지 않을 것이라는 혹은 운동을 지속해야 한다는 불안한 믿음이 공존하고 있다.[3]

즉 1988년에서 1992~3년대에 이르는 시기는 확실히 1987년 6월 항쟁이라는 거대한 광장을 경험한 이후의 시기이기는 했지만, 음반법, 공연법 등 이전의 권위주의 독재 정권 시기의 제도적 장치들을 민주화하기 위한 구체적인 저항들이 대표하듯, 이행기 정의를 찾기 위한 지난한 여정이 본격화된 시기이기도 했다. 특히 1990년대 초반은 급격한 꺾임, 즉 문화패들의 연합 속에 대형 문화 공연들이 활성화되었으면서도 동시에 '민중' 혹은 '민족'의 이름 아래 이루어진 대형 집회라는 매체적 틀이 불가능/불

---

3   염무웅, 「변화하는 한국사회와 민족문예운동의 방향」, 『1988-1992민족예술합본호—민족예술』, 한국민족예술인총연합, 1993, 5면.

필요해지는 시기가 맞닿아 있었다.

물론 이와 같은 변화는 정치적 변화들과 운동사적 관점에서도 충분히 조명되어야 한다. 하지만 미디어를 통해 역사를 조명하는 것이 "미디어를 통해 연결되는 회중, 군중, 대중의 역사"를 부감하는 것과 관련된다는 주장을 참조할 필요가 있다.[4] 특히 당대 주요한 방식으로 분기한 집회-공연에서 펼쳐진 무용과 노래, 이미지와 언어 등 다양한 매체와 장르는 참여한 사람들의 "신체, 감정, 감각"과[5] 조응할 수 있을 때 그 효과가 만들어졌다.

즉 각 시기 집회-공연을 구성하던 요소들의 미디어성과 수행되던 맥락의 특수성에 대한 고려를 통해 이에 대한 반응들을 운동사적 관점의 바깥에서 재해석할 수 있다. 미디어는 자연의 요소들에서 신문, 라디오, 텔레비전 등 메시지를 담아 의사소통 과정을 매개하는 기계적이고 기술적인 수단이자 장치로,[6] "의미를 운반하고 전달하는 이동 수단"으로서[7] 단순한 전달 수단이 아닌 인식의 패턴과 의사소통의 구조와 사회 구조에 결정적인 영향력을 행사하는 것으로서 그 의미가 전환되며 사유되어 왔다.[8] 미

---

4 유선영, 「한국사회의 현대사적 전환에 개입한 力/歷線으로서 미디어」, 『미디어와 한국현대사: 사회적 소통과 감각의 문화사』, 대한민국역사박물관, 2017, 19면.

5 유선영, 위의 책, 20면.

6 '미디어'라는 호칭은 좁게는 언론, 방송, 잡지를 명명할 때 사용되지만 제도와 문자나 약호와 같은 기호체계, 이미지와 같은 상징형식, 디지털 신호 같은 기술을 포함하는 개념이다.(유선영, 위의 책, 8면 참조.)

7 "의미를 운반하고 전달하는 이동수단"으로서 미디어의 개념은 존 더럼 피터스의 풀이이다. 존 더럼 피터스는 '자연의 요소들'로 미디어를 이해하는 전통적인 시각을 수렴시키며 인류세의 시기에 미디어를 "자연의 요소와 인간의 가공물이 더해진 양상블"로 사유해야 할 필요성을 제기한다. 존 더럼 피터스, 『자연과 미디어─고래에서 클라우드까지, 원소 미디어의 철학을 향해(The Marvelous Clouds: Toward a Philosophy of Elemental Media)』, 2018, 컬처룩, 23면.

디어는 인식의 체계와 의사소통, 참여자 간의 관계와 관련이 있다.[9] 동일한 것으로 생각되는 전언 내용도 미디어에 따라 감각의 비율은 바뀌기 때문에 실제 전달 내용은 달라질 수 있다.[10] 시기별로 민중/민족담론을 형상화하는 방식이 달라지는 것은 비단 운동사적 차원에서가 아니라 각 집회-공연의 미디어성과 상황적 맥락 속에서 재해석될 수 있다.

집회는 모인 이들의 공동체성을 확인하는 의례로 기능할 수 있을 때 그 의미가 극대화된다. 해당 집회-공연에 대한 반응들은 각 공연이 도달할 수 있었던 공동체성을 가늠하게 한다. 이 시기 집회-공연은 큰 틀에서는 저항의례로 기능했지만 그 속에서는 죽음/정치/재난/향유의례의 측면으로 다양화 되었다.[11] 의례를 통해 사회적 집단과 개인들은 '사회적 생존 조건'을 헤쳐나가고자 노력하는데,[12] 하나의 미디어로서 의례가 사회화/재사회화/비사회화에 얼마나 효과적인지는 단순하지 않고 많은 요인이 개입한다.[13]

이 장에서는 1980년대 중후반에서 1990년대 초반의 민중·민족문화운동의 집회-공연을 둘러싼 "두툼한 정황"[14] 중 공연을 구성하는 요소들의

---

8 박영욱, 『매체, 매체예술 그리고 철학』, 향연, 2008, 24면.
9 박영욱, 위의 책, 150면.
10 박영욱, 앞의 책, 25면.
11 의례의 분류는 캐서린 벨의 분류를 참조.(캐서린 벨, 『의례의 이해-의례를 보는 관점과 의례의 차원들(Ritual: Perspective and Dimension)』, 한신대학교출판부, 2007.)
12 루츠 무스너·하이데마리 울 편, 문화학연구회 역, 『우리는 어떻게 행동하는가: 문화학과 퍼포먼스』, 유로, 2009, 9면.
13 캐서린 벨은 의례의 해석에 있어서의 복합성을 언급한다. 캐서린 벨은 "일반적으로 서로 경쟁하는 이데올로기들과 권력 관계들을 분명하게 규정하고 그것들을 중재하는지에 대한 물음"에 대해서 복잡하고 다양한 답이 가능하며, 이는 역사적이고 민족지학적 자료들을 통해 밝힐 수 있다고 제시한다.(캐서린 벨, 앞의 책, 491면.)
14 캐서린 벨, 위의 책, 491면.

미디어성과 겹쳐가며 조망함으로써 당대 운동의 국면을 보다 다각화한다. 민중/민족문화운동의 집회 및 공연 활동들과 기관지인 ≪민중문화≫와 ≪민족예술≫의 평론, 대담, 이미지 등을 주 텍스트로 삼는다. 운동사적으로 1987년 6월 항쟁은 중요한 분기점이다. 따라서 먼저 1984년 민중문화운동협의회가 조직되고 협의체를 중심으로 다양한 문화운동 자료들이 수집되고 향후 운동을 위해 제작되는 과정에 나타난 다매체성의 의미를 매체 자체의 속성과 향유되는 과정에서의 만들어지는 메시지성과 연관하여 재조명한 후 1987년 6월 항쟁 이후 1990년대 초반까지 폭발적으로 확산되거나 대형화되었던 집회-공연의 미디어성과 균열의 양상을 검토한다.

탈춤, 풍물, 굿 운동의 대중화

탈춤에 국한되었던 인식 및 실천 활동으로부터 풍물, 민요, 놀이, 굿, 그림, 이야기, 촌극, 의식, 전자매체 등의 다양한 예술장르와 대중매체, 나아가서는 전반적 문화현실로까지 확산된 인식 및 실천 활동으로의 발전이고 표현매체와 예술장르가 총동원되는 대동놀음 및 구체적 일상생활문화로 확대된 인식 및 실천 활동으로의 이행이다. 이 전환은 결국 **사회 전체적인 차원에서의 모순의 심화** 및 그에 따른 **다기 다양한 대응방법의 개발**, 그리고 **운동 주체의 전환**과 그 맥을 같이한다. 이 글은 이러한 전환의 양상을 80년대 문화현상의 주요한 논거점으로 확인하면서 전통적인 것, 특히 민속 연희 예술 중 집단적으로 행해지며 또 주로 마당에서 행해지는 것들-탈놀이, 풍물, 노래, 굿, 의식, 대동놀이 등-을 다루었다.(강조-인용자 주)[15]

---

15 김성진, <삶과 노동의 놀이>(『문학과 예술의 실천논리』, 실천문학사, 1983)『민족극 정립을 위한 자료집 2』, 우리마당, 276면.

1980년대는 민속 중 탈춤을 중심으로 시작되어 '마당 연희'를 부활시켰던 1970년대 활동이 몇 가지 점에서 전환점을 보여준 시기로 기록된다. <삶과 노동의 놀이>(1983)는 이를 정리하고 있는데, 그 변환은 큰 틀에서는 양적 확산과 질적 변화로 볼 수 있다. 연행을 창작하고 생산하는 주체와 이를 향유하는 주체가 대학생-지식인 집단에서 생활인으로 극적으로 확산된 것과 탈춤에 집중된 것이 풍물, 민요, 놀이, 굿 등 다양한 예술장르와 대중매체를 활용하는 것으로 바뀌었다는 점을 알 수 있다. 민속의 연희 양식에 초점을 놓고 보았을 때 탈춤을 중심으로 한 계승에서 '풍물', 그리고 의례의 형식으로 '굿', 잔치로서의 '대동놀이' 등으로의 확산이 두드러진다.

　　"사회 전체적인 차원에서의 모순의 심화"와 "다기 다양한 대응방법의 개발", "운동주체의 전환"이라는 계기 속에 민속적 양식의 대중적 확산은 유화국면 이후 1984년 이래 더욱 극적으로 이루어졌다. 1984년에서 1987년 6월 항쟁, 이후의 노동자대투쟁과 노동운동의 시대에 이르기까지 그 확산은 대단한 것이었다. 유화국면을 계기로 가시적인 활동이 가능해졌을 때 결성된 다양한 문화패들의 연합 기구인 민중문화운동협의회(1984)가 결성되고, 놀이패 한두레, 풍물패 터울림(1984), 굿패 비나리(1984), 굿패 해원(1985), 민족굿회(1985), 민요연구회(1984), 민족극연구회(1985) 등 풍물, 민요, 굿 등 다양한 민속적 형식을 운동의 목적하에 대중적으로 확산하고자 하는 단체들이 조직되고 대중 강습이 활성화되었다.

　　1987년 이전 민중문화운동협의회에서 발간하던 매체인 《민중문화》의 '문화일지' 기록에 담긴 '대중집회 및 놀이마당', '공연활동', '전시 강습 교육행사'의 소개에 이어 1987년 이후에는 ≪민족예술≫, ≪예술정보≫에 '공연, 강습, 행사' 안내가 실려있다. '애오개'의 계절별 문화강습, '터울림'의 풍물패 강습, '두렁'의 민속 미술 교실, 민요연구회의 민요강습과 민요 마당 등 분야별로 민속에 유래한 다양한 예술형식의 전수를 위한 문화강좌가 열렸다. 그리고 1987년 6월 항쟁과 노동자대투쟁 이후 민속의 형식은 풍물을 중심으로 대중화된 노동자 문화공간에서 강습을 통해 확산된 한편 각종 집회와 시위 현장의 주요한 문화적 형식으로 활용되었다.

그런데 엄밀히 말하면 장르 및 양식의 차원에서 풍물과 민요, 굿과 대동놀이를 집단적인 놀이에 활용하게 된 것의 '출발'은 앞서 살펴본 것과 같이 1970년대 후반이다. 이영미가 지적했듯 1983년 발표된 위 글은 1970년대 말에서 1980년대 초까지의 현장문화활동에 대한 구체적인 기록과 정리이자, 이 확산이 교육자 없이 농민-노동자에 의해 이루어진 것이 아니라 전문 활동가의 의식적인 교육을 통해 이루어졌음을 증명한다는 점에서, 그리고 이후 노동자문화교육의 원형을 보여준다는 점에서 중요하다.[16] 이 글의 '김성진'은 황선진, 연성수, 김봉준이 이름자를 딴 가명으로 이들 또한 대학 탈춤반 출신이다.[17] 실제 이 글은 1970년대 탈춤반 출신들의 "한 지역, 한 소모임, 한 사람의 활동 경험의 사례"가 아닌 "현장문화활동의 에센스"가 집약된 것이기도 하다.

---

16   이영미, 앞의 책, 113~114면.

17   황선진(1972학번), 연성수(1973학번)는 서울대학교 탈춤반, 김봉준(1975학번)은 홍익대학교 탈춤반 소속이었다. 1980년대 들어 황선진은 지역운동으로 연성수는 노동자문화운동, 문화단체 조직 활동, 생활문화운동으로 김봉준은 미술운동으로 분화된 활동을 보여준다.(이영미, 『마당극 리얼리즘극 민족극』, 현대미학사, 1997, 111면.)

1987년 6월 이전과 직후: 민중문화운동의 다매체성과 매체의 온도

1970년대 중반 이후 탈춤, 연극, 노래, 미술 등 장르를 오가며 대학의 문화패를 걸쳐 노동현장에 이르기까지 반체제 문화운동을 주도하던 그룹은 1984년 유화국면을 전후로 문화예술운동의 협의체 "민중문화운동협의회"를 결성한다. 1970년대 문화운동은 반체제운동과 민중주의에 기반하여 대학의 문화패에서 노동/농촌의 현장운동으로 확대되었다. 정보 전달의 기동성과 효과성을 고려하며 팜플렛과 노래운동에서의 비합법적 카세트테이프와 민중음악, 미술운동의 판화와 연행운동에서의 마당극과 촌극 등 음악/연극/미술/문학 운동에서의 매체적 실험이 이루어지며 새로운 장르가 만들어졌다. 특히 1980년대 초반 "낙망과 암흑의 기간" 기존의 신문, 방송, 잡지가 아닌 "소규모 활자 매체와 소집단의 의사표현수단"은[18] 급격히 확산되었다. 민중문화운동협의회가 1984년 창간한 ≪민중문화≫는 운동의 소식지이자 독재적 정치체제와 자본에 의해 "장악"되고 있는 제도문화의 "반인간적문화"와 "향락과 소비를 부채질하는 상업주의" 문화에 대한 대안적 미디어 운동을 보다 전면화한 것이다.

민문협이 민중민족운동 내의 문화·예술에 있어서 가장 핵심적인 집합체였던 것은 분명하지만 이질적인 예술 장르가 결합되어 있는 연합체였다는 점, 또 1970년대 문화패활동을 시작했던 이들과 1980년 광주 이후 대학에서 "과학적이고 조직적인" 운동 노선을 강화하던 분위기 속에서 성장한 이들 간의 세대적 차이 등을 노정했다는 점은 충분히 역사화 될 필요가 있다.[19] 이는 "소집단의 활동노선과 조직노선의 상호통일"이 형식

18　<창간사―민중문화의 새로운 마당을 위하여>, ≪민중문화≫, 1984.6.9., 3면.

적인 수준에서 이루어졌으며 "운동 내부의 혼란"을 보여주었다는 자기 진단은[20] '우리'로 묶인 조직 내의 이질성을 짐작하게 한다.

메시지의 차원에서 "민족의 문화, 민중의 문화"라는 동일성은 반 독재 체제운동이라는 목표 속에 수많은 이해관계와 이질성을 봉합할 수 있는 계기이다. "사회 구성원 모두와 사회적 제 세력의 주체적이고 자율적이며 민주적인 자기 전개와 공동체적 응집"이 필요하다는 핵심 주장과 오늘날 민중/대중이 "문화적 식민화의 압도적 중압에 눌려 정상적 자기 발현을 억제당하고 있으며" 오늘날의 문화는 "대중을 길들이고 잠재워 자본과 권력의 왜곡된 논리에 복속하는 충실하고 무기력한 신민으로 만들어가는 노예화의 문화"라는 진단은[21] 뜨거운 메시지로서의 속성을 보여준다.

매체에 대한 인식론적 관점에서 고전이 되어버린 맥루언의 저서에서 미디어의 온도 개념은 기실 수사적인 표현에 가깝게 서술되었지만[22] 정보를 둘러싼 "정보에 관여하는 방식의 차이와 태도",[23] 특히 정보 수용자의 능동성과 수동성을 논하는 주요한 개념이 되었다. '쿨 미디어'는 수용자

---

19 실제로 1987년 민중문화운동협의회의 민족문화운동연합으로의 변화, 그리고 1989년 민족예술총연합으로의 갱신은 이와 같은 운동 조직부의 세대론적 문화와 입장 차이 또한 반영되어 있었다.

20 1980년대 운동은 이전의 사회변혁운동을 "수많은 경험축적"과 "끊임없는 시행착오"로 규정하면서도 "과학성과 실천활동에서의 조직성"의 차원에서(35면) 확연히 다른 것으로서 구별되었다. 1986년의 회고록에서 밝힌 문화운동 내의 "혼란"은 '문화'와 '운동' 혹은 예술과 정치의 공존을 사유할 때 생성되는 필연적 질문을 포함함과 동시에 1970년대 문화패 활동을 시작한 이들과 1980년 학번 세대의 세대론적 차이 등을 포함하여 다양한 입장과 현실의 차이를 반영한다.(<민문협운동의 회고와 평가>, ≪민중문화≫ 제 11호, 1986.4.12., 35면 참조)

21 민중문화운동협의회 창립준비위원회, <발기문>, 1984.4.14.

22 박영욱, 앞의 책, 27면.

23 박영욱, 위의 책, 28면.

의 능동적이고 성찰적인 사유를 가능하게 하는 "대화형 의사소통 구조"에, '핫 미디어'는 정보의 권력집중성과 "하달식 의사소통 구조"에 조응하는 미디어의 성질로 여겨진다.[24] 하지만 특정한 매체의 온도를 하나로 단정짓기 어려운 경우가 많다.[25] 민중문화운동에서 발신된 메시지 자체는 대항 정체성을 형성한다는 일관된 목적하에서 뜨거운 속성을 지니고 있으면서도 음성, 언어, 무용 등 다양한 감각의 방식과 수용의 맥락들 속에 이동했다는 점에서 다채한 소통의 형식을 보여주었다.[26]

또 매체의 차원에서 접근하면 운동권 내의 공동체 의식과 이를 '홍보'하는 선전의 효과에 대해 보다 다각화된 상상이 가능해진다. 민중문화운동연합은 1970년대 후반부부터 1980년대 전반기까지 탈춤패 내, 노래패 내에서 전달되어 오던 대본과 카세트테이프 자료집을 정리하여 발행하는 작업을 한다. 이때의 수집된 자료의 다매체성은 '기록/정리 및 홍보'의 차원, 각 매체의 미디어성, 그리고 실제 생산되고 다시 활용되는 '수행성'의 차원에서 살필 수 있다.

24　유선영, 앞의 책, 17~19면 참조.
25　박영우, 앞의 책, 29면.
26　실제 운동의 차원에서도 이때의 운동은 반독재투쟁이라는 농밀한 목표 아래 대항적 인식과 실천을 함께 한다는 점에서 '동지'와 '우리'로 묶일 수 있었지만 예술성/정치성/현장성에 관한 입장 차이가 대변하듯, 반독재, 반상업주의에 대한 다중적 시선들이 내재 되어 있기도 했다.

민중문화운동협의회에서는 민중문화의 홍보와
각종자료발간 및 매체개발에 노력하고 있습니다.

민중문화운동협의회 발간 자료 및 매체
≪민중문화≫, 1986.10.15.

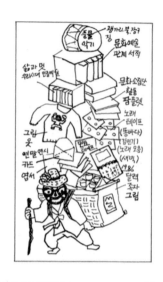

<행상굿 문화장터>(1985.12.19.~22) 팜플렛

먼저 위의 그림에서 소책자와 간행물, 카세트테이프, 그림, 판화, 종이
달력, 악기라는 상이한 미디어가 보부상이 지고 있는 하나의 짐 안에 실
려 있는 삽화는 기록과 전달로서 자료 정리 및 발행 작업의 성격과 매체
적 다종성을 상징적으로 드러낸다. 그런데 수행성의 차원에서 각 매체의
미디어성과 향유 맥락에 따른 감각의 상이성에 따른 효과를 보다 다층화
할 필요도 있다. 먼저 팜플렛과 대본, 카세트테이프는 '공동 창작'이라는
제작의 상황에서 기반한 공동체적 경험과 실연성의 생기를 포함한다. 그
런데 이것이 각각의 미디어를 통해 문화 상품의 형태로 전달되고 일상에
서 전유될 때 메시지는 충분히 변화할 수 있다. 먼저 기록과 저장 그리고
전파를 목적으로 만들어진 자료들이 효과적으로 전파될 수 있는지에 대
한 불확정성과 특정 집단으로서 문화운동 집단 안의 배타성을 강화하는

형태로 전달될 수도 있는 가능성이 있다. 민문협의 활동에 대한 진단에서도 다양한 매체에 대한 성과물 축적에도 불구하고, "생산물 유통기구"나 "단순문화기획실 차원의 기능수행자로 전락"하는 것에 대한 우려와 "지식인예술장르운동"에 국한되는 것은 아닌지에 대한 비판이 상존했음은 이 때문이다.

또 매체의 다양성과 관련하여 재현의 역학을 상정할 때, 수잔 랭어가 제기한 바, 언어적 재현의 담론/논증/추론의 기능을 중심으로 한 '추상적 상징'과 어떤 것을 단언하거나 진술하기 어렵지만 감정적 기능을 중심으로 하는 '표상적 기능'이 각각의 미디어에 따라 다르게 설정될 수 있음도 고려할 사항이다.[27] 노래의 음조, 옷과 달력, 족자의 그림, 배우의 형상이 갖는 표상적 기능은 동일한 민중문화운동 텍스트 안에서도 다른 수용과 향유를 충분히 가능하게 할 수 있는 조건이기 때문이다. 또 판매를 통해 <민족문화 판화달력>, <민중미술 그림엽서> 등이[28] 사용자의 일상 속에 향유될 때 수행성은 또 다른 차원의 의미 생산을 가능하게 했다.

특히 흥미로운 것은 한국 사회가 1987년 6월 항쟁이라는 시공간과 이후 노동운동이 이어지면서 크고 작은 광장과 마당의 '집회'를 중요한 삶의 조건으로 갖게 되었다는 점이다. 1987년의 6월 항쟁 이후 1980년대 후반은 "대중운동의 폭발적 상승기"였다.[29] 이때의 '대중'은 물론 확실히

---

27 이동후, 『미디어 생태이론』, 커뮤니케이션북스, 2013, 97면.
28 판화달력과 그림엽서를 제작하게 된 맥락과 관련하여 1970년대 후반부터 농촌현장문화운동과 <동일방직 문제를 해결하라> 등에서 두드러진 활동을 보여주며 미술패 '두렁' 등을 주도했던 김봉준은 『프레시안』에 당시의 상황을 구체적으로 구술하는 글을 연재했다. 이에 대해서는 김봉준, 「탈춤과 함께 반독재 민주전선에 서다」, (『프레시안』, 2021.09. 17., https://www.pressian.com/pages/articles/2021091016024764112 ; 확인 일자 2021. 09.21.) 참조.

대중화되었던 TV와 소비문화의 콘텐츠들, 문화개방 속에 유입되던 타 문화권에 대한 소비주의적 환경을 통해 "유사 공동체적 감각"을 만들어 가던,[30] '대중문화'에 둘러싸여 가던 대중이기도 했다. 그럼에도 중요한 것은 위에서 살펴본 운동권 문화 콘텐츠들이 개별적인 수용의 대상으로 머문 것이 아니라 '집회'라는 구술적 상황 속에서 공유되고 부딪치며 갱신되었다는 사실이다. 집회라는 공간 안에서 다양한 미디어가 교차하며 만들어낸 메시지를 대중은 어떻게 공유했을까를 추적하기 위해 집회의 미디어성, 즉 실연(實演)의 구술적인 환경의 역학을 상기해야 한다.

이애주의 <바람맞이>는 민중문화운동이라는 장 안에서 이루어진 매체 간 결합과 미디어성의 역학이 1987년도 6월 항쟁이라는 역사적 조건 속에서 대중적 집회의 맥락으로 급격히 확대되던 상황을 대표적으로 보여준다. <바람맞이>는 6월 항쟁이 형성되던 과정에서 연행되었는데 박종철 고문치사 소식 후 창작하여 ① 6월 9일에서 15일 사이 연우소극장에서 초연이 이루어지고, ② 6월 26일 서울대학교 아크로폴리스 광장, ③ 7월 9일 연세대학교에서 시청 앞 광장으로 향하는 이한열 영결식 현장, 그리고 ④ 8월 21일과 22일 양일간 연세대학교 노천극장에서 대규모 대중집회에서 공연된다.[31] 이애주는 1970년대 채희완, 임진택, 김민기 등과 함께 인적 교류를 해나가며 활동했는데, 유학을 다녀온 뒤인 1983년 이후에는

---

29 <91년 민족극운동의 흐름>, ≪민족예술≫ 제 8호, 416면.
30 김상호, 「텔레비전이 만들어 낸 1990년대 감각 공동체」, 유선영 외 저, 『미디어와 한국현대사: 사회적 소통과 감각의 문화사』, 대한민국역사박물관, 2016.
31 1987년 당시 공연 연보는 <바람맞이>의 공연사를 정리하고 한국 춤의 관점에서 분석한 김경은의 논문을 참조했다.(김경은, 「이애주 <바람맞이> 춤에 내재된 한국 춤의 본성」, 『비교민속학』 58, 2015.)

민중문화운동협의회와 미술 운동과 연관성을 지속하고 갱신하며 활동을 확장하고 있었다. 김경은이 지적했듯, 이애주의 <바람맞이>에서 나타난, 무용을 통한 민중적 고통의 극적인 형상화는 전통의 미학적 형식들과 반체제 운동의 문제의식, '민중적 철학'에 대한 공동체적 탐색의 연장선에 있었다.

1987.6.9.~15 연우소극장 공연 소책자

1987.7.9. 이한열 영결식(사단법인이한열기념사업회)

1987.7.9. 이한열 영결식
(사단법인 이한열 기념사업회)

1987.8.9. 연세대학교 노천극장
(≪민중문화≫)

6월에서 8월 사이에 연우소극장, 서울대학교, 연세대학교에서 공연된 <바람맞이> 연행은 점차 관객/대중의 층이 확대되는 양상을 보였다. 물과 불, 꽃 등 오브제를 활용하고 몸짓이 주를 이룬 이 공연은 당시 1987년 6월 항쟁이라는 상황에 이르러 운동권 문화 내의 제한된 상황 혹은 현장과의 연계를 고심하며 소규모 단위로 이루어지던 예술적 형식의 탐색(연우소극장 공연)이 극적인 방식으로 대중화되는(연세대학교) 국면을 보여준다. 당대 무용의 예술적 지평과 특유의 언어를 모르더라도 2만여 관중의 마음을 "하나로 동시에 통일하여 묶어내는 무서운 힘"이 무용이라는 장르의 미디어성을 통해 가능했음은 의미심장하다.

> 작고 가냘픈 한 여인이 뿜어내는 크고 가득찬 자리. 2만여 관중의 마음을 하나로 동시에 통일하여 묶어내는 무서운 힘이 도대체 어디에서 나온 것일까요.
>
> 아이와 할아버지와 아주머니와 학생, 그리고 노동자를 한마음으로 불러 일으키는 그의 커다란 몸짓은 때론 우리를 소름돋게, 때론 우리를 뜨겁게 달구며 민주와 자유의 소중함을 상기시켰습니다. 말하지 않고서도 전달되는 그의 몸짓은 어느 큰 함성보다 위대했으며 우리들 가슴 속을 대신하여 정말 후련히도 몸짓했습니다. 그의 눈빛은 '찾음' 그 자체였습니다. 찾기 위해 부릅 뜬 성난 눈빛은 섬칫 우리들을 물러서게 했으며, 강렬하게 빛나는 그의 눈빛에서 그의 춤의 목적이 얘기되고 있었습니다.[32]

8월에 연세대학교에서 있었던 <바람맞이>를 본 주부 회원 관객이라

---

32   김은희, <몸으로 말하여진 분노와 슬픔, 그리고 희망-이애주 한판춤 「바람맞이」를 보고>, ≪민중문화≫ 제 15호, 1987.10.28, 36~37면.

밝힌 김은희의 투고글은[33] 관중의 마음이 '하나'가 될 수 있었던 이유를 박종철, 이한열이라는 '학생'의 죽음에 대한 의분 속에 이루어진 비일상적 집회의 공간이 펼쳐진 1987년 후반부의 상황적 맥락과 함께 무용의 미디어성과 함께 고찰하게 한다. 학생 혹은 노동자 집단으로 대표되지 않는 다중적인 관중에게 호소될 수 있는 표현의 형식으로서 무용이라는 '표상적 기능'이 강조된 장르가 활용된다. '민중적 삶', '신식민주의', '계급투쟁'과 같은 적실한 변혁을 위해 필요하다고 요구된 상징적 언어가 아닌 폭압과 고통, 정화를 표정과 발걸음과 손짓 등의 표상적 방식을 통해 표현한 <바람맞이>가 "자유, 민주, 새로운 말도 아닌 우리말"에 대한[34] 다중적 욕구를 반영한 1987년 6월 항쟁의 열정을 가장 적실히 담아낼 수 있었던 것은 아닐까. 이후 거듭된 집회와 장례행렬 속에서 만장과 대형 걸개그림이 활용되었던 맥락 또한 표상적 기능이 집회라는 대형화된 공간에서 강조되었던 상황을 증명한다.

1991년 이전과 직후: 민족과 노동자라는 대표성과 해체의 기로

6월 항쟁 이후 1980년대 후반은 대중운동의 열기가 뜨거워진 한편 침체되었다는 평가를 받기도 한 이중적인 시기였다. 6.29 선언과 후임 대통령으로 노태우가 당선되는 정치적 상황과 1987년 7, 8월 노동자 대투쟁이후 이어진 노동운동의 열기가 공존한 시기였다. 광장의 열기를 지속하고 갱신하기 위한 '대중 노선'을 끊임없이 만들어내는 것, 떠오르는 노동

---

33 김은희, 위의 글.
34 김은희, 위의 글, 39면.

운동의 열기를 지원하는 것이 이 시기 민민운동의 주 목적이었다. 노동집회를 대체하는 혹은 집회의 일부로 포함한 노동연극순회공연과 대형노래판굿, 민주세력의 단결을 위한 문화행사들이 이 시기의 주요한 문화적 형식으로 부각된다.

1980년대 후반에 존재했던 각종 문화행사와 뜨거운 노동순회연극의 생기와 열기와 1991년 5월 정국 이후 이루어진 급격한 운동적 열망의 꺾임에는 현실사회주의의 붕괴/정권의 미디어 정책/대학운동권 내의 배타성과 경직성/소비사회로 진입한 사회 속 대중의 무관심 등 다양한 요인들이 작용했다. 그런데 이 시기의 다양한 집회의 문화적 형식들이 존재했고, 그 속에서 수많은 고민들이 이루어졌음에도 그 열기가 지속되지 못했다는 것을 단순한 실패로 규정하기는 어렵다. '반독재'라는, 질문이 불필요한 강력한 공동 목표 아래 개별 구성원들간의 합의가 쉽게 이루어졌던 이전 시기를 지나 새로운 합의체를 구성해 나간다는 것은, 개별적 이해관계를 뛰어 넘는 공공의 가치에 대한 지난한 토론과 견해의 조정과정을 전제하기 때문이다.[35] 1987년 6월 항쟁 이후 조직 간, 조직 내의 의견 차이가 있음에도 "대중 노선"에 대한 고민하에 이루어졌던, 한국민족예술인총연합과 노동자문화예술운동의 다양한 집회와 결사의 문화적 형식에 반영된 고민과 갈등의 흔적들은 이와 같은 관점에서 숙고 될 필요가 있다.

6월 항쟁 이후 정치적 혼란은 항쟁의 실질적 열기를 담당했던 "민중

---

35 모니카 브리투 비에이라·데이비드 런시먼, 노시내 역, 『대표: 역사, 논리, 정치』, 후마니타스, 2020, 205면.

세력의 실질적 부상"이 이어지지 못하고 "침체 국면"에 이르렀다는 위기 의식이 도래했고,[36] 이에 1988년 12월 "한국민족예술인총연합(이하 민예총)" 이 창립되고, 1989년 3월 15일 회보 ≪민족예술≫이 창간된다. 민예총이 창립 당시 "예술과 독재의 어둠을 걷어낼 자주 민주 통일의 횃불을 밝히" 기 위해 "남북 예술인과 해외동포 예술인"을 호명하고,[37] "각 분야별 경험 과 매체의 고유한 성질에 따라" 서로 다른 "운동의 질과 수준 포괄범위" 에서 이루어진 예술운동이 1987년 6월 항쟁을 계기로 "거대한 전선"을 이루어야 한다고 선언함으로써[38] 운동론적 성격을 명시한다.

또 이들은 핵심적인 활동 방법을 '대중사업'에 놓고자 했으며 이는 예 술적 형상과 문화활동을 통해 진보적인 사회운동의 담론을 확산시키는 것을 조력하는 역할을 담당한다는 것에서부터 '예술'을 예술적 기교에 한정된 발전과 소수 집단 내에의 향유에 국한 짓지 않고자 하는 예술의 기능과 역할에 대한 탐색하겠다는 것을 의미하기도 했다.

1987년 7월에서 9월에 이어진 노동자대투쟁이 본격화되고 이후 1980 년대 후반의 시간 동안 노동자운동이 급격히 활성화되면서 변혁의 중심 주체를 '노동자'로 상정했던 진보적 지식인들은 상상적 실재를 현실로 맞이하는 순간들을 목도한다. 특히 활성화된 노동운동의 장 안에서 민중 민족문화운동의 문화적 생산물이 유통되는 실질적인 대중적 현장은 노조 운동현장이 되었다. 노동현장을 보는 시각에 따라 노동자 문화운동 조직

---

36 강형철, <민예총의 결성경과와 전망>, ≪민족예술≫ 창간호, 1989.03.15., 8면.
37 한국민족예술인총연합, <한국민족예술인총연합 창립선언문>(1988.12.23.), ≪민족예술≫ 창간호, 1989.03.15.
38 염무웅, <진보적 예술인의 대중적 조직문제에 대하여>, ≪민족예술≫ 창간호, 1989.03. 15., 7면.

또한 여러 분파로 형성되었다.[39] 1988년과 1989년 활성화된 노동연극 순회공연, 1988년 최초로 이루어진 마당극한마당의 소재가 1990년대 초반까지 대부분 '노동'에 집중되었던 것은 운동 담론의 사회주의적 이상과 현실적인 수요가 맞물린 결과였다.

이때부터 '대중'이라는 기표는 의식화와 집단화의 대상으로서 '노동자'라는 기의로 정착된다. 노동자는 학생-지식인과 함께 군부독재를 타도할 집단적 주체로 대표화 된다. <바람맞이>에서 민중의 기의가 주부, 학생, 노동자, 아이, 노인이 될 수 있었던 것과 달리 1988년 이루어진 대형 노래집회 <한돌, 정태춘, 노찾사>, 1989년 9월 노동자신문 창간 맞이 <우리, 노동자>에서 민중의 기의는 달라질 수밖에 없었다. 이 시기를 주도한 노동현장 순회공연과 대학 공간을 활용한 대형화된 공연, 민족극한마당의 수행성은 또 한 번 변모한다. 이 시기는 '노동자'가 민중을 대표하는 기표로 활용되면서 실질적인 노동운동의 수요에 따라 지역 순회공연을 통해 더 다양하고 수적으로도 확산된 관중을 만나며 대중성을 확대할 수 있는 계기가 되는 한편 특정한 예술 장르 혹은 특정한 학생/학생운동권/노동운동권의 문화로 게토화 되는 모습을 보였던 국면이기도 했다.

여기서 그동안 민중문화운동으로 감싸있던 문화운동진영내부의 견해차가

---

39 이영미는 1990년 좌담에서 1980년대 후반 정치노선, 조직노선, 대중관, 예술관, 예술경향 등의 차이에 따라 형성된 다양한 노동자예술운동 분파를 소개한다. 1989년 이래 '서울노동자문화예술단체협의회(서노문협)', '노동자문화예술운동연합(노문연)', '전국노동자문화운동단체협의회'가 결성되었고, 1990년 가을 현재 노동자민족문화운동연합이 출범했다. (염무웅, 박찬경, 남인영, 이영미, 이은봉, 「'90년 예술운동의 점검-민족미학연구소 좌담-」, 《민족예술》 제 5호, 1991.2, 8면.)

노정되면서 두가지 경로로 갈라지게 된다. 하나는 우리 변혁운동의 계급적 정치적 성격의 강화가 시급한 시점에서 문화운동은 **기존의 애매한 민중적 잔영**을 떨쳐버리고 변혁적 단계에 규정받는 **계급문화운동(노동자문화운동)** 으로 진로를 설정하고, 자기의 질적 전환을 꾀해야 한다는 입장을 이후 대거 현장이전을 서두르며 문화운동의 실질적 토대마련과 진정한 주체형성에 주력하게 된다. 다른 하나는 문화운동의 독자성을 강조하면서 문화운동의 궁극적 목표는 **미적 가치 창조**이므로 무엇보다도 중요한 것은 스스로가 입지한 곳에서 자체문화역량을 확산, 강화하는 것이며 그것을 근거로 문화운동자체의 발전과 전체변혁운동과의 결합지점을 선취해나가야 한다는 입장으로 이들은 **애오개 문화공간**을 중심으로 연행예술운동을 전개해나간다. 우리 **연대 탈춤반 및 일부 교회단체 문화운동패**의 경우 전자의 노동문화운동으로 입장을 정리하였는 바 그참에 정비된 노동문화운동진영에 결합해 들어가고 운동의 구체적 전개는 문화운동도 중요하지만 광범한 **노동진지구축**이 중요하므로 문화운동을 유보하고 오직 노동운동에 복부하기 위해 노동현장으로 진입한 일부역량이 걸러지면서 본격화되게 된다.(강조-인용자 주)[40]

1970년대 말 연세대학교 탈춤반 출신으로 기청탈반에서[41] 활동했던 백원담은 1980년 5월 이후 연합탈반의 구성 하에 활동했던 이들 간의 견해 차이가 노정되었으며 '애오개 문화공간'을 중심으로 한 연행예술운동과 "연대 탈춤반 및 일부 교회단체 문화운동패"를 중심으로 한 노동자문화

---

40 백원담, 「변혁문화운동사의 주체적 맥락을 다잡으며」, 13~14면.
41 기청탈반은 기독교장로회청년연합회 탈춤반을 지칭한다. 기청탈반에 대해서는 참여자였던 박종관의 회고 및 정리의 형태로 기록되어 2023년 춘계학술대회에서 발표된 「민속극 부흥 운동과 기독교 민중문화운동」 참조.(민족미학연구소 한국민족미학회 2023년 춘계 학술대회 자료집, 『1970, 80년대 민속극 부흥운동의 전개 양상과 그 사회문화사적 배경, 그리고 생성미학적 접근』에 수록)

운동으로의 전환으로 활동의 양상이 갈리게 되었다고 기록한다. 여기서 "애매한 민중적 잔영"이라는 가치 평가와 "노동진지구축"이라는 목적론적인 기획의 함의는 주목할 필요가 있다. 여기에는 문화패 중심의 운동세력 내에서 당대의 문화운동을 근본적으로 계급모순의 해결과 도래할 노동자 혁명을 위한 계기로 보는 학생운동권의 인식론과 실제 1970년대부터 다층적인 운동적 요구를 수렴하며 민속적 형식의 발견과 변형을 지속해온 문화패의 인식론의 차이가 드러나기 때문이다. 애오개 문화공간이라 명명된 후자는 민족 우선-계급 우선이라는 운동의 단계론에 대한 논쟁에 유보적 입장을 취하며 노동자계급운동으로 포커스를 맞추기보다 사회운동의 현안에 대응하는 활동을 하는 가운데 1985년 민족극연구회를 결성하는 한편 각 지역별 연행집단을 수합하여 조직화하며 1987년 민족극연구회를 결성했다.

극과 노래, 미술과 문학 등 다양한 예술적 형식이 동시대 시대의 변혁을 위한 도구로 활용되고자 할 때, 엄숙주의적 이미지가 아닌 공동체적 신명을 앞에 내세우고자 하고, 이를 "민중적 긍정성"으로 명명하고자 한 것은 1980년대 후반에 이르러 새로운 운동 세대의 공동체론 및 신명론에 대한 비판을 직면하기도 했다.[42] 계급주의 문예이론의 입장에서 민중은 변혁적 사회를 가능하게 하는 집단적 주체로서 '노동자'로 해석되어야 했기 때문이다. 그런데 해학성과 공동체적 신명에 대한 상징적 표상으로서 탈춤의 이미지는 통제적 상황 속에서 '운동'과 '집단적 변혁 운동'을 표상할 수 있는 상징으로서의 기능을 수행하는 것이자,[43] 운동 참여자들

---

42   이영미, 『마당극, 민족극, 리얼리즘극』, 현대미학사, 1997, 201면.

이 직접 체험했던 집회-잔치-공연의 집합적 열기를 반영하는 것이기도 했다.

또 실제 활동의 영역의 차원에서 보면 대중적 문화공간과 노동자 문화공간, 혹은 예술적 가치 창조와 현장문화운동에의 기여 자체를 환원론적으로 규정할 수는 없다. 1987년 이전에도 애오개 문화공간의 일원으로 상정된 이들이 대중적 문화강습을 펼치는 한편 노동자문화활동과 연계된 활동을 벌이기도 하였기 때문이다. 특히 1987년 이후 1988, 1989년에 이르는 시기 노동자 문화공간이 급격하게 확대되면서는 이들 애오개문화공간 측의 활동 또한 노조운동 지원의 차원으로 공연과 문화적 지원의 영역이 크게 확장되었다.

> 자주적이고 민주적인 노동조합운동 전개 속에 조직, 투쟁, 연대 역량 강화를 위해 문화활동이 추진되었다. 문선활동이 자리매김하게 되었는데, "당면의 **보편적 요구를 투쟁의 쟁점**으로 집중하고, 이를 **가장 대중적 양식**으로 대중의 편에 되돌려 **대중의 의식과 각오를 조직하는 문화활동의 내용과 형식**이 중요한 문제로 대두"되었다.(329면)
> 이전에는 조합문화활동을 주도해온 현장 문화일꾼에 집중되며 **취미활동, 문화적 욕구의 갈증을 해소하는 수준**에서 진행되었다면 "**궁극적으로 노동자 해방문예운동**"을 주도해갈 수 있는 의식적이며 조직적인 성장이 필요하게 되었다. "**물질적 생산과 마찬가지로 미적 가치생산의 주역으로서 노동자 본연의 모습, 그 계급적 힘**"이 노동자문예가 만들어 나가야 할 **계급문예**의 핵심이다.(강조-인용자 주)[44]

---

43   이영미, 위의 책, 202면.
44   백원담, 「전환기의 노동자문예운동, 정치적·조직적 집중을 이룰 때다」, 백원담·김호철

전통에 대한 참조를 리얼리즘적 인식에 대한 탈각과 노동자계급운동성에 반하는 복고적이고 회귀로 본 '마당극 비판론'과 취미와 문화적 욕구에 대한 성급한 배제 속에 '계급문예'로서 노동자문화예술론에 대한 강조는 1987년 이후 더욱 본격적으로 이루어진다. 위의 백원담의 글은 계급문예의 관점에서 '취미활동과 문화적 요구의 갈증'에 대한 요구 이상의 의식적이고 조직적인 성장에 대한 강조를 나타낸다. 이 글은 1987년도 노동자 대투쟁 이후의 노동조합운동에서 '문선활동'의 경향을 개괄하며 노동운동 현장에서 요구되고 조직의 차원에서 추려된 쟁점이 '대중적 양식'을 통해 전달될 수 있게 하는 역할을 담당했음을 밝힌다. 한편 백원담은 문선활동이 단순하게 기능주의적으로 흐를 수 있음을 경계하기도 했다.

1980년 초입에 '민중적 잔영'을 적대하고 '노동진지'에 주목한 인식론은 실질적인 마당극침체기가 극복되고 다시 새로운 내용/형식적 활기를 보여주던 1987년 이후 다시 제기되고, 이는 서울지역 예술문화운동 조직의 분열을 이끌었다.[45] 실제 논쟁의 논자로도 참여했던 이영미가 분석하였듯, 1985, 6년 전통의 형식을 참조하여 얼개를 구성한 마당극의 형식이 대학 집회 혹은 예술장에서 대항적 역동을 보여주지 못했던 침체기에 제출된 비판과 성찰은 적절한 것이었다. 하지만 1987년 이후 신명론과 공동체론에 대한 경험주의, 민중주의, 대중추수주의 비판은 마르크스레닌주의의 확산을 기반으로 '과학적'으로 문예운동을 개진해야 한다는 이념 기반의 규범적 공동체성의 경향을 강하게 드러내는 것이기도 했다.

외, 『예술운동론』, 하늘땅, 1991, 340면.
45   이영미, 『마당극·리얼리즘극·민족극』, 현대미학사, 1997, 244면.

이 시기 집회를 위한 문화적 형식은 크게 노조운동의 현실적인 목표를 반영하여 해당 노동조합의 집합성을 향상하기 위한 집회/공연의 목적성 (노동연극순회공연), 변혁을 위한 집단적 주체로서 노동자를 상정하고 노학 연대를 강조하는 선전/선동의 목적성(대형노래극), 연행예술 장르를 중심 으로 한 민족민중문화운동의 각 지역별 역량을 집결하고 상호확인하고자 한 민족극 한마당의 집단성(마당극)으로 진행된다.

마당극 「우리의 싸움은 이제부터다」의 한 장면

마당극 「진짜노동자」의 한 장면

1987.8월 마당극 <우리의 싸움은 이제부터다> <진짜 노동자> 한 장면

<다시 서는 봄> 1990년 5월 한양대학교 노천극장

1987년에서 1989년에 이르는 시기까지 노동운동 집회와 결의대회의 현장은 노동연극/마당극의 수요를 불러왔고 비단 극단 현장과 같이 노동 연극을 표방한 극단이 아니라 할지라도 대학 문화패를 근간으로 한 각 지역의 마당극/연극 극단의 주 소재는 '노동조합 문제'로 초점화된다. 이 시기 순회 공연은 각 공연이 이루어지는 현장의 특이성에 따라 공연공간/

공연내용/공연시기가 기동성 있게 조율되었다. 1988년, 1989년 두 해 동안 노동연극 순회공연의 수요는 폭발적이었으며 노동연극 전문극단을 표방한 극단 '현장'의 경우 1988년 한 해 동안 수행한 공연의 횟수는 220회, 1989년 204회[46]였다.

대형 노래공연의 경우 노동운동 혹은 민민운동의 대중적 확산을 고려한 문화적 수단으로 기획되었으며 대학의 노천 공간을 활용하여 이루어졌다. 1990년 3월 24일 연세대학교 노천극장에서 <민주세력 총단결을 위한 대합창; 자, 우리 손을 잡자>가 개최된다. 이 행사는 노동예술위원회의 기획으로 준비되었으나 "민민운동권"의 상징성을 위해 민예총을 주최로 하게 된다. 민예총은 이후 민민문예운동의 실체이자 상징이 된다. <4월 혁명 30주년 기념 공연; 가자, 4월 그 가슴으로>, <5월 항쟁 10주년 기념; 다시 서는 봄>, <민족의 문학 민중의 노래>가 기획, 공연되며 이 대형화된 공연을 통해 민예총은 "문화행사"와 관련하여 "확실하게 대중을 동원해 낼 수 있고 동원된 대중을 확실하게 설득해 내는 능력을 가진 단체"로 부각되었다.[47]

이 문화행사들에서 노래운동이 급부상하고, 노동운동의 집단적 정체성과 투쟁 의지를 형상화한 시각적 걸개그림이 동반되었다. 앞선 시기의 투쟁과 선전 선동을 위한 다매체성을 공유하면서도 학생-대중과 노동자-대중을 주 대상으로 한 '대형화'된 공연 집회의 형식이 새롭게 등장한다.

그런데 이 문화적 형식들의 '성공'은 단지 노동해방을 외친다는 것만으

---

46 어연선, 「극단 「현장」의 노동연극 연구: <횃불>과 <노동의 새벽> 창작과정과 순회공연을 중심으로」, 동국대학교대학원 연극예술학과 석사학위논문, 2019, 81면.
47 문호근, <'90년도 민예총 상반기 평가와 하반기의 과제>, 《민족예술》 제 3호, 1990.7.20. 4면.

로 뜨거운 동지애를 만들어 낼 수는 없었다. 공연 주체들의 개성과 운동의 방향성과 목적에 대한 상이한 생각들을 통일시켜야 했음과 동시에 관객들의 감각과 요구에 기민하게 응답하며 그들이 해당 공연을 통해 개개인의 이해관계를 넘어 "공공의 이익"과 "공동의 관점"에 대한 전망을 만들어낼 수 있도록 해야 했기 때문이다. <한돌, 정태춘, 노찾사>(1989)가 다양한 예술인의 "음악적 개성의 조화와 대중음악적 가능성의 확인"에, <우리, 노동자>(1989)가 노래운동집단 간의 일치된 음악적 방향과 음악적 사고의 확인"에 그 의미가 있었다는 김창남의 지적에서 유추할 수 있듯이,[48] 창작/공연 주체 사이의 대표성을 획득하기 또한 쉬운 작업이 아니었음을 확인할 수 있다. 또 실제 운동의 조직화와 과학화를 위해 동원된 노동자 관객들을 위해 마련된 무대 위의 노래, 촌극, 춤, 시각적 이미지들은 집회에 참석한 관객의 집단성에 대한 예민한 조율의 과정을 거쳐야 했다. 이때의 '관객'은 각 시기별 노동운동의 경향성과 노동운동 단체의 성격, 참여한 관객층의 업종별/성별/연령별 차이에 따라 이해관계와 생활성의 감각이 급격히 다른 모습을 보여주기도 했기 때문이다.[49]

> 이번 공연은 그 규모에 있어서나 관객동원에 있어서는 우리 음악운동의 폭넓고 확고한 기반을 확인케 하는데 부족함이 없는 것이었지만 그 내용이 과연 수많은 청중과 참가자들을 만족시킬 만큼 알찬 것이었는지에 대하여는 의문의 여지를 많이 남겼다. 무엇보다도 내용이나 형식이 지난해 이래 계속

---

48 김창남, <노래패 합동공연의 의의와 전망>, ≪민족예술≫ 제3호, 1990.7.20. 10면.
49 이에 대해서는 구체적인 노동순회공연의 관객반응 양상을 조사한 이영미·박인배, 「<새날을 여는 사람들>의 관객 수용태도에 관한 보고」 참조.(이영미, 『민족예술운동의 역사와 이론』, 한길사, 1991, 161~183면.)

되어 온 합동공연들과 비교해 별반 나아진 것이 없다는 사실을 지적하지 않을 수 없다. 선곡의 내용이 그랬고 참가팀이 순서에 따라 돌아가며 노래부르는 방식도 그러했고 슬라이드 사용도 마찬가지였다. 민족문학작가회의 시인들이 참여한 일부 공연에서 시낭송도 마찬가지였다. 민족문학작가회의의 시인들이 참여한 일부 공연에서 시낭송이 중요한 순서로 추가되고 '파업전야'의 몇 장면이 상영되는 등의 변화가 없지 않았지만 전체적인 흐름은 그다지 새로운 면모를 보여주지 못했다. 또 구체적으로 무엇을 전달하고자 하는 것인지 '주제'가 무엇인지가 불분명했던 것도 문제로 지적될 수 있다. 광주문제, 통일문제, 노동문제, 농민문제, 핵문제 등 우리 사회가 가지고 있는 숱한 모순과 문제들이 무대 위에 등장하긴 했지만 정작 공연을 다본 관객의 뇌리에 남겨지는 메시지는 무엇인지 분명치 않았다.[50]

1990년 5월 5일에서 13일까지 광주항쟁 10주년 기념 노래 공연 <다시 서는 봄>(이리, 대구, 부산, 대전)으로, 5월 19일부터 24일까지 문학과 노래한마당으로 <민족의 문학, 민중의 노래>(서울, 광주) 기획되며 순회공연을 갖는다. 이는 6월 30일 민족음악협의회가 결성되기에 앞서 각 지역의 노래운동 역량을 모으기 위해 민예총의 기획과 주관 아래 기획된다. 이 공연에 대한 평가에서 김창남은 '관객동원'에서 역량을 보여주었음에도 집회-공연이라는 것이 도달할 수 있는 공동체적인 열기를 만들어내는 것에는 실패한 것이 아닌가 질문한다.

'관성화'에 대한 지적은 한 해 후인 1991년 5월 정국 당시 시위와 집회가 오래 지속되면서 참여자를 수동적으로 만들었던 "관습적이고 규격화된 의례와 양식"의[51] 한계와 연결된다. 노동자 집단의 강력한 힘을 상징적

---

50 김창남, 앞의 글, 17면.

으로 보여주던 걸개그림, 앞서 헌신을 보여주었던 동지-친구에 대한 비장한 결의 혹은 고난 속에서도 굳건하게 만들어 가야 할 현재의 집단적 심성으로 연결시키는 노래의 음조와 언어, 투쟁의 구호들은 고정화되지 않고 시시각각 갱신되며 "좀더 진전된 연대와 종합의 틀"을[52] 만들어내야 했다. 집회는 완연한 공동체의 기운을 만들어내며 뜨거운 대항적 대표성을 창출시킬 수 있는 공간임과 동시에 가벼운 차원에서 대표성에 동의하는 '행사'의 차원으로 전락할 수 있는 공간이기도 했다.

집회라는 문화적 형식이 진정한 '집회'로서 기능, 정서적 공감에 기반한 공동체성의 생기를 만들어내고 집회-후로 그 가치를 계승하기 위해 필요한 것은 무엇일까. 대표제의 개념사와 전망에 대한 연구에 따르면 대표와 피대표 간에 만들어지는 긴장 관계는 실패와 혼란의 계기가 되기도 하지만 대표제가 태생적으로 만들어내는 역동성과 창조성과 직결된다.[53] 대표제는 피대표자(대중)와 대표자(운동기구) 간의 역동적인 조절과정을 전제로 한다. 집회가 의미 있는 것은 각각의 고유한 정치적 정체성과 생활의 결을 가지고 있는 개인이 모여 이질성을 넘어 '공공'의 이익을 탐색하며 정의 내리기 위한 집단적 정체성을 '승인'하는 뜨거운 장소이기 때문이다.

1980년대 후반에서 1990년대 초반, 집회의 문화적 형식들은 분명 특정한 지역, 대학, 노동운동현장 속에서 사건의 맥락 속에 공동체성을 훈련하고 확인하거나 정서적인 추모를 가능케 하는 의례를 가능하게 했다. 하지

---

51   김정한, 「도래하지 않은 혁명의 유산들」, 『문화과학』, 2011, 178면.
52   김장남, 앞의 글, 17면.
53   모니카 브리투 비에이라·데이비드 런시먼, 앞의 책, 84면.

만 이것이 1987년 광장에서 마주했던 불특정 다수로서 '대중'에게 더 나은 삶에 대한 갈증과 연대의 감각을 불러일으키기 위한 문화적 형식으로 기능하는 것은 또 다른 문제였다. 창작 주체의 개성들, 대중을 사로잡은 현실적 생활/문화의 조건들 사이에서 대안적 미래를 상상하게 하도록 끊임없이 새롭게 대표의 언어를 만들어 내는 일은 결코 쉬운 일이 아니었기 때문이다.

집회-공연에서 나타난 대표제의 역동성과 잔불

1980년대 후반은 1960년대 대학에서 시작되어 1970년대 말에 다양한 예술적 양식을 창안했던 민중문화운동이 가장 대중화되는 시기이면서 운동적 소멸을 직시하는 시기이기도 했다. 각 매체의 속성 혹은 향유의 맥락에 따라 다양하게 분기될 수 있다는 점에서 각 텍스트가 만들어내는 의미가 달라질 수 있다는 점은 당대에는 크게 의심받지 않았던 '민중문화운동' 텍스트 안의 내적 중층성과 역사성을 사유할 수 있게 한다.

동구권 몰락과 운동권의 혼란으로 상징화되는 1989년 이후 1990년대 초반의 기록들은 목도했던 집단적 노동자 투쟁이 지나간 후 달라진 국면 속에 '노동자'라는 언명만으로, '풍물'이라는 이전의 문화적 매개 만으로 결속력을 만들어내기는 어려웠다. 1987~1990년 사이 '럭키화재', '증권사 노조협의회', '현대해상화재보험' 등에서 노동자문화소모임 기록 일지에는 구성원들의 공유 감각의 문제, 근현대사 내부 강습과 풍물과의 관련성에 대한 의문, 노조와 문화패와의 관계에 대한 성찰과 진통이 담겼다.[54]

---

54 민주화운동기념사업회 오픈아카이브, <문화 소모임>,

이 기록은 '노동해방'의 기치가 흐릿해지던 시기 계급적 동일성에 대한 각성의 유토피아적 당위성을 기반으로 소모임의 지속성을 유지하는 것의 어려움을 보여준다.

균열과 운동이 지속되길 바라는 불투명한 바람은 공공의 적이 사라진 자리에 '민중'에 대한 이전의 의미 구성이 "자본주의 지배문화의 메커니즘"과 "대중예술의 사회적 파급력"이라는 독/약 사이에서 새로운 의미 구성을 형성하기 위해 부단한 진통이 본격화되는 시기의 풍경을 보여준다. 1990년대는 개인화된 미디어의 출현과 대중화, 비정치성의 시대로 포착되어 왔지만, 분신정국과 폭력으로 의미화되어 온 1991년 5월 투쟁이라는 중요한 분기점을 포함한 시대이기도 했다. 1987년 6월 항쟁부터 1991년 5월 투쟁을 전후한 시기 다채로운 집회-공연의 미디어성과 그 속에서 나타난 대표제의 역동성에 대한 고민들은 1991년의 꺾임을 단순한 혁명의 실패와 소멸이 아닌 더 나은 대중의 삶을 위한 본격화된 고민이 시작될 수 있었던 시기로 의미화해야 할 것이다. 1980년대에서 1990년대 초에 이르는 시기 다양한 장르를 통해 펼쳐진 민중민족문화운동의 개별 텍스트의 미디어성과 운동사적 맥락과의 교차를 통한 정치한 접근, 그리고 1990년대에 직전 시기에 수행된 수많은 광장-집회의 뜨거움 그리고 균열의 역동성은 1990년대의 기간 동안 어떠한 새로운 형상 속에 이어지는가, 자본화되어가는 미디어 환경 속에 어떤 새로운 싸움의 영역들을 분기시키고 어떤 미디어성을 자신의 무기로 삼았는가. 이와 같은 질문을 이어 가야 하는 과제가 남아있다.

https://archives.kdemo.or.kr/isad/view/00371935

1970~80년대 마당극 운동의 역사 개괄
대항적 민족·민중주의와 한국 현대연극/공연사의 확장과 심화

50주년을 기념하는 해(2024년), 1970~80년대 한국 마당극운동의 '역사'를 이해하기 위해서는 이처럼 민중/민주화운동의 시대적이고 문화적인 맥락 위에 어떠한 극/공연/연행들이 생성되었는지를, 그리고 이 시기의 운동이 후발 발전주의 독재 국가의 동원과 억압 및 폭력에 대해 어떤 질문을 던지고 억압받는 자들의 권리를 모색하며 새로운 삶에 대한 상상을 펼쳐갔는가를 상기하는 것이 필요하다. 짧은 글 안에 세밀한 논의를 이루어가기는 어렵지만 기억할 만한 장면들을 기반으로 몇 가지 분기점을 그려보고자 한다.

개발 독재기
― 민속부흥과 연합탈반, 대학 연극반의 현실지향, 여성노조운동, 집회 공연선

박인배는 마당극이 세 가지 흐름이 결합하면서 생성된 것으로 정리한 바 있다. 1970년대 대학 연극반의 현실 지향적 전환과 대학 청년층의 탈춤을 중심으로 한 민속문화에 대한 관심, 그리고 대항 담론으로서 민중주의 및 당대 노동/농민/빈민 문제 등의 현안과 연동되었던 현장지향적 움직임이 그 세 가지 항이다. 먼저 서구의 번역극을 주 레퍼토리로 하여 예술주의적 지향을 보이던 대학 연극반이 <나폴레옹 꼬냑>(1972), <구리 이순신>(1973) 등 당시 한국 사회의 현실을 반영한 극을 창작하고 공연하기 시작했다. 다음으로 1970년대 민속문화연구회, 가면극연구반/회 등의 이름으로 대학 내 탈춤/가면극 써클이 급격히 확산된다. 이 시기 대학의 민속부흥운동은 청년문화적인 것, 즉 대학생 청년이기에 가능했던 미학적으로 전위적이고 감각적인 것에 대한 열정, 기예적 측면을 직접 수행해 보는 것에 대한 관심과 결합해 있었지만 빠르게 대항적 민중주의의 지향으로 전환되어 갔다. 아울러 망원동, 성산동, 인천 등지에서 봉사의 형태로 시작된 탈춤 공연이, 점차 한국 사회의 경제적이고 정치적인 구조에 대한 자각 속에 발전주의 모순이 집약된 곳으로서 노동·농민 생산 현장 및 빈민의 거주 조건에 대한 대항적 심성을 반영하는 연대 공연으로 심화 발전했다.

김지하가 기획하고 창작한 <진오귀굿(청산별곡)>(1973, 서울 제일교회)의 경우 이 세 요인의 결합을 보여주는 대표적인 작품으로 최초의 마당극 작품으로 기념된다. 장과 막이 아닌 마당판으로 단위를 구성하고 운문체 대화와 등장인물의 계층적 전형화(외곡귀·수해귀·소농귀 등 도깨비 및 소농인 말뚝이와 때때 등)를 이루었다. 특히 대학 연극반(임진택)과 탈춤반(채희완)이 결합되기 시작한 작품이라는 점, 김지하가 원주의 농민운동에 대한 지원을 위해 창작을 한 작품이라는 점, 서울 제일교회 박형규 목사의 도움으로 공연이 이루어질 수 있었다는 점은 마당극 양식이 생성되었던 첫 장면을 잘 대표한다.

그러나 하나의 집단적 흐름이 '운동'으로 명명되는 것은 운동의 목적을 수행할 조직의 형성과 이를 기반으로 한 지속적인 활동이 이루어질 때이다. 이에 마당극 '운동'의 출발점은 채희완을 중심으로 서울대학교와 이화여자대학교 소속을 중심으로 '한국 문화연구 모임 한두레'가 결성되고 <소리굿 아구>(김민기 작/이종구 음악/이애주, 채희완, 임진택, 김석만, 김민기 출연)가 공연된 1974년으로 삼는다. <소리굿 아구>는 한일관계의 문제를 기생관광으로 풍자한 극으로 1974년 3월 국립극장 소극장 무대에서 공연되었다. 당대 정권의 문제를 꼬집는 내용의 불온성을 고려하여 '이종구 작곡 발표회'의 형태로 기획되었다.

1970년대 후반은 이영미가 언급한 바, 마당극 양식이 발전하는 활력을 가장 잘 보여준 시기였다. 탈춤반 일원들이 '연합탈반'의 형태로 기능 전수와 함께 한국사 및 경제사에 대한 학습과 농촌 현장 활동과 연행을 토대로 대항적 문제의식을 강화하는 한편 '창작탈춤'을 준비하게 된다. 또 연극반의 경우 임진택 연출의 사례가 대표적인데, <돼지꿈>(1977, 서울여대 교정 빈터), <마스게임>(1978, 이화여대 운동장), <노비문서>(1979, 이화여대 운동장)과 같이 대학의 야외 공간을 공연 공간으로 삼으면서 연극성의 탐색이 심층적으로 이루어지게 된다. 또 이 공연들의 경우 대학생 관객이라는 비교적 동질적인 관객집단과 긴급조치 시기라는 특수한 환경 속에서 민중 서사에 대한 공연을 통해 집합적인 대항 정서를 공유하는 대리집회로서의 성격과 미학적 전위성이 결합하는 차원을 보여주었다.

또 예비지식인 계층으로서 대학 문화패 일원들은 민중에게 향해야 한다는 열망에 사로잡히는 한편 어떻게 민중을 재현할 수 있을까에 대한 고민이 시작되었다. 이 시기 매우 중요한 마당극의 성과는 이와 같은 고민이 현장에 대한 지원 작업으로 이어질 수 있었을 때 만들어졌다. 1978년 전라남도 광주 대학 문화패 일원들을 중심으로 결성된 놀이패 광대는 당국의 고구마 수매 정책에 항의하여 함평의 농민들이 피해보상운동을 벌였던 일화를 토대로 <함평 고구마>(1978, 광주 YMCA 체육관 및 광주 농민대회)를 구상했다. 동일방직·원풍모방 노동조합의 공연을 지원하면서 창작하고 공연되었던 <동일방직 문제를 해결하라>(1978, 서울 YMCA), <원풍모방 놀이마당 79'>(1979, 영등포 도시산업선교회) 등이, 박흥순 구명운동과 연계되어 <덕산골 이야기>(1978, 서울 76 소극장)와 <한 줌의 흙>(1979, 삼일로 창고극장)이 창작되어 공연된다.

덧붙여 대부분의 마당극 공연이 유미주의적 목적에서 벗어난, 집회와 의례의 성격을 가지고 있었음을 기억한다면, 마당극에서 집회-공연 계열로 이루어진 활동들을 기억할 필요가 있겠다. 4.19 이후 고양된 사회 참여 의지와 민족주의 정서에 기반하여 집회·강연·공연·문화적 의례가 결합된 첫 모습을 보여주었던 <향토의식 초혼굿>(1963.11.19.)이, 이듬해 한일협정 반대투쟁의 맥락에서 <민족적 민주주의 장례식>(1964.5.20.)이 연행되었다. 또 1974년에 있었던 동아일보 광고탄압 및 언론인 강제해직 사건을 토대로 1975년 3월 28일 서울대학교 아크로폴리스에서 <진동아굿>(1975)이 연행된다. <진동아굿>은 풍물로 학내 학생들을 모으고 넓은 광장을 찾아 함께 이동하였으며 신문지로 만든 펜촉 모양의 탈을 쓰고 진행되었고 관중의 의견을 듣고 참여를 이끄는 즉흥성을 보여주었다. 뒤이어 유신 체제를 비판하는 양심 선언문을 낭독하며 서울대 농대 김상진이 자결하자 시위가 도처에서 발생하게 되고 1975년 5월 13일 유신의 마지막 긴급조치인 9호가 발표된다. 서울대학교 관악캠퍼스에서는 5월 22일 '김상진 열사 추도식'을 거행한 후 <상여행진>을 진행하며 긴급조치 9호 철폐를 외치는 대규모 시위로 이어졌다.

포스트 개발 독재기
— 오월 광주와 변혁기 문화 형식, 집회-공연 공간의 확산, 노동연극

부마민중항쟁과 10.26 사건으로 유신정권이 종결된 이후 시작된 1980년의 봄은 '서울의 봄'과 '5월 광주'라는, 큰 시기적 간격을 두지 않고 상황이 급변하게 된 시기였다. 먼저 앞서 살펴본 1970년대 후반, 연합탈반의 훈련·연극반의 민중서사 참조와 공간적 다변화·민중운동 현장과의 접점 속에 생성된 새로운 형식적 가치적인 탐색을 기반으로 서울의 봄이라는 열린 공간 속에서 다양한 창작 공연들이 나왔다. <역사탈: 해방 35년>(1979 연합탈반 창작, 1980 공연, 이화여자대학교 교내 공간), <노동의 횃불>(1980, 서울대학교 총연극회, 서울대학교 학생회관 2층), <녹두꽃>(1980, 서울대학교 총연극회, 서울대학교 야외공간), <관악굿-굿>(1980, 서울대학교 민속가면극연구회, 서울대학교 야외 공간), <햇님달님>(1980, 서울대민속가면극연구회, 서울대학교 야외 공간), <동일부>(1980, 연세탈패, 연세대학교 야외 공간) 등 대학 공간에서의 공연과 광주의 <돼지풀이>(1980, 극회 광대, 광주 YMCA 체육관&해남 등 농민회 현장

공연), 극단 연우무대의 <장산곶매>(1980, 극단 연우무대, 서울 드라마센터)가 그 사례이다. 서울의 봄의 대표적 연행으로 여겨지는 <관악굿>의 경우 1980년 4.19 20주년 기념제로 기획되었고 5일 동안 캠퍼스 곳곳에서 지신밟기와 오귀굿 및 창작 탈춤(<4월굿>, <해님달님>, <두한춤>)과 마당극을 공연했다.

서울대학교의 관악 '굿'과 광주 극회 광대의 돼지 '풀이', 연세대학교의 무악 '두레' 제와 같은 명명에서 확인되듯이, 1970년대 말에서 1980년 서울의 봄에 이르기까지의 활동을 통해 문화운동 주체들은 의식/무의식적으로 자신들의 연행의 목적과 효과에 대한 무게추를 시작과 끝으로 구성된 '공연'의 완결성에 대한 시각에서 생활과 사회적 삶과의 연결이라는 '의례'와 '집회'적인 차원으로 옮겼다.

이 연행들이 1980년 5월 광주 이전에 이루어진 것임은 다시 기억할 필요가 있겠다. 1970~80년대 한국 현대사의 급변하는 상황에 긴밀하게 맞물리며 생성되었던 사회극이자 굿으로서 마당극이 "급변하는 정세" 속에 또 한 번 변형되고 굴절되는 지점을 보여주기 때문이다. 광주 지역에서 활동하던 극회 광대의 경우 그 굴곡점을 정확히 보여주는 집단이다. 극회 광대는 1980년 3월 광주 직전에 농촌 지역의 돼지값 폭락파동을 소재로 한 <돼지풀이>를 공연하고 광주에서 <한씨연대기> 공연을 준비하던 중 5.18을 겪게 되었고, 광대의 일원들은 항쟁 당시 투사회보 제작과 시민궐기대회 주관 등 문화항쟁 활동에 나서게 되었다.

주지하듯, 1970년대 후반의 학습과 탐색 그리고 철저한 언론 통제 속에 침묵 속에 감추어져야 했던 1980년 5월 광주의 참혹한 상황이 중첩되면서 1980년대는 사회 변혁의 역동이 상승한 시기였다. 공연/문화주의에서 집회/사회운동으로의 이동을 보다 분명히 명시한 채희완과 임진택이 공동집필 한 마당극운동의 대표적 글, <마당극에서 마당굿으로>(『한국문학의 현단계 I』, 창작과비평사, 1982)도 이와 같은 상황 위에서 제출되었다.

그리고 광주항쟁 이후부터 1983년 말 학원자율화조치가 발표되기 이전까지 암흑기, '유화국면'이라 불리는 1984년부터 1987년 6월항쟁까지의 팽창기, 6월항쟁부터 1991년 5월투쟁에 이르는 시기까지 노동문예운동으로의 확장기에 이르기까지 마당극운동은 양식적이고 담론적인 차원에서 여러 차례 변화를 겪게 된다. 유화국면 이전까지의 시기 마당극운동의 분투를 가장 잘 보여주는 작품은 <호랑이 놀이>(1981년 5월, 극회 광대, 광주 YMCA 무진관)와 <땅풀이>(1980.8, 탐라민속연구회 수눌음, 제주 제주신문사 제남홀)와 같은 광주와 제주 지역의 마당극과 <마당극 홍동지>(1982, 서울대학교 인문대학연극회 제4회 정기공연, 서울대학교 노천극장), <안암 대동놀이>(1983, 고려대학교 민속극연구회)와 같은 대학 창작탈춤과 대동제, 그리고 <판놀이 아리랑 고개>(1982, 단 연우무대, 중앙 국립극장 실험무대), <멈춰선 저 상여는 상주도 없다더냐>(1982, 극단 연우무대, 문예회관 대극장)과 같은 극단 연우무대의 작업이 있다.

<호랑이 놀이>는 광주항쟁 후 인적 네트워크의 해체와 극심한 침체와 적막 속에서 비밀리에 기획되었는데, 호랑이탈을 쓰고 나온 미제국주의자(코커국의 호랑이)와 아부하는 국내의 권력자(분귀, 금귀, 전귀), 대항하는 민중의 투쟁(팥죽할멈, 깽쇠, 포수)을 박지원 <호질>과 팥죽할멈 서사를 활용하여 우화적으로 형상화한 장삭 탈춤이있다. '팔돌이'에게 포수와 깽쇠가 죽임을 당하자 팥죽할멈이 이들의 원혼을 달래는 마지막 장면은 정확히

1년여 전의 항쟁의 기억을 소환시켰으며, 집단적인 눈물을 만들어냈다. <호랑이 놀이>의 우화적인 형식과 미국제국주의에 대한 비판의식은 이후 대학에서 한국의 종속적 신식민주의와 정치 상황을 풍자하고 비판하기 위한 전형으로서 반복되었다. '대학 마당극'으로 불리기도 했던 이 극들은 유화국면 이전까지 집회가 불가능했던 학내에 집회를 대신하는 형식으로 존재했으며, 1984년 이후 학생운동이 광장으로 나올 수 있는 기반이 형성되자 그 양식적 활력을 잃게 되기도 했다. 이후 변혁기 주도적인 문화양식으로서 노래와 풍물이 크게 부상하며 확산되었다.

유화국면 이후 합법적인 사회운동이 가능해짐에 따라 민중문화운동협의회, 여성평우회, 한국여성노동자회 등 다양한 조직들이 결성되었는데 문화운동패 출신들이 각 단체의 문화부 활동을 담당하게 되면서 노동자 문화교실을 지원하는 한편 지역에서 발생한 사회적 사건의 극화, 문화행사 형태를 겸하는 집회에서의 연행 등 민중운동의 지향 아래 다양한 공연 활동을 기획하고 연행하게 된다. <여성문화 큰잔치 연희마당>(1984, 여성평우회, 동숭동 흥사단 강당), <원풍모방 놀이마당 84'>(1984, 원풍모방 탈춤반, 한국노동자복지협의회 창립대회) 등이 그러하다.

유화국면을 전후한 극단 연우무대의 활동을 마당극운동과 연관하여 기억해야 할 한 장면은 공해풀이 마당굿 <나의 살던 고향은>(1984, 극단 연우무대, 남산 드라마센터) 이후 이루어진 극단 연우무대에 대한 공연금지 처분이었다. 이 사건 이후로 대학 문화운동패가 졸업 후 문화로 하는 운동을 꿈꿀 때 모이는 거점 역할을 하던 극단 연우무대 2기가 종료되고 김석만 체제의 보다 전문극단화되는 방식으로 변모하기 때문이다. 또

1985년도의 중요한 마당극 텍스트인 임진택 연출의 <밥>은 극단 연우무대에서 이루어진 <청산리 벽폐수야>(1983, 놀이패 한두레, 애오개소극장), <부러진 노를 저어 저어>(1983, 극단 연우무대, 애오개소극장) 등의 반공해 운동의 연장선에서 탄생하여 1985년 대학에서 순회공연 되었다.

한편 대학 공간의 차원에서 유화국면 이후 1987년 6월항쟁을 전후 그리고 1980년대 말까지 오히려 학내 강의실과 실내 공간에서 공연된 '대학 연극'에서 마당극운동의 탐색이 이어지기도 했다. 즉, 마당극운동 생성의 원동력이었던 탈춤반-연극반의 결합이 유지되면서도 서사적 심화가 요청되는 시기에 유동적으로 양식적 참조의 비중이 조율되었다. 또 이전의 전형화된 마당의 형식에서 탈피하여 사실주의극 양식을 기반으로 당대 대학생들 스스로의 내적 갈등을 다루거나 분단·철거민·농촌 현안을 극화하는 작업이 이루어졌다. <불감증>(1984, 서울대학교 인문대연극회, 서울대 교수회관), <괴사>(1985, 고려대학교 극예술연구회, 고려대 시청각실), <쟁기>(1986, 덕성여대 국어국문학과, 덕성여대 쌍문동 중앙잔디), <0번지>(1986, 숙명여대 경제학과, 숙명여대 숙연당) 등이 대표적인 텍스트이다.

유화국면을 전후한 1980년대 활동 전반에서 당대 가장 대두되었던 것은 노동 현장 연극의 경향이었다. 박인배, 신재걸, 김영철, 유해정 등 문화패 출신 일원들은 노동현장론이 대두되던 1980년대 전반기에 노동조합 운동을 지원하거나 산발적인 방식으로 지역의 노동자와 함께 하는 생활극 및 촌극의 창작을 시도하였고, <생활연극>(1981, 박인배 연출, 부천 산곡동성당) <해태제과 노농생의 사례극>(1984, 산업선교회 제1기노동자문화교실, 성문밖교회), <금수강산 빌려주고 머슴살이 웬말이냐>(1984, 콘트롤데이타 노동조합,

흥사단 강당 공연예정), <선봉에 서서>(1986, 극단 천지연, 성문밖교회) 등은 이와 같은 맥락에서 창작되었다. 이 시기 노동자 주체/관객의 문제와 노동자 문화소모임/노동자 집회/극장 공연 등 연행 형식 및 목적의 다양성이 성찰되었다.

1987년 6월 항쟁 이후, 1987년 노동자대투쟁을 지나고 난 후 2년여에 이르는 시기 마당극운동을 이해하기 위해서는 변혁적 열기가 동구권 몰락을 전후한 시기까지 고조되었던 상황적 맥락을 다시 기억해야 할 것이다. 각 지역에서 진보적 연극운동을 지향하던 이들이 모여 민족극운동협의회를 발족하고 제1회 민족극한마당을 1988년 봄에 개최했다.(참여 극단: 서울의 놀이패 한두레, 극단 아리랑, 극단 한강, 극단 현장, 극단 미얄, 대구의 놀이패 탈, 극단 처용, 광주의 극단 토박이, 극단 신명, 진주의 놀이판 큰들, 대전의 놀이패 얼카뎅이, 제주의 놀이패 한라산 등) 이 시기 '민족극'이라는 명칭은 '마당극'이 함의하는 전통연희 참조성에서 벗어나는 다양한 형식의 극/연행들을 포괄하고자 하는 의도와 6월 항쟁 이후 진보에 관한 사회적 합의가 변화하는 과정에서 분단이라는 민족현실의 극복이 주요한 의제로 떠올랐던 맥락을 반영한다.

<횃불>(1988, 극단 현장), <우리 공장 이야기>(1988, 놀이패 한두레), <일어서는 사람들>(1988, 놀이패 신명), <갑오세 가보세>(1988, 극단 아리랑), <4월굿 한라산>(1989, 놀이패 한라산) 등이 이 시기 대표적인 작품이다. 이 시기에 신촌 소재의 예술극장 한마당은 민족극한마당의 공연 장소로 활용되었다. 특히 <횃불>과 <우리 공장 이야기> 등의 노동연극은 민주노조 운동이 급격히 성장하는 가운데 노조건설, 임금투쟁 등 시기별 노동현안을 반영하며 현장프로그램을 지원하고자 하는 목적을 갖고 있었고, 실제 전

국 단위의 노조지원 순회공연을 하게 된다.

민족극운동협의회의 결성과 민족극 한마당이 펼쳐진 것은 1974년 시작된 마당극운동의 분화와 확장과 대중화를 여실히 보여주는 것이었다. 하지만 동시에 제도권 밖에서 공연과 굿/의례/집회 사이를 유동하는 활력을 보여주었던 마당극 운동의 역할이 "표면적으로 표현의 자유가 확장"되었던, 한국 사회의 제도적 민주화 이후 서울/옥내 극장공연/유료 관객이라는 제도권의 영역과 중첩되게 되는 이행기의 상황을 드러내는 것이기도 했다.

한국 현대 연극의 공유지, 마당극 史

이 글은 1970~80년대 마당극의 역사를 문화운동의 차원 속에, 그리고 주요한 작품이 어떠한 사회문화적인 맥락과 운동적인 분기점 속에 떠올랐는지를 개괄하였다. 이에 동일한 시기 연극장 안에서 이루어지던 전통 및 한국적인 것의 재발견의 차원에서 마당극 양식을 공유했던 허규 및 극단 민예의 작업을, 마찬가지로 연극장 안에서 마당극과 유사한 방식으로 대항 민중·민족주의의 경향을 보여준 작품을 곁에 두고 함께 살피지 못했다.

마당극과 마당극운동의 역사는 운동권 '진영'의 서사로, 특정 인물 혹은 집단의 서사로 오해되어 왔는지 모른다. 또 어떤 지점에서는 충분히 기념되고 인정된 역사이기도 하다. 하지만 공동체의 불가능성과 사회적 해체, 각자도생의 생존이 언급되는 지금-여기, 마당극 운동을 바라보는 관점 또한 새로워져야 할 것이다. 마당극 운동은 동원과 억압의 체제에 대한 해방뿐 아니라 자본/발전주의 체제하에서의 거주와 생활 및 문화의 식민화를 경계하고 그 당위성을 심문하고자 했다. 때문에 마당극 운동의 '현재'는 지금-여기에서 억압받는 자들의 목소리를 들을 수 있게 하기 위해 보다 치밀하게 적대를 구성하고 질문하며 그 과정에서 새로운 미학적 형식들을 탐색하며 도전과 실패를 거듭해 나가는 동시대 한국연극의 질문들 혹은 동시대 한국 사회문화운동의 질문들과 맞닿아 있을 것이다.

1970~80년대 한국 현대 연행예술운동
공연 대본 목록*

공연/작품명	공연연도	창작 주체/ 공연 주체	공연 장소	자료 출처
<원귀 마당쇠>	1963	조동일	서울대학교 연건동 스타디움	『조동일 창작집』
<나폴레옹 꼬냑>	1972	김지하/이화여자 대학교 연극반	이화여자대학교 강당	『구리 이순신』
<구리 이순신>	1972	김지하/서울대학 교 문리대 연극반	-	『구리 이순신』
<금관의 예수>	1973	김지하/극단 '상설무대'	천주교 팍스로마나 순회공연/ 서울 드라마센터	『구리 이순신』
<청산별곡 (진오귀굿)>	1973.12월	김지하	서울 제일교회	『한국의 민중극』
<소리굿 아구>	1974.3월	김민기·김지하	서울 국립극장 소극장	『한국의 민중극』
<진동아굿>	1975.03.28	서울대학교 총연극회	서울대학교 도서관 앞 광장 아크로폴리스	『한국의 민중극』
	1980.4월	-	이화여대	-
'상여행진' '김상진 열사 추도식'	1975.5.22	서울대학교 총연극회, 문학회	서울대학교	
<애순이>	1975	-	-	채희완, 표, 「70년대의 문화운동」, 1982.
<예언>	1975	-	-	
<출애굽과 빈뚝해빙』	1975	-	-	
<허생전>	1976	서울대학교 총연극회	서울대학교 감골마당	-

공연/작품명	공연연도	창작 주체/ 공연 주체	공연 장소	자료 출처
<미얄>	1978 여름	극단 한두레	동교동 연습실	『구술로 만나는 마당극 1』
<돼지꿈>	1977	서울여자대학교 연극반	서울여대 노천	『한국의 민중극』
<예수의 생애>	1977, 78, 79 여러 차례 공연	기독교장로회 청년회 탈춤반(이상훈, 한승호, 김상복, 최경희, 신재걸)	서울 다락원/한빛교회	한국기독교민중교 육연구소, "연희연구자료" 『구술로 만나는 마당극 2』
<씻김탈굿>	1977	김영철(서강대, 서울대, 산업대, 이화여대 탈춤반)	대학로 한 교회(혜명교회로 추정)	『구술로 만나는 마당극 2』
<농촌마을 탈춤>	1977~1979 여름	김봉준, 유인택, 이혜옥, 한승호, 윤인근	농촌마을	『구술로 만나는 마당극 1』
<공장의 불빛>	1978 1979	김민기 작/제작 채희완 연출	카세트테이프 제작 서울 제일교회 공연	『한국의 민중극』
<매스게임>	1978	이화여자대학교 연극반	이화여대	-
<덕산골 이야기>	1978. 2월	극단 한두레	서울 76 소극장	『한국의 민중극』
<예수전>	1976.11 1977, 1978	채희완, 홍세화	KSCF 집회 장소 서울 제일교회	한국기독교민중 교육연구소, "연희연구자료" & 『구술로 만나는 마당극 1』
<동일방직문제를 해결하라>	1978	박우섭, 김봉준	서울 YMCA	『구술로 만나는 마당극 1』
<함평 고구마>	1978.11월	놀이패 광대(전남대 민속문화연구회, 연극반)	광주 YMCA 체육관 광주 농민대회	『한국의 민중극』 『전라도 마당굿 대본집』

공연/작품명	공연연도	창작 주체/ 공연 주체	공연 장소	자료 출처
<한줌의 흙>	1979. 10.17, 18	연우무대(박우섭 홍성기 작, 김영기 연출)	삼일로 창고극장	『민족극 대본선1』
<노비문서>	1979	이화여자대학교 연극반	이화여자대학교 야외 공간	-
<난장이>	1979	-	-	-채희완, 표, 「70년대의 문화운동」,1982. -한국기독교민중 교육연구소, "연희연구자료"
<원풍모방 놀이마당 '79>	1979. 봄	원풍모방 노동조합 탈춤반	노동절 행사 놀이마당 영등포 도시산업선교회	『민족극 대본선 3』
<역사탈: 해방 35년>	1980	연합탈반 (1979 창작)	이화여대 교내	『구술로 만나는 마당극 2』
<녹두꽃>	1980	서울대학교 총연극회	서울대학교 마당	『한국의 민중극』
<돼지풀이>	1980.3월 1982.8월	극회 광대 창립 공연	광주 YMCA 체육관&해남 등 농민회 현장 공연 서울 국립극장 대극장	『한국의 민중극』 &『전라도 마당굿 대본집』
<장산곶매>	1980. 3월	연우무대	서울 드라마센터	『한국의 민중극』
<원풍모방 놀이마당>	1980.3.10	원풍모방 탈춤반	근로자의 날 원풍모방 노동조합 기념행사	『구술로 만나는 마당극 2』
<관악굿>	1980.04.14.	서울대학교 민속가면극연구회	서울대학교 관악산 캠퍼스	『구술로 만나는 마당극 3』
<노동의 햇불>	1980.04.14./ 19 1981.04.08	서울대학교 총연극회 청계피복노조 복구대회	서울대학교 학생회관 2층 명동 사도회관	『구술로 만나는 마당극 3』
<냄새굿놀이>	1980.4.19	경북대학교 민속문화연구회	경북대 시계탑로타리	『영남의 민족극』

공연/작품명	공연연도	창작 주체/ 공연 주체	공연 장소	자료 출처
<민족해방놀이>	1980	-	-	채희완, 표, 「70년대의 문화운동」, 1982.
<민중의 예수>	1980	-	-	
<궁정동 말뚝이>	1980.5월	-	-	연세대학교 김대중도서관
<땅풀이>	1980.8월 2, 3일	탐라민속연구회 수눌음	제주 제남신문사 제남홀	『장산곶매— 황석영 희곡집』
<생활연극>	1981.3월	박인배 연출, 인천 지역 노동자	부천 산곡동 성당	『구술로 만나는 마당극 4』
<어둠의 자식들>	1981.4.3.~13	극단 연우무대(홍성기 작, 이상우 연출)	문예회관 소극장	『구술로 만나는 마당극 4』
<호랑이 놀이>	1981.5.8.	극회 광대	광주 YMCA 무진관	『전라도 마당굿 대본집』
<1876~1894>	1981.4월 1982.9월	김민기	전주 예총회관 6회 대한민국연극제	『구술로 만나는 마당극 3』
<밤하늘의 별처럼>	1981.4, 5월 1982	극단 한두레	원당 연립주택 앞 아현동 무용학원	채희완, 표, 「70년대의 문화운동」,1982. & 『구술로 만나는 마당극 1』
<마당쇠 놀이>	1981.6월	전남대 탈춤반 민속문화연구회	-	『구술로 만나는 마당극 5』
<항파두리 놀이>	1981.10.30.~ 11.3.	탐라민속연구회 수눌음	수눌음소극장	『장산곶매-황석영 희곡전집』
<돌풀이>	1981년 9월	극단 수눌음	제주대학교 교정	『한국의 민중극』
<비야! 비야!>	1981.9.19, 20	극단 연우무대	민예소극장	『구술로 만나는 마당극 4』
<조선방직 노동쟁의 사례극>	1981. 11월 1981.12.13	원풍모방 노동조합 탈춤반	영등포 도시산업선교회 노동제 행사 전주 가톨릭노동청년회 전국지도자 대회 한국신학대학	『민족극 대본선 3』

공연/작품명	공연연도	창작 주체/ 공연 주체	공연 장소	자료 출처
<죽장망혜>	1981	조경만 창작	공연 되지 않음	『구술로 만나는 마당극 5』
<나락놀이>	1981	목포 극단 민예 (공동창작, 김빌립 연출)	목포 정명여고 강당	『전라도 마당굿 대본집』
<죽은 자 가운데 일어나라>	1981	-	-	-
<청산리 벽폐수야>	1981년 1983년 6월	극단 한두레	서울 서교동 서울 애오개 소극장 서울 흥사단 강당	『한국의 민중극』
<그늘>	1982.3월	부산지역 대학문화패연합 공동창작	부산미화예식장	『영남의 민족극』
<민달팽이>	1982.3.30.~ 4.12	극단 연우무대 9회 정기공연	문예회관 소극장	민족극연구회 대본선 ≪민족극 대본집 1≫(이영미 소장)
<판놀이 아리랑 고개>	1982.5.20.~ 25	극단 연우무대 10회 정기공연	장충동 국립극장 실험무대	『민족극 대본선1』 *유해정, 「우리시대의 탈놀이」, 『실천문학』 제3권, 1982.11.
<멈춰선 저 상여는 상주도 없다더냐>	1982.9.9.~ 9.14	극단 연우무대 11회 정기공연	문예회관 대극장	국립예술자료원 소장
<마당극 홍동지>	1982.10월 말 가을축제	서울대학교 인문대학연극회 제4회 정기공연	서울대학교 노천강당	『민족극 대본선 2』
<의병한풀이 놀이>	1982.10.29.~ 11.3	극단 백제마당	전주 적십자회관 2층 강당	『민족극 대본선 1』 *박인배, 「의병 한풀이 놀이의 창작과정에 대한 검토」, 무크지 『민중』, 도서출판 청사, 1983.

공연/작품명	공연연도	창작 주체/ 공연 주체	공연 장소	자료 출처
				*김성진, 「삶과 노동의 놀이」, 『문학과 예술의 실천논리』(실천문 학사, 1983)
<안담살이 이야기>	1982.7월 1982.10월 1982.11월	극회 신명	서울 국립극장 광주 YWCA 소심당 거창군 YMCA	『전라도 마당굿 대본집』
<줌녀풀이>	1982.12월 1983. 2.25~3.1	탐라민속문화연구 회 '수눌음' 4회 정기공연	제주 수눌음소극장 서울 국립극장 실험무대	『민족극 대본선1』 *「제주도의 굿」, 『공동체문화』 제1집, 1984 *「제주도 굿운동의 실천과제」, 『민족과 굿』(학민사, 1987)
<추곡 수매 마당>	1982	농민이 함께 구성	-	*김성진, 「삶과 노동의 노래」에 수록
<특근하던 날>	1982	한벗야학 <깨침>	-	한국기독교민중교 육연구소, "연희연구자료"
<쌀풀이 돌아와요 내 고향에>	1982	82' 농민축제 연희마당	-	한국기독교민중교 육연구소, "연희연구자료"
<태순땅>	1983	제주 수눌음	제주 YMCA 소극장	『한국의 민중극』
<장풀이>	1983.5.15. 1983.6.18.~ 20	극단 파랑새 공동창작	부산대 대학병원 마당 부산남천동 레오파드 테니스코트장	『영남의 민족극』
<어부놀이>	1983.3월	극단 민예(공동창작, 김빌립 연출)	목포 시민회관	『전라도 마당굿 대본집』

공연/작품명	공연연도	창작 주체/ 공연 주체	공연 장소	자료 출처
<허연 개구리>	1983.5.19.~ 22	극단 연우무대	아현동 애오개소극장	『구술로 만나는 마당극 4』
<안암 대동놀이>	1983.5월	고려대학교 농악대	고려대학교 교내	『구술로 만나는 마당극 5』
<부러진 노를 저어 저어>	1983.12. 22~24	극단 연우무대	애오개 소극장	『민족극 대본선 1』
<원풍모방 놀이마당 84'>	1984.3.10.	원풍모방 탈춤반	한국노동자복지협 의회 창립대회	『구술로 만나는 마당극 2』
<닷찌풀이>	1984.4.13~14	이화여자대학교 사범대학연극회 제 13회 봄 워크샵공연	이화여자대학교 가정관 대형강의실 609호	『민족극 대본선 2』
<해태제과 노동쟁의 사례극>	1984.4월 부활절 기념	산업선교회 제1기 노동자문화교실	서울 당산동 성문밖교회	『민족극 대본선 3』
<나의 살던 고향은>	1984.7.7~8	극단 연우무대	서울 드라마센터	이영미 소장본 ≪민족극대본집≫
<강쟁이 다리쟁이>	1984년 7월	극단 한두레	경남 창녕 영산마을 광주 YMCA 체육관	『한국의 민중극』
<농풀이>	1982.8.19. 1984.9월	농풀이패	경남 진양군 문산면 문산성당 마산 카톨릭문화원	『영남의 민족극』
<금수강산 빌려주고 머슴살이 웬말이냐>	1984.9.23. (공연 예정)	콘트롤데이타 노동조합	흥사단 강당 (공연 예정)	『민족극 대본선 3』
<여성문화 큰잔치 닌희마딩♪	1984.10.27.~ 28	여성평우회 주최 제1회 여성문화 큰잔치	동숭동 흥사단 강당	『민족극 대본선 1』
<똥>	1984.11.8~9	고려대학교 극예술연구회 제 53회 정기공연	고려대학교 대강당	『민족극 대본선 2』

공연/작품명	공연연도	창작 주체/ 공연 주체	공연 장소	자료 출처
<불감증>	1984.11.30~ 12.1	서울대학교 인문대학연극회 제 5회 정기공연	서울대학교 교수회관	『민족극 대본선 2』 『통일밥: 주인석 희곡집』
<진양살풀이>	1984.11.30.~ 12.1	놀이패 물놀이(정동주 창작)	진주 분도소극장 서울, 원주, 전주, 광주, 마산, 진주 재공연	『영남의 민족극』
<계화도 땅풀이>	1984.12.01.~ 02 1985. 1월	놀이패 녹두	놀이판 녹두골 전북 김제 서울 애오개소극장	『민족극 대본선1』
<난무하는 사꾸라>	1984	전남대학교 민속문화연구회	-	『전라도 마당굿 대본집』
<시흥 신천리 단오제 마당극 대본>	1984	-	-	민주화운동기념 사업회 오픈아카이브
<내차라리 계림의 개·돼지가 될지언정>	1985.3.9~10	놀이패 탈	경북교육회관 강당	『영남의 민족극』
창작마당극 <들어라! 이 함성을>	1985.05월	고려대 민속학연구회	-	-
<밥>	1985.5.8. ~6.30	연희광대패 창단공연	신선소극장 인천, 대구, 대학초청공연 100회 이상의 공연	『민족극 대본선1』 *「밥 연출노트」(임진택, 『한국연극』 87년 5월호)
<복음자리-80년 대 열악한 노동현실>	1985	-	-	민주화운동기념 사업회 오픈아카이브
<당제>	1985.9월	공동각색 연출(송기숙 중편 <당제>)	전남대학교, 전북대학교 순회	『전라도 마당굿 대본집』
<괴사>	1985.11.7~9	고려대학교 극예술연구회 제 55회 정기공연작품	고려대학교 시청각교육실	『민족극 대본선 4』

공연/작품명	공연연도	창작 주체/ 공연 주체	공연 장소	자료 출처
<쌈짓골푸리: 우리네 살림살이 수심도 많네>	1986.3.8.~9	극단 거칠산	부산서면 고려예식장	『영남의 민족극』
<쟁기>	1986.5.23.~ 24	덕성여자대학교 국어국문학과 정기공연작품	덕성여대 쌍문동 중앙잔디	『민족극 대본선 4』
<딸>	1986.5.28.~ 30	이화여자대학교 총연극회 제 3회 정기공연 겸 이화 백 주년 기념 공연	이화여자대학교 학관 레크레이션홀	『민족극 대본선 4』
<선봉에 서서>	1986.7.26~27	극단 천지연	성문밖교회	『민족극 대본선 3』
<0번지>	1986.9.10~11	숙명여자대학교 경제학과 제 4회 정기공연작품	숙명여자대학교 숙연당	『민족극 대본선 4』
<꼬리뽑힌 호랑이>	1987.2.21.~22 1987.3.14.~15 1987.3.22. 1987.5.5. 1987.8.8~18	놀이패 탈	(대구)문화장터 처용 (대구)동아문화센터 비둘기홀 거창읍강변 (대구)어린이회관 꾀꼬리극장 안동학생회관 (서울)챔프예술마당	『영남의 민족극』
<광대>	1987.4월	공동창작, 윤만식 연출	광주 YWCA 소심당, 부산, 제주, 대구, 원주 등 30여회 순회	『전라도 마당굿 대본집』
<어디만치 왔나>	1987.5.21.	서울대학교 민속가면극연구회	서울대학교 노천강당	『민족극 대본선 2』
<어떤 생일날>	1987. 여름	놀이패 한두레	대림동 살림마당, 공단 문화공간, 노조 수련회	『민족극 대본선 3』
<쇳물처럼>	1987.봄, 가을	극단 천지연	대림동 살림마당, 공단 문화공간	『민족극 대본선 3』
<우리 승리하리라>	1987.7.21	한국여성노동자회	여성노동자 대동제	『민족극 대본선 3』

공연/작품명	공연연도	창작 주체/ 공연 주체	공연 장소	자료 출처
<그날 이후>	1987.8월	놀이패 한라산	제주문화운동 협의회 제1회우리문화한마 당 공연작. 제주 YMCA회관 공연	『4월굿 한라산-놀이패 한라산 마당극 대본집』
<막장을 간다>	1987.09.28	한국여성노동자회	여성노동자 전진대회	『민족극 대본선 3』
<복지에서 성지로>	1987.10월 11월 12월 1988.2월 1988.3월	극단 자갈시	부산대, 부산여대 마당, 부산YMCA강당 동의대 마당, 인제대 마당, 자갈치 소극장, 인제의대 마당 언양(경남가톨릭농 민회) 자갈치소극장 (서울)예술극장 미리내, 동아대마당	『영남의 민족극』
<늪>	1987.11.9~11	이화여대 가정대, 인문대, 자연대학 연극회 합동공연	이화여자대학교 가정대학 소극장	『민족극 대본선 2』
<새들도 세상을 뜨는구나-버라이 어티쇼>	1988.2월 (1986.2월)	극단 연우무대 (초연: 1986년 극단 연우무대 연극교실)	혜화동 연우소극장	『통일밥: 주인석희곡집』
<우리 땅에 우리가 간다>	1988.2, 3, 4, 7, 11월	놀이판 큰들	자체소극장 및 지역 문화공간, 대학, 서울 예술극장 미리내	『영남의 민족극』
<햇불>	1988.3.13.~17 5.15~31	극단 현장	미리내소극장 청파소극장 각 대학과 노동현장	『민족극 대본선 3』
<이땅은 니캉 내캉>	1988.3, 5, 6, 7, 10월	놀이패 탈	지역 가톨릭문화관 및 문화공간, 대학,	『영남의 민족극』

공연/작품명	공연연도	창작 주체/ 공연 주체	공연 장소	자료 출처
			서울 예술극장 미리내	
<말뫼뺄 사람들: 꽃피우는 아이들>	1988.3월, 7월	놀이패 베꾸마당	지역 가톨릭문화회관 및 문화공간, 대학, 서울 예술극장 미리내	『영남의 민족극』
<일어서는 사람들>	1988.4월	놀이패 신명 공동창작, 김정희 연출	미리내 소극장(제1회 민족극 한마당)	『전라도 마당굿 대본집』
<향파두리 놀이>	1988.4월 5월	놀이패 한라산	서울 미리내소극장, 제주 시민회관	『4월굿 한라산-놀이패 한라산 마당극 대본집』
<아빠, 힘내세요!>	1988.4월, 5월, 8~12월	놀이패 일터	마산, 부산 지역 노조운동 및 대학, 실내체육관	『영남의 민족극』
<황토바람>	1988 1989.4월	공동창작 김도일 연출	1988년 하반기 농촌 수세싸움 광주 YWCA소심당 제 2회 민족극한마당	『전라도 마당굿 대본집』
<통일밥>	1988.6.4~8 1988.8.5~7	서울대학교 총연극회 제 30회 정기공연	서울대학교 문화관 대강당 연세대학교 백주년기념관	『통일밥: 주인석 희곡집』
<노동자의 햇새벽>	1988.8.15	놀이패 탈, 우리문화연구회, 대구노동자협의회	계명대 마당	『영남의 민족극』
<들불로 다시 살아>	1988.8.21	여성노동자회	서울 당산동 성문밖교회	『민족극 대본선 3』
<우리 공장 이야기>	1988.9.6.~8	놀이패 한두레	예술극장 한비팅 순회공연_세창실업, 텔레비디오,	『민족극 대본선 3』

공연/작품명	공연연도	창작 주체/ 공연 주체	공연 장소	자료 출처
			삼협전기, 안산, 부평, 성남, 마창, 부산 등 40여회	
<서서 잠드는 아이들>	1988.9월, 10월, 12월 1989년 2월	극단 시인 공동각색 (장미화 작)	대구, 포항, 부산, 마산 문화공간 및 대학	『이땅은 니캉 내캉』
<노동의 새벽>	1988.9.25.~1 0.13 1988.10.16.~ 27 1989.3월	극단 현장	서울예술극장 한마당 제2회 민족극 한마당 인천, 안양, 포항, 울산, 마창 등 노동현장, 노동자 집회장, 지역 문화공단, 160여회 공연	『민족극 대본선 3』
<철새공동체>	1988.9~12월	극단 자갈치	자갈치소극장, 지역 가톨릭여성회관, 대학, 철거촌	『영남의 민족극』
<개땅쇠의 땅>	1988.11.20	서울교육대학 극예술연구회 '빈도'(김병균 작)	제1회 대학극축전, 서강대학교 메리홀	『대학우수창작극 대본선: 88년 말~90년 초』
<껍데기를 벗고서>	1988.10.23. 1988.12.8~14	한국여성노동자회, 극단 현장	한국여성 노동자회 주최 '여성노동자복지회 관 설립모금을 위한 특별공연 예술극장 한마당	『민족극대본선 3』
<찢겨진 천막>	1988	영등포 산업선교회	영등포산업 선교회	민주화운동기념 사업회 오픈아카이브
<금수강산 빌려주고 머슴살이 웬말이냐>	1989.2.1. 초연	극단 현장	초연 이후 74회 순회공연	한국예술디지털 아카이브

공연/작품명	공연연도	창작 주체/ 공연 주체	공연 장소	자료 출처
<흩어지면 죽는다: 여보 힘내세요!>	1989.3월	놀이패 일터	지역 파업연대집회장, 서울 예술극장 한마당, 노조창립장	『영남의 민족극』
<4월굿 한라산>	1989.4.1.~2 5월 10월	놀이패 한라산	제주시민회관 41주기 4.3추모공연 서울 예술극장 한마당	『4월굿 한라산-놀이패 한라산 마당극 대본집』
<米國, 美國, 未國>	1989.4, 5, 7월	놀이패 탈	대구가톨릭 문화관, 부산대, 경북대, 부산대, 서울 예술극장 한마당	『영남의 민족극』
<주먹밥 주먹손>	1989.4, 5, 7월	극단 자갈치	자갈치소극장, 예술극장 한마당, 부산대, 경상대, 노조투쟁장	『영남의 민족극』
<회색병원>	1989.6.2~3	서울대학교 총연극회 (김동범 작)	서울대학교 문화관 소극장	『대학우수창작극 대본선: 88년 말~90년 초』
<멋있는 동지>	1989.9.7	극단 현장	초연 이후 50여회 순회 공연	극단 현장 홈페이지
<성난 파도로 서다>	1989.9.22. ~26	숙명여자대학교 민족극연구회 '가치놀' (원주원 작)	숙명여자대학교 중강당	『대학우수창작극 대본선: 88년 말~90년 초』
<설운땅, 일어서는 사람들>	1989.11.9. ~11	놀이패 한라산	제3회우리문화한마 당 제주 YMCA 회관, 대포동 마을회관, 대정 오일장터	『4월굿 한라산-놀이패 한라산 마당극 대본집』
<가족-아름답게 사는 사람들>	1989.11.7.~8 1989.11.9. ~10	한국외국어대학교 연극회(임은경 작)	한국외국어 대학교 대강당 예술극장 한마당	『대학우수창작극 대본선: 88년 말~90년 초』

공연/작품명	공연연도	창작 주체/ 공연 주체	공연 장소	자료 출처
<영웅연습>	1989.11.16. ~17	서울대학교 민요연구회 아리랑	서울대학교 4동 대형강의실	『대학우수창작극 대본선: 88년 말~90년 초』
<들불>	1990.2.19. ~26	한양대학교 민족극회 '새벽'	속리산 유스호스텔	『대학우수창작극 대본선: 88년 말~90년 초』
<먹이사슬>	1990.3월, 4월 6월	떼·풀이	대전, 대구, 영덕성당, 영덕, 양남, 서울 등 문화공간	『이땅은 니캉 내캉』
<마비경보>	1990.3.14. ~16	숙명여자대학교 '반'극회 (김혜중 작)	숙명여자대학교 숙연당	『대학우수창작극 대본선: 88년 말~90년 초』
<저인망>	1990.3.23. ~24 1990.6.1~2	고려대학교 극예술연구회 (이희인 작)	고대극회 소극장 장기복역양심수석 방과 자주통일을 위한 문화제	『대학우수창작극 대본선: 88년 말~90년 초』
<자전거는 딸배타고>	1990.3.29. ~31	서강대학교 민족극연구회 '몸짓'(김성수 작)	서강대학교 메리홀	『대학우수창작극 대본선: 88년 말~90년 초』
<4월굿 백조일손>	1990.4.6~7 4월, 5월, 6월	놀이패 한라산	42주기 4월제 제주 공연 광주, 충주, 서울 공연	『4월굿 한라산-놀이패 한라산 마당극 대본집』
<거부>	1990.5.29. ~30	이화여자대학교 총연극회	이화여자대학교 가정관 소극장	『대학우수창작극 대본선: 88년 말~90년 초』
<일하는 자의 손으로>	1990.4.26. ~30 1990.4.28. 1990.1	서울지역대학극 연합 창작분과 (김성수 작)	5개 대학 순회공연 '민중연대를 위한 세계노동절 101주년 기념 학생문화제' '서울지역 세계노동절 101주년 기념식' 축하공연	『대학우수창작극 대본선: 88년 말~90년 초』

공연/작품명	공연연도	창작 주체/ 공연 주체	공연 장소	자료 출처
<비오면 비투사 눈오면 눈투사>	1990	놀이패 일터	-	『노동문화예술단 일터 공연대본집』
<벽>	1990.6.29.~ 7.9	박철 작	문화장터 처용	『이땅은 니캉 내캉』
<꼴푸 공화국>	1990.9월, 10월, 11월, 12월	놀이패 탈	지역 내 대학, 성당, 집회 현장, 예술마당 솔	『이땅은 니캉 내캉』
<돈놀부전>	1990.11.16. ~22	극단 현장	예술극장 한마당	극단 현장 홈페이지
<다시 또 다시: 천 번을 되돌아 봐도 갈 길은 오직 하나다>	1991	놀이패 일터	-	『노동문화예술단 일터 공연대본집』
<4월굿 헛묘>	199.4.6~7 5월	놀이패 한라산	제주 적십자회관 대강당 광주 민들레소극장 부산 신명천지소극장	『4월굿 한라산-놀이패 한라산 마당극 대본집』
<이바구 세상>	1991.6월, 7월	극단 현장	노조운동 투쟁장	극단 현장 홈페이지
<노동자, 내 청춘아!>	1991년 5월, 6월, 7월, 9월	극단 함께사는세상	경북대, 영남대, 금오공대, 동국대, 선업대, 예술마당 솔, 구미 노동자 집회, 서울예술마당 한마당, 수원 여자전문대	『이땅은 니캉 내캉』
<동지여 너와 함께라면…>	1992.5.3~7	놀이패 일터	민족굿터 신명천지	『노동문화예술단 일터 공연대본집』
<해직일기(아저 씨, 어 선새앰예!)>	1992.5월, 6월, 9월, 10월, 11월	극단 함께 사는 세상	부산, 경북, 포항, 안동 지역 대학 및 성당, 춘천 삭주골 초청공연	『이땅은 니캉 내캉』

공연/작품명	공연연도	창작 주체/ 공연 주체	공연 장소	자료 출처
<콩가루판>	미상(1983 이전)	-	-	한국기독교민중 교육연구소, "연희연구자료"
<들국화>	미상(1983 이전)	-	-	한국기독교민중 교육연구소, "연희연구자료"
<어디로 갈꺼나>	미상(1984 이전)	-	-	한국기독교민중 교육연구소, "연희연구자료"
<내 손으로 뽑자구>	미상(1984 이전)	-	-	한국기독교민중 교육연구소, "연희연구자료"
<일일일 뗏일>	미상(1984 이전)	-	-	한국기독교민중 교육연구소, "연희연구자료"
<떠도느냐>	미상(1984 이전)	-	-	한국기독교민중 교육연구소, "연희연구자료"
<뭉치면 올라간다>	미상(1987 이전)	-	-	한국기독교민중 교육연구소, "연희연구자료"
<햇님 달님>	1980	서울대학교 총연극회	서울대학교 교정	『연희대본 자료집』
<역사탈>	1980	이화여자대학교 민속극연구회	이화여자대학교 교정	『연희대본 자료집』
<진오귀>	1984년 이전	-	-	『연희대본 자료집』
<미알>	1984년 이전	-	-	『연희대본 자료집』
<오월무>	1984년 이전	-	-	『연희대본 자료집』
<춘향전>	1984년 이전	-	-	『연희대본 자료집』
<무악대학>	1984년 이전	-	-	『연희대본 자료집』

공연/작품명	공연연도	창작 주체/ 공연 주체	공연 장소	자료 출처
창작마당극 <서울로 가는 길>	1982.11월	고려대학교 민속극연구회	-	『연희대본 자료집』
<거저도>	-	-	-	『연희대본 자료집』
<안암 대동놀이>	1983	고려대학교 민속극연구회	-	『연희대본 자료집』

* 이 부록은 현재 출판된 단행본 혹은 국립예술자료원과 민주화운동기념사업회 오픈 아카이브, 연세대학교 김대중도서관을 통해 확인할 수 있는 공연 대본을 기반으로 공연 목록을 연대기준으로 정리한 것이다. 이는 크게 1. 『조동일 창작집』(2009), 『똥딱기똥딱』(1991), 『구리 이순신』(2014), 『소리굿 아구·공장의 불빛』(2014), 『김민기』(2004), 『장산곶매』(1980;2000)와 같이 개인명의 저작물, 2. 『한국의 민중극』(1985), 『민족극연구회 대본선 1~4』(1988~1991), 『구술로 만나는 마당극 1~5』(2011), 『전라도 마당굿 대본집』, 『영남의 민족극』(1989), 『통일밥: 주인석 희곡집』(1990), 『대학우수창작극 대본선』(1991), 『이땅은 니캉내캉』(1996), 『노동문화예술단 일터 공연대본집』(2007), 『4월굿 한라산-놀이패 한라산 마당극 대본집』(2007)과 같이 여러 공연 주체의 공연을 묶은 대본집 3. 민주화운동기념사업회 오픈 아카이브에서 소장한 「연희연구자료」 시리즈(한국기독교민중교육연구소 발간)와 『연희대본 자료집』/ 국립 예술자료원(한국예술디지털아카이브 포함) 소장된 대본 자료/ 연세대학교 김대중 도서관에 소장된 대본 자료로 나눌 수 있다. 2020년의 박사학위논문을 저본으로 한 본 저서의 발간을 기획하면서 마당극 비평가이자 당대 자료를 아카이빙 해 온 이영미 선생님의 소장 자료를 바탕으로 김태희·송아름 선생님과 구술 세미나를 진행하였으며(2021.4~현재), 그 과정에서 지역별 마당극 대본선 및 대학창작극 대본선 등의 새로운 대본 자료집을 확인하여 본 목록에 추가하였다. 자료를 제공해주신 이영미 선생님께 특별히 감사드린다.

창작 주체/공연 주체와 공연 장소가 불명확한 경우 '-'자로 표기하였다.

저작물로 발간되지 않은 대학 마당극과 현장 대본의 경우 목록에 기재하지 않았다. 다만 한국민주화운동기념사업회 오픈아카이브 등 공공자료가 확인된 경우 함께 기록하였다. 또한 1980년대 전반기 무크지에 실린 대본 및 1988년 이후 1990년대 초반까지 각 지역의 극단과 민족극한마당을 구심점으로 하여 이루어진 활동의 경우 전반을 기재하지 않았는데, 구술채록과 자료 발굴을 기반으로 한 후속 연구를 통해 대본을 수집하고 이에 대한 목록 또한 확장될 수 있을 것이라 기대한다.

* 출전

- 「노래굿 「공장의 불빛」의 문화사적 의미 연구」, 『한국현대문학연구』 제53집, 한국현대문학회, 2017.
- 「'노동' 연극과 노동 '연극' 사이」, 『한국현대문학연구』 제55집, 한국현대문학회, 2018.
- 「연극성의 풍요와 민중적 상상의 기여」, 『한국현대문학연구』 제59집, 2019.
- 「한국 현대 연행예술운동의 현장성 연구」, 서울대학교 대학원 국어국문학과 박사학위논문, 2020.
- 「1970~80년대 한국 연행예술운동에 나타난 여성 재현 양상 연구―젠더 정의와 민주의 지평을 중심으로」, 『한국극예술연구』 제71집, 한국극예술학회, 2021.
- 「1980년대 말~1990년대 초반 민중·민족문화운동의 미디어성과 잊힌 가치들-집회와 문화적 형식을 중심으로」, 『현대소설연구』 제83호, 한국현대소설학회, 2021.
- 「대항적 에너지와 분할의 딜레마의 너머―1970~80년대 민속 부흥의 몇 가지 장면과 공동체성의 의미」, 「영주어문」 제56집, 영주어문학회, 2024.

참고문헌

1. 기본자료

고려대학교탈패ㅎㄴㄹㄷ래연구부, 『고려대학교 탈패-ㅎㄴㄹㄷ래 대본집』.
고은 외, 『문학과 예술의 실천논리』, 실천문학사, 1986.
김민기, 김창남 편, 『김민기』, 한울, 2004.
김민기 김지하 이종구, 『소리굿 아구 공장의 불빛』, 지식을만드는지식, 커뮤니케이션북
　　　스, 2014.
김지하, 『오적』, 아킬라미디어, 2016.
김지하, 『민족의 노래 민중의 노래』, 동광출판사, 1984.
김지하, 『흰 그늘의 1, 2: 김지하 회고록』, 학고재, 2003.
김지하, <구리 이순신>, 『구리 이순신』, 범우, 2014.
놀이패 신명 엮음, 『전라도 마당굿 대본집』, 들불, 1989.
대학문화연구회, 『대학문화운동론』, 공동체, 1985.
민족굿회 편, 『민족과 굿—민족굿의 새로운 열림을 위하여』, 학민사, 1987.
민족극연구회, 『민족극대본선1~4』, 풀빛, 1988.
민족극연구회, 『민족극비평워크샵 자료집』, 1991.
민중문화운동협의회, 『연희대본자료집 1』
박노해, 『노동의 새벽』, 풀빛, 1984.
박효선, 황광우 엮음, 『박효선 전집 2』, 연극과인간, 2016.
백원담·김호철 외, 『예술운동론』, 하늘땅, 1991.
심우성 편저, 『마당굿연희본2: 무형문화재지정종목』, 깊은샘, 1980.
심우성 편저, 『한국의 민속극』, 창작과비평사, 1993.
연세탈패 40주년 기념 행사준비위원회, 『연세탈패 40년』, 2014.
연우무대 편, 『연우 30년-창작극 개발의 여정』, 한울, 2008.
우리마당, 『민족극 성립을 위한 지교집 2』
울림 편, 『만족극 정립을 위한 자료집(제2권)』, 우리마당, 1987년.
이영미 편, 『구술로 만나는 마당극 1~5』, 고려대학교민족문학연구원, 2011.

이철용, 『어둠의 자식들』, 새움, 2015.
『전태일50주기 노동문화포럼 자료집』
정이담 외, 『문화운동론』, 공동체, 1985.
조동일, 『한국 가면극의 미학』, 한국일보사, 1975.
조동일, 『탈춤의 원리 신명풀이』, 지식산업사, 2006.
조동일, 『조동일 창작집』, 지식산업사, 2009.
주인석, 『통일밥: 주인석 희곡집』, 제3문학사, 1990.
주인석, 『새들도 세상을 뜨는구나』, 지식을만드는지식, 2014.
채희완 임진택 편, 『한국의 민중극』, 창비, 1985.
허규, 『물도리동』, 평민사, 1998.
황석영, 『장길산』, 창작과비평사, 2002.
황석영, 『장산곶매』, 창비, 2000.
황석영, 『돼지꿈: 황석영 소설집』, 민음사, 2007.
황석영 소설, 김석만 오인두 희곡, 『한씨연대기』, 지식을만드는지식, 2014.
황석영, 『수인 1, 2』, 문학동네, 2018.
황의봉, 『80년대 학생운동사』, 예조각, 1985.

국립예술자료원 아카이브, 문화포털, 민주화운동기념사업회 오픈아카이브, 연세대학교
　　　김대중도서관 아카이브

이혜란과의 구술 인터뷰, 2020.09.18.

『경향신문』, 『공동체 문화』, 『대화』, 『대학신문』, 『더불어 사는 삶의 터전』, 『동아일보』,
『문화/과학』, 『민족극과 예술운동』, 『민중문화』, 『예술정보』, 『민족문화』, 『시와 경제』,
『실천문학』, 『중앙일보』, 『월간조선』, 『지역문화』, 『창작과비평』, 『프레시안』

2. 단행본

강준만, 『한국현대사산책 1970년대편』, 인물과사상사, 2004.
강준만, 『오빠가 허락한 페미니즘』, 인물과사상사, 2018.
강내희 외, 『문화이론과 문화운동』, 세종출판사, 2010.
강신철 외, 『80년대 학생운동사』, 형성사, 1988.
교양과학연구회, 『대중운동의 이론』, 사계절, 1984.
구해근, 신광영 역, 『한국 노동계급의 형성』, 창작과비평사, 2002.

권보드래, 김성환, 김원, 천정환, 황병주, 『1970 박정희 모더니즘: 유신에서 선데이서울까지』, 천년의상상, 2015.

김동춘, 역사문제연구소 편, 『한국의 근대와 근대성 비판』, 역사비평사, 1996.

김동춘, 학술단체협의회 저, 『6월민주항쟁과 한국사회 10년』, 당대, 1997.

김말복, 『무용예술의 이해』, 이화여자대학교출판부, 2004.

김말복, 『춤과 몸』, 이화여자대학교출판부, 2010.

김성희, 『한국 현대극의 형성과 쟁점』, 연극과인간, 2007.

김성재, 『상상력의 커뮤니케이션』, 보고사, 2010.

김세영, 김호순, 양혜숙, 정병희, 최영, 『연극의 이해』, 새문사, 1994.

김숙경, 『드라마센터의 연출가들』, 현대미학사, 2005.

김숙경, 『전통의 현대화와 5인의 연출가들』, 현대미학사, 2012.

김정한, 『비혁명의 시대: 1991년 5월 이후 사회운동과 정치철학』, 빨간소금, 2020.

김정한, 『대중과 폭력: 1991년 5월의 기억』, 후마니타스, 2021.

김영미, 『그들의 새마을운동』, 푸른역사, 2009.

김용수, 『퍼포먼스로서의 연극연구: 새로운 연구방법과 연구분야의 모색』, 서강대학교출판부, 2017.

김원, 『그녀들의 반역사—여공 1970』, 이매진, 2006.

김원, 『박정희시대의 유령들:기억, 사건, 그리고 정치』, 현실문화연구, 2011.

김원, 『잊혀진 것들에 대한 기억』, 이매진, 2011.

김재석, 『한국 현대극의 이론』, 연극과인간, 2011.

김홍중, 『마음의 사회학』, 문학동네, 2009.

남지수, 『뉴다큐멘터리 연극』, 연극과인간, 2017.

민주화운동기념사업회 연구소 엮음, 『한국민주화운동사 2』, 돌베개, 2009.

박성봉, 『대중예술의 이론들: 대중예술 비평을 위하여』, 동연, 1994.

박영욱, 『매체, 매체예술 그리고 철학』, 향연, 2008.

백낙청 외, 『한국문학의 현단계1, 2』, 창작과비평사, 1992.

백현미, 『한국연극사와 전통담론』, 연극과인간, 2009.

사진실, 『한국연극사 연구』, 태학사, 2017.

사진실, 『공연문화의 전통 악·희·극』, 태학사, 2017.

사회비판과 대안, 『현대 정치철학의 테제들』, 사월의책, 2014.

서연호, 『한국연극사-현대편』, 연극과인간, 2005.

서연호, 『한국 공연예술의 원리와 역사』, 연극과인간, 2011.

서울대 연극 50년사 출판위원회, 『서울대 연극 50년사』, 1999.

소준섭, 『늑대별』, 웅진출판, 1995.

손유경, 『슬픈 사회주의: 미학적 실천으로서의 한국 근대문학』, 소명, 2016.

심우성, 『소중한 민속예술인과 만남』, 우리마당, 2011.

안민수, 『연극연출: 원리와 기술』, 집문당, 2000.

양승국, 『한국현대희곡론』, 연극과인간, 2008.

양승국, 『한국현대극의 주름과 틈』, 연극과인간, 2008.

양승국, 『한국근대극의 존재형식과 사유구조』, 연극과인간, 2009.

양승국, 『희곡의 이해』, 태학사, 1996.

역사학연구소, 『강좌 한국근현대사』, 풀빛, 1995.

오진호, 『무대동작입문1』, 예니, 2014.

오하나, 『학출: 80년대 공장으로 간 대학생들』, 이매진, 2010.

유경순, 『1980년대, 변혁의 시간 전환의 기록』, 봄날의 박씨, 2015.

유병용 외, 『한국현대사와 민족주의』, 집문당, 1996.

유선영 외 저, 『미디어와 한국현대사: 사회적 소통과 감각의 문화사』, 대한민국역사박물관, 2016.

이남인, 『예술본능의 현상학』, 서광사, 2018.

이남희, 『민중만들기』, 후마니타스, 2015.

이동후, 『미디어 생태이론』, 커뮤니케이션북스, 2013.

이상복, 『연극과 정치: 탈정치시대의 독일연극』, 연극과인간, 2013.

이영미, 『마당극 리얼리즘 민족극』, 현대미학사, 1997.

이영미, 『마당극양식의 원리와 특성』, 시공사, 2002.

이영미, 『민족예술운동의 역사와 이론』, 한길사, 1991.

이우재, 『한국농민운동사』, 한울, 1986.

이우재, 『한국농민운동사연구』, 한울, 1991.

이준상 편역, 『대중노선』, 사계절, 1989.

이태복, 『노동자의 논리와 희망의 노래』, 주간노동자신문, 1992.

임진택, 『민중 연희의 창조—임진택 평론집』, 창작과비평사, 1990.

차성환 외, 『1970년대 민중운동 연구』, 민주화운동기념사업회, 2005.

조희연 편, 『한국사회운동사』, 죽산, 1990.

조희연 편, 『한국의 정치사회적 저항담론과 민주주의의 동학』, 함께읽는책, 2004.

조희연, 『급진민주주의 리류 데모스』, 한울, 2011.

조영래, 『전태일 평전』, 전태일기념사업회, 2010.

채만수 외, 『80년대 사회운동논쟁』, 한길사, 1989.

편집부, 『무엇을 어떻게 읽을 것인가』, 녹진, 1988.

편집부, 『선전선동론』, 지양사, 1989.

편집부 엮음, 『대중운동 세미나』, 거름, 1991.

한국기독교사회문제연구원, 『문화와 통치』, 민중사, 1982.

한국현대정치사상연구소 연구분석실, 『80년대 학생운동의 실체와 그 전망』, 현사연, 1989.

한병철, 『리추얼의 종말』, 김영사, 2021.

한승헌 외, 『유신체제와 민주화운동』, 춘추사, 1984.

한홍구, 『유신』, 한겨레출판, 2014.

허규, 『민족극과 전통예술: 연극 30년 연출인생』, 문학세계사, 1991.

홍성민, 『피에르 부르디외와 한국사회』, 살림, 2004.

황의봉, 『80년대의 학생운동』, 예조각, 1986.

Alain Badiou 외, 서용순, 임옥희, 주형일 역, 『인민이란 무엇인가』, 현실문화, 2014.

Antonio Negri·Michael Hardt, 정남영·윤영광 역, 『공동체-자본과 국가 너머의 세상』, 사월의책, 2014.

Augusto Boal, 민혜숙 역, 『민중 연극론』, 창작과비평사, 1985.

Augusto Boal, Henry Thrau ed., 김미혜 역, 『아우구스또 보알, 억압받는 자들의 연극』, 열화당, 1989,

Barranger Milly S, 이재명 역, 『연극 이해의 길』, 평민사, 1991.

Benedict Anderson, 『민족주의의 기원과 전파』, 나남, 2002.

Bertolt Brecht, 김기선 역, 『베르톨트 브레히트의 서사극 이론』, 한마당, 1989.

Bertolt Brecht, 송윤엽 외 역, 『브레히트의 연극이론』, 연극과인간, 2005.

Bourdieu, Pierre, 최종철 역, 『구별짓기 : 문화와 취향의 사회학 상, 하』, 새물결, 2006.

Barraclough, Ruth, 김원·노지승 역, 『여공문학: 섹슈얼리티, 폭력 그리고 재현의 문제』, 후마니타스, 2017.

Catherine M. Bell, 류성민, 『의례의 이해: 의례를 보는 관점들과 의례의 차원들』, 한신대학교출판부, 2007.

Eric J Hobsbawm, 『만들어진 전통』, 휴머니스트, 2004.

Eric J Hobsbawm, 『혁명의 시대』, 한길사, 2018.

Eric J Hobsbawm, 『자본의 시대』, 한길사, 2018.

Étienne Balibar, Immanuel Maurice Wallerstein, 김상운 역, 『인종, 국민, 계급: 모호한 성체싱들』, 두 번깨데게, ?0??

Fischer-Lichte, Erika, 김정숙 역, 『수행성의 미학-현대예술의 혁명적 전환과 새로운 버포먼스 미학』, 문학과지성사, 2017.

Gunter Gebauer·Christoph Wulf, 최성만 역, 『미메시스: 사회직 행동 의례와 놀이-미적

생산』, 글항아리, 2015.

Georges Didi-Huberman, 김홍기 역, 『반딧불의 잔존: 이미지의 정치학』, 길, 2012.

Hans-Georg Gadamer, 『진리와 방법 1, 2』, 문학동네, 2012.

Hans-Thies Lehmann, 김기란 역, 『포스트드라마 연극』, 현대미학사, 2013.

Henning Nelms, 이봉원 편역, 『연극연출』, 미래문화사, 1993.

Jacques Ranciere, 『미학안의 불편함』, 인간사랑, 2008.

Jacques Ranciere, 유재홍 역, 『문학의 정치』, 인간사랑, 2009.

Jacques Ranciere, 김상운 역, 『이미지의 운명』, 현실문화, 2014.

Jacques Ranciere, 양창렬 역, 『무지한 스승』, 궁리, 2015.

Jacques Ranciere, 양창렬 역, 『해방된 관객』, 현실문화, 2016.

John Dewey, 정창호·이유선 역, 『공공선과 그 문제들』, 2014, 한국문화사.

John Durham Peters, 이희은, 『고래에서 클라우드까지, 원소 미디어의 철학을 향해』,
컬처룩, 2018.

Judith Butler, 『연대하는 신체들과 거리의 정치: 집회의 수행성 이론을 위한 노트』, 창비,
2020.

Judith Butler, 『비폭력의 힘: 윤리학-정치학 잇기』, 문학동네, 2021.

Kai Hammermeister, 신혜경 역, 『독일 미학 전통: 바움가르텐부터 아도르노까지』, 이학
사, 2013.

Karl Marx, 김수행 역, 『자본론1 상, 하』, 비봉출판사, 2015.

Karl Marx, 김대웅 편역, 『마르크스 엥겔스 문학예술론』, 미다스북스, 2015.

Luce Irigaray, 박정오 역, 『나, 너, 우리: 차이의 문화를 위하여』, 동문선, 1996.

Lutz Musner 편, 문화학연구회 역, 『우리는 어떻게 행동하는가: 문화학과 퍼포먼스』,
유로, 2009.

Marvin A. Carlson, 『연극의 이론 : 역사적·비평적 조망 : 그리스 시대에서 현재까지』,
한국문화사, 2004.

Mikel Dufrenne, 김채현 역, 『미적 체험의 현상학 上, 中, 下』, 이화여자대학교출판부,
1991.

Milly S. Barranger, 이재명 역, 『연극 이해의 길』, 평민사, 1991.

Moissej S. Kagan, 진중권 역, 『미학강의 1, 2』, 새길, 1989.

Monica Brito Vieira·David Runciman, 노시내 역, 『대표: 역사, 논리, 정치』, 후마니타스,
2020.

Nancy Abelmann, 강신표·박찬희 역, 『사회이동과 계급, 그 멜로드라마』, 일조각, 2014.

Nancy Fraser 외, 이현재 외 역, 『불평등과 모욕을 넘어 - 낸시 프레이저의 비판적 정의론
과 논쟁들』, 그린비, 2016.

Theodor W Adorno, 문병호 역, 『미학 강의 1』, 세창출판사, 2014.

Theodor W Adorno, 홍승용 역, 『미학 이론』, 문학과지성사, 1984.

Theodore Shank, 김문환 역, 『연극미학』, 서광사, 1986.

Raymond Williams, 『시골과 도시』, 나남, 2013.

Raymond Williams, 『기나긴 혁명』, 나남, 2015.

Patrice Pavis, 신현숙 윤학로 역, 『연극학 사전』, 현대미학사, 1998.

Paulo Freire, 성찬성, 『페다고지: 억눌린자를 위한 교육』, 한마당, 1985.

3. 논문

권보드래, 「민족문학과 한국문학」, 『민족문학사연구』 44, 민족문학사연구소, 2010.

김경은, 「이애주 <바람맞이> 춤에 내재된 한국 춤의 본성」, 『비교민속학』 58, 비교민속학회, 2015.

김기란, 「청년/대항문화의 위상학적 공간으로서의 70년대 소극장운동 고찰」, 『대중서사연구』 22, 대중서사학회, 2016.

김기란, 「1970년대 전통 이념과 극단 민예극장의 '전통'」, 『대중서사연구』 26, 대중서사학회, 2020.

김도일, 「광주 전남 마당극 형성과 주제의식 연구-1977~2000년까지를 중심으로」, 『지역사회연구』 23, 한국지역사회학회, 2015.

김방옥, 「마당극 연구」, 『한국연극학』 1, 한국연극학회, 1994.

김성희, 「역사극의 탈역사화 경향: 역사의 유희와 일상사의 역사 쓰기」, 『한국연극학』 48, 한국연극학회, 2012.

김소남, 「1960~80년대 원주지역의 민간주도 협동조합운동 연구-부락개발, 신협, 생명운동-」, 연세대학교 대학원 사학과 박사학위논문, 2014.

김소남, 「1970~80년대 원주그룹의 생명운동 연구」, 『동방학지』 178, 연세대학교 국학연구원, 2017.

김영학, 「마당극 공간의 구조 및 수행성 연구」, 『한민족어문학』 61, 한민족어문학회, 2012.

김예림, 「경관들: 내셔널리즘(론), 포스트내셔널리즘(론) 그리고 공유지」, 『상허학보』 69, 상허학회, 2023.

김옥란, 「1970년대 희곡에 나타난 민중담론과 여성성」, 『한국극예술연구』 13, 한국극예술학회, 2003.

김원, 「르포문학의 현재」, 『작가들』 통권 90호, 2019.

김월덕, 「마당극의 공연학적 특성과 문화적 의미」, 『한국극예술연구』 11, 한국극예술학회, 2000.

김윤정, 「1970년대 연극평론가들의 부상과 정전화의 시작」, 『한국극예술연구』 31, 한국극예술학회, 2010.

김윤정, 「1970년대 대학연극 고찰-서울 지역을 중심으로」, 『한국극예술연구』 17, 한국극예술학회, 2003.

김윤정, 「1970년대 대학연극과 진보적 연극운동의 태동-'서울대 문리대 연극'을 중심으로」, 『한국극예술연구』 17, 한국극예술학회, 2003.

김윤정, 「김지하 희곡 <진오귀> 고찰」, 『한국현대문학연구』 56, 한국현대문학회, 2018.

김정섭, 「연극에서의 분위기 미학-공연의 수행성과 분위기적 지각을 중심으로」, 『드라마연구』 52, 한국드라마학회, 2017.

김정아, 「1980년대 민중미술운동을 이끈 단체들」, 『미술세계』, 미술세계, 2016.

김정한, 「도래하지 않은 혁명의 유산들」, 『문화과학』 66, 문화과학사, 2011.

김재석, 「「진동아굿」과 마당극의 '공유 정신'」, 『민족문학사연구』 26, 민족문학연구소, 2004.

김재석, 「마당극 정신의 특질」, 『한국극예술연구』 16, 한국극예술학회, 2002.

김재석, 「<진오귀>에 미친 카라 주로(唐十郎)의 영향」, 『한국극예술연구』 32, 한국극예술학회, 2010.

김주현, 「1960년대 '한국적인 것'의 담론 지형과 신세대 의식」, 『상허학보』 16, 상허학회, 2006.

김현민, 「1970년대 마당극 연구」, 이화여자대학교 대학원 석사학위논문, 1993.

김형기, 「"연극성" 개념의 변형과 확장」, 『한국연극학』 23, 한국연극학회, 2004.

남기성, 「마당극의 몸미학」, 『민족미학』 7, 민족미학회, 2007.

박강의, 「굿의 연행론적 접근을 통한 마당극 양식론 연구」, 『민족미학』 10, 민족미학회, 2011.

박경선, 『극단 가교(架橋)의 관객지향성 연구』, 부경대학교 대학원 박사학위논문, 2014.

박광수, 「바이마르공화국 시기 노동연극 연구」, 이화여자대학교 대학원 국어국문학과 석사학위논문, 1992.

박미란, 「1970년대 '전통의 현대화' 담론과 공연 양상의 변곡점」, 『드라마연구』 68, 한국드라마학회, 2022.

박수현, 「'우리'를 상상하는 몇 가지 방식-1970년대 소설과 집단주의」, 『우리문학연구』 42, 우리문학회, 2014.

박영정, 「1970년대 기독교 연극 연구」, 『국제어문』 21, 국제어문학회, 2000.

박영정, 「1970년대 김지하 희곡 연구」, 『한국극예술연구』 17, 한국극예술학회, 2003.

박흥주, 「1980년대 풍물운동에 발현된 굿성 연구」, 『비교민속학』 50, 비교민속학회,

2013.

박홍주, 「1980년대 전반기 서울지역의 풍물운동계열 작품에 나타난 굿성 연구: 1980~ 1987년 6월항쟁 사이의 작품을 중심으로」, 『실천민속학연구』 23, 실천민속학회, 2014.

박희병, 「'병신'에의 시선: 전근대 텍스트에서의」, 『고전문학연구』 24, 고전문학학회, 2003.

배선애, 「1970년대 마당극의 양식 정립과정 연구」, 『한국극예술연구』 18, 한국극예술학회, 2003.

배하은, 「만들어진 내면성-김영현과 장정일의 소설을 통해 본 1990년대 초 문학의 내면성 구성과 전복 양상」, 『한국현대문학연구』 50, 한국현대문학회, 2016.

백로라, 「1980년대 실험연극의 담론 연구: 마당극의 연극적 양식화 및 서사극 수용을 중심으로」, 『민족문학사연구』 47, 민족문학사연구회, 2011.

백현미, 「1950, 60년대 한국연극사의 전통 담론 연구」, 『한국연극학』 14, 한국연극학회, 2000.

백현미, 「1970년대 한국연극사의 전통 담론 연구」, 『한국극예술연구』 13, 한국극예술학회, 2000.

백현미, 「1980년대 한국연극의 전통담론 연구」, 『한국극예술연구』 15, 한국극예술학회, 2002.

백현미, 「1990년대 한국연극사의 전통담론 연구」, 『한국극예술연구』 25, 한국극예술학회, 2007.

손유경, 「1980년대 학술운동과 문학운동의 교착」, 『상허학보』 45, 상허학회, 2015.

송도영, 「1980년대 한국 문화운동과 민족 민중적 문화양식의 탐색」, 『비교문화연구』 4, 비교문화연구소, 1998.

신현준, 「김민기의 「공장의 불빛」 개작과 재발매에 대한 만감」, 『황해문화』, 새얼문화재단, 2004.

양승국, 「역사극의 가능성과 존재 형식에 대한 소고」, 『한국극예술연구』 25, 한국극예술학회, 2007.

어연선, 「극단 「현장」의 노동연극 연구」, 동국대학교 연극예술학과 석사학위논문, 2019.

오정진, 「(서평)우리는 연결되어 있다/정의는 모두의 책임이다」, 『한국여성학』 32, 2016.

오제연, 「1970년대 대학문화의 형성과 학생운동-'청년문화'와 '민속'을 중심으로」, 『역사문제연구』 28, 2012.

유경순, 「1980년대 여성평우회의 기층여성 중심의 활동과 여성운동의 방향 논쟁」, 『역사문제연구』 24, 역사문제연구소, 2020.

유승환, 「황석영 문학의 언어와 양식」, 서울대학교 대학원 국어국문학과 박사학위논문,

2016.

이덕기, 「노래굿 <공장의 불빛> 연구」, 『한국극예술연구』 22집, 2005.

이미원, 「마당극: 전통수용의 현대적 양식화」, 『한국예술연구』 6집, 2012.

이수인, 「1970-80년대 민주화운동의 사상과 이념; 1980년대 학생운동의 민족주의 담론」, 『기억과전망』 18, 민주화운동기념사업회, 2008.

이영미, 「한국여성노동자회 연극과 노동자적 현실성」, 『한국여성연구소 기타 간행물』, 한국여성연구소, 1989.

이영미, 「탈춤과 마당극의 역동적 시공간」, 『동양예술』 2집, 2000.

이영미, 「카세트테이프, 비디오테이프, 구전, 마당-1970, 80년대 예술문화운동의 매체들과 그 의미」, 『서강인문논총』, 35, 2012.

이영미, 「1970년대, 1980년대 진보적 예술운동의 다양한 명칭과 그 의미」, 『기억과 전망』 29, 2013.

이영미, 「한국 근·현대 예술운동의 대중화론, 그 쟁점과 허실」, 『민족문화연구』 61, 고려대학교민족문화연구원, 2013.

이영미, 「공포에서 해원으로-1980년대 전후 영화 속 무당 표상과 사회적 무당의 탄생」, 『민족문화연구』 65, 2014.

이영미, 「류해정의 촌극론; 대동놀이론과 그 작품적 실천」, 『한국극예술연구』 46, 2014.

이영미, 「민중가요 비합법음반에 대하여」, 『한국음반학』 10, 한국고음반연구회, 2000.

이원현, 「한국 마당극에 나타나는 서양연극의 실험적 기법들」, 『한국극예술연구』 22, 한국극예술학회, 2005.

이정숙, 「1970년대 한국 소설에 나타난 가난의 정동화」, 서울대학교박사학위논문, 2014.

이창언, 「한국학생운동의 급진화에 관한 연구-1980년대 급진이념의 형성과 분화를 중심으로-」, 고려대학교 박사학위논문, 2009.

이충한, 「정의의 차원들, 인정과 분배—프레이저와 호네트의 논쟁을 중심으로」, 『동서철학연구』 85, 한국동서철학회, 2017.9

이하영, 이나영, 「'기생관광' - 발전국가와 젠더, 포스트식민 조우」, 『페미니즘 연구』 15, 한국여성연구소, 2015.

이혜령, 「빛나는 성좌들-1980년대, 여성해방문학의 탄생」, 『상허학보』 47, 상허학회, 2016.

임지희, 「<동일방직 문제를 해결하라> 연구」, 『한국극예술연구』 32, 한국극예술학회, 2010.

장상철, 「1970년대 '민중' 개념의 재등장-사회과학계와 민중문학, 민중신학에서의 논의」, 『경제와 사회』 74, 2007.

장성규, 「민중적 민족문학론의 전개와 문화예술 주체의 문제: 『문학예술운동』과 『사상

　　　문예운동」을 중심으로」,『상허학보』52, 상허학회, 2018.

장성규, 「르포문학 장르 정립을 위한 질문들」,『작가들』통권 40호, 2019.

전용호, 「1960년대 참여문학론과 청맥」,『국어국문학』141, 국어국문학회, 2005.

정종현, 「투쟁하는 청춘, 번역된 저항-1980년대 운동 세대가 읽은 번역서사물 연구」,
　　　『한국학연구』, 인하대학교한국학연구소, 2015.

정형호, 「20세기 '풍물' 용어의 사회문화적 의미 변화 양상-1920년대 노동운동과 1970-
　　　80년대 문화운동을 중심으로」,『한국민속학』66, 2017.

정지창, 「마당극의 성과와 과제」,『창작과 비평』15집, 1985.

정지창, 「한국사회의 저항운동과 마당극」,『현상과인식』12, 한국인문사회과학회, 1988.

조대엽, 「1980년대 학생운동의 이념과 민주화운동의 급진적 확산」,『한국과 국제정치』
　　　51, 2005.

조현일, 「비상사태기의 문학과 정치-1970년대 전반기 민중문학을 중심으로-」,『민족문
　　　학사연구』60, 2016.

조훈성, 「민족극 운동의 정치의식 변화에 대한 일고—1970, 80년대 마당극과 민족극한마
　　　당 전개를 중심으로」,『한어문교육』27, 2012.

주창윤, 「1975년 전후 한국 당대 문화의 지형과 형성과정」,『한국언론학보』51, 한국언론
　　　학회, 2007.

주창윤, 「1980년대 대학연행예술운동의 창의적 변용과정」,『한국언론학보』59, 한국언
　　　론학회, 2015.

천정환, 「창비와 '신경숙'이 만났을 때-1990년대 한국 문학장의 재편과 여성문학의 발흥」,
　　　『역사비평』2015. 가을, 역사비평사, 2015.

최기숙, 「『창작과 비평』(1966~1980): 한국/고전/문학의 경계횡단성과 대화적 모색-확장
　　　적 경계망과 상호 참조: 이념 문화 역사」,『동방문지』170, 연세대학교 국학연구
　　　원, 2015.

최유준, 「대중음악과 민중음악 사이—김민기의 매체 실험, 「공장의 불빛」」,『대중서사연
　　　구』20, 대중서사학회, 2008.

최준호, 「미학에서 지각학으로의 전환과 그 함의」,『철학연구』4, 고려대학교 철학연구
　　　소, 2012.

한양명, 「축제 정치의 두 풍경-국풍 81과 대학대동제」,『비교민속학』26, 비교민속학회,
　　　2008.

함논균, 「인민의 인한과 정치저의 것, 그리고 민주주의」,『민족문화연구』58, 고려대학교
　　　민족문화연구원, 2013.

허용호, 「가면극 속의 장애인들」,『구비문학연구』37, 한국구비문학회, 2013.

허용호, 「'그들'이 만들려 했던 공동체-80년대 한국학생운동과 민속」,『일본학연구』29,

단국대학교 일본연구소, 2009.

황정미, 「젠더 관점에서 본 민주화 이후의 민주주의-공공 페미니즘과 정체성 정치」, 『경제
　　와사회』 114, 비판사회학회, 2017.

저자 박상은

한국외국어대학교 한국어교육과를 졸업한 후, 서울대학교 국어국문학과에서 석사·박사 학위를 받았다. 현재 서울대학교 인문학연구원 선임연구원 및 카이스트 디지털인문사회과학부 겸직교수로 재직 중이다. 한국 현대희곡을 전공했다. 한국 현대 연극사 및 영화사를 각색, 매체, 문화연구의 관점에서 연구하고 있다. 주요 논문으로 「누구를 위한 연극: 동시대 '시민' 연극의 질문과 연극예술의 경계―<아파도 미안하지 않습니다>(2020)를 중심으로」, 「공해와 불온―1980년대 초중반 마당극과 생태주의」, 「민중과 통속: 영화 <바람불어 좋은 날>(1980)과 소설 <우리들의 넝쿨>(1978)·영화 <그래 그래 오늘은 안녕>(1976) 사이의 거리」, 「민주교육, 참교육 그리고 행복-1980년대-1990년대 초 교육민주화운동과 교육운동극」 등이, 함께 지은 책으로 『연극의 고전 다시 읽다』(2023), 『드라마 일상성의 미학』(2024)이 있다.

한국 현대 연극과 현장성의 미학

초판 1쇄 인쇄   2024년 4월 20일
초판 1쇄 발행   2024년 4월 30일

저　　자   박상은
펴 낸 이   이대현

편　　집   이태곤 권분옥 임애정 강윤경
디 자 인   안혜진 최선주 이경진
마 케 팅   박태훈 한주영

펴 낸 곳   도서출판 역락
주　　소   서울시 서초구 동광로 46길 6-6(반포4동 문창빌딩 2F)
전　　화   02-3409-2060(편집부), 2058(영업부)
팩　　스   02-3409-2059
등　　록   1999년 4월 19일 제303-2002-000014호
이 메 일   youkrack@hanmail.net
여락홈페이지 http://www.youkrackbooks.com

I S B N   979-11-6742-736-6 93810